insel taschenbuch 4838

Rachael Lucas

Die kleine Bücherei in der Church Lane

Lucy, gestresste Lehrerin, braucht Ruhe. Sie entschließt sich zu einem sechsmonatigen Sabbatical und mietet kurz entschlossen ein Cottage in den Cotswolds, ganz in der Nähe des geschichtsträchtigen Bletchley Park. Dass sie sich noch um Bunty, die 96-jährige Schwiegermutter der Vermieterin, kümmern soll, scheint kein Problem. Schon kurz darauf trifft Lucy samt ihrem kleinen Hund in Little Maudley ein, einem Dorf wie aus dem Bilderbuch.

Eigentlich möchte sie sich nur ausruhen, mit ihrem Hund spazieren gehen und lesen. Aber sie kann sich dem Charme des pittoresken Dörfchens nicht entziehen, und ohnehin haben die Dorfbewohner ganz andere Pläne. Unversehens findet sich Lucy mitten in einer Kampagne zum Umbau einer alten Telefonzelle in eine Leihbücherei, und Bunty, ihre etwas kratzbürstige Nachbarin, hat ihre sehr eigene Geschichte von Bletchley Park und der baufälligen Telefonzelle zu erzählen. Und so ganz nebenbei verliebt Lucy sich in Sam, den alleinerziehenden Vater einer halbwüchsigen Tochter und Architekt von Baumhäusern.

Rachael Lucas wuchs in den schottischen Highlands auf. Nach ihrem Studium verdiente sie ihren Lebensunterhalt mit verschiedenen Jobs, bis sie sich ganz dem Schreiben zuwandte. Sie lebt heute mit ihrem Mann, ihren Kindern und drei Hunden in Southport.

Rachael Lucas

Die kleine Bücherei in der Church Lane

Aus dem Englischen von Sabine Schulte

INSEL VERLAG

Die Originalausgabe erschien 2020 unter dem Titel
The Telephone Box Library bei Pan Books, London

Erste Auflage 2021
insel taschenbuch 4838
Deutsche Erstausgabe

Vertrieb durch den Suhrkamp Taschenbuch Verlag
Umschlaggestaltung: Designbüro Lübbeke, Naumann, Thoben, Köln
Umschlagabbildung: Rüdiger Trebels, Düsseldorf
Satz: Satz-Offizin Hümmer GmbH, Waldbüttelbrunn
Druck: CPI books GmbH, Leck
Printed in Germany
ISBN 978-3-458-68138-0

Die kleine Bücherei in der Church Lane

Für meine mutige, weise und schöne Tante June

Erstes Kapitel

Wenn man schon in irgendeinem Dorf stranden musste, versuchte Lucy sich zu trösten, gehörte Little Maudley sicherlich zu den schönsten, die man sich vorstellen konnte.

Honigfarben schimmernde Häuserreihen wanden sich den Hügel hinunter bis zur Hauptstraße, und dazwischen standen immer wieder strahlend weiße, strohgedeckte Cottages. Ein Wegweiser, an dem ein prächtiger Geranienkorb hing, zeigte an, dass irgendwo jenseits der Dorfwiese, die sanft zum Friedhof hin abfiel, ein Dorfladen und ein Postamt zu finden waren. Die massive, aus hellem Stein erbaute Kirche stand majestätisch in der Hochsommersonne. Ihr Turm hob sich vom tiefblauen Himmel ab, an dem im leichten Wind weiße Wölkchen dahinsegelten.

Am Rand der Dorfwiese stand eine alte Telefonzelle. Ihr ehemals kirschroter Anstrich war zu einem bräunlichen Rosa verblasst. Eine der Glasscheiben war von einem Spinnennetz aus Rissen durchzogen, und einige fehlten ganz. Lucy schaute hinein und verzog das Gesicht – da drinnen stank es ganz ekelhaft. Selbst das Unkraut, das durch die zerbrochenen Scheiben hineingewachsen war, sah aus, als wollte es wieder fliehen.

Aber soweit Lucy sehen konnte, war die Telefonzelle das Einzige in diesem Dorf, das einen vernachlässigten Eindruck machte. Aus den Blumenkästen vor den Fenstern ergossen sich Blütenkaskaden in geschmackvollen Farben und die sauber gemähten Rasenflächen wurden von Lavendelhecken umrahmt. Die Haustüren waren fast alle in einem mattgraugrünen Farbton gestrichen, so als hätten die Besitzer sich abgesprochen. Blauregen kletterte über die Fenster und in seinen gewundenen Ranken versteckten sich noch einige letzte Blüten. An jedem Haus prangte ein hübsches Schild mit dem Namen darauf: Bell Cottage, Lavender House, The Old Mill … alles war so perfekt, dass es fast zum Lachen war. Wo waren die chaotischen Ecken und die übervollen Mülltonnen? Selbst in der hübschen Straße in Brighton, in der Lucy wohnte, waren nicht alle Häuser tadellos in Schuss. Dieses Dorf dagegen wirkte, als wäre man in eine Episode aus *Inspector Barnaby* hineingeraten. Und tatsächlich, überlegte Lucy, war keine Menschenseele zu sehen. Ob die Dorfbewohner schon alle umgebracht worden waren? Und sie war als Letzte noch auf den Beinen?

Hamish bellte schrill von der anderen Straßenseite herüber.

»Ich komm ja schon.« Lucy erhob sich von ihrer Bank neben der Telefonzelle. Hamish übertrieb es mit dem Hecheln ein wenig, schließlich waren beide Wagenfenster offen und der Corsa stand im Schatten. Sie öffnete die Wagentür und ließ den Hund herausspringen. Er schnupperte sich die Straße entlang und hob dann das Bein an einem ordentlich beschnittenen Fuchsienstrauch. Lucy sah sich nach wutentbrannten Gärtnern um und seufzte erleichtert, als sich niemand näherte. Hamish hatte die unschöne Angewohnheit, zu pinkeln, wann immer ihm danach war – erst kürzlich hatte er sich in die Handtasche der Freundin ihres Bruders erleichtert. Die junge Frau hatte das gar nicht witzig gefunden, aber Lucy und Tom hatten sich kringelig gelacht. Daraufhin war aus der neuen Freundin ziemlich schnell eine Ex geworden.

Lucy ließ sich auf den Fahrersitz sinken. Sie fühlte sich ausgelaugt. Auch Hamish kletterte wieder ins Auto und machte es sich gemütlich. Als sie vorhin über die Hügelkuppe ins Dorf gefahren war, hatte sie einen Moment lang gespürt, wie ihre Lebensgeister zaghaft erwachten. Dieser Ort war genau so, wie Lucy ihn sich vorgestellt hatte.

Jetzt jedoch saß sie im Wagen und konnte nur abwarten. Lucy seufzte. Dabei hatte alles so schön angefangen.

Eine Stunde zuvor hatte sie ihren Corsa an der Church Lane geparkt. Die Fahrt von Brighton nach Little Maudley war angenehmer gewesen als erwartet. Der Verkehr hatte mitgespielt, die Sonne hatte geschienen und sie war mit der Sonnenbrille auf der Nase über die Autobahn geflitzt und hatte dabei Taylor Swift mitgesungen. Hamish hatte auf dem Rücksitz gelegen und nur ab und zu ein bisschen gebellt. An der Church Lane hatte Lucy ihr kleines Auto dann zwischen zwei dicken schwarzen Geländewagen abgestellt und sich diebisch darüber gefreut, dass ihre Erfahrung mit der Parksituation in Brighton sie gelehrt hatte, in Sekundenschnelle rückwärts einzuparken. Nachdem sie einmal auf und ab gegangen war und die Sehenswürdigkeiten des Dorfes in Augenschein genommen hatte, während Hamish praktisch an jedem Laternenpfahl markieren musste, hatte sie den Hund wieder ins Auto verfrachtet. Und dann hatte Lucy ein letztes Mal auf ihr Smartphone geguckt, hatte durch ihre E-Mails gescrollt, bis sie die gesuchte gefunden hatte. Es konnte nicht schaden, sie als Unterstützung griffbereit zu haben – wobei Lucy eigentlich gar keine Unterstützung hätte benötigen sollen, weil natürlich alles organisiert war ...

Neben ihr war eine Elster auf den Zaun gehüpft, hatte den Kopf schräggelegt und sie versonnen betrachtet. Lucy hatte den Vogel gegrüßt, damit er ihr Glück brachte.

Sie hatte noch einen Moment gezögert, tief durchgeatmet und war dann auf die weiß gestrichene Holzpforte des Wisteria Cottage zugegangen. Als sie die Pforte aufschob, spürte sie das raue Holz mit der abblätternden Farbe unter ihrer Hand. Sie ging weiter und schaute durch ein Fenster in einen dämmrigen Raum. Dieses Cottage war ganz klar ein bisschen – nein, deutlich – ungepflegter als seine Nachbarn. Während alle anderen Häuser im Dorf wie aus dem Ei gepellt wirkten, sah dieses aus, als könnte es einen Besuch von Marie Kondo und eine kräftige Entrümpelung gebrauchen. Auf dem Fensterbrett stapelten sich alte Plastikblumentöpfe, daneben lagen zwei Knäuel Bindfaden. Eine graue Katze sah Lucy durch die Scheibe an und blinzelte schläfrig. Mehrere üppige rosa Geranien drückten sich gegen das Glas, als saugten sie den Sonnenschein auf. Und – Lucy stellte sich auf die Zehenspitzen, um einen besseren Blickwinkel zu haben – neben dem Spülbecken konnte sie etwas erkennen, das wie ein Stapel Kartons voller alter Zeitungen aussah. Es war wirklich etwas – na ja, chaotisch war ein passender Ausdruck dafür.

»Wollen Sie den ganzen Tag da rumstehen?«

Lucy schreckte zusammen.

Eine winzige, vogelähnliche Frau mit grauem, zu einem strubbeligen Knoten aufgestecktem Haar stand in der Haustür. Sie trug ein kariertes Männerhemd und darunter grüne Polyesterhosen. Eine dicke Strickjacke hing ihr wie eine Decke von den Schultern. Aus schmalen, wässrigen Augen starrte sie Lucy an.

»Nein, ich – ich bin wegen des Häuschens hier. Ich bin Lucy Evans und ich suche eine Frau namens Margaret.« Lucy streckte der alten Frau ihr Handy hin.

Die Frau wich ein wenig zurück. »Warum halten Sie mir das Ding unter die Nase?«

»Hier sind die Details, sehen Sie?«, sagte Lucy.

Die Frau griff nach der Brille, die sie an einem Band um den Hals hängen hatte, setzte sie auf und blinzelte auf das Display hinunter.

»Kann nichts erkennen. Die Schrift ist viel zu klein für mich.«

Lucy bemühte sich um einen Ton, der ihr Autorität gab, aber nicht herablassend war. »Da steht: Schönes Haus in einem Dorf in den Cotswolds zu vermieten. Mietminderung gegen leichte Betreuung einer älteren Nachbarin. Dazu gehören Einkaufen, Aufräumen und tägliche Gesellschaft. Weitere Einzelheiten bei Margaret Nicolson.«

Die alte Dame sah Lucy an. Ihr Blick hatte etwas Entschlossenes. In jüngeren Jahren musste sie ganz schön respekteinflößend gewesen sein.

»Margaret Nicolson? So heißt hier niemand. Ich fürchte, Sie haben eine falsche Adresse. Tut mir furchtbar leid, aber Sie sind umsonst hergekommen.«

Die Haustür wurde geschlossen.

Verdutzt blieb Lucy davor stehen. Die Frau hatte nicht so ausgesehen, als würde es ihr auch nur im Geringsten leidtun.

Eine Sekunde später ging die Haustür wieder auf. Lucy bemühte sich, ein herzliches, ermutigendes Lächeln aufzusetzen. *Puh, ein Glück.*

»Sind Sie immer noch da?«

Die alte Frau bückte sich und stellte eine Milchflasche vor die Tür, richtete sich dann auf, warf Lucy einen bösen Blick zu und schloss die Haustür.

Ende. *Das* war nicht ganz nach Plan gelaufen. Lucy wählte die Nummer, die in der Anzeige gestanden hatte, und schnitt den Worten in der E-Mail eine Fratze. »Sollten Sie irgendwelche Schwierigkeiten haben«, hieß es da, »rufen Sie mich bitte an, dann kläre ich alles.« Bei diesem Satz hatte Lucy sich nichts weiter gedacht, aber während sie jetzt darauf wartete, dass Margaret Nicolson abnahm, wurde ihr klar, dass sie zwischen den Zeilen hätte lesen sollen. Offenbar hatte diese Margaret von vornherein mit Ärger gerechnet. *Einem geschenkten Gaul schaut man nicht ins Maul* – oder wie hieß das alte Sprichwort noch? Ihre Mutter hatte es gern verwendet. Hier aber passte wohl *Von nichts kommt nichts* besser. Ein traumhaftes Häuschen in einem Bilderbuchdorf für eine winzige Monatsmiete? Das war doch zu schön, um wahr zu sein.

Und jetzt, eine halbe Stunde später, saß Lucy wieder im Auto und überlegte, was sie bloß machen sollte. Margaret ging immer noch nicht ans Telefon. Hamish war wieder wach geworden und kratzte an dem einen Spaltbreit geöffneten Autofenster herum. Erst winselte er missmutig, dann kläffte er frustriert. In der Stille wirkte sein Gebell unglaublich laut, dabei wäre Lucy, nachdem sie gerade so abgeblitzt war, am liebsten unbemerkt geblieben. Mit einem solchen Empfang hatte sie nicht gerechnet. Als sie ihren Kolleginnen in der Schule erzählt hatte, sie würde ein Sabbatical nehmen, um auf dem Land für ihr Forschungsprojekt zu recherchieren, hatte das romantisch und originell geklungen. Nun aber war sie hier gestrandet und wusste nicht weiter, und das mit einem Wagen voller Taschen und Kartons und einem ziemlich ungehaltenen West Highland Terrier.

»Du wartest hier«, sagte sie schließlich zu Hamish und stieg wieder aus. Sie setzte sich erneut auf die etwas wacklige Bank neben der alten Telefonzelle und schrieb eine E-Mail. Hamish streckte die Nase durch den Fensterspalt und schnupperte hoffnungsvoll. »Ich hol dich gleich raus. Sofort.«

Während Lucy noch tippte, meldete sich das Handy.

»Hallo?«

»Oh, das ging aber schnell. Es hat nicht einmal geklingelt. Lucy? Hier ist Margaret Nicolson. Es tut mir so leid. Sie sind also da? Haben Sie alles im Griff?«

Lucy biss sich auf die Lippe. »Nicht so ganz.«

Vom anderen Ende der Leitung kam ein Stöhnen. »Ach du meine Güte.«

»Tut mir leid«, sagte Lucy automatisch. Doch warum entschuldigte sie sich eigentlich? Schließlich war sie es, die jetzt in der Luft hing.

»Nein, nein. Ich muss mich entschuldigen. Ich bin gleich bei Ihnen. Wenn Sie vielleicht zum Dorfladen hochfahren und eine Tasse Kaffee trinken wollen? Dann sehen wir uns da in etwa einer halben Stunde.«

»Schon gut – ich muss sowieso mit dem Hund gehen. Wollen wir uns direkt vor dem Cottage treffen?« Lucy straffte die Schultern. Sie war nicht den ganzen Weg hergefahren und hatte nicht einen wirklich guten – na ja, inklusive Oberstress und Wahnsinnsdruck – Lehrerjob aufgegeben, um sich schon beim ersten kleinen Hindernis ins Bockshorn jagen zu lassen. Was auch immer da im Cottage los war, musste schlicht geklärt werden. Sie holte tief Luft. Ihr ganzes Arbeitsleben lang hatte sie mit aufmüpfigen Teenagern zu tun gehabt, da würde sie doch wegen so eines Problemchens nicht aufgeben. Sie nickte entschieden, wie um sich selbst zu bestätigen. Das würde schon irgendwie klappen. Es *musste* klappen.

Lucy guckte auf die Uhr und nahm Hamish zu einer weiteren Erkundungstour mit. Er schnupperte an den Laternenpfählen, während sie die Ankündigungen darauf las: Filmabend, Themenabend 50er Jahre, Sommerfest des Elternbeirats. Für ein so winziges Nest schien eine Menge los zu sein. Eine Horde Kinder rannte vorbei, sie lachten und hörten Musik aus einem Bluetooth Speaker. Als Hamish sie ärgerlich anbellte, ruckte Lucy an der Leine und zerrte ihn in die entgegengesetzte Richtung.

Am Rand des Dorfes entdeckte sie etwas zurück liegend hinter einer hohen Lorbeerhecke ein großes Anwesen. Sie lugte durch das Tor. Eine geschwungene, kopfsteingepflasterte Auffahrt führte zu einem schönen Haus im Queen-Anne-Stil. Die schwere hölzerne Haustür wurde von zwei ordentlich gestutzten Lorbeerbäumen flankiert. Eine kräftige Frau in einem Ringelshirt, die blonden Haare zu einem perfekten Bob geschnitten, stand auf einer kleinen Leiter und goss die Blumenampeln. Offenbar spürte sie Lucys Anwesenheit, denn sie drehte sich um und winkte.

»Hallo! Was für ein schöner Nachmittag!«

»Mhm«, sagte Lucy. »Herrlich.« Sie spürte, wie sie rot wurde. Sie hatte nicht gaffen wollen, aber alles war so piekfein und aufgeräumt – es sah aus wie eine Kulisse für einen Film von Richard Curtis. Fast rechnete sie damit, dass gleich ein junger Hugh Grant auftrat, eilig und ungekämmt, und sich mit verlegenem Grinsen entschuldigte.

»Haben Sie sich verlaufen?« Die Frau war von der Leiter heruntergestiegen und ans Tor gekommen. Mit einem freundlichen Lächeln hob sie die Augenbrauen.

Lucy schüttelte den Kopf. »Nein, ich mache bloß einen kleinen Spaziergang.«

»Ein wundervoller Tag dafür«, sagte die Frau fröhlich.

Mit knirschenden Schritten ging sie über die Auffahrt zurück. Lucy hatte das deutliche Gefühl, dass sie einer gründlichen Musterung unterzogen worden war. Vielleicht gehörte diese Frau zu einer Art Nachbarschaftswache? Lucy ging weiter und bog in eine Nebenstraße ein. Auf einem Mäuerchen saß eine schwarzweiße Katze und putzte sich die Pfoten. Als Hamish sie sah, schoss er sofort los.

»Nicht schon wieder!« Lucy zog ihn an der Leine zurück. Bevor sie in Brighton zu ihrem letzten Arbeitstag hatte aufbrechen wollen, hatte ihn ebenfalls das Jagdfieber gepackt und er war verschwunden. Irgendwann hatte Lucy schließlich sein wütendes Blaffen gehört und ihn in einer Weißdornhecke entdeckt. Daraufhin war sie eine Viertelstunde zu spät in die Schule gekommen und hatte die kleine Überraschungsfeier verpasst, die die Kollegen im Lehrerzimmer für sie organisiert hatten. Im Nachhinein erschien es ihr geradezu tollkühn, dass sie sich eine sechsmonatige Auszeit genommen hatte, auch wenn ihre Stelle ihr erhalten blieb. Zum ersten Mal im Leben hatte sie sich für ein Abenteuer entschieden und war ein echtes Risiko eingegangen. Und das hatte sie jetzt davon – die Sache entwickelte sich etwas anders, als sie es sich vorgestellt hatte.

Lucy bog nach links ab und fand sich auf der Hauptstraße wieder. Möglichst unauffällig überquerte sie die Straße und stellte sich neben die Telefonzelle. Von hier aus konnte sie die alte Frau sehen, eine schmächtige Gestalt, die hinter ihrem Küchenfenster hantierte.

Trotz seines heruntergekommenen Zustands war das Cottage wirklich schön – ein langgestrecktes, niedriges Gebäude, dessen obere Fenster unter dem Strohdach hervorschauten wie die schwermütigen Augen eines zottigen Hundes. Um die Haustür rankte sich eine blassrosa Kletterrose, und eine niedrige Mauer begrenzte ein Beet mit einer bonbonbunten Blumenmischung. Winzige blaue Blüten purzelten über den Mauerrand und bildeten einen perfekten Kontrast zu dem Gold des Kalksteins, der für die Cotswolds so typisch war. Die Pforte führte auf einen schmalen Plattenweg, der sich durch hohe Fingerhutstauden wand. An einem Gerüst an der Hauswand rankte eine Clematis. Es war – jedenfalls von außen gesehen – ein Traum von einem englischen Cottage.

Lucy packte Hamish wieder hinten ins Auto, sank auf den Fahrersitz und wartete. Nach wenigen Minuten hielt gegenüber ein schnittiger BMW. Auf der Fahrerseite stieg eine Frau aus und entfaltete sich graziös, mit geschlossenen Knien, als hätte sie wie die Royals eine Benimmschule absolviert.

Lucy stieg ebenfalls aus und ging zu ihr hinüber. »Das

tut mir alles furchtbar leid«, sagte Margaret Nicolson. Nachdem sie sich die Hände gegeben hatten, trat Lucy zurück und betrachtete ihr Gegenüber. Margaret Nicolson trug eine blau-weiß gestreifte Bluse, eine makellos saubere, beigefarbene Hose und dunkelblaue Segelschuhe. Das aschblonde Haar fiel ihr in schön geföhnten Wellen bis auf den aufgestellten Kragen. Lucy hatte am Morgen einfach die Jeans vom Vortag angezogen und dazu ein ärmelloses graues Top, denn der Corsa hatte keine Klimaanlage und auf der Autobahn mussten die Fenster geschlossen bleiben, sonst hätte der Fahrtwind Taylor Swift übertönt. Über das Top hatte Lucy jetzt eine leicht verknitterte Leinenjacke gezogen. Sie kam sich schmuddelig und ungepflegt vor.

»Leider kann meine Schwiegermutter recht – besser gesagt, sehr – schwierig sein.«

»Schon gut«, sagte Lucys Mund. In ihrem Kopf rief es: *Wie merkwürdig, dass Sie das in der Anzeige nicht erwähnt haben.*

»Sie ... na ja, sie wird nicht jünger. Sechsundneunzig ist sie jetzt. Sie hat sich nie was sagen lassen und ist felsenfest überzeugt, dass sie immer noch sehr gut ohne jede Hilfe zurechtkommt. Ich habe es geschafft, sie zu einer Putzhilfe zu überreden, die zwei Mal in der Woche kommt, aber eigentlich wünschen wir uns jemanden ganz in der Nähe, der mal schnell reinguckt, ihr was aus dem Supermarkt besorgt und so – der Dorfladen ist natürlich sehr gut sortiert, aber alles kriegt man da nicht. Wahrscheinlich kommen Sie mit etwa einer Stunde pro Tag aus, denke ich.«

Ja, *das* hatte in der Anzeige gestanden. Und als Gegenleistung ein winziges Häuschen für eine Warmmiete, die halb so hoch war wie die übliche Miete für ein Zimmer in Brighton. Und das Beste war, dieses Häuschen befand sich in einem Ort am Rande der Cotswolds, nicht weit von Milton Keynes und Oxford entfernt. Am wichtigsten für eine Geschichtslehrerin, die sich glühend für die Heimatfront während des Zweiten Weltkriegs interessierte, war dabei, dass Bletchley Park von hier aus gar nicht so weit war. Lucy hatte sich vorgenommen, so viele Informationen zu sammeln, wie sie konnte, und vielleicht sogar ihren Master zu machen. Davon träumte sie schon seit Jahren.

»Kommen Sie«, sagte Margaret. »Ich nehme Sie mit rein, und wir regeln das. Kann Ihr kleiner Hund einen Moment draußen bleiben oder –« Margaret warf einen zweifelnden Blick auf das Cottage – »wollen Sie ihn mit ins Haus nehmen?«

»Er kann im Auto warten.«

»Mutter?« Margaret klopfte kurz, drehte dann energisch den Türknauf und trat ein.

Lucy folgte ihr. Sie wollte etwas sagen, stellte aber fest, dass sie kein Wort herausbrachte.

»Halloo!«, rief Margaret und wandte sich dann an Lucy. »Tut mir leid. Alles etwas unordentlich, wie Sie sehen.« Sie deutete auf die Berge mit alten Gummistiefeln, die im Flur lagen. »Eigentlich sollte die Putzhilfe hier auch aufräumen, aber vermutlich gibt's gerade Streit darum, was noch gebraucht wird und was –«

»Das liegt einfach daran, dass ich keine Hilfe benötige, wie ich dir schon gesagt habe.« Eine ärgerliche Stimme näherte sich hinter der Glastür am Ende des Flurs. »Ich kann es nicht leiden, dass du oder Gordon ständig hier ankommen und meine Sachen aufräumen und alles abwickeln wollen, bevor ich dazu bereit bin. Ihr benehmt euch wie zwei verdammte Geier, ihr beide!«

Die Glastür wurde aufgestoßen. Im Rahmen stand die alte Frau mit einem Glas Honig in der einen und einem klebrigen Messer in der anderen Hand. Sie wich Lucys Blick aus.

»Ich glaube, Sie haben meine Schwiegermutter schon kennengelernt. Bunty, das ist Lucy«, sagte Margaret mit zusammengebissenen Zähnen.

»Ja, wir kennen uns schon«, sagte Bunty, wandte sich ab und ging in die Küche. Margaret und Lucy warfen sich einen Blick zu und folgten ihr.

»Noch einmal hallo.« Lucy wappnete sich gegen einen erneuten Ausbruch von Ablehnung.

Aber Bunty ignorierte sie. »Margaret, ich habe euch immer wieder gesagt, dass ich kein Kindermädchen brauche«, sagte sie wütend. »Und auch keine Pflegerin. Und keine Haushaltshilfe. Ich bin hier glücklich und zufrieden, *und zwar allein.*«

»Niemand sagt, dass du ein Kindermädchen brauchst.« Margaret nahm ein Geschirrtuch vom Tisch, faltete es zusammen und legte es auf einen Stapel von sepiabraunen Fotos in einem alten Holzkasten. Bunty wieselte durch den Raum, nahm das Geschirrtuch wieder aus dem Kasten, schüttelte es aus und hängte es über die Messingstange am Küchenherd, der in der Wölbung eines großen gemauerten Kamins stand.

»Kein Gordon heute?« Sie hob das Kinn ein wenig und betrachtete Lucy jetzt mit hartem Blick. Verlegen trat Lucy von einem Bein aufs andere.

»Nein«, sagte Margaret. »Er spielt heute Golf. Aber er lässt dich herzlich grüßen.«

»Er weiß genau, wann er mir besser nicht in die Quere kommt«, brummelte Bunty. »Das ist ja eine richtige Verschwörung.« Sie schüttelte den Kopf. »Ich brauche keinen Babysitter.« Wieder sah sie Lucy böse an, als wolle sie das ganz klarstellen. »Mir geht's hier gut.«

»Natürlich«, sagte Margaret, offenbar überzeugt, dass ihre Worte beschwichtigend klangen. »Aber du wirst nicht jünger, und ...«

»Und ich ziehe nirgendwo anders hin. Basta.« Bunty klang bockig wie ein Kind, aber doppelt so stur.

»Niemand verlangt, dass du umziehst.«

»Du willst mich doch in ein Altersheim verfrachten, damit ihr mein Haus verkaufen und euch eine goldene Nase verdienen könnt.«

»Das ist nicht wahr. Ehrlich nicht. Keine Ahnung, wie du auf solche Gedanken kommst.«

»Das hab ich neulich in der Zeitung gelesen. Es passiert doch ständig. Und du weißt ja, was als Nächstes kommt, wenn alte Menschen in solche Heime abgeschoben werden – ich nenne sie Gottes Wartezimmer. Das mache ich nicht mit.«

Obwohl Lucy die Situation peinlich fand, konnte sie ein belustigtes Zucken der Mundwinkel nicht verhindern.

»Niemand schiebt dich irgendwohin ab«, sagte Margaret mit einem Seitenblick zu Lucy hinüber.

Es würde anscheinend doch kein spottbilliges Häuschen geben, das wurde immer deutlicher. Lucys idyllische Auszeit in den Cotswolds würde nicht ganz so verlaufen, wie sie es sich erhofft hatte. Sie hatte sich ausgemalt, wie sie mit einer gütigen alten Dame mit Apfelbäckchen gemütlich Tee trank und plauderte, während die Katze auf ihrem Schoß schnurrte und die Scones im Backofen dufteten. Die reale Bunty Nicolson jedoch passte überhaupt nicht in dieses Bild.

»Ich habe viel zu tun«, erklärte die alte Frau jetzt, und irgendwie gelang es ihr, Lucy und Margaret zurück in den Flur zu scheuchen.

»Aber wir müssen doch etwas verabreden«, protestierte Margaret.

»Das könnt ihr auch ohne mich«, sagte Bunty schroff. »Bisher hast du das ja auch ganz gut hingekriegt.«

»Es tut mir sehr leid, dass –«, begann Lucy in der Hoffnung, die Wogen ein wenig glätten zu können.

»Ist nicht Ihre Schuld«, sagte Bunty.

Ein unbehagliches Schweigen entstand. Lucys Blick wanderte über die glatten, abgetretenen Steinplatten auf dem Fußboden und die Gemälde von Pferden und Hunden an den Wänden. Die Garderobe quoll über von abgenutzten Wachsjacken verschiedener Altersstufen, und ein kariertes Hundebett, das schon bessere Tage gesehen hatte, lehnte gefährlich an der Wand.

»Wenn du hier nicht Ordnung machst«, versuchte Margaret es noch einmal in versöhnlichem Tonfall, »dann fällst du irgendwann über die Sachen und brichst dir die Hüfte oder was anderes, und dann landest du im Krankenhaus.«

»Ich geh nie und nimmer ins Krankenhaus.« Bunty wirkte rebellisch.

»Nein. Ich glaube, das wäre das Allerschlimmste für dich. Und deswegen«, Margaret hob eine Augenbraue, »ist es vielleicht besser, wenn wir noch ein bisschen hierbleiben dürfen, damit du Lucy kennenlernen kannst. Vielleicht könnten wir ihr auch eine Tasse Tee anbieten. Sie ist nämlich die ganze Strecke von Brighton hergefahren.«

»Sie hätte den ganzen Weg von Timbuktu herkommen können, das wäre mir auch egal.«

Trotzdem machte Bunty brummelnd Platz, sodass Margaret zurück in die Küche gehen konnte. Lucy bemühte sich, unauffällig zu folgen.

Als Bunty schließlich mit dem Rücken zum Fenster auf einem alten Küchenstuhl saß, konnte Lucy sich umsehen. *Überall* standen und lagen Dinge herum. Im Spülstein stand eine Geranie und auf der Arbeitsfläche lagen auf einem Zeitungsstapel umgedreht zwei Paar Schuhe. Daneben stand ein Holzkasten, zu dem sich eine Dose mit Schuhcreme und ein paar Schuhputzbürsten gesellten. Die graue Katze, die Lucy durchs Fenster gesehen hatte, saß jetzt auf einem Stapel gefalteter Geschirrtücher auf dem AGA. Lucy verstand zwar, dass Margaret sich an diesem Durcheinander störte, aber sie fand es eigentlich nicht schlimm, sondern sogar ganz behaglich. Als sie ihre Leinenjacke auszog, rutschte sie ihr aus der Hand. Bevor sie zugreifen konnte, hatte Margaret sich schon gebückt und die Jacke aufgehoben.

»Legen Sie Ihre Sachen hierhin.« Margaret schob eine Zeitung, Bindfäden und einen alten Schuhkarton voll Samentütchen zur Seite und schaffte so etwas freien Platz auf dem großen Eichentisch. »Und Ihre Jacke –« Margaret sah sich nach einem sicheren Platz für das Kleidungsstück um, »die kann da drüben auf die Anrichte.«

»Nicht!« Bunty richtete sich auf. Mit schmalen Augen schaute sie zu dem großen alten Küchenschrank hinüber.

»Doch, da liegt sie gut.« Margaret warf die Jacke auf das Büfett. Erst rutschte sie ein bisschen, als wolle sie gleich wieder auf den Fußboden fallen, dann jedoch schien sie sich aus eigener Kraft in die Luft zu heben. Lucy wich zurück.

»Ich hab doch gesagt –« Bunty stieß ihren Stuhl zurück, sodass die Holzbeine über den Fliesenboden quietschten – »nicht dahin.« Lucy beobachtete, wie ihre Jacke weiter in die Höhe stieg, als würde ein gespenstischer Arm sie langsam anheben. Ihre Nackenhärchen sträubten sich. Sie befand sich in einem offenbar verlassenen Dorf am Ende der Welt, allein mit zwei fremden Frauen. Und jetzt war ihre Jacke verhext. Das lief wirklich überhaupt nicht nach Plan.

»Tut mir furchtbar leid, Stanley.« Bunty nahm die Jacke vom Schrank und pfefferte sie über eine Stuhllehne. »Manche Leute haben einfach ganz schlechte Manieren.«

Stanley blinzelte langsam und nachdenklich und züngelte ein paarmal. Lucy schreckte zusammen und ließ sich auf einen Stuhl sinken, bevor ihre Beine unter ihr nachgaben.

»Vermutlich hat Margaret nicht daran gedacht, Stanley zu

erwähnen, oder?« Bunty legte den Kopf schräg. Um ihre Mundwinkel spielte der Anflug eines Lächelns.

Lucy schüttelte den Kopf. Sie presste die Lippen zusammen. Schlangen waren in Ordnung. Schlangen waren *absolut* in Ordnung. Unerwartet, aber in Ordnung. Viele Leute hielten sich Schlangen als Haustiere.

Margaret wirkte etwas betreten. »War keine Absicht, dass ich sie nicht erwähnt –«

»Ihn nicht erwähnt«, unterbrach Bunty.

Lucy warf rasch einen Blick auf Stanley, der sich wieder zusammengerollt hatte – oder sagte man *zusammengeringelt*?

»*Ihn* nicht erwähnt habe«, korrigierte Margaret sich. »Ich – also, es muss mir entfallen sein.«

Wie war es möglich, dass einem ein so großes Biest einfach entfiel? dachte Lucy. Stanley musste fast zwei Meter lang sein, und er gehörte auch nicht zu diesen netten, dünnen, entspannten Schlangen. Er schien von der Sorte zu sein, die Menschen erst in aller Ruhe abchecken und sie dann eines Nachts im Bett mit Haut und Haaren verschlingen.

Margaret lief hin und her, stellte den Kessel auf den AGA und suchte diverse Tassen und eine Teekanne zusammen. Bunty saß mit gefalteten Händen auf ihrem Stuhl und machte ein leicht amüsiertes Gesicht.

»Tee?« Margaret hob die Kanne.

»Ich – ich weiß nicht.« Lucy wollte aufstehen, aber weil ihre Knie noch so weich waren, setzte sie sich wieder hin.

»Ein Tässchen würde Ihnen nicht schaden«, sagte Bunty nicht unfreundlich. »Sie scheinen einen ordentlichen Schreck bekommen zu haben. Haben Sie denn noch nie eine Schlange gesehen?«

»Nur im Zoo.« Lucy nickte. »Mir war nicht bewusst, dass ich mit Schlangen ein Problem habe.«

»Wenn sie hinter Glas sind, hat kaum jemand Angst vor

ihnen. Aber sobald sie sich frei bewegen, neigen viele Leute zu Überreaktionen.« Bunty sagte das mit mildem Tadel in der Stimme.

Margaret stellte die Teekanne auf den Tisch. »Nicht viele Leute in deinem Alter besitzen eine Boa Constrictor, Mutter. Das ist doch einfach albern.« Ärgerlich sah sie ihre Schwiegermutter an. Sie schob einen Stapel vergilbender Zeitungen beiseite, um für die drei Tassen Platz zu machen.

»Wo ist dein Milchkännchen?«

»Keine Ahnung.« Hörte Lucy da ein angedeutetes Kichern? Offenbar genoss Bunty diese Szene. Margaret kramte im Kühlschrank herum.

»Vorsicht, im untersten Fach liegen die Küken zum Auftauen«, sagte Bunty und fügte an Lucy gewandt hinzu: »Stanleys Mittagessen.«

Lucy nickte schwach.

Mit einer Milchflasche in der Hand schloss Margaret die Kühlschranktür. Sie war ein klein wenig grün im Gesicht. »Tut mir sehr leid, wir müssen die Milch aus der Flasche einschenken.« Das schien ihr wirklich Stress zu bereiten. Lucy dagegen war es schnurzegal. Sie erholte sich immer noch von dem Schock, dass eine echte Schlange ihrer Jacke als Ablage gedient hatte, und nahm die Tasse dankbar entgegen. Der erste Schluck Tee war belebend, wenn auch noch zu heiß.

»Also, zur Sache.« Margaret legte die Fingerspitzen zusammen und sah Lucy über den Tisch hinweg an. »Mutter, wir haben das alles schon mal durchgekaut. Das Bluebell Cottage steht leer, und du brauchst wirklich Hilfe.«

»Blödsinn«, sagte Bunty bestimmt und trank ein Schlückchen Tee. »Igitt. Du kochst wirklich scheußlichen Tee, Margaret. Ich weiß nicht, wie Gordon das aushält.«

»Er kocht sich seinen Tee selbst.« Margaret verdrehte entnervt die Augen und wandte sich hilfesuchend an Lucy.

»Auch gut«, sagte Bunty und sah Lucy ebenfalls an. Lucy wusste nicht so recht, wie sie auf diese Blicke reagieren sollte, daher schaute sie in die Tiefen ihrer Teetasse. Erst als die Pause sich erneut zu einem peinlichen Schweigen ausdehnte, hob sie den Kopf und sah sich um. Nein, aufgeräumt war diese Küche nicht, aber sie steckte voller Erinnerungen an ein intensiv gelebtes Leben. Ausgeblichene Fotos in verstaubten Rahmen zeigten einen kleinen Jungen auf einem mit Rosetten geschmückten Pony. Rosetten, genauso ausgeblichen und verstaubt, hingen auch oben über dem Herd – waren es die von den Fotos? Das Bücherregal ächzte unter mehrfachen Lagen von Kochbüchern und Ordnern, und das Trockengestell, das von der Decke herabhing, war mit Kräuterbündeln und schweren gusseisernen Töpfen und Pfannen beladen. Es war ein geschichtsträchtiges Haus. Lucy verstand, warum Margaret diese Küche als Aufräumprojekt betrachtete, aber in Lucys Augen hatte der Raum etwas Magisches.

»Ich will nicht, dass ihr alles auf den Kopf stellt«, sagte Bunty plötzlich.

Margaret beugte sich ein wenig vor, und sie und Lucy warteten ab, was nun kommen würde.

»Ich bin absolut in der Lage, hier allein zu leben. Ich brauche niemanden, der auf mich aufpasst, und ich will nicht, dass irgendein Kindermädchen mich betreut oder versorgt oder hier aufräumt oder sonst irgendwelchen Quatsch.«

»Natürlich nicht«, sagte Margaret.

»Ich sehe, dass Sie hier viele besondere Erinnerungsstücke haben«, begann Lucy vorsichtig. »Wenn ich herkäme, würde ich nichts anderes tun, als nachsehen, ob Sie irgendwas aus dem Supermarkt brauchen oder ob ich sonst etwas für Sie tun könnte …«

»Hmmm.« Bunty schaute sie nachdenklich an.

»Na, das klingt doch gut, oder?« Margarets Gesicht hellte sich auf.

»Schön.« Bunty stellte ihre Teetasse ab und rieb sich kurz die Hände. »Also, wenn Sie sich einigermaßen von Ihrem Schock erholt haben, bringen wir Sie auf den Weg und ich kann weiter den Meerschweinchenstall saubermachen. Freya von gegenüber kommt heute Nachmittag vorbei, und ich hab zu tun.«

Und damit waren sie entlassen. Lucy nahm ihre Jacke von der Stuhllehne und warf einen letzten Blick auf den zusammengerollten Stanley. Bunty blieb in der Küche sitzen, sichtlich zufrieden, dass sie es gewesen war, die letztlich die Entscheidung getroffen hatte.

»Sehen Sie«, sagte Margaret lächelnd, als sie die Haustür hinter sich zuzogen, »Hunde, die bellen, beißen nicht.«

»Aber ich weiß nicht, ob das auch für Stanley gilt.«

»Der kann ja nicht bellen«, sagte Margaret. »Tut mir wirklich leid, dass ich vergessen hatte, ihn zu erwähnen. Ich gebe zu, es ist ungewöhnlich, dass eine Frau in Buntys Alter sich eine Schlange hält, aber sie war schon immer verrückt nach Tieren. Bis vor Kurzem hatte sie noch drei Hündinnen, drei Schwestern, aber die sind leider alle innerhalb von einem Jahr gestorben.«

»Das muss sehr schlimm gewesen sein.«

Margaret nickte kurz. »Ja, Bunty war ziemlich aufgelöst.«

»Vielleicht hat sie Freude daran, wenn ich Hamish mal mitbringe.«

»Wie reagiert Ihr Hund denn auf Schlangen?«

»Ich habe keine Ahnung – komisch, oder?« Beide Frauen lachten.

»Hier entlang«, sagte Margaret.

Neben Buntys Cottage standen einige Häuschen mit steilen Schieferdächern. Das erste Haus in der Reihe war genauso hübsch wie auf dem Foto, das Margaret geschickt hatte. Sie schloss die Tür auf und ließ Lucy den Vortritt.

Das Häuschen war winzig und einfach fantastisch. Lucy blieb in der Haustür stehen, die gleich ins Wohnzimmer führte, und sah sich alles an. Links von ihr befand sich die schmale, gewundene Treppe nach oben. Man konnte sie hinter einem schweren Vorhang verstecken, der jetzt mit einer dicken Kordel zurückgebunden war. Daneben ging man durch einen Rundbogen in eine Schlauchküche und weiter bis zu einer Tür in den Garten, durch deren Glasscheiben das Sonnenlicht fiel. Die Wände bestanden aus kühlem Stein. Das Spülbecken war ein richtiger eckiger Spülstein, und es gab einen alten Küchenschrank für Geschirr. Die Wände waren mit blauweißen Porzellantellern dekoriert. Im Gegensatz zu Buntys Küche war dieser Raum staubfrei und wirkte merkwürdig leer. Lucy strich über das glatte Eichenholz der Arbeitsplatte.

»Wir hatten das Bluebell Cottage eine Weile an ein Paar vermietet, die beide in London gearbeitet haben. Sie sind immer gependelt, deswegen waren sie kaum hier. Sie haben alles renoviert, daher wirkt es sehr neutral, wie Sie sehen. Der Herd ist neu, und wir haben den Kühlschrank ausgetauscht.«

Es war perfekt. Ein ungebetener Gedanke blitzte in Lucy auf. Zuhause standen die Prüfungen bevor, und ihre Schüler arbeiteten hart. Der ganze Fachbereich stand unter Stress, und der Chef drängte die Kolleginnen, zusätzlich Nachhilfegruppen einzurichten, weil er versuchen wollte, den Notendurchschnitt anzuheben. Die momentane Angst, dass Bunty ihre Chance auf Befreiung von alldem zunichtemachen könnte, hatte dazu geführt, dass Lucy sich wieder sorgte – dabei sollte ihr Aufenthalt hier doch genau das verhindern.

Ja, deswegen bin ich hier, ermahnte sie sich. Ich habe

sechs Monate Zeit, um runterzukommen und nicht mehr zu glauben, die Welt ginge unter, bloß weil ich nicht schon vorgestern alles geschafft habe. Ich will mich auf das Leben konzentrieren. Sie legte sich eine Hand auf die Brust, um sich zu beruhigen, und drehte sich mit einem Lächeln zu Margaret um.

»Sieht superschön aus.«

In dem winzigen Wohnzimmer stand vor einem niedrigen Holzofen ein kleines zweisitziges Sofa mit einer weichen grauen Wolldecke darauf. Neben dem Ofen gab es einen gemütlichen Sessel und ein rundes Tischchen mit einer bestickten Tischdecke und einer alten grünen Bankerlampe, wie Lucy sich schon immer eine gewünscht hatte. Auf einer Kommode, die für das Zimmerchen eigentlich zu groß war, stapelten sich Bücher, und das kleine Fenster ging auf die Straße hinaus, die Sonne schien hindurch auf den Teppich. Lucy wusste jetzt schon, dass Hamish dieses Sonnenplätzchen für sich beanspruchen würde.

Das Häuschen war so niedlich und so ideal, dass Lucy die kapriziöse Bunty und die Tatsache, dass sie um ein Haar wieder nach Hause geschickt worden wäre, ohne Bluebell Cottage auch nur von innen gesehen zu haben, schon vergessen hatte. Sie wandte sich wieder zu Margaret um, die noch vor der Tür wartete.

»Ich finde es ganz süß.«

»Jetzt sehen Sie, warum Fotos diesem Haus nicht gerecht werden.«

Lucy hatte bereits aufgrund der schiefen, unscharfen Handyfotos, die Margaret ihr geschickt hatte, beschlossen, dass sie das Häuschen lieben würde – aber in der Realität war es noch tausendmal schöner. Sie strich mit der Hand über die Steinwand.

»Darf ich Hamish holen? Er wartet noch ganz geduldig im Auto.«

»Aber selbstverständlich!« Margaret machte ihr Platz.

Hamish galoppierte ins Haus hinein, beschnupperte alles und ließ sich, wie Lucy es vorhergesehen hatte, auf dem Teppich nieder.

»Ich zeige Ihnen noch, wie die Dusche funktioniert – da gibt's einen kleinen Trick.« Margaret winkte Lucy, ihr die Treppe hinauf zu folgen.

Oben war ein schnuckeliges kleines Bad mit einer Sitzbadewanne und einer Dusche, die ihre Mucken hatte. »Sie funktioniert, wenn man diesen Hahn zuerst aufdreht«, erklärte Margaret. Das Milchglasfenster ging auf den Garten hinaus. Im Schlafzimmer stand ein altmodisches Eisenbett. Über das weiße Bettzeug war eine Patchwork-Tagesdecke gebreitet.

»Wir haben die Matratze für Sie ausgetauscht. Ich hoffe, dass sie bequem ist.«

»Sie ist bestimmt perfekt.«

»Und hier ist noch ein kleines Gästezimmer, falls Sie Übernachtungsbesuch bekommen.« Margaret öffnete die Tür zu einer Kammer, die gerade groß genug war für ein Einzelbett und eine hohe Kommode mit einer Lampe darauf.

Lucy senkte den Kopf. Wie sollte sie das erklären? Die Arbeit hatte sie völlig in Anspruch genommen und war zu ihrem einzigen Lebensinhalt geworden, sodass sie zwar eine Menge Bekannte in der Schule hatte, aber besuchen würde sie keine der Kolleginnen. Das klang ziemlich dramatisch, aber sie war immer eher introvertiert gewesen und hatte auch die Zeit an der Uni meistens in der Bibliothek verbracht. Der Kontakt zu Anna und Dawn, den Freundinnen, mit denen sie in einer WG gewohnt hatte, war zwar geblieben, aber die eine war jetzt verheiratet und lebte in Inverness, und die andere unterrichtete an einem College in Sydney. Keine der beiden würde zu Besuch kommen. Lucy hob den Kopf und lächelte so tapfer, wie sie konnte. »Danke.«

»Ich finde es ziemlich mutig von Ihnen, dass Sie diesen Sprung wagen. Ich wünschte, ich hätte das in Ihrem Alter auch mal gemacht.«

»Danke.« Lucy biss sich in die Wange. Anscheinend wirkte sie viel überzeugender, als sie sich fühlte. Im Moment kriegte sie nämlich innerlich gerade wieder das Flattern. Was hatte sie sich da bloß eingebrockt?

»Sie haben geschrieben, dass Sie in Bletchley Park recherchieren wollen?«

»Ja, ich freue mich darauf, Zeit dafür zu haben. Ich möchte über die Frauen und ihre Arbeit in Bletchley Park forschen – und über die Heimatfront.«

»Da sind Sie hier genau richtig. Im Dorf gibt es viele Frauen, die dazu vermutlich etwas zu sagen haben. Und wenn Sie Bunty in der richtigen Stimmung erwischen, hat sie auch so einige Geschichten zu erzählen.«

»Tatsächlich?«

»Oh ja. Ist jedenfalls einen Versuch wert. Normalerweise ist sie bei diesen Themen sehr zugeknöpft – ist wohl typisch für ihre Generation. Lass uns nicht vom Krieg reden und so. Aber soweit ich weiß, lebt sie hier schon seit fast achtzig Jahren.«

»Dann stammt sie ursprünglich nicht aus Little Maudley?«

»Nein, nein. Aus London.«

Lucy nahm sich vor, Bunty ganz behutsam zu bearbeiten und so viel wie möglich von ihr zu erfahren. Wenn sie geistig so fit war, wie sie eben gewirkt hatte, dann musste sie über einen riesigen Schatz an Erinnerungen verfügen.

»Wie auch immer, ich glaube, das ist jetzt alles. Wenn Sie keine Fragen mehr haben –« Margaret sah auf ihre Armbanduhr –, »dann sollte ich jetzt wirklich weiter. Ich komme im Laufe der Woche wieder vorbei und schaue, wie Sie sich einleben, aber ich bin sicher, dass Sie keine Probleme haben werden.«

Dass Margaret sich so eilig wieder davonmachte, lag vermutlich auch an ihrer Erleichterung darüber, dass sie ein wenig von ihrer vermeintlichen Verantwortung für Bunty hatte abgeben können, überlegte Lucy. Bunty war wohl keine einfache Schwiegermutter.

Lucy schloss die Tür hinter Margaret, schob den Riegel vor und drehte sich zu Hamish um.

»Wir haben's geschafft!«

Sie zog die Schuhe aus und stand einen Moment lang mit bloßen Füßen auf den Steinplatten des Küchenbodens. Angekommen. Das war ihr Zuhause – jedenfalls für die nächsten sechs Monate.

Sie schleppte die Kartons aus dem Auto ins Haus, stellte sie aufs Sofa und erinnerte sich dann daran, was der Arzt über den Ausgleich zwischen Arbeit und Entspannung gesagt hatte. Daher holte sie sich ein großes Glas Wasser und pflanzte sich in den Sessel. Von sich aus hatte Lucy nie Ruhepausen gemacht. Sie hatte immer noch ein schlechtes Gewissen, weil sie die anderen im Stich gelassen hatte, aber überall in ihrer Umgebung wurden Lehrer wegen stressbedingter Leiden krankgeschrieben. Sie hatte sich mit aller Kraft angestrengt, unter zunehmend schwierigeren Bedingungen einen möglichst guten Job zu machen, aber irgendwie war sie nie darauf gekommen, dass sie eines Tages selbst zu den Opfern gehören könnte. Als sie jetzt für einen Moment die Augen schloss, erlebte sie alles noch einmal nach.

»Nein.«

Dieses für Lucy so ungewöhnliche Wort war ihr entschlüpft, bevor ihr bewusst wurde, was sie da sagte.

»Na komm, Lucy. Das gibt mehr Geld, ist doch klar, und

in deiner Beurteilung wird es auch gut aussehen.« Nicks Stimme war sanft und charmant. Er war es gewohnt, seinen Willen durchzusetzen, und er wusste, dass »nein« in Lucys Wortschatz eigentlich nicht vorkam. *Ja gern,* hätte sie sagen sollen, als er sie fragte, ob sie, als Leiterin des Fachbereichs Geschichte, freundlicherweise in den Ferien einen Bericht zusammenstellen könnte. Aber nein, ihr fiel auf, dass sie immer nur *nein* sagte.

»Das kann ich nicht.«

»Lucy«, sagte Nick noch leiser, »na komm. Du bist absolute Spitze. Bisher konnte ich mich immer auf dich verlassen.«

»Nein, dieses Mal nicht.«

Mit einem Klicken sprang der Zeiger auf der Wanduhr auf acht Uhr dreißig, und auf Nicks Schreibtisch summte etwas. Genervt griff er danach und stellte es aus. Draußen stieg der Energiepegel, während der Tag Gestalt annahm: Die ersten Schüler gingen an Nicks Bürofenstern vorbei, die letzten Lehrer hasteten über den Schulhof und warfen rasch einen Blick durchs Fenster, dankbar, dass der Schulleiter am Schreibtisch saß und nicht mit der Uhr in der Hand auf dem Parkplatz stand. Nick war dem Kollegium als Superchef vor die Nase gesetzt worden, als Retter dieser heruntergekommenen Sekundarschule. Er leitete die Schule wie ein Wirtschaftsunternehmen und erzielte gute Ergebnisse – jedenfalls auf dem Papier. In Wirklichkeit jedoch machte er die erfahrensten, engagiertesten Lehrer der Schule krank. Lucy unterrichtete jetzt seit fast zehn Jahren hier. Inzwischen war sie dreiunddreißig, und ihr war klar, was Nick als Nächstes sagen würde.

»Ich bitte dich ja nur, es für dieses Schuljahr zu übernehmen. Ich verspreche dir, dass du ein paar Freistunden bekommst und dass wir zusätzliche Unterstützung für dich organisieren.«

Lucy wusste, dass das Unsinn war – die Hälfte der Assistentinnen an der Schule war zum Ende des letzten Schuljahrs entlassen worden, weil die Schule durch Budgetkürzungen eine Menge Geld verloren hatte. Lucy drehte den Ehering ihrer Großmutter, den sie am kleinen Finger der rechten Hand trug. Er beruhigte sie, wenn sie gestresst war, was zurzeit eigentlich immer der Fall war. Sie rieb sich den Nacken, sah aus dem Fenster und hörte nur mit halbem Ohr, dass Nick immer noch redete. Wie üblich hatte sie Kopfschmerzen, und sie war so müde, dass sie sich unter seinem Schreibtisch hätte zusammenrollen und einschlafen können. Wahrscheinlich hätte Nick das nicht einmal bemerkt.

»... ich weiß ja, dass das nicht ideal ist«, sagte er gerade. Er redete und redete, um sie mürbe zu machen. Und sie musste noch einen ganzen Stapel Unterrichtsvorbereitungen von den Junglehrern durchsehen.

»Ach Gott. Also gut.« Lucy wollte nur, dass er endlich den Mund hielt. Anschließend konnte sie nicht glauben, was sie da gesagt hatte. Es war überhaupt nicht gut. In der ersten Stunde hatte sie einen achten Jahrgang, eine Rabaukenklasse, und auf ihrem Handy waren drei verpasste Anrufe von einer unbekannten Nummer. Von Nick hatte es bereits E-Mails über diverse Besprechungen der Fachbereichsleiter gehagelt.

In der Pause blieb sie in ihrem Klassenraum und hörte ihre Mailbox ab. *Hallo, Lucy? Hier ist Amal, aus der unteren Wohnung. Ich will dir keinen Schrecken einjagen, aber anscheinend tropft es bei uns durch die Decke, und ich dachte, vielleicht –*

Ach, verdammt!

Lucy steckte das Handy wieder in ihre Handtasche. Das hübsche viktorianische Haus, in dem sie mit ihrem Bruder Tom wohnte, war ein Abschiedsgeschenk ihrer Mutter gewesen, bevor sie nach Australien gegangen war. Es hatte zwei Wohnungen. Die obere teilte sie sich mit Tom und die untere hatten sie vermietet. Das Problem war bloß, dass dauernd irgendwas repariert werden musste, und Tom war nie da, um sich darum zu kümmern. Seufzend legte Lucy den Kopf auf die kühle Platte ihres Pults. Vielleicht würde es niemand merken, wenn sie einfach einen Moment lang ...

»Miss!«

Sofort schoss sie hoch.

»Tyler, hallo! Was kann ich für dich tun?«

»Ham Sie geschlafen?«

»Nein.« Oder doch? Verflixt. Nein, sie hatte ihre Augen ausgeruht. Und warum tat ihr der Kopf so weh? Diese Schmerztabletten taugten nichts. Lucy griff in ihre Handtasche. Vielleicht hatte sie noch Ibuprofen, das sie zusätzlich einnehmen konnte.

»Wollt bloß fragen, ob Sie noch welche von den Wiederholungsblättern für die Stunde letzte Woche haben. Ich konnt ja nich kommen, weil ich auf meine kleine Schwester aufgepasst hab, aber ...«

»Sekunde.« Lucy kramte in ihrer Handtasche, zog ein Päckchen heraus, warf zwei weitere Pillen ein und schluckte sie mit einem kräftigen Zug aus der Wasserflasche auf dem Pult hinunter. »Ja. Ich habe noch ein paar Blätter im Auto, die hole ich dir in der Mittagspause. Kannst du nachher noch mal kurz reinkommen?«

Tyler strahlte. Er gehörte zu den Kindern, die sie daran erinnerten, warum sie mit Leib und Seele Lehrerin war. Seine häuslichen Verhältnisse waren schwierig, er bekam keine Unterstützung von den Eltern, und neun von zehn Malen vergaß er seine Hausaufgaben, aber Geschichte faszinierte ihn. Lucy konnte seine Liebe zu dem Fach sehr gut nachvollziehen. Vor Kurzem hatte er ihr dafür eine Begründung geliefert, die es auf den Punkt gebracht hatte.

»Is nämlich so, Miss, die Geschichte verändert sich ja nich. Alles«, er hatte mit seinem kräftigen Arm zum Fenster gezeigt, vor dem die anderen gerade zum Mittagessen unterwegs waren, »alles is ja irgendwie – unvorhersehbar, verstehn Sie? Aber die Geschichte – also –, die bleibt immer gleich.«

Lucy hatte gelächelt und zum Abschied die Hand gehoben. Mit einem Seufzer hatte sie Tyler nachgesehen, als er den Klassenraum verließ. Oh ja, sie wusste genau, was er meinte. Ihre eigene Liebe zur Geschichte stammte aus der Kindheit, als sie sich im Haus ihres Großvaters in alte Bücher vertieft hatte. Er hatte leidenschaftlich Memorabilien aus dem Zweiten Weltkrieg gesammelt und sie mit seiner Faszination für dieses Thema angesteckt. Später hatte sie dann in Brighton Sozialgeschichte studiert und viele Stunden lang das Nationalarchiv in Kew durchforstet. Schließlich war sie Lehrerin geworden, weil sie ihre Leidenschaft für das Fach weitergeben wollte und weil sie sehr gern mit Jugendlichen arbeitete. Doch sie hatte völlig übersehen, dass der Stress, der Papierkram und die Verwaltungsaufgaben, die zu ihrem Job gehörten, immer mehr Raum einnahmen. Und seit der wohlwollende, aber ineffiziente Schulleiter abgelöst worden und der neue Superchef eingetroffen war, weil die Schule auf Vordermann gebracht werden sollte, arbeitete sie zwölf Stunden am Tag und schlief abends vor dem Fernseher ein. Das war kein Leben mehr. Und nun nickte sie sogar schon mitten in der Pause ein. Und außerdem lief ihr die Nase.

Lucy zog ein Papiertuch aus der Box auf ihrem Schreibtisch, schnäuzte sich und schleuderte es in den Müll. Nur weil sie nicht traf und das Papiertuch auf den Boden fiel, sah sie, dass es blutrot war. Ihre Nase tropfte weiter, und sie nahm sich ein zweites Taschentuch, drückte es unter die Nasenlöcher und legte den Kopf in den Nacken. Oder sollte man sich vorbeugen? Sie konnte sich nicht erinnern, was bei Nasenbluten besser war. Aus dem Papiertuch tropfte es nass über ihre Finger.

Als Lucy wieder aufwachte, überprüfte eine freundliche Sanitäterin gerade die Gurte, mit denen sie festgeschnallt war. Sie lag in einem Krankenwagen auf einer Liege, und Knäuel aus blauen Papiertüchern waren wie ein Lätzchen um ihr Kinn herum festgestopft. Sie versuchte, sich aufzusetzen, aber die Gurte und eine Welle von unerträglichen Kopfschmerzen und Übelkeit hinderte sie daran.

»Nein, lieber nicht, junge Frau«, sagte die Sanitäterin. »Bleiben Sie schön still liegen, und machen Sie sich mal gar keine Sorgen. Wir haben alles im Griff.« Sie blickte auf einen Monitor an der Seite der Liege und nickte. »Okay, Dave, wir sind so weit. Kannst losfahren.«

Die Türen an Lucys Fußende schlossen sich zischend.

»Was? Wo fahren wir denn hin?«

»Keine Sorge. Bleiben Sie einfach still liegen, wir kümmern uns um Sie.«

Ganz schön viel Theater wegen ein bisschen Nasenbluten, dachte Lucy. Sie erinnerte sich nur, dass ihre Nase getropft hatte, und jetzt lag sie auf einmal im Krankenwagen. Und sie war unglaublich müde und ihr Kopf fühlte sich an, als würde er gleich explodieren. Bevor sie wieder in Schlaf sank, fiel ihr noch ein, dass sie den Test für den 8. Jahrgang im Kofferraum hatte liegen lassen.

»Ach, Lucy, was machst du bloß für Sachen.«

Das Licht war gedämpft, und sie nahm vage ein Rascheln hinter dem Vorhang wahr. Ihr Bruder Tom saß vorn auf der Kante eines Plastikstuhls und fuhr so abrupt hoch, dass der Stuhl über den Fliesenboden schurrte.

»Alles okay?«

»Mmpf«, hörte Lucy sich sagen. Sie hob den Arm, aber als

ihr klar wurde, dass ein Schlauch heraushing, verzog sie das Gesicht und guckte weg.

»Ich dachte, du magst diese ganzen Livesendungen mit Notarzteinsätzen nicht?« Tom grinste und verdrehte die Augen. »Du hast mir einen Wahnsinnsschreck eingejagt.«

Undeutliche Bilder von der freundlichen Frau im Krankenwagen zogen ihr durch den Kopf und dazu der Klang der Sirene.

»Was ist denn passiert?«

»Du arbeitest zu hart, das ist passiert.« Tom zog die Brauen zusammen und kaute auf seinem Daumennagel herum. Er war ungewöhnlich ernst. »Dein Blutdruck war plötzlich ganz hoch, wahrscheinlich weil du unter diesem Megastress stehst. Offenbar kann Nasenbluten eine Nebenwirkung sein.«

Ach du meine Güte, dachte Lucy, als sie sich an das Papiertuch, die Tropfen auf ihrem Pult und den kleinen roten See, der immer größer wurde, erinnerte.

»Wie bin ich denn in den Krankenwagen gekommen?«

»Ein Schüler hat dich gefunden. Er hatte etwas vergessen, und als er zurück in die Klasse kam, lagst du ohnmächtig in einer Blutlache. Ich denke, damit wirst du bis in alle Ewigkeit Schulgespräch sein.«

Lucy spürte, wie ihre Augenlider wieder schwer wurden. »Ich bin so müde.«

»Kein Wunder.« Tom drückte ihr den Arm. »Ich hab nur noch dich, Schwesterchen. Du musst besser auf dich aufpassen.«

Sie wollte nicken, war aber so schläfrig, dass sie diese Absicht nicht mehr in die Tat umsetzen konnte.

So also hatte es angefangen. Und als sie dann mal im Internet gesurft hatte – wie genau es dazu gekommen war, wusste Lucy nicht mehr –, war sie auf Margarets Anzeige gestoßen. Vor ihrem Zusammenbruch hatte sie sich immer eingeredet, es sei vernünftig, das Geld, das sie von ihrem Opa geerbt hatte, zu sparen, um ein kleines Polster für schlechte Zeiten zu haben. Nun machte Tom, der sein Erbe für eine Weltreise und ein schickes BMW Cabrio ausgegeben hatte, ihr klar, dass die schlechten Zeiten jetzt da waren und dass sie diesen Weckruf gebraucht hatte.

Bevor sie sich's versah, hatte Tom in der Tür gestanden und ihr zum Abschied gewinkt. Lucy hatte ihren kleinen Corsa mit Taschen, Bücherkartons und dem aufgeregten Hamish beladen, und nun lag ein ganzes halbes Jahr in einer geschichtsträchtigen Gegend vor ihr, in der es zahllose Geheimnisse der Frauen von Bletchley Park zu entdecken gab. Zum ersten Mal seit einer gefühlten Ewigkeit freute Lucy sich auf etwas. Sie tat etwas für sich selbst – nicht dem Schulleiter zuliebe und auch nicht, um anderen den Weg zu ebnen. Und obwohl sich schwache Schuldgefühle meldeten, begeisterte sie die Vorstellung, dass sie demnächst die Bücher lesen konnte, die stapelweise neben ihrem Bett gelegen hatten, und dass sie interessante Orte kennenlernen würde. Sie würde sich ganz ihrer Liebe zur Geschichte widmen können und außerdem auch noch Zeit zum *Entspannen* haben. Und vielleicht würde sie sogar Freunde finden.

Und jetzt war sie hier. Sie brauchte nichts weiter zu tun, als jeden Tag einmal nach Bunty zu sehen. Der Rest der Zeit gehörte ihr ganz allein. Sie konnte den Tag im Bett verbringen, wenn sie wollte, oder durch Antiquitätenläden streifen und über Bauernmärkte bummeln. Sechs Monate ganz ohne Termine und Verpflichtungen lagen vor ihr. Lucy stand aus dem Sessel auf. Als sie eine Kommodenschublade aufzog, fand sie ein paar Landkarten von der Umgebung.

So ganz einfach würde das Nichtstun nicht werden. Lucy suchte sich ein paar Bücher über die Regionalgeschichte aus der kleinen Bibliothek auf der Kommode heraus, stapelte sie ordentlich auf dem Tischchen neben dem Sessel auf und brütete dann über den Landkarten. Es gab ein paar schöne Rundwege um das Dorf herum, über die Hamish sich freuen würde. Aber vielleicht sollte sie erst mal weiter auspacken.

Sie trug eine Tasche nach oben, verstaute einen Teil ihrer Kleidung in der Kommode neben dem Bett, hängte anderes in den Schrank und baute ihre Toilettensachen im Bad auf. Die Badewanne war wirklich winzig, wie eine Miniversion einer normalen Badewanne. Lucy betrachtete sich im Spiegel. Sie war immer noch blass, immer noch nicht wieder – na ja, was war schon normal? Sie war so lange gestresst und ausgelaugt gewesen, dass sie sich nicht mehr erinnern konnte, wie sie eigentlich aussah. Sie spritzte sich kaltes Wasser ins Gesicht, rieb es mit einem Handtuch trocken, löste ihr Haar, das sie zu einem lockeren Knoten hochgesteckt hatte, und schüttelte es. Na also. Mit offenen Haaren sah sie nicht mehr ganz so erschöpft aus. Ein bisschen Landluft, und sie würde hoffentlich bald wieder auf dem Damm sein.

Unten war Hamish von seinem Power Nap erwacht und nagte zufrieden an einer Ecke des Teppichs. Als er Lucy hörte, blickte er auf und wedelte. Ach du Schreck, er hatte tatsächlich die ganze Ecke abgekaut.

»Und vermutlich ist das ein antikes Stück«, jammerte Lucy. Hamish senkte den Kopf, um weiter zu knabbern. »Lass das! Und komm mit. Du hast ja ewig im Auto gewartet. Wir gehen auf Entdeckungstour.«

Auf der Bank, auf der Lucy vorhin gesessen hatte, hockte jetzt eine zierliche, offenbar stinksaure Jugendliche. Als Lucy sich mit Hamish näherte, sah sie nicht auf, sondern scrollte weiter auf ihrem Smartphone herum. Das Haar hing ihr in zwei glatten schwarzen Vorhängen vor dem Gesicht. Lucy ging an ihr vorbei. Was für eine Erleichterung, dass sie sich eine Weile mal nicht mit den emotionalen Problemen von Teenagern befassen musste. Nein, sie konnte sich einfach in ihr Häuschen zurückziehen und alles Komplizierte draußen lassen. Nur Ruhe, Entspannung, Frieden und Stille. Ein täglicher Besuch bei ihrer Nachbarin Bunty war dafür wirklich nicht zu viel verlangt. Zum ersten Mal seit langer Zeit fühlte Lucy sich wieder ein bisschen wie früher.

Zweites Kapitel

Sam Travis war ziemlich kaputt. Sein Arbeitstag war anstrengend gewesen, und er sehnte sich nur noch danach, mit einem Kaffee und der Fernbedienung für den Fernseher die Füße hochzulegen. Doch jetzt musste er erst mal das Material zum Dachdecken, das er morgen voraussichtlich brauchen würde, auf seinem Pritschenwagen sichern. Er zurrte die Gurte fest, sprang dann von der Ladefläche, landete auf der gepflasterten Einfahrt zum Bell Cottage und hakte die Gurte außen am Wagen ein. Nachdem er die beiden Jungs abgesetzt hatte und wieder zu Hause war, war er zufrieden, dass er alles für den nächsten Arbeitstag vorbereitet hatte. Das nahm ihm morgens, wenn er seine widerstrebende Tochter aus dem Bett holen und sich um vergessene Hausaufgaben kümmern musste, ein bisschen Stress. Zum Glück fingen nächste Woche die Ferien an.

Geschafft. Jetzt konnte er morgen früh gleich losfahren. Zerstreut tätschelte er den Pritschenwagen, als wäre der kleine Laster ein Pferd.

»Freya?«, rief er über den Wagen hinweg ins Küchenfenster. Wie immer stand es offen, damit die Katze ungehindert ein und aus gehen konnte. Trevor, der die Nachbarschaftswache organisierte, hatte Anfang der Woche bei ihm angeklopft, um ihn zu informieren, dass er mit dem offenen Fenster nicht nur sein eigenes Hab und Gut gefährdete, sondern überhaupt Einbrecher ins Dorf lockte. Sam fand es zwar einigermaßen unwahrscheinlich, dass das winzige, abgelegene Dörfchen Little Maudley vom organisierten Verbrechen überrollt würde, aber er hatte Trevor versichert, dass er über eine Katzenklappe nachdenken würde. Wann er sie allerdings einbauen sollte, war Sam schleierhaft, denn er war mit seiner Firma, den Taxifahrten für eine Vierzehnjährige mit regem Sozialleben und der Haushaltsführung als alleinerziehender Vater ziemlich ausgelastet. Wie es bei den meisten selbstständigen Handwerkern der Fall war, ließ sich auch auf sein eigenes Haus der Spruch »Schusters Kinder gehen barfuß« übertragen. Manche Arbeiten warteten schon seit Jahren. Die Backsteine hinter dem Haus, die er für den Bau des längst geplanten Wintergartens vorgesehen hatte, lagen immer noch unberührt da. Auf einem Haufen Mutterboden, den er mit der Absicht, einen richtigen Garten anzulegen, in der Einfahrt abgekippt hatte, wuchs inzwischen Gras. Es sah aus, als wäre da aus dem Nichts ein kleiner Hügel gelandet. Verflixt, er musste sich wirklich zusammenreißen. Und – Sam rieb sich über sein stoppliges Kinn – er musste sich rasieren, aber dazu brauchte er neue Klingen, die er nur bekam, wenn er in den Laden …

»Freya!«, rief er wieder, diesmal lauter.

»Eine Minute!«

Sam rief die beiden Cockerspaniel, die ums Haus herumwuselten, ließ sie in den Land Rover springen, der neben dem Pritschenwagen parkte, und stieg dann selbst ein. Amber ließ ihren Schwanz wie eine Fahne herumwirbeln. Bee, ihre Mutter, kletterte mit lautem Gebell über sie hinweg. Dann drückten beide Hündinnen ihre feuchten Nasen gegen die ohnehin schon verschmierte Scheibe.

»Eine Minute, hat sie gesagt«, erklärte Sam den Hunden schmunzelnd. Mit einem Kopfschütteln lehnte er sich zurück und zog sein Smartphone aus der verschlissenen Jeans. Vier Nachrichten von Annabel Bevan, seiner derzeitigen, sehr anspruchsvollen Kundin. Erst vor einer halben Stunde hatte er ihr Landhaus Green Acres verlassen. Zerstreut scrollte er sich durch ihre Mails.

15.01: Sam, wenn du noch da bist, magst du vielleicht kurz auf eine Tasse Tee und einen Happen Essen reinkommen? xxx

15.08: Bin jetzt im Garten, du bist wohl schon weg. x

15.20: Hab Brownies im Ofen – hol dir einen, bevor du morgen mit der Arbeit loslegst! Xx

15.21: Ob du mich anrufen könntest? Hab dir gemailt! Xxx

Annabel war hartnäckig, das musste er ihr lassen. Leider brachte seine Arbeit es mit sich, dass manche Frauen – ein bestimmter Typ Frauen – glaubten, zu seinen handwerklichen Dienstleistungen gehörten noch gewisse … Extras. Sam hatte herausgefunden, dass es am besten war, so zu tun, als würde er das nicht bemerken. Er legte sein Handy weg und schloss kurz die Augen.

Zehn Minuten später erschien Freya. Sie hatte eine dicke Schicht Make-up aufgelegt und ihre hübschen Augenbrauen so kräftig nachgezogen, dass sie jetzt ganz breit und tiefschwarz waren. Diese ganze Sache mit der Schminkerei war und blieb Sam ein Rätsel. Aber seiner Erfahrung nach bestand die Lösung darin, Freya einfach kaufen zu lassen, was sie angeblich brauchte. Doch warum für eine Fahrt in die Bibliothek und zum Supermarkt die volle Kriegsbemalung nötig war, begriff er nicht.

»Fertig?« Sie grinste.

»Machst du dich über mich lustig?«

»Ich musste meine Notizen für Geschichte noch suchen und nachgucken, was ich für den Test brauche.«

»Und nach dem ganzen Theater mit unserem WLAN kannst du die Sachen nicht online finden?«

Freya schüttelte den Kopf. »Ich muss alte Fotos und so was sichten und ein paar Sachen kopieren«, sagte sie, während sie schon durchs Dorf fuhren, den Hügel hinauf und Richtung Stadt. »Unser Drucker funktioniert ja immer noch nicht, weil du ihn noch nicht in Ordnung gebracht hast.«

»Okay, ist ja gut. Wenn du mich dran erinnerst, besorge

ich die Tintenpatronen im Tesco. Dann kannst du alles zu Hause ausdrucken.«

»In der Bibliothek haben sie im Archiv auch Flugblätter und solche Sachen aus dem Krieg. Die will ich mir ansehen.«

»In Ordnung.«

Sie ließen das Dorf hinter sich und fuhren durch schmale, von weißen Wolken aus Wiesenkerbel und dem Lichtgrün des Sommers gesäumte Straßen. Als sie um eine Biegung kamen, musste Sam bremsen. Vor ihm wartete eine ganze Wagenschlange geduldig, bis eine Herde braunweißer Kühe von einer Weide auf eine andere getrottet war. Einige Minuten vergingen, dann schloss der Farmer das Gatter und hob dankend den Arm.

In Bletchingham fuhren sie auf den Parkplatz neben der kleinen Bibliothek, die sich in einer Gasse hinter der idyllischen Hauptstraße versteckte. Der ganze Ort wirkte wie aus dem Bilderbuch. Weiden hingen über den schmalen Kanal, und dahinter stieg der Park sanft bis zu den roten Ziegelbauten an. Diese Wohnsiedlung war auf der alten Gemeindewiese entstanden, auf der er als Teenager mit seinen Freunden viel Zeit verbracht hatte. Zwei Jungen fuhren auf BMX-Rädern vorbei, sprangen vom Bordstein und lachten. Sam fragte sich, ob er solche Tricks wohl noch beherrschte. Jahrelang hatte er fast jede freie Minute im Skatepark zugebracht. Offenbar wollten die Jungen jetzt auch dorthin.

»Dad? Kommst du?« Freya war schon ausgestiegen. Sam schüttelte den Kopf.

»Ich warte hier. Muss ein paar Anrufe erledigen.«

»Okay.«

»Freya?« Mit fliegendem Haar drehte sie sich um. »Brauchst du Geld zum Kopieren?«

Sie klopfte auf ihre Jeanstasche und schüttelte den Kopf. »Hab genug Münzen.«

Sam schaute ihr nach. Als er sie nicht mehr sehen konnte, nahm er sich die Skizzen vor, die er für Annabels Baumhaus angefertigt hatte. Die Arbeit als Baumhaus-Architekt war ihm gewissermaßen in den Schoß gefallen. Nach der Schule hatte er Schreiner gelernt und dann ein paar Jahre für eine Firma Luxusküchen gebaut. Als die Firma Pleite machte, hatte er beschlossen, sich mit kleineren Arbeiten vor Ort über Wasser zu halten. Nach einem Gespräch im Pub hatte er sein erstes Baumhaus gebaut, für den Spielplatz. Er hatte sich lange und in allen Einzelheiten über Bau- und Sicherheitsvorschriften informieren müssen, aber danach wusste er genau, was als sicher galt und was nicht. Das fertige Baumhaus war feierlich mit einer Grillparty und einer Horde begeisterter Dorfkinder eingeweiht worden, und allein an jenem Abend hatte Sam drei Aufträge bekommen. Geld war am Rand der Cotswolds reichlich vorhanden, und so hatte die Mundpropaganda dazu geführt, dass *TreeTops Treehouse Design* sich zu einer Firma entwickelte, die so viel Gewinn abwarf, dass er seinen Lebensunterhalt davon bestreiten konnte. Seine Kundschaft konnte zwar etwas anstrengend sein, aber damit kam er zurecht. Schwerer fiel es ihm, mit dem quälenden Gedanken klarzukommen, dass er mit seiner Arbeit nicht viel zur Veränderung der Welt beitrug. Wenn er für Kinder, die ein privilegiertes Leben führten, Baumhäuser baute, bedeutete das immerhin, dass sie sich häufiger draußen aufhielten, statt das ganze Wochenende lang nur an ihren Computern und Spielekonsolen zu kleben. Manchmal musste er jedoch daran denken, wie sehr er sich als Kind so ein Baumhaus gewünscht hätte. Und es gab so viele Kinder, die einen besonderen Ort zum Spielen ebenso sehr verdienten wie ihre vom Schicksal begünstigten Altersgenossen und die nicht mal einen Garten, geschweige denn ein nach Maß gezimmertes Baumhaus hatten.

Sam rief bei einem Holzhandel an. Hoffentlich erreichte

er dort noch jemanden, bevor das Büro schloss. Aber er hatte kein Glück. Er trommelte auf dem Lenkrad herum und schaute aus dem Fenster. Ein Paar war mit einem kleinen Mädchen, das sie an den Armen schaukelten, zum Kanal unterwegs. Die Frau hatte eine Tüte mit Brot für die Enten dabei. Wäre Freya da gewesen, dann hätte sie ärgerlich gegrummelt, wie gefährlich ungeeignetes Futter für die Enten war. Doch stattdessen brauchte sie Ewigkeiten in der Bibliothek. Die Hunde auf der Rückbank seufzten schwer – er hätte sie wirklich zu Hause lassen sollen, aber sie waren so neugierig und wollten immer bei ihrem Rudel sein. Doch plötzlich setzte Bee sich kerzengerade auf. Sie spürte, dass Freya zurückkehrte, bevor Sam seine Tochter auch nur sehen konnte.

In ihren Sportschuhen am Ende von Streichholzbeinen in engen schwarzen Leggings kam Freya anmarschiert. Sie trug ihre Zahnspange und hatte die Haare zusammengebunden, um sie aus dem Gesicht zu halten. Wie immer wirkte sie, als schleppe sie alle Sorgen der Welt auf den Schultern. Freya war eine Kriegerin, das absolute Gegenteil von ihrer Mutter, und am liebsten hätte Sam ihr die eingebildeten Sorgen einzeln von den schmalen Schultern genommen und ihr das Leben so leicht wie möglich gemacht. Es war das Mindeste, was er für sie tun konnte. Ohne Mutter aufzuwachsen war schwer. Er selbst war ohne Vater aufgewachsen, er konnte ein Lied davon singen. Damals schien das ganze Dorf nur aus Kernfamilien zu bestehen, und er hatte das Gefühl gehabt, etwas zu verpassen. Seine Mutter hatte mehr als einmal finster gemurmelt, im Gegenteil, er verpasse überhaupt nichts. Hätte er seinen Vater gekannt, wüsste er, was sie meinte. Aber Sam hatte ihn nicht gekannt, daher spürte er, dass ihm etwas fehlte – vielleicht nicht sein Vater persönlich, aber etwas, das er nie gehabt hatte.

Als Stella, Freyas Mutter, ihn verlassen hatte, was im Dorf

ein Skandal gewesen war, wurde er von Schuldgefühlen gebeutelt, denn damit war seine Tochter in der gleichen Situation wie er selbst damals als Kind. Er nahm sich vor, niemals ein schlechtes Wort über Stella zu sagen und alles so gut wie nur möglich zu machen. Trotzdem wurde er das schlechte Gewissen nicht los, dass er sich nicht genügend anstrengte, um seiner Tochter das Gefühl zu geben, ihre kleine Familie aus zwei Personen sei vollständig. Allerdings hatte er den Entschluss gefasst und sich auch daran gehalten, dass er keine andere Frau in ihr Leben hineinholen würde. Seine Mutter hatte eine Reihe von Verehrern nach Hause gebracht, aber niemand war geblieben. Das wollte er Freya nicht antun, auch wenn es für ihn bedeutete, dass er Single blieb, bis sie irgendwann zum Studium weggehen würde.

»Hast du alles gekriegt, was du brauchst?«

»Die Bibliothek wird geschlossen.« Freya stellte die Tasche mit den Büchern sorgsam in den Fußraum und sah auf. Unter einem Auge hatte sie einen Fleck Wimperntusche. Sam streckte automatisch die Hand aus, um ihn wegzuwischen, aber sie ließ sich gegen die Beifahrertür sinken.

»Geschlossen? Soll sie renoviert werden?«

»Nein, für immer. Wenn man eine Bibliothek braucht, soll man demnächst nach Bletchley oder Aylesbury fahren, steht hier.« Freya schwenkte einen Flyer. Die Buchstaben verschwammen vor Sams Augen, sodass er die Wörter nicht erkennen konnte.

Freya schnallte sich an. »Sehr praktisch«, fuhr sie wütend fort. »Ich werde wohl kaum stundenlang mit dem Bus nach Bletchley fahren, bloß um da in die Bibliothek zu gehen.«

Sam sah sie an und hob fragend die Augenbrauen.

»Na gut, vielleicht doch.«

»Ich kann dich doch auch fahren.«

»Danke. Aber bei den Sachen für die Schule hilft mir das

nicht. Wie soll ich das denn alles schaffen? Ich bemühe mich um gute Noten, und wir haben nicht mal einen funktionierenden Drucker, die Bibliothek schließt, wir wohnen eine halbe Stunde von der Schule weg im hinterletzten Kaff und ...« Sie verstummte, während Sam zurücksetzte und vom Parkplatz fuhr. Mann, seine Tochter ließ wirklich nicht locker. Sie würde eine gute Politikerin abgeben.

»Du musst aufhören, dir so viele Gedanken um so was zu machen.« Während er darauf wartete, dass er auf die Straße abbiegen konnte, warf er ihr einen Blick zu.

»Ich mach keinen Stress. Ich will einfach gute Zensuren haben.«

»Das weiß ich doch, Schatz.«

»Wirklich?« Freyas Ton war scharf. Schon als ganz kleines Mädchen hatte sie ihn oft zum Lachen gebracht, weil sie wie eine Erwachsene klang.

»Ja, klar. Ich möchte, dass du so gut abschneidest, wie du nur kannst.« Er blinkte und fuhr aus dem Kreisverkehr heraus auf den Parkplatz von Tesco. »Dass ich selbst in der Schule nicht gut war, heißt ja nicht, dass ich dir das auch wünsche.«

»Aber warum redest du dann dauernd davon, dass es im Leben mehr gibt als Schule und gute Noten?«

»Ach Mensch«, seufzte Sam lachend. »Kann ich mir dein Schweigen mit einem Eis erkaufen?«

»Nur, wenn es was Besonderes ist, nicht diese Hausmarke von Tesco.«

Sam parkte und machte den Wagen aus. Noch bevor er seinen Sicherheitsgurt aufgeklickt hatte, war Freya schon herausgesprungen. Sie schnappte sich einen Einkaufswagen, und er schloss ab und folgte ihr zum Eingang, wo sie gerade einen Labradorwelpen begrüßte. Eine ziemlich genervte Frau hielt ihn auf dem Arm.

»Ist der süß! Können wir nicht noch einen Hund haben?«

Sam verdrehte die Augen. »Wir haben schon zwei draußen im Auto«, sagte er zu der Frau.

»Einer mehr kann doch nicht schaden«, bettelte Freya.

»Genau das haben meine Jungs auch gesagt«, erzählte die Frau. »Jetzt sind sie gerade da drin und kaufen Pizza, und ich bin diejenige, die nachts dauernd aufsteht und den Welpen stubenrein macht.«

»Genau.« Sam übernahm den Einkaufswagen, fasste Freya am Arm und zog sie in die Obst- und Gemüseabteilung.

»Was willst du zum Abendessen?« Er hatte einen Bärenhunger und der Kühlschrank war leer.

»Würstchen?«

»Und Kartoffelbrei?« Sam grinste seine Tochter an.

»Und Erbsen«, sagten beide gleichzeitig. Das war ihr Lieblingsgericht. Sie gingen los und suchten sich zusammen, was sie brauchten. Irgendwie gelang es Freya, ihn auszutricksen, sodass plötzlich drei Becher Ben & Jerry's im Wagen lagen, weil das Eis im Angebot war. Vater und Tochter wussten beide, dass Freya und ihre Freundin Cammie innerhalb von vierundzwanzig Stunden alle drei Becher leer essen würden.

Erst als Sam zu Hause die Würstchen unter den Grill legte, fiel ihm ein, dass er die Rasierklingen vergessen hatte.

Drittes Kapitel

In der Nacht konnte Sam nicht schlafen. Um halb zwei gab er auf und ging nach unten. Er kuschelte sich mit einem Toast und einer von Freyas flauschigen Decken aufs Sofa und saß ewig lange vor dem Fernseher, bis er doch noch einschlief. Um sechs weckten ihn die Hunde, die auf ihm herumkletterten, weil sie seinen Wecker oben gehört hatten. Es würde ein langer, langer Tag werden. Freya, die als Kind eine Lerche gewesen und morgens fröhlich aus dem Bett gesprungen war, hatte sich mit Anbruch der Pubertät irgendwann im letzten Jahr ins Gegenteil verwandelt, und als er sie wecken wollte, stöhnte sie nur und zog sich die Decke über den Kopf. Der Tag begann daher mit einer untergründigen Spannung, die nur eine Jugendliche, die nicht in die Gänge kommt, verursachen kann. Sam bemühte sich, ruhig zu bleiben und zu ignorieren, wie die Minuten verrannen, aber als die Zeit für den Schulbus immer näher rückte, stellte er sich unten an die Treppe und rief ein letztes Mal nach Freya.

»Du brauchst gar nicht solchen Stress zu machen«, sagte sie, als sie erschien. Die Krawatte ihrer Schuluniform hatte sie lose um den Hals hängen. »Hab ich jemals den Bus verpasst?«

»Nein«, sagte Sam mit zusammengebissenen Zähnen, aber doch amüsiert über ihre Unbekümmertheit. »Trotzdem, ich habe morgens was Besseres zu tun, als hier unten an der Treppe zu stehen und dir die Uhrzeit durchzugeben.«

»Ach, wirklich?« Sie zwinkerte ihm zu und tauchte mit einem Grinsen unter seinem Arm durch.

»Pass auf, mein Fräulein«, sagte er lachend. Kurz darauf

schickte Freya ihm ein Selfie, auf dem sie schielend und mit rausgestreckter Zunge neben ihrer besten Freundin Cammie im Bus saß.

Sehr witzig, schrieb er, machte einen Schnappschuss von sich und schickte ihr beides zurück. Erst dann betrachtete er sein Foto genauer. Seine Stoppeln waren bereits auf der Grenze zu einem echten Bart, und er musste wirklich zum Friseur. Und die Ringe unter seinen braunen Augen wurden immer dunkler. Er musste mal richtig durchschlafen, aber bis dahin brauchte er einen ganzen Eimer Kaffee. Oder besser mehrere.

»Weil du auf meine Einladung zum Frühstück nicht reagiert hast, hab ich mir gedacht, ich bringe dir den Kaffee einfach nach draußen«, gurrte Annabel. Mit einer Kopfbewegung warf sie ihren langen, honigblonden Pferdeschwanz zurück und stellte dann ein Tablett auf den dicken Baumstumpf, der von der alten Eiche, die jahrelang hier im Garten gestanden hatte, übriggeblieben war.

»Vorsicht, der ist oben behandelt worden«, sagte Sam, nahm das Tablett rasch wieder hoch und stellte es auf den Rasen.

»Kaffee, Sahne, Zucker – auch wenn du bestimmt schon süß genug bist.« Annabel kicherte.

»Drei Löffel bitte«, sagte Sam nüchtern.

»Und kann ich dich mit diesen leckeren selbstgebackenen Brownies in Versuchung führen? Ich hab das Rezept bekommen, als ich neulich mit Freundinnen in Oslo war. Die sind himmlisch.«

»Danke, nein.« Sam schüttelte den Kopf. Er wollte einfach nur seinen Kaffee runterstürzen und weiterarbeiten.

»Das sieht schon sehr schön aus!« Annabel deutete auf den Rahmen aus breiten Bohlen, auf dem die Plattform für das Baumhaus entstehen sollte. Dort, wo die Treppe ankommen würde, war eine Lücke ausgespart, und unter der Plattform war Platz für einen Tisch vorgesehen. »Ich wollte noch mal mit dir über die Idee mit dem Picknicktisch sprechen.« Annabel schaute ihn über ihren Kaffeebecher hinweg an. Sie hatte sich eine Sonnenbrille ins helle Haar geschoben, obwohl der Wetterbericht vier weitere Tage mit grauem, trübem Wetter vorhersagte. Danach sollte es dann Regen geben, und bis dahin wollte Sam möglichst viel schaffen. Wie viel, das hing allerdings davon ab, wie oft Annabel ihn noch von der Arbeit abhalten würde.

»Ich hab nämlich gedacht, es wäre doch nett, einen Whirlpool unter dem Baumhaus zu haben. Der Platz hat dafür genau die richtige Größe, und es wäre sicher nicht zu kompliziert, ein paar Rohre und so hierher zu verlegen, oder?«

Mann, dieser Job war wirklich ein Albtraum. Sam hatte es von Anfang an gewusst, gleich als er zum ersten Mal hergekommen war und Annabel ein kleines Mittagessen für sie beide vorbereitet hatte. »Und dabei machen wir ein bisschen Brainstorming, mein Lieber«, hatte sie gesagt. Aber die Selbstständigkeit bedeutete, dass man möglichst jeden Auftrag annahm, selbst wenn das hieß, dass man die Zähne zusammenbeißen und sich mit gelangweilten reichen Hausfrauen abgeben musste. Normalerweise hatte er ja seine beiden Azubis bei sich, aber heute war ihr Berufsschultag, daher war er allein.

»Darüber müsste ich erst mit ein paar anderen Firmen sprechen. Das könnte das Ganze ein bisschen in die Länge ziehen.«

Annabel lächelte katzenhaft. »Ach, das wäre aber schade. Glaubst du denn, du könntest mich noch ein bisschen länger ertragen?«

»Selbstverständlich«, sagte Sam höflich. Annabel schien seine verkrampften Kiefermuskeln nicht zu bemerken. »Aber wenn du nichts dagegen hast, ich muss jetzt wirklich weitermachen. Es ist ein Wettlauf gegen das Wetter.« Sam sah zum Himmel hinauf, wo ein paar Wolken drohten.

»Aber natürlich.« Annabel bückte sich, um das Tablett aufzunehmen, und sorgte dafür, dass ihr Hintern in der knapp sitzenden blauen Reithose dabei in bestem Licht erschien. Als sie wieder hochkam, drehte sie sich mit einem Lachen zu Sam um. »Dann will ich dich jetzt lieber nicht weiter ablenken, oder?«

Sam schloss die Augen und holte tief Luft. Bei aller Sachlichkeit war er doch auch nur ein Mensch. »Nein.« Er griff zu einem Maßband und hakte es am Rand eines Balkens ein. »Vielen Dank für den Kaffee. Ich messe den Platz für den Whirlpool aus und melde mich dann wieder, okay?«

»Supi.« Annabel winkte mit den Fingern. »Ich fahre jetzt zur Reitstunde. Bin bald wieder da!«

Sam wandte sich dem Stamm der mächtigen Buche zu, in die er das Baumhaus hineinbaute, und schlug mit der Stirn sacht gegen die Rinde. Verdammt noch mal. Am besten rief er Jack an. Jack war Installateur und nicht nur Fachmann auf seinem Gebiet, sondern er hatte auch nicht die geringsten Skrupel, seine Kundinnen zu vögeln. Und wenn Annabel klar wurde, dass Jack nicht nein sagen würde, konnte Sam endlich ohne weitere Verführungsversuche seiner Arbeit nachgehen. Als Mama und Papa von Freya hatte er schon genug am Hals, auch ohne bei einer Affäre mit einer Kundin erwischt zu werden, und schon gar nicht mit Annabel Bevan, der Frau vom Chef des Auslandsgeheimdienstes oder was auch immer ihr Ehemann Malcolm Wichtiges machte. Wenn Jack es riskieren wollte, sich von einem namenlosen Mann im Anzug umlegen zu lassen, weil er Annabel aufs Kreuz gelegt hatte, dann war das seine Sache. Sam wollte nur seinen Auftrag ausführen, das Geld kassieren und verschwinden. Mit einem Seufzer griff er zur Säge und machte sich wieder an die Arbeit.

»Ich hab gedacht«, sagte die Stimme einer älteren Dame hinter der Gartenhecke, »ob du dir vielleicht mal die Igelhäuser im Garten ansehen könntest, wenn du einen Moment Zeit hast.«

Sam fuhr zusammen. Er war gerade von der Arbeit gekommen und blätterte einen Stapel Prospekte durch, der vor der Haustür gelegen hatte. Nachdem er Annabel endlich abgewimmelt hatte, war er gut vorangekommen, was er erleichternd fand, denn er wollte diesen Job lieber früher als später hinter sich lassen.

»In deinem Garten, meinst du?«

»Und im Bluebell Cottage nebenan auch, wenn das geht. Ich möchte wissen, ob wir neue Mitbewohner haben.«

Bunty lebte gegenüber im Wisteria Cottage. Sie hatte sich angewöhnt, ihn zu überraschen, und auch nach all den Jahren konnte sie ihn immer noch erschrecken. Außerdem besaß sie die Angewohnheit, Gespräche weiterzuführen, die sie schon vor Tagen, wenn nicht sogar vor Wochen begonnen hatte. Sam vermutete, dass das mit ihrem Alter zusammenhing. Vielleicht hatte Zeit nicht mehr die gleiche Bedeutung, wenn man sechsundneunzig war. Wie auch immer, Sam wünschte, sie würde sich räuspern oder sich vielleicht sogar zu einer Begrüßung durchringen, bevor sie mitten ins Thema hineinsprang. Jetzt tauchte sie hinter der Hecke auf und blieb in der Einfahrt stehen. Mit einer Hand stützte sie sich am Torpfosten ab.

»Na klar. Ich komme morgen mal vorbei, wenn dir das recht ist. Und soll ich dann nach Igeln gucken oder …?«

»Ratten.« Bunty machte ein unbekümmertes Gesicht.

»Nach Ratten?«

»Ich hab davon gelesen. Ich will nicht, dass bei mir kleine Gäste einziehen. Und vergiss nicht, auch nebenan im Garten nachzusehen. Die Biester sollen auf keinen Fall hier durch die Gärten flitzen oder noch Schlimmeres.«

»Okay.«

Das war etwas, worauf er sich freute. Mit Bunty wurde es nie langweilig, das musste er ihr lassen. Dass sie reizbar war und zu Exzentrizität neigte, lag nicht an ihren sechsundneunzig Jahren – er kannte sie ja seit seiner Kindheit, und sie war schon immer so gewesen. Sie war das, was man gemeinhin als *Original* bezeichnete.

Sam hätte alles für sie getan. Sie war eigensinnig und stur wie eine alte Bergziege und hatte sich offenbar vorgenommen, ewig zu leben. Obwohl ihre Schwiegertochter Margaret sich ein Bein ausriss, um sie altersgerecht unterzubringen, blieb Bunty zu Hause und ließ sich nur zweimal in der Woche beim Putzen helfen. Oder – wie Bunty es ausdrückte – stören.

»Wo ist Freya?«

»Versteckt sich drinnen irgendwo, denke ich mal.«

»Das Mädchen muss an die frische Luft.« Bunty schüttelte den Kopf und zog die dicke Wolljacke zurecht, die sie trotz der Wärme trug.

»Ich weiß. Aber ich kann sie ja nicht nach draußen schleifen. Und sie behauptet, sie macht Hausaufgaben. Wie kann ich da was sagen?«

»Sind doch bald Ferien, oder?«

»Nächste Woche.«

»Wenn sie sich nützlich machen möchte, hätte ich da ein paar kleine Jobs. Sie könnte sich ein bisschen Taschengeld verdienen. Wie alt ist sie jetzt?«

»Vierzehn. Für einen richtigen Ferienjob noch nicht alt genug, deswegen würde sie sich sicher freuen. Und vielleicht fragt sie mich dann auch nicht mehr ständig nach Geld.«

»Mhm.« Bunty nickte wissend. »Ich erinnere mich noch an die Zeit, als ich so alt war. Ich brauchte immer Geld für Ausflüge ins Kino und Schleckereien und – ach, das war eine schöne Zeit. Alt genug, um schon ein bisschen Freiheit zu haben, und noch zu jung, um sich Gedanken über Jungs und das alles zu machen.«

Zum Glück hatte Freya sich bisher nicht verliebt, weder in Jungs noch in Mädchen. Sam rechnete und stellte sich eine Bunty vor achtzig Jahren vor, quicklebendig und aufmüpfig.

»Du würdest staunen, an was ich mich alles erinnern kann – ich bin noch nicht senil.« Bunty kicherte belustigt. »Oh ja, ich wollte unbedingt aus Walthamstow weg und etwas mit meinem Leben anfangen. Damals befürchtete ich nämlich, dass ich einen netten jungen Mann heiraten und dann in einem ganz gewöhnlichen kleinen Reihenhaus in der Falle sitzen könnte, genauso wie meine große Schwester Ethel.«

»Und wie bist du dem entkommen?«

»Ich bin in einen Zug gestiegen. Und wenn ich daran denke, wie es Ethel und ihrem Mann ergangen ist, war das das einzig Richtige.«

Sam hob fragend die Augenbrauen.

»In die Luft gesprengt. Eine Bombe, und das Haus war weg. Die ganze Häuserreihe lag in Schutt und Asche.«

»Das tut mir leid.«

»Nicht nötig«, sagte Bunty schroff. »Es ist ja viele Jahre her. Ein ganzes Leben. Aber jetzt noch mal zu den Igeln. Du kommst also vorbei? Ich kann mich nicht mehr so tief bücken. Oder vielleicht doch, aber ich bin nicht sicher, ob ich dann jemals wieder hochkomme.« Bunty lachte wieder.

»Ja, klar.«

»Und was macht dein Liebesleben? Keine nette junge Dame in Sicht?«

»Ich hab dir ja schon gesagt, dass ich mit Freya genug um die Ohren habe.«

»Hmm.«

»Nix *hmm*. Ich habe eine Tochter« – Sam machte eine Kopfbewegung zum Haus hin –, »die gerade auf dem Selbstbehauptungstrip ist. Ich habe eine Firma, die ich am Laufen halten muss. Komplikationen kann ich da nicht gebrauchen.«

»Ich spreche nicht von Komplikationen, ich spreche von Sex.«

Sam spürte, wie er rot wurde. Er war sich fast sicher, dass Bunty ihn einfach provozieren wollte.

»Ach Gott, ihr jungen Leute seid ja so was von prüde.« Bunty gackerte wieder los und ging dann in ihr Cottage zurück. An der Pforte drehte sie sich noch einmal um. »Heute Abend gibt's im Fernsehen so eine Kuppelshow. Da solltest du mal mitmachen. Vielleicht lernst du dann ja ein nettes Mädel kennen.«

»Kein Bedarf, ehrlich nicht.«

»Solltest du dir aber trotzdem ansehen. Großartige Unterhaltung, ich muss jedenfalls immer lachen.«

Als Sam seine Vorbereitungen für den nächsten Tag endlich abgeschlossen hatte, ging er ins Haus. Freya saß in einem Berg aus Hunden und Kissen und mit einem Meer von Chipstüten zu Füßen vor dem Fernseher. Er sah auf die Uhr und nahm ihr die Fernbedienung weg.

»Bunty hat mir eine Datingshow empfohlen, die heute Abend läuft. Keine Ahnung, warum sie sich in ihrem Alter noch solche Sendungen anguckt.«

Vater und Tochter kriegten sich gar nicht mehr ein, als sie herausfanden, dass es ausgerechnet *Naked Attraction – Dating hautnah* war. Der Gedanke, dass Bunty die Beine hochlegte und sich die nackten Kandidaten ansah, war einfach zum Schreien komisch. Zum Abendessen gab es Käsetoast, den sie einträchtig vor dem Fernseher verzehrten, und Freya verschluckte sich mehrmals vor Lachen. Anschließend gingen sie noch schnell, bevor er zumachte, in den Dorfladen.

»Stell dir bloß mal vor, wie Bunty mit einer Tasse Tee im Sessel sitzt und sich Popos anguckt.«

»Jetzt ist's aber mal gut, Freya.«

Sam ließ seine Tochter mit den Hunden vor dem Laden, versprach ihr ein Magnum und ging hinein.

»'n Abend, Sam.«

»Hallo, Beth.« Ob er hier wieder rauskam, ohne sich mindestens zehn Minuten lang die neuesten Nachrichten aus dem Dorf anzuhören? Sam packte Milch, Frühstücksflocken und Käse auf die Ladentheke. Um ein Haar hätte er Freyas Eis vergessen.

»Und denk dran: Morgen Abend ist eine Versammlung im Dorfgemeinschaftshaus.«

Sam warf einen Blick auf das DIN-A4-Blatt, das neben der Kasse an der Wand hing.

»Ich versuche zu kommen.«

»Wir brauchen alle Hilfe, die wir kriegen können«, fing Beth an. »Es ist nämlich so –«

»Dann also bis morgen Abend um sieben.«

Sam wandte sich zum Gehen. Es war einfacher, Beth ein vages Versprechen zu geben, als sich einen Vortrag über die Notwendigkeit von Gemeinschaftssinn, Dorfentwicklung und wer weiß was noch anzuhören. Beth war in seiner Klasse gewesen, und schon damals in der Schule hatte sie jedes Gremium geleitet, das sie finden konnte. Jetzt hielt sie von ihrer Position hinter der Theke aus Hof und hatte alle und alles im Blick. In Little Maudley geschah nichts, ohne dass Beth es vermerkte.

»Wie geht's Bunty?«

Sam blieb in der halb geöffneten Ladentür stehen. »Gut.« Bunty würde es ihm niemals verzeihen, wenn er irgendetwas über sie erzählte, was zu Missverständnissen führen könnte.

»Die Arme. Nett von dir, dass du ein Auge auf sie hast.«

»Sie braucht keinen Aufpasser. Sie ist zäh wie altes Stiefelleder. Immerhin hat sie's heil durch den Krieg geschafft und die meisten anderen alten Leute hier im Dorf überlebt.«

»Aber auch sie wird älter.« Beth verzog mitleidig den Mund. »Wie ich höre, hast du eine neue Nachbarin?«

»Ach ja?«

Mit wissendem Lächeln legte Beth den Kopf schräg. Nichts machte ihr solche Freude, wie als Erste Dorfklatsch zu verbreiten.

»Ich hab gehört, dass eine Frau das Häuschen neben Buntys Cottage gemietet hat – vermutlich kannst du ihr über die Straße zuwinken.«

»Und warum sollte ich das?«

Beth zuckte die Achseln. »Aber halte mich auf dem Laufenden. Ich hab sie noch nicht gesehen. Bin schon ganz gespannt.«

»Warum bist du denn so ärgerlich?« Freya packte ihr Magnum aus und warf das Papier in den Mülleimer.

»Ach, einfach wegen Beth. Du kennst sie ja. Hat mich wegen Bunty ins Kreuzverhör genommen. Und irgendwas von einer Neuen gegenüber im Bluebell Cottage gefaselt.«

»Was findet Beth denn daran so interessant?« Freya zog eine der Hündinnen von einer Pforte zurück. Amber und Bee hatten einen langen Spaziergang nötig, aber Sam hatte die ganze Woche nur gearbeitet.

»Beth ist einfach von Natur aus neugierig. Das war sie schon in der Grundschule.«

Freya biss in die Spitze von ihrem Magnum und fing geschickt einen Brocken Eis auf, der sich selbstständig machen wollte.

»Dann wundert es mich nicht mehr, dass Lauren genauso ist. Das hat sie von ihrer Mutter.«

Lauren war eine von Freyas Erzfeindinnen. Im Kindergarten waren sie allerbeste Freundinnen gewesen, aber irgendwann hatten sie sich zerstritten und standen seitdem auf Kriegsfuß.

»Muss Lauren immer noch überall die Chefin spielen?«

»Das kannst du laut sagen.« Freya verdrehte die Augen.

»Das hat sie eindeutig geerbt.«

»Was guckst du so?«

»Ich überlege bloß. Hab dich lieb.« Sam stupste seine Tochter mit dem Ellbogen an. Auch wenn er sie morgens nicht aus dem Haus kriegte und sie tatsächlich Teenagerallüren entwickelte, blieb sie doch sein kleines Mädchen.

»Ich dich auch.« Freya hakte sich bei ihm ein. Ihr Lächeln erinnerte ihn plötzlich so sehr an ihre Mutter, dass er den Blick abwenden und schlucken musste. Ein Anflug der alten, vertrauten Bitterkeit überkam ihn, und er wünschte sich, er könnte die Erinnerungen auch einfach weglächeln. Nach all dieser Zeit konnte der Gedanke an Stella ihn immer noch fertigmachen.

»Ich dachte, ich schaue mal vorbei und frage, ob Sie irgendwas brauchen.«

Als Lucy diesen Satz auf dem Weg zum Wisteria Cottage eingeübt hatte, hatte er besser geklungen. Bei ihrem Morgenkaffee auf dem Sofa, mit Hamish neben sich, hatte sie sich die Anzeige noch einmal durchgelesen. »Einkaufen, Aufräumen und tägliche Gesellschaft« stand da. Bunty hatte nicht so ausgesehen, als wäre sie scharf auf Aufräumen oder Gesellschaft. Daher war es vielleicht am besten, mit dem Einkaufen zu beginnen.

Bunty hatte ihr die Tür geöffnet und starrte sie nun, nachdem sie ihr Sprüchlein aufgesagt hatte, einen unangenehmen Moment lang an.

»Dann kommen Sie mal lieber rein«, sagte sie schließlich.

Lucy folgte ihr in die Küche. Auf dem AGA begann der Kessel gerade zu pfeifen, und das graue Katzentier umschmeichelte Buntys Beine so heftig, dass Lucy ein bisschen erschrak. Wie leicht konnte das einen Unfall geben.

»Hör auf, du Quälgeist.« Bunty verscheuchte die Katze mit einer Armbewegung. Sie sah zu ihrem Frauchen hoch, blinzelte langsam und ließ sich dann mitten auf dem Küchenfußboden nieder, wo sie begann, sich die Ohren zu putzen.

Lucy hielt dem Tier die Hand hin. Ob es sie begrüßen würde? Es betrachtete sie einen Augenblick, mit einer Pfote in der Luft, und kam dann mit einem kleinen Maunzer auf sie zugetrottet. Als sie es hinter den Ohren kraulte, schnurrte es wie ein Düsenjäger. Dann sprang es auf die Küchenbank.

»Also, den ersten Test haben Sie bestanden.«

»Welchen Test?«

»Mr Darcy ist ein hervorragender Menschenkenner.«

»Mr Darcy?« Lucy sah auf die Katze hinunter, die offenbar ein Kater war. Er zwinkerte ihr schläfrig zu.

»Seine gute Meinung –«, begann Bunty und strich ihm mit der knotigen Hand über den Rücken.

»– einmal verloren ist für immer verloren«, beendete Lucy den Satz.

Bunty lachte in sich hinein. »Na, damit haben Sie auch den zweiten Test bestanden. *Stolz und Vorurteil* haben Sie jedenfalls gelesen. Also, junge Frau, möchten Sie eine Tasse Tee?«

»Ja, bitte.« Lucy wollte ihr schon anbieten, den Tee zu machen, überlegte es sich aber schnell wieder anders.

»Dann setzen Sie sich doch. Ich hab ein bisschen Shortbread im Wohnzimmerschrank, Augenblick.«

Bunty war eindeutig in der Lage, allein klarzukommen. Wahrscheinlich ging es ihr total gegen den Strich, wenn jemand versuchte, sie zu bevormunden. Lucy nutzte die Gelegenheit, um sich die Fotos an der Wand noch einmal anzuschauen und zu versuchen, die Geschichte von Buntys Leben hier im Dorf zusammenzusetzen. Der kleine Junge auf dem Pony, den die Schwarzweißfotografien zeigten, musste ihr Sohn sein – also Margarets Ehemann. Zwischen zahllosen Fotos von Hunden und Katzen fand sich auch das zottelige Pony noch mehrmals. Plötzlich jedoch, während sie den Blick noch über die Fotos wandern ließ, spürte Lucy ein Kribbeln im Rücken und eine Empfindung, als würde ein Wesen mit eindeutig raubtierhaften Zügen sie mustern.

Gegenüber auf dem Küchenschrank lag Stanley, die Schlange, und fixierte sie mit glänzenden Augen. Er hatte sich zwar zu einem perfekten Kreis eingerollt, beobachtete Lucy aber eindeutig. Bunty hatte gesagt, sie brauche nur einen Augenblick, aber jetzt war sie schon eine gefühlte Ewigkeit weg. Die Zeit verging im Schneckentempo, wenn man von einer Boa Constrictor beäugt wurde. Lucy sah sich die Papierberge auf dem Küchentisch an. Bevor sie hergekommen war, hatte sie nachgelesen, welche Zeichen darauf hindeuteten, dass ein älterer Mensch nicht mehr allein zurechtkam, und dazu gehörten Stapel von ungeöffneter Post und unbezahlten Rechnungen. Sie sollte sich zwar nicht als Pflegerin betätigen, aber es war ihr schon immer wichtig gewesen, genau zu wissen, worauf sie sich einließ. Aus einer Laune heraus ihr bisheriges Leben aufzugeben und etwas anderes zu machen – wenn auch nur vorübergehend und mit der Garantie, dass sie anschließend in die Realität zurückkehren konnte –, war bisher ihre spontanste Aktion gewesen.

Diskret überflog sie die Umschläge und suchte nach Anzeichen für Unordnung und Überforderung, aber ihr wurde schnell klar, dass alles auf verschiedene Stapel sortiert war. Da lag ein Stapel mit alten Zeitungen und einer mit

Prospekten, die Nebenkostenabrechnungen waren geöffnet und in dünner, wie gestochener Handschrift oben mit einem BEZAHLT versehen. Bunty schien ausgesprochen gut organisiert zu sein.

»Ich wusste doch, dass ich noch welche von den Leckeren hatte.« Bunty kehrte mit einer bunten Dose unter dem Arm zurück. »So, jetzt gibt's Tee.«

Lucy nahm im Augenwinkel eine Bewegung wahr und bekam Gänsehaut auf dem Arm. Stanley hatte den Kopf gehoben. Er schaute in ihre Richtung.

»Ich – ich glaube, Stanley ist aufgewacht«, versuchte sie ganz beiläufig zu sagen. Verstohlen rutschte sie auf der Bank von ihm fort und hoffte, dass Bunty es nicht bemerkte.

»Ach ja, Zeit für sein Frühstück. Sie müssten jetzt aufgetaut sein.« Bunty ging zum Spülstein hinüber und öffnete eine alte Tupperdose.

Als Lucy klar wurde, dass Stanleys Futter aus zwei mausetoten gelben Küken bestand, drehte sie den Kopf weg und schaute aus dem Fenster, als habe sie da draußen etwas absolut Faszinierendes entdeckt. Ihr Magen verkrampfte sich.

»Ich muss immer daran denken, sie aufzutauen. Er kann es nicht leiden, wenn sie noch so eisig sind.«

Bunty trocknete sich die frisch gewaschenen Hände ab und kam mit der Teekanne an den Tisch.

»Dann schenke ich mal ein.«

Ein Weilchen tranken sie in etwas unbehaglichem Schweigen ihren Tee. Lucy wünschte, Margaret wäre dabei. Der Übergang von der Welt der Schule, in der sie alles unter Kontrolle hatte und genau wusste, was sie tat und wie wenig Zeit ihr dafür zur Verfügung stand, in dieses neue Leben war merkwürdig. Jetzt schien sich die Zeit vor ihr ins Endlose zu dehnen. Sie hatte das Gefühl, schon stundenlang auf den Beinen zu sein, dabei war es erst halb zehn.

»Margaret hat gesagt, es wäre Ihnen vielleicht lieb, wenn Sie ein bisschen Hilfe beim Aufräumen hätten?«

»Ach, hat sie das gesagt?« Bunty gab ein missbilligendes Knurren von sich. »Wir wollen doch nicht alle in einem Musterhaus leben. Bei ihr sieht es immer wie geleckt aus, so als stünde ihr Haus zum Verkauf. Aber mir ist es lieber, wenn man sieht, dass in meinem Haus jemand wohnt. Wie auch immer.« Sie schob den Stapel mit Prospekten aus dem Weg. »Die hier können Sie gleich ins Altpapier mitnehmen, da haben Sie was zum Aufräumen.« Ein Prospekt rutschte vom Stapel hinunter und landete auf dem Fußboden. Als Lucy ihn aufhob, fiel ihr Blick auf den Umschlag: *Seniorenresidenz Bright Meadows* stand da, und darunter war ein Foto von einem großen viktorianischen Haus in einem gepflegten Garten zu sehen. Auf dem Rasen standen ein paar gestreifte Liegestühle.

Bunty hatte sie beobachtet. »Margaret versucht, mich loszuwerden.«

»Davon hat sie mir nichts gesagt.«

»Das glaube ich gern.« Bunty presste die Lippen zusammen und sah Lucy aus ihren blauen Augen scharf an. »Aber ich kriege dauernd solche Sachen hier mit der Post. Bestimmt hat sie mich auf irgendeinen Verteiler für Geriatriepatienten gesetzt. Aber ich werde meine Tage nicht in einem Heim voller alter Leute beschließen.«

Bunty war so aufgebracht, dass Lucy sich ein Lächeln verbeißen musste, während sie zustimmend nickte. Sie griff nach dem Stapel Prospekte.

»Dann entsorge ich die hier.«

»Das klingt nach einem sehr schönen Anfang.« Bunty trank einen Schluck Tee und sah aus dem Fenster über den Fußweg. An der alten Telefonzelle standen zwei Frauen. Eine öffnete die Tür und schaute einen Moment hinein, bevor sie die Tür mit angeekeltem Gesicht wieder schloss.

»Ich hab das Gefühl, dass Sie unter Vorspiegelung falscher Tatsachen angeheuert wurden. Ich weiß nicht, was Margaret Ihnen erzählt hat, aber wahrscheinlich war es eine Menge Unsinn.« Bunty kniff die Lippen zusammen und schaute auf ihre mit Altersflecken übersäten Hände hinunter. Der einzige Schmuck, den sie trug, war eine schlichte Uhr mit Lederarmband. Keine Ringe, fiel Lucy auf. »Ich bin ganz zufrieden damit, wie es jetzt ist. Verstehe nicht, warum Margaret es für nötig hält, alles für mich zu regeln. Bis jetzt bin ich jedenfalls sehr gut ohne sie ausgekommen.«

»Ich glaube, sie versucht einfach zu helfen.«

»Aber sie geht mir auf die Nerven.«

Bunty musste Lucy angesehen haben, wie unangenehm ihr die Situation war, denn überraschenderweise legte sie ihr sanft die Hand auf den Arm.

»Ist ja nicht Ihre Schuld, meine Liebe. Aber ich fühle mich hier wohl und puzzle einfach so vor mich hin.«

»Gibt es denn etwas, was ich für Sie tun kann? Was würde Ihnen am meisten helfen?« Es musste doch eine Art Kompromiss geben.

»Hm.« Bunty dachte nach. »Vielleicht – ich war vorhin schon im Dorfladen, aber ich hab die Post vergessen.« Sie schob Lucy einige Briefe zu. »Könnten Sie die einwerfen? Damit ich nicht noch mal losmuss?«

»Sehr gern. Und nachher fahre ich auch in den Supermarkt – brauchen Sie irgendetwas?«

»Danke, nein«, sagte Bunty.

Lucy schwieg und dachte nach.

Dann änderte sie ihre Taktik. Um Zugang zu Bunty zu bekommen, musste sie herausfinden, wie sie tickte. Und nach allem, was sie sah und was sie von Margaret gehört hatte, standen Tiere bei Bunty an erster Stelle.

»Wie lange haben Sie Stanley schon?« Aber ich will ihn bitte nicht auf den Arm nehmen müssen, dachte Lucy, während sie sich bemühte, nicht alarmiert, sondern interessiert auszusehen.

»Fünf Jahre.« Buntys Miene hellte sich augenblicklich auf. Sie drückte sich aus ihrem Stuhl hoch und ging zum Schrank hinüber. Sie war klein und ging gebeugt, aber mit einer stillen, selbstbewussten Würde, die Lucy an die Queen erinnerte. Ihr Rücken war offenbar steif, ihre Schritte waren ungleichmäßig, und sie stützte sich mit einer Hand auf dem Küchenschrank ab, als sie angekommen war. Sie lächelte die Schlange liebevoll an. Lucy spürte, wie ihr Herz heftig pochte. War ihre Alarmbereitschaft nicht absolut gerechtfertigt?

»Ja, du bist ein lieber Kerl.«

Stanley erwiderte ihren Blick mit schmalen Augen.

»Ich habe ihn adoptiert«, sagte Bunty. »Ein Paar, das in dem kleinen Haus an der Kirche wohnte, zog ins Ausland, und da konnten sie ihn natürlich nicht mitnehmen. Gordon und Margaret waren entsetzt, das ist ja klar, aber wenn man in meinem Alter nicht mal etwas Überraschendes tun darf, wann denn dann?«

Allmählich beruhigte sich Lucys Herz und ihr Puls ging wieder normal. Sie würde sich irgendwie an Stanley gewöhnen müssen, daran führte kein Weg vorbei. Was mich nicht umbringt, macht mich stärker, dachte sie.

»Und Sie haben nie Angst gehabt, dass er Sie … fressen könnte?« Lucy war sich nicht sicher, wie groß eine Schlange sein musste, um einen ganzen Menschen zu verschlingen, aber Stanley war erschreckend groß.

»Um Gottes willen, nein.« Über diese Vorstellung musste Bunty lachen. »Nein, Schlangen wird viel Böses nachgesagt. Aber er ist ein ganz angenehmer Mitbewohner.«

»Sie haben wohl immer viele Tiere gehabt?«

»Oh ja!« Bunty nahm ein Fotoalbum aus dem Regal und kehrte damit zum Tisch zurück. Das war jedenfalls der richtige Weg, dachte Lucy. Buntys andere Tiere zu bewundern, würde ihr zum Glück deutlich leichter fallen.

»Das Pony hieß Finny. Es hat Gordon gehört, als er klein war. Wir haben es auch mit zu Turnieren genommen, Len und ich. Finny hat immer Schleifen abgestaubt.«

»Heißt das, dass er gewonnen hat?«

»Ja – diese Dinger da, die die Pferde angesteckt bekommen, nennt man Schleifen.« Sie deutete auf die verblichenen Rosetten über dem AGA. »Finny war ein Schätzchen. Als Gordon das Reiten aufgab, wurde er von einem Dorfkind zum nächsten weitergereicht – er war noch ewig und drei Tage fit. Mit vierunddreißig ist er dann gestorben.«

»Er sieht so lieb aus. Und das hier sind Ihre Hunde?«

Bunty blätterte ihr ganzes Fotoalbum mit Lucy durch. Zwischen Hunden, Katzen, Meerschweinchen und Pferden entdeckte Lucy ab und zu die Frau, die Bunty in jüngeren Jahren gewesen war. Sie erkannte den direkten Blick und die ausgeprägten Wangenknochen wieder. Als junge Frau musste Bunty nach den Maßstäben der vierziger Jahre eine Schönheit gewesen sein, mit dem zu dunklen Wellen frisierten Haar, der schmalen Taille und den breiten Schultern. Der taillierte Mantel mit Hahnentrittmuster und die eleganten Hosen, die sie anscheinend fast immer getragen hatte, standen ihr hervorragend.

»Als ich Kind war, habe ich mir immer ein Haus voller Tiere gewünscht.« Bunty schloss das Fotoalbum. »Aber wir wohnten ja mitten in Walthamstow. Da hatten wir nur einen winzigen Garten, und meiner Mutter waren Schmutz und Unordnung ein Gräuel.«

»Dann muss es eine ganz schöne Veränderung für Sie gewesen sein, als Sie hier herausgezogen sind?«

Bunty nickte kurz und stellte Lucy dann eine Gegenfrage: »Und was hat Sie zu uns ins Dorf geführt?« Sie zupfte ihre Jacke zurecht, zog die Ärmel herunter und wischte den Staub von ihrem Album, bevor sie es wieder wegstellte.

»Ich bin Geschichtslehrerin. Oder besser, ich war bisher Lehrerin. Ich mache gerade eine Pause.«

»Kein Wunder«, schnaufte Bunty. »Verdammt harte Arbeit, besonders heutzutage. Ich war viele Jahre lang mit einer Lehrerin befreundet. Damals war es auch schon anstrengend, aber aus anderen Gründen. Heute scheint es in der Schule ja nur noch um Beurteilungen und Testergebnisse zu gehen, wenn man den Zeitungen Glauben schenken darf.«

Lucy nickte. »Zum Unterrichten bleibt gar nicht mehr viel Zeit. Das ist das Problem. Wir verbringen mehr Zeit mit dem ganzen Papierkram als mit den Kindern, oder jedenfalls kommt es mir so vor. Aber egal, ich hab mir eine Auszeit genommen – es ging mir nicht gut.«

»Aber jetzt geht es Ihnen besser?«

»Ja. Ich muss mich bloß eine Weile schonen. Und als ich Margarets Anzeige gelesen habe –« Lucy hielt inne, weil sie merkte, dass sie sich auf heikles Gebiet begab, schließlich hielt Bunty nichts von der ganzen Sache. Doch als Bunty nicht reagierte, sprach sie weiter: »– da erschien mir das wie ein Glücksfall.«

»Wirklich?«, sagte Bunty. »Na, das klingt ja alles sehr schön. Und jetzt –«, sie erhob sich und Lucy verstand den Wink und stand ebenfalls auf, »ich glaube, jetzt sollte ich mal weitermachen. Und Sie haben bestimmt auch eine Menge zu tun.«

»Ich nehme die Briefe mit und stecke sie gleich in den Kasten.«

»Danke.« Bunty stellte die Tassen ins Spülbecken, und Lucy ging mit gehörigem Abstand um den schlummernden Stanley herum und auf den Flur hinaus.

»Ach so – Lucy?«, rief Bunty.

Als Lucy stehen blieb, bemerkte sie ein kleines, schwarzweißes Foto von einer schönen jungen Frau, die am Tor des Buckingham Palace stand. Wieder war es Bunty, bezaubernd und viel jünger, diesmal in elegantem dunklem Kostüm und Pillbox. Neben ihr stand ein hochgewachsener, gutaussehender Mann in Uniform. Das musste Len sein, ihr Mann.

»Bitte auch noch das Altpapier. Und seien Sie im Dorfladen ein bisschen vorsichtig. Beth wird bestimmt versuchen, Sie nach allen Regeln der Kunst auszufragen.« Bunty reichte ihr den Packen Prospekte.

»Vielleicht sehen wir uns morgen Vormittag wieder?«

»Auf jeden Fall.«

Das klang nach einem Sieg, fand Lucy. Es würde nicht leicht werden, Bunty kennenzulernen, aber immerhin hatte die alte Dame ihr nicht die Tür vor der Nase zugeschlagen. Damit musste sie sich für heute zufriedengeben.

Sie warf die Prospekte ins Altpapier und ging nach Hause, um Hamish zu holen.

»Du wartest hier«, sagte sie, als sie Hamishs Leine durch den Ring neben der Ladentür zog. Er beschnupperte den Wassernapf, der für vierbeinige Besucher dort aufgestellt war, und setzte sich dann mit gespitzten Ohren, hängender Zunge und glänzenden Augen daneben.

Lucy war nicht auf die Idee gekommen, dass sich der Dorfladen hier im grünen Hügelland am Rand der Cotswolds von dem Eckladen am Ende ihrer Straße in Brighton unterscheiden könnte. Sie hatte erwartet, beim Eintritt einen Ständer mit Zeitungen und Illustrierten vorzufinden und ein paar Regale mit den nötigsten Konserven und Grundnahrungsmitteln und vielleicht noch den einen oder anderen Kühlschrank mit ein bisschen traurigem Obst und Gemüse.

Doch dieser Laden ähnelte einem erstklassigen Delikatessengeschäft. Die Türglocke machte alle Anwesenden auf ihr

Kommen aufmerksam, und einige Kundinnen drehten sich zu ihr um, wandten sich aber gleich wieder ab, als sie die Eingetretene nicht kannten. Nur die rothaarige Frau hinter der Theke blickte auf und sah ihr entgegen. Sie trug eine schwarze Schürze mit der Aufschrift *»Village Shop«* und hatte das Haar hinten im Nacken zusammengebunden. Sie wirkte sehr nett und winkte fröhlich zur Begrüßung. Lucy lächelte höflich zurück.

Sie nahm sich einen der Weidenkörbe – stinknormale Plastikkörbe gab es hier nicht – und schaute sich um. Gleich neben der Tür lagen auf einem Regal Bäckerbrote und sie suchte sich einen leckeren Laib mit schwarzen Oliven aus. Auch in den anderen Regalen gab es nicht die üblichen Tante-Emma-Laden-Produkte. In der Tiefkühltruhe entdeckte Lucy Fertigmahlzeiten aus der Region, die absolut köstlich zu sein schienen – und das bei den Preisen auch sein mussten. Und es gab nicht bloß normale Eier, sondern auch wunderschöne blassblaue und matt olivgrüne, handgestempelt und in braune Pappschachteln verpackt. Sie kosteten zwar doppelt so viel wie die, die Lucy sonst immer kaufte, aber sie konnte nicht widerstehen. Als Zugabe packte sie noch Schokolade ein – ganz gewöhnliche, nicht die in Wachspapier verpackte, handgemachte für vier Pfund pro Tafel. In einer speziellen Kühltruhe entdeckte sie sogar Bio-Hundefutter. Offenbar lebte es sich in Little Maudly gar nicht schlecht.

Ein Durchgang führte in ein gut besuchtes kleines Café. Das würde sie später mal erkunden müssen, wenn Hamish nicht draußen auf sie wartete. Als Lucy auf der Tafel las, dass es wieder regionale Erdbeeren mit Sahne gab, begann ihr Magen zu knurren. Sie packte noch einige notwendige Dinge ein und ging dann zur Kasse an die Ladentheke, wo sich auch das Postamt befand.

»Kann ich diese Briefe hier aufgeben?«

»Der Briefkasten ist gleich vor der Tür. Ich bringe sie raus, wenn Sie möchten – da kommt John gerade, um ihn zu leeren, sehen Sie?« Die Rothaarige zeigte nach draußen, wo eben ein schimmerndes rotes Postauto angehalten hatte. Erwartungsgemäß bellte Hamish wie wild.

»Ach verflixt, das ist mein Hund. Darf ich meine Einkäufe eben hierlassen und ihn beruhigen?«

»Klar. Ich tippe die Sachen schon mal ein. Haben Sie eine Tasche dabei?«

Lucy schüttelte den Kopf.

»Dann gebe ich Ihnen eine von uns.«

»Hamish!«

Mit steifen Beinen und gesträubtem Nackenhaar sprang der kleine Westie an der straff gespannten Leine herum und verteidigte mit aller Kraft die Ehre des Dorfladens.

»Tut mir furchtbar leid«, sagte Lucy zu dem Postboten, der stehen geblieben war und Hamish belustigt zuschaute. »Er glaubt, er wäre ein Schäferhund.«

»Typisch für kleine Hunde. Hallo, kleiner Freund«, sagte der Mann von der Post und hockte sich vor Hamish hin. Als er behutsam die Hand ausstreckte, schmolz Hamish sofort dahin, wälzte sich auf den Rücken und winkte mit einer Vorderpfote.

»Ich dachte, er hätte die Phase hinter sich, in der er Fremde verbellen muss. Aber vielleicht geht das jetzt wieder los, weil wir hier neu sind.«

Lucy kraulte Hamish kurz hinter den Ohren und folgte dann dem Postboten in den Laden.

»Hallo, John! Wie ich sehe, hast du gerade meinen neuen Wachhund kennengelernt.«

»Aber der nützt dir nicht viel, Beth, oder? Hat gleich alle viere von sich gestreckt, als ich näher kam.«

»Tut mir wirklich leid«, wiederholte Lucy, während sie in ihrer Handtasche nach dem Portemonnaie kramte. »Wie viel bin ich Ihnen schuldig?«

Während sie mit Karte bezahlte, holte John die Säcke mit Päckchen und Paketen hinter der Theke hervor und wollte wieder zum Wagen.

»Warte mal, vergiss die hier nicht.« Beth reichte ihm Buntys Briefe, und John schob sie in seine Posttasche.

»Dann sind Sie also Buntys neue Nachbarin?«

Die Ladenglocke bimmelte, als John sich schwer bepackt mit einem Lächeln und einem Kopfnicken verabschiedete.

»Nur vorübergehend.« Lucy wollte nicht zu viel verraten.

»Ich hab eben Buntys Absender auf den Briefen gesehen und zwei und zwei zusammengezählt. Sonst hätte ich Sie für eine Touristin gehalten.«

»Nein, ich wohne jetzt hier, aber ich will während der Zeit auch ein bisschen die Gegend erkunden.«

»Also, wenn Sie ein paar Infos zu Ausflugszielen und Sachen, die man so machen kann, haben wollen, fragen Sie mich gern. Ich weiß ziemlich gut Bescheid. Das bringt mein Job mit sich.« Beth machte eine majestätische Armbewegung.

»Danke.« Lucy nahm die Tasche. »Ich behalte das im Sinn.«

Als sie den Laden verließ, trat eine der anderen Kundinnen, die zwischen den Regalen herumgetrödelt hatte, an die Theke, und Lucy hörte gerade noch, wie Beth leise mit ihr sprach. Sie war sich sicher, dass die beiden über sie redeten. Es war ein bisschen, als wäre sie in einer Episode der Seifenoper *The Archers* gelandet. Willkommen auf dem Land.

Lucy brachte ihre Einkäufe nach Hause und nahm Hamish dann zu einem schnellen Gang auf dem Fußweg mit, der hinter den Reihenhäusern zwischen zwei Feldern entlangführte. Der Himmel drohte mit Regen, etwas weiter über den Bäumen ballten sich dicke violette Wolken zusammen. Als Lucy die ersten Tropfen im Gesicht spürte, hatten sie es gerade wieder bis nach Hause geschafft. Es klang, als würde es in der Ferne donnern. Lucy schloss die Haustür und setzte sich aufs Sofa.

Vier Uhr. Hamish hatte seinen Auslauf gehabt, sie hatte Bunty helfen können und eingekauft, und jetzt gab es nichts mehr zu tun. Lucy packte ihre restlichen Sachen aus und huschte durch den Regen, um ihren Koffer in dem kleinen Schuppen hinten im Garten zu verstauen. Dann ließ sie sich wieder aufs Sofa fallen. Ihr war nicht klar gewesen, wie viel von ihrem Leben die Arbeit geschluckt hatte – alles, wenn sie ehrlich war. Als sie nach ihrem Krankenhausaufenthalt krankgeschrieben worden war, war ihre Mutter für vierzehn Tage von Australien herübergekommen, sodass sie eigentlich keine Zeit für sich gehabt hatte. Aber genau das hatte der Arzt ihr bei der Krankschreibung verordnet: Ruhe, Frieden, Entspannung und keinen Stress. Bisher jedoch hatte sie nicht die Gelegenheit gehabt, bewusst zu erleben, wie lang die Tage ohne Arbeit waren. Lucy stellte das Radio an, um ein bisschen Gesellschaft zu haben.

Hier ist Radio Four. Kürzlich haben Untersuchungen gezeigt, dass die Einsamkeit in ländlichen Gegenden ein neues Niveau erreicht hat. In dieser Sendung werden wir erörtern, welche Gründe es dafür …

Verdammt aber auch. Lucy verzog das Gesicht, machte das Radio wieder aus und schaltete stattdessen den Fernseher an.

Viertes Kapitel

Lucy erwachte davon, dass Hamish sich am Fußende ihres Bettes räkelte. Draußen schien die Sonne, und von dem Regen am Vorabend war nichts mehr zu sehen. Sie sah auf ihr Handy – erst halb acht. Sie war so herrlich ausgeruht, als hätte sie tagelang durchgeschlafen. Das musste die Landluft sein.

»Na, dann komm«, sagte sie und stand auf. Hamish folgte ihr nach unten, und sie ließ ihn durch die Hintertür in den Garten, stellte den Wasserkocher an und folgte ihm dann nach draußen, wo er schnuppernd herumlief. An der Gartenhütte, in der sie gestern ihren Koffer untergebracht hatte, rankte ein leicht verwildertes Geißblatt, und darunter stand ein merkwürdiges kleines Holzhäuschen. Hamish beschnupperte es von allen Seiten und ließ die Sache dann auf sich beruhen. Lucy hörte, dass das Wasser kochte, und ging zurück in die Küche, um Kaffee zu machen.

Es war noch zu früh, um bei Bunty anzuklopfen, und sie wollte ihr keinesfalls auf die Nerven gehen oder allzu eifrig wirken. Vielleicht sollte sie einfach erst mal einen schönen Hundespaziergang machen. Danach konnte Hamish auf dem Sofa ein Schläfchen halten, und sie würde zu Bunty gehen und anschließend nach Bletchingham fahren, um die Stadt zu erkunden – und das Museum. Die Website war zwar veraltet, hatte Lucy aber die Hoffnung gegeben, dass die Direktorin ihr raten könnte, wo sie mit ihren Forschungen zur Geschichte der Gegend am besten anfing. Vielleicht – Lucy zog ihre Sportschuhe an und pfiff Hamish zu sich – war diese viele freie Zeit doch gar nicht so schwer zu füllen.

Das Dörfchen war wunderschön. Der goldfarbene Stein

der Häuser und Cottages glühte in der frühen Morgensonne, und in den Bäumen sangen die Vögel. Genauso sollte ein Dorf auf dem Land sein, dachte Lucy. Sie passte sich Hamishs Tempo an, ließ ihn an jedem Torpfosten und jeder Straßenlaterne schnuppern und lugte diskret in die Fenster der Häuser, an denen sie vorbeikamen. Alles war perfekt gepflegt. Sie staunte über den Kontrast zu ihrem geliebten Multikulti-Durcheinander in Brighton. Dort wusste man nie, welche Überraschungen auf einen warteten, wenn man bloß über die Straße ging oder um eine Ecke bog. Eine Demo, eine improvisierte Studentenparty oder ein Straßenkünstler, Pop-up-Shops und Galerien und ständig Lärm – im Gegensatz dazu war es hier so still, dass sogar ihre Schritte laut wirkten, als sie die kleine Straße entlangging. Es war, als wäre ein Merkblatt verteilt worden: Hier sind Herzen aus Weidengeflecht als Deko in den Fenstern der passende Stil, hier setzt man Lavendel und geschmackvolle weiße Geranien in Pflanzgefäße in unaufdringlichen Grautönen. Hängekörbe, die von knallbunten Petunien überquellen, sind hier nicht angesagt.

Lucy bog von der Straße ab und folgte dem Zeichen für den Rundweg, den sie sich ausgesucht hatte. Über die hohe Mauer rechts von ihr rankte purpurrote Clematis und davor wucherten zarte Margeriten. Der grasbewachsene Mittelstreifen des Feldwegs war gelb von blühendem Hahnenfuß. Ein Maschendrahtzaun löste die Mauer ab und gab den Blick auf Gärten frei, die – einfach normal aussahen. Normal nach den Maßstäben der Ortschaften, die Lucy kannte. Kaputte alte Möbel und Plastikspielzeug lagen verstreut im kniehohen Gras. Kinder tobten schon zu dieser frühen Stunde auf einem Trampolin, warfen sich einen Fußball zu und juchzten und schrien. Lucy war tatsächlich ein bisschen erleichtert, dass es in Little Maudley auch Ecken und Winkel gab, die nicht so bilderbuchmäßig aussahen wie der

Dorfkern. Die Häuser hier waren weiß getüncht und etwas heruntergekommen, und nirgends war geschmackvoll grün angestrichenes Holz zu sehen. Ein kleines Mädchen entdeckte Hamish und kam angerannt, um ihn zu begrüßen. Hamish sprang wild wedelnd durch das hohe Gras auf sie zu und leckte ihr durch den Maschendraht die Finger.

»Guten Morgen«, sagte Lucy.

»Du hast ja ein süßes Hundi«, sagte die Kleine und rannte wieder zurück. Als Lucy weiterging, sauste Hamish plötzlich los, offenbar verfolgte er eine köstlich duftende Spur. Lucy folgte ihm langsam und bedächtig. Der Arzt hatte betont, dass sie zwar normal leben, sich aber nicht anstrengen sollte. Das erschien ihr ein bisschen widersprüchlich, vielleicht, weil sie so lange auf Hochtouren gelebt hatte, dass sie eigentlich gar nicht wusste, wie man es langsam angehen ließ.

Der Weg schlängelte sich eine kleine Anhöhe hinauf, von der man einen herrlichen Ausblick hatte. Zur Linken lagen gepflegte Kleingärten mit Hütten in Pastellfarben, geschmückt mit bunten im Wind flatternden Wimpelketten. Geradeaus führte der Weg in Windungen wieder nach unten und in einen Wald hinein, der verlockend kühl und interessant aussah – jedenfalls in Hamishs Augen. Lucy blieb fast die Luft weg, so schön war die Landschaft, die sich vor ihr ausbreitete. Wie ein Gemälde – genau dieses Bild mussten die Leute vor Augen haben, wenn sie von sanft gewelltem Hügelland sprachen. Die hügeligen Weiden mit den Holzzäunen waren mit Kühen und Pferden gesprenkelt. Auf den höheren Bergen in der Ferne konnte man kleinere Waldstücke erkennen. Ein Raubvogel kreiste am Himmel und schwebte einen Moment lang auf der Stelle, bevor er in das Wäldchen vor ihnen hinunterstieß. Lucy spürte, wie ihr Gesicht sich vor Erleichterung und Dankbarkeit zu einem breiten Lächeln verzog. Hier war sie von dem Druck und dem Stress ihres Jobs, mit Unterricht, Lernzielen und Prüfungsergebnissen, unglaublich weit entfernt.

Sie bückte sich und ließ Hamish von der Leine. »Ab mit dir, Kleiner«, sagte sie lachend, als er augenblicklich losstürzte. »Und vergiss nicht, wiederzukommen«, rief sie ihm nach. Der Wald war bestimmt voll aufregender Gerüche und anderer Dinge, die es zu entdecken galt, und als Bestechung hatte sie nur eine Handvoll Kekse. Sie musste auf Hamishs im Grunde kooperatives Wesen vertrauen. Die Tatsache, dass er ein Terrier mit Sendungsbewusstsein war, wollte sie im Moment mal als nebensächliches Detail betrachten.

Während sie dem Waldweg durch das üppige Grün folgte, flitzte Hamish vor ihr hin und her. Er ging zwar nicht bei Fuß, blieb aber so dicht bei ihr, dass sie sich ziemlich sicher war, ihn einfangen zu können, falls es nötig sein sollte. Sie strich mit der Hand über die gefiederten Farnwedel, die sich über den laubbedeckten Boden neigten, und schwelgte in der Schönheit der Natur. Mit geschlossenen Augen sog sie tief die nach Erde duftende, kühle Luft ein.

»Verträgt er sich mit anderen Hunden?«

Eine Stimme ließ Lucy aus ihren Gedanken aufschrecken. Sie riss die Augen wieder auf.

»'tschuldigung, ich wollte dich nicht stören. Möchte bloß nicht, dass meine beiden hier Grund für Krawall sind, wenn deiner nicht an fremde Hunde gewöhnt ist.«

Eine hochgewachsene Frau kam Lucy entgegen. Sie mochte etwa fünfunddreißig sein, hatte das Haar zu einem wilden Knoten hochgesteckt, trug eine alte Jeans, Gummistiefel, die bessere Tage gesehen hatten, und ein schmuddeliges T-Shirt. Zwei Cockerspaniel gingen neben ihr, nicht an der Leine, sondern einfach brav bei Fuß. Mit hängenden Zungen warfen die Hunde ihr immer wieder ungeniert anhimmelnde Blicke zu und warteten gehorsam auf ihr Kommando.

»Meine beiden tun absolut nichts«, erklärte sie, »aber man weiß ja nie, schon gar nicht bei Terriern.«

Lucy war etwas ungehalten, einmal über diese Unterstellung und zum anderen, weil die Frau sie einfach duzte. Aber vielleicht war das hier auf dem Dorf üblich? »Meiner verträgt sich gut mit anderen Hunden«, sagte sie knapp.

»Gut.« Die Frau nickte leicht. »Dann dürft ihr schnuppern.«

Und schon rasten die beiden Spaniel wie die Wilden durch die schöne Lichtung. Sie durchbrachen das friedliche Bild der Farnwedel und stürzten sich in ein Dickicht aus Brombeeren, das eigentlich undurchdringlich wirkte.

»Total verrückt.« Die Frau lächelte und wirkte jetzt viel freundlicher. »Herrlicher Morgen für so was.«

»Sehr schön«, stimmte Lucy zu. Sie sah sich nach Hamish um, denn ihr war klar, dass er jetzt seine sklavische Hingabe und seinen permanenten Gehorsam unter Beweis stellen musste. Aber keine Spur von ihm.

»Hamish?«

Es war eher eine Frage als ein Kommando. Ein Schlurfen im Laub und eine Bewegung im Unterholz ließen vermuten, dass Hamish zumindest vorhatte, darauf zu reagieren. Lucy deutete ein höfliches Lächeln an und wählte an der Gabelung vor ihnen den Weg nach links. Sie hoffte bloß, dass die Frau nach rechts abbiegen würde, denn es gab nichts Schlimmeres, als auf einem Hundespaziergang nett Konversation machen zu müssen, wenn man eigentlich in Ruhe nachdenken wollte. Hamishs Kopf tauchte zwischen den Farnen auf. Seine Schnauze war schwarz vor Dreck, und seine Knopfaugen glänzten vor Begeisterung.

»Komm, Hamish, hier geht's lang.«

Der Westie schüttelte prustend den Kopf, sodass der Dreck in alle Richtungen flog. Dann legte er den Rückwärtsgang ein und verschwand wieder. Lucy hoffte, dass er irgendwie in ihrer Nähe bleiben würde, und folgte dem Weg am Waldrand entlang.

Nach fünf hundefreien Minuten führte der Weg sie in einem Bogen zurück und wer begegnete ihr? Schon wieder diese Spanielfrau. Unbeschwert kam sie angeschlendert, während Lucy verzweifelt überlegte, wo Hamish bloß sein könnte.

»Suchst du jemanden?«, fragte die Frau lachend. Sie deutete auf ein Gestrüpp hinter ihr, in dem ein braunweißer Wirbel aus Hundeleibern fröhlich japste und tobte. »Ich glaube, er hat meine beiden ins Herz geschlossen.«

»Ein Glück.« Lucy vergaß ihre aufgesetzte Coolness. »Ich dachte schon, er wäre abgehauen. Das macht er oft. In Brighton ist das kein großes Problem – oder eigentlich doch –, aber hier draußen hab ich Panik, dass er ganz weglaufen könnte und ich ihn nie wiedersehe.«

»Wie alt ist er?« Man konnte fast immer darauf vertrauen, dass Hundemenschen nett waren. Sie hatten viele Gemeinsamkeiten, gingen bei jedem Wetter raus, störten sich nicht an schmutzigen Pfotenabdrücken – das hatte Lucy entdeckt, seit sie die Verantwortung für Hamish übernommen hatte. Eigentlich hatte der Welpe ihrem Bruder Tom gehört, der ihn als allerletzten Rettungsversuch für seine Beziehung angeschafft hatte. Aber das hatte nicht funktioniert und Toms Freundin war ausgezogen, und weil Lucy nicht ganz so lang arbeitete wie ihr Bruder, hatte sie schließlich das Baby auf dem Arm gehabt. Na ja, das Hundebaby. Sie hatte ein kleines Vermögen für die Tagesbetreuung ausgegeben, aber das hatte auch bedeutet, dass Hamish überraschend schnell stubenrein gewesen war und andere grundlegende Dinge gelernt hatte. Allerdings konnte man nicht darauf bauen – um es vorsichtig auszudrücken –, dass er kam, wenn er gerufen wurde. Seine Terriernase sorgte dafür, dass er oft völlig in seiner Spurensuche aufging und die Ohren einfach zuklappte.

»Achtzehn Monate.« Lucy streckte ihm hoffnungsvoll die Leine hin und rief: »Komm her, Hamish.«

»Ich hab festgestellt, dass sie eher kommen, wenn sie die Leine nicht sehen.« Die schmuddelige Frau kramte in ihren Taschen, ging in die Hocke und stieß einen Pfiff aus. »Rufst du ihn noch mal?«

»Hamish!«

Wieder pfiff die Frau, und ihre beiden Spaniel kamen sofort angeschossen und legten sich neben ihr ab. Hamish sah aus, als wüsste er nicht recht, was über ihn gekommen war, folgte aber seinen neuen Freunden. Er war entzückt, als die Frau ihm ein Stückchen von irgendetwas Leckerem gab, und schien keine Einwände zu haben, als sie ihn am Halsband nahm und zu Lucy sagte: »Hier, mach die Leine fest, während er noch kaut.« Die Frau stand auf.

»Wow! Das ist ja Zauberei!« Lucy tätschelte Hamish und schaute zu der Fremden hoch, die sich die Hände an den Jeans abwischte.

»Überhaupt nicht.« Die Frau lachte. »Solche Tricks gehören zu meinem Beruf. Sprich leise und hab immer einen unwiderstehlichen Leckerbissen in der Tasche.«

»Nicht so was hier.« Reuig zeigte Lucy ihre Handvoll jämmerlicher Kekse vor.

»Richtig, es sei denn, dein Hund kommt hundertprozentig, wenn du ihn rufst. Du brauchst etwas Verführerisches. Stinkekäse ist auch gut.«

»Bist du Hundetrainerin?« Lucy staunte, wie leicht ihr das Du über die Lippen ging.

»Offen gestanden ja.« Sie zog die Nase kraus, sodass sie plötzlich viel jünger aussah, und streckte die Hand aus. Lucy wollte sie schütteln, doch da zog die Hundefrau ihre Hand wieder zurück und inspizierte sie. »Wollte bloß sehen, ob sie einigermaßen sauber ist«, sagte sie und hielt sie Lucy wieder hin.

»Schön, dich kennenzulernen.«

»Ich bin Mel Willis, und das sind Clara und Pip.« Sie deutete auf die beiden fast identischen Spaniel. »Und ja, ich bin Hundetrainerin. Ich gebe Kurse im Gemeinschaftshaus hier im Dorf und auch in der Stadt, und ich arbeite bei den Hundehaltern zu Hause mit ihren Tieren oder mit ihnen selbst, wenn sie ein bestimmtes Problem haben.«

Lucy wurde rot. »Zum Beispiel, wenn ihnen der Hund auf Spaziergängen wegläuft?«

»Ganz genau. Er ist ein Terrier, und die stellen sich gern taub, wenn sie ohne Leine laufen. Wenn er irgendwas Interessantes riecht, flitzt er höchstwahrscheinlich los und untersucht es, statt zurückzukommen, um zu sehen, ob du vielleicht einen vertrockneten alten Hundekeks in der Tasche hast.«

»Aber ich dachte, man sollte sie nicht bestechen?«

»Das ist ja keine Bestechung«, sagte Mel. »Eher eine Erinnerung, dass es sich lohnt, uns zuzuhören.«

»Ist ein bisschen wie mit Jugendlichen«, sagte Lucy.

»Davon kann ich ein Lied singen.« Mel verdrehte die Augen. »Ich hab eine zu Hause. Leider kann man sie weder mit stinkendem Käse noch mit der Aussicht auf einen langen Spaziergang um die Kornfelder verführen.«

Lucy verabschiedete sich, und während Mel über einen Zauntritt stieg und an einem Feld entlang weiterging, auf dem grüngolden das Getreide reifte, schlug sie mit Hamish den Weg um das Wäldchen herum ein. Als sie an einen kleinen Teich kamen, blieb sie einen Moment stehen und bewunderte, wie das Licht der Morgensonne, sanft durch die grünen Blätter gefiltert, helle Tupfen auf das Wasser malte. Hamish bewunderte den Teich auf seine Weise, indem er hineinsprang und mit hoch erhobener Nase auf die andere Seite schwamm. Er sah aus, als sei er hochzufrieden mit sich.

Zu Hause trocknete Lucy als Erstes den Hund ab, dann hängte sie seine Leine auf und ging durch den Rundbogen in die Küche. Wenn sie jetzt den Speck in den Ofen schob und sich beeilte, konnte sie schnell noch duschen, bevor er fertig war.

»Eine Runde Specksandwiches«, sagte sie zu Hamish, der schon auf dem Sofa lag, bestrich zwei Scheiben Toastbrot mit Butter und summte dabei vor sich hin. Er hob den Kopf, öffnete ein Auge und döste weiter.

Lucy hatte die etwas unzuverlässige Dusche nicht einkalkuliert. Baden war kein Problem gewesen, daher hatte sie die Sache nicht so ernst genommen, aber die richtige Mischung zwischen eiskaltem und brühheißem Wasser in der Dusche einzustellen, dauerte ewig, und als sie aus dem kleinen Bad kam und sich anziehen wollte, wehte ein stechender Geruch nach angebranntem Speck die schmale Treppe herauf.

»Iiih!« Sie musste husten, als sie den Backofen öffnete und ihr eine schwarze Qualmwolke ins Gesicht stieg. Dann folgte ein lautes »Verdammt!«, weil sie sich trotz des Geschirrtuchs am Backblech die Finger verbrannte. Lucy ließ das rauchende Blech auf die Arbeitsplatte fallen und schwenkte erfolglos die Arme, als plötzlich der Rauchmelder wie verrückt lospiepte. »Mist!«

Hamish begann zu kläffen.

»Jetzt fängst du auch noch an! Sei still!«, rief sie, während sie mit dem Geschirrtuch wedelte, um den Rauchmelder zu beruhigen. Dann riss sie die Hintertür auf und schleuderte das qualmende Backblech mit den verkohlten Speckstreifen nach draußen. Genau vor die Füße eines –

»Achtung«, sagte ein hochgewachsener, breitschultriger Mann mit dunklem Lockenkopf.

»Hilfe!« Lucy bekam Herzklopfen und ihr Adrenalinspiegel sauste in die Höhe. Sie hatte einen Einbrecher dabei ertappt, wie er Haus und Garten auskundschaftete. Sie zog die Gartentür wieder zu und holte tief Luft. In der Zeitung hatte gestanden, dass es in der Gegend zu einer Serie von Einbrüchen gekommen war. Die Kriminellen hatten immer versucht, durch die Hintertür in die Häuser zu gelangen.

Lucy riss die Tür wieder auf. Der Mann entfernte sich gerade, und sie warf ihm einen zornigen Blick nach. »Ja, wenn niemand guckt, schleicht ihr euch weg! Ich rufe die Polizei! Ich hab von euch gelesen!«, rief sie.

Als der Räuber ihre Stimme hörte, drehte er sich um. Lucy betrachtete ihn genau und merkte sich alles für ihre Anzeige. Er war groß – sie schätzte ihn auf fast eins neunzig –, hatte strubbeliges dunkles Haar und einen Stoppelbart. Er trug ein Polohemd mit irgendeinem Logo darauf und dazu Arbeitshosen und schwere braune Arbeitsstiefel. Seine Augen waren – Lucy sah ganz genau hin – dunkelbraun.

»Sind Sie fertig?«

Jetzt verspottete er sie.

»Ich hole die Polizei, bevor sie irgendwo anders einbrechen. Und gehen Sie bloß nicht nach nebenan, meine Nachbarin hat nämlich eine Schlange. Die – die – *frisst Sie auf.*«

»Sie haben ganz recht.« Er zog die Mundwinkel nach unten, als müsse er sich das Lachen verkneifen. »Danke für den Hinweis.«

Und dann schwang er sich über die hintere Pforte und ging geräuschvoll über den Kiesweg, der das Wisteria Cottage vom Bluebell Cottage trennte.

Lucy schaute auf das Backblech hinunter. Hamish war nach draußen gekommen, aber statt seinen Dienst als Wachhund zu versehen, war er damit beschäftigt, alle sechs verbrutzelten Speckstreifen aufzufuttern.

»Schönen Dank auch.« Lucy zog ihm das Backblech weg. »Du sollst mich doch verdammt noch mal beschützen!«

Mit dem Telefon in der Hand überlegte sie, ob sie jetzt die Allgemeine Notrufnummer wählen und sagen sollte, »Hilfe, jemand hat versucht, hier einzubrechen, aber er ist wieder weggegangen«, oder ob sie das lieber bei der nächsten Polizeiwache machen sollte. Sie googelte »Was tun bei Einbruchsversuch« und scrollte gerade durch die Antworten, als ein lautes Klopfen an der Haustür sie zusammenfahren ließ.

»Das ging aber schnell«, rief Lucy, »ich hatte noch nicht mal angerufen.« Sie öffnete.

»Ich glaube nicht, dass Sie meine Nummer haben.« Der Einbrecher stand vor ihr und schaute belustigt auf sie hinunter. Dann streckte er die Hand aus. »Sam Travis.«

Lucy trat einen Schritt zurück und musterte ihn mit ihrem strengsten Lehrerinnenblick, den sie über viele Jahre immer weiter optimiert hatte. »Sie sind ein Einbrecher. Einbrecher stellen sich nicht vor.«

»Im Gegenteil. Wenn Sie mit den Gepflogenheiten hier im Dorf auch nur ein bisschen vertraut wären, wäre Ihnen klar, dass das ein absolutes Muss ist. Genauso, wie man verwelkte Rosen sofort abschneidet, Haus und Garten picobello in Ordnung hält und sich in angemessener Weise im Dorfausschuss engagiert.«

»Ich –« Lucy wurde bewusst, dass ihr der Mund offen stand.

»Ich glaube, wir hatten einen schlechten Start«, sagte der Einbrecher. »Bunty hat mich gebeten nachzusehen, ob in die Igelhäuser, die ich hier und drüben bei ihr im Garten gebaut habe, Igel eingezogen sind. Das hätte ich neulich schon tun sollen, aber ich kam nicht dazu. Und außerdem bin ich es gewohnt, dass das Haus leer steht.«

»Jetzt nicht mehr«, sagte Lucy.

»Das sehe ich.« Er schaute an die Decke, wo aus unerfindlichen Gründen der Rauchmelder wieder lospiepte. »Kriegen Sie das hin?«

»Klar«, sagte Lucy ärgerlich. Sie schnappte sich noch einmal das Geschirrtuch, und nachdem sie heftig damit herumgewedelt hatte, war er wieder still.

»Sie haben das Häuschen also von Bunty gemietet? Mir war nicht klar, dass sie jetzt in die Ferienhaus-Vermietung eingestiegen ist.«

»Ich bin hier nicht in Ferien. Margaret, also Buntys Schwiegertochter, hat jemanden gesucht, der jeden Tag mal nach ihr sieht.«

»Ha.« Sam lachte trocken. »Dann viel Glück. Bunty weiß, was sie will. Ich kann mir nicht vorstellen, dass sie es sich gefallen lässt, wenn jemand sie kontrolliert.«

Lucy dachte an Buntys Gesicht, als sie ihr gestern die Tür geöffnet hatte, und lächelte wider Willen. »Stimmt. Ich glaube, das wird ein kleiner Lernprozess für uns beide.«

»So kann man es auch ausdrücken. Unsere gute alte Margaret. Sie gibt ihr Bestes – ich bin sicher, dass sie nur gute Absichten hat.«

Er rieb sich die Nase und sah Lucy wieder amüsiert an. »Sorry wegen der Einbrechergeschichte. So was kann man nicht gebrauchen, wenn man sich gerade in einer neuen Umgebung einlebt. Allerdings würde ich Bunty durchaus zutrauen, dass sie es absichtlich so eingefädelt hat. Sie hat einen merkwürdigen Sinn für Humor.«

»Wirklich?« Lucy nahm sich vor, das im Sinn zu behalten.

»Ja, sobald sie jemanden etwas besser kennt. Aber sie hat ein gutes Herz, unsere Bunty. Ich kenne sie schon mein Leben lang. Nach außen wirkt sie viel furchteinflößender, als sie tatsächlich ist. Harte Schale, weicher Kern. Und jetzt lasse ich Sie weiter frühstücken.«

Er hob die Brauen und lächelte Lucy zu.

»Wir sehen uns bestimmt wieder. Geht kaum anders, denn ich wohne direkt gegenüber.«

Lucy schloss die Tür und beobachtete durchs Fenster, wie er mit drei Schritten die Straße überquerte.

Fünftes Kapitel

Das war ja seltsam, dachte Sam, als er auf den Fahrersitz seines Pritschenwagens kletterte.

»Alles klar?« Freya sah beim Sprechen nicht von ihrem Handy auf.

»Alles bestens.« Außer natürlich, dass eine Verrückte ihm einen Einbruchsversuch vorgeworfen hatte. Er ließ den Wagen an und fuhr in die Stadt, um die beiden Azubis abzuholen, die an dem Projekt mitarbeiteten. Zu dritt würden sie hoffentlich ordentlich etwas schaffen, bevor das Wetter sich änderte. Belustigt schüttelte er den Kopf. Wenn Margaret glaubte, es würde funktionieren, dass jemand das Bluebell Cottage mietete und ein Auge auf Bunty warf, hatte sie sich gründlich getäuscht. Er bewunderte die alte Dame für ihre hartnäckige Entschlossenheit, ihr Leben nicht vom Alter beeinträchtigen zu lassen. Und Bunty hatte immer wieder ziemlich üble Tricks auf Lager. Sie hatte ihm kein Wort davon gesagt, dass das Häuschen wieder bewohnt war, als sie ihn gebeten hatte, die Igelhäuser zu untersuchen, und es war einfach Glück, dass die Mieterin, wie auch immer sie hieß, nicht die Polizei geholt hatte. Er würde sich Bunty vorknöpfen, wenn er nachher zurückkam. Also wirklich.

Seine Arbeit reichte ihm völlig, und jetzt wohnte gegenüber auch noch eine Frau, die sicherlich insgeheim weiterhin überzeugt war, dass er ihr Haus ausspionierte, um dort einzubrechen. Zum Glück konnte er sich wenigstens auf Mel verlassen. Sie wollte nachher vorbeikommen, um die Sachen abzuholen, die er beim Großhandel für sie bestellt hatte, und dann würde er sie fragen, ob sie etwas über die neue Nachbarin wusste. Er bog in die Siedlung ab, wo die beiden Auszubildenden wohnten, und sah sie im Wartehäuschen an der Bushaltestelle sitzen. Sie trugen schicke T-Shirts, die sie ruinieren würden, aber sie bestanden auf diesem Outfit. Er musste ihnen für die Arbeit ein paar *TreeTops Design*-Polohemden besorgen.

»Alles klar?« Will und Joe brummten einen Gruß, schoben sich auf den Rücksitz und schnallten sich an. Freya brummte zurück, aber Sam fiel auf, dass sie ein wenig rot geworden war. Er hatte den Verdacht, dass sie in einen der beiden ein bisschen verknallt war, aber er hütete sich, auch nur ein Wörtchen darüber zu verlieren.

»Wie schön, dass das Radio mir Gesellschaft leistet«, sagte Sam laut und deutlich zu sich selbst, als er losfuhr. Er staunte über die Jugendlichen. Wie sie mit ihren Handys verkabelt waren, schienen sie von einem anderen Planeten zu stammen. Morgens auf der Fahrt zur Arbeit war es mühsam, auch nur ein Wort aus ihnen herauszukriegen, aber sobald sie im Freien waren und sich körperlich betätigten, wurden sie lebhaft und fröhlich. Freya war ganz genauso. Seiner Ansicht nach verbrachte sie viel zu viel Zeit online. Sie schimpfte mit ihm, weil er kein Akademiker war und angeblich nicht verstand, warum sie in der Schule gut sein wollte. Dass sie ihre gesamte Zeit mit der Nase in Büchern verbringen wollte, konnte er noch irgendwie verstehen, obwohl er selbst als Legastheniker während seiner gesamten Schulzeit Mühe gehabt und seine Schulkarriere deswegen schnellstmöglich beendet hatte. Aber welchen Reiz es für seine Tochter hatte, ihre Zeit damit zu vergeuden, auf das kleine Display zu starren, begriff er einfach nicht.

»Ich weiß es wirklich zu schätzen, dass ihr beide euch an einem Samstag Zeit für dieses Projekt nehmt«, sagte er, als sie vor dem Tor von Greenbank House hielten.

»Hallo, Sam«, rief eine laute, fröhliche Stimme. Gleich darauf tauchte Freddy, der älteste Junge in der Familie, an seinem Wagenfenster auf. »Ich hab das Tor für euch aufgemacht.«

»Wirklich nett von dir.« Sam lächelte zu ihm hinunter. Freddy war zwanzig und hatte gerade sein letztes Schuljahr an einer Schule für Jugendliche mit Lernschwierigkeiten beendet.

»Sam!« Janet winkte zur Begrüßung. Sie rollte Fiona, ihre älteste Tochter, auf den Rasen. Fiona war wie immer mit einem Set aus funkelnden Kunststoffjuwelen geschmückt, und sie hielt eine Babypuppe im Arm. »Danke, dass ihr am Wochenende zu uns kommt.« Auch Fiona winkte. In der Ferne hörte Sam Gitarrenklänge und ein Schlagzeug – die Jungen, die derzeit bei Janet untergebracht waren, lebten sich in ihrem vorübergehenden Zuhause offenbar gut ein. Janet lächelte nachsichtig. Sie war Chaos gewohnt, ja, es war geradezu ein Lebenselixier für sie. Nach fünfundzwanzig Jahren als Pflegemutter konnte sie eigentlich nichts mehr schockieren.

»Ich hab Verstärkung mitgebracht, wie ihr seht.«

Sam stieg aus, und die drei Jugendlichen folgten ihm. Freddy schloss das Tor hinter ihnen.

»Hi, Freya«, sagte Janet.

»Dürfen Fiona und ich uns die Ziegen ansehen?« Freya winkte Freddy zu und ging dann zu Fiona hinüber, um sie zu begrüßen. Fiona war jetzt fünfundzwanzig, und sie lebte seit ihrem vierten Lebensjahr in der Pflegefamilie. Sam wurde warm ums Herz vor Stolz, als er sah, wie nett und selbstverständlich Freya Fionas »Baby« bewunderte, wie sie die Puppe lächelnd entgegennahm und eine Bemerkung zu dem hübschen Strampler machte, den sie trug. Auch wenn Fiona nicht mit Worten kommunizierte, sagten ihr breites Lächeln und ihr Winken mit beiden Armen doch unmissverständlich, wie sehr sie sich freute. Das waren die wirklich wichtigen Jobs, dachte Sam. Für Leute wie Annabel Whirlpools aufzustellen und Luxusbaumhäuser zu bauen war Brotarbeit, aber für diese Familie zu arbeiten war sinnvoll.

Er beobachtete, wie Freya sich von Janet die Erlaubnis für den Besuch bei den Tieren holte und wie sie dann Fiona fragte, ob sie ihr die Ziegen zeigen wolle. Fiona nickte heftig, und sie zogen los. Zum Haus von Janet und Mick gehörten drei Hektar Land, und alles war sicher eingezäunt, nicht aus Angst, dass jemand unbefugt hereinkommen könnte, sondern um gelegentliche Ausreißer am Weglaufen zu hindern. Janet war eine erfahrene Pflegemutter, die schon über hundert Kinder betreut hatte. Mick, ihr Mann, hatte einen Computerjob und machte ständig Überstunden. Das hieß, dass er zwar häufig zu Hause war, sich dann aber normalerweise in seinem Arbeitszimmer vergrub. Heute jedoch erwartete er sie am Bauplatz des zukünftigen Baumhauses. Er hatte die Ärmel seines karierten Hemdes aufgekrempelt und das lange Haar im Nacken zusammengebunden.

»Guten Morgen!«, rief er Sam und den Jungen entgegen. »Lieb von euch, dass ihr heute kommt!«

»Kein Problem. Ich weiß ja, dass du in der Woche bis über beide Ohren in Arbeit steckst. Also, Jungs, hier arbeiten wir heute. Mick hat den Bauplatz in seiner Freizeit vorbereitet –«

Janet prustete vor Lachen. »Wenn man da von Freizeit reden kann.«

»Pass auf, du.« Mick legte seiner Frau den Arm um die Taille und drückte sie an sich.

»Wie auch immer. Wir arbeiten hier an einem besonderen Projekt, das habe ich euch ja erzählt. Und ich wollte gern, dass Mick und Janet beide da sind, damit sie uns alles erklären und dafür sorgen können, dass wir genau wissen, was sie brauchen.«

Etwa eine Stunde später gingen sie zurück zur Einfahrt, um Material und Werkzeug aus dem Wagen zu holen. Freya und Fiona saßen im Schatten unter einem Baum. Mittlerweile trug Fiona eine lange Halskette aus Gänseblümchen und einen Kranz aus Butterblumen im Haar.

»Oh, das ist aber hübsch, Fiona«, sagte Janet. »Wie schön du aussiehst!«

»Aaaah«, sagte Fiona und deutete auf Freya.

»Und die Ziegen haben wir auch besucht«, sagte Freya. »Molly hat Zicklein. Dad ...«

»Nein, wir können keine Ziege halten. Unser Garten ist doch bloß so groß wie eine Briefmarke.«

Am Abend, nachdem er die Jungs zu Hause abgesetzt und sich noch einmal bedankt hatte, dass sie an ihrem freien Tag so hart gearbeitet hatten, versuchte Sam, Freya von ihrem Handy loszueisen und mit auf einen Hundespaziergang zu locken.

»Nicht, dass ich nicht verstehen könnte, warum du hier liegen und auf Instagram rumscrollen willst, während dein Leben vorbeigeht«, sagte er zum tausendsten Mal. »Aber ich finde – du solltest wirklich auch noch was anderes machen. Am besten draußen.«

»Wie joggen oder wandern oder so was?« Freya sah stirnrunzelnd zu ihm hoch, dann scrollte sie weiter und tippte mit großer Geschwindigkeit Kommentare.

»Zum Beispiel mit den Hunden gehen oder beim Baumhaus helfen oder irgendwas. Bloß nichts im Internet, und ich will auch nicht, dass du den ganzen Sommer lang die Nase in den Büchern hast. Du brauchst frische Luft.«

»Ich bleib dran.« Freya verdrehte die Augen, rutschte vom Küchentisch hinunter und schlenderte mit dem Handy in der Hand ins Wohnzimmer. Sam hörte, wie sie den Fernseher einschaltete. »Hör mal«, rief sie, »ich mache was.«

»Netflix zählt nicht.« Sam öffnete den Kühlschrank. Nicht schon wieder Pizza – es war besser, wenn er zum Abendessen etwas anderes fand.

Als sie nach dem Essen das Geschirr abwuschen, das nicht mehr in die Spülmaschine gepasst hatte, sah Freya ihn plötzlich mit einem Gesichtsausdruck an, den er nicht deuten konnte.

»Weißt du, meine –«, begann sie, brach aber ab.

»Was meinst du?«

»Ich hab einfach überlegt.« Freya legte das feuchte Geschirrtuch sorgfältig zusammen, faltete es dann wieder auseinander und hängte es zum Trocknen auf die Stange am Backofen. Sam wartete ab. In seinem Magen entstand ein Klumpen.

»Cammie hat neulich im Bus auf der Rückfahrt von der Schule über ihre Eltern gesprochen.«

Der Klumpen in Sams Magen wurde fester, und er stellte ganz vorsichtig die Becher ab, die er in der Hand hielt, und sah seine Tochter an.

»Was ist mit ihren Eltern?«

»Findest du es nicht sonderbar, dass wir nie was von – ihr hören?«

»Von deiner Mutter?«

Freya schluckte und nickte dann.

»Wie kommst du darauf?« Ach, er wünschte, es gäbe eine Bedienungsanleitung für Teenager. Er kramte in seinem Gedächtnis und überlegte, was Janet ihm in der Vergangenheit geraten hatte – schließlich hatte sie mit mehr verstörten Jugendlichen zu tun gehabt, als er zählen konnte. Er hatte zwar damit gerechnet, dass Freya das Thema irgendwann wieder anschneiden würde, aber ihr letztes Gespräch darüber lag so lange zurück, dass er gehofft hatte, sie hätte es vielleicht vergessen. Gleichzeitig jedoch schüttelte er innerlich den Kopf über seine Blödheit. Wie hätte Freya vergessen können, dass ihre Mutter sie verlassen hatte, als sie noch ganz klein gewesen war?

»Keine Ahnung. Hab bloß überlegt.«

»Ich weiß da keine Lösung, Liebes. Ich wünschte, ich könnte dir dazu irgendwas Einfaches sagen – Menschen sind eben kompliziert.« Das klang ziemlich uninspiriert, aber etwas Besseres fiel ihm nicht ein.

Freya zuckte die Achseln und packte sich wieder aufs Sofa. Unter diesen Umständen wollte Sam seine Tochter doch lieber sich selbst überlassen und sie nicht zu einem Spaziergang nötigen. Und sie war ja bei Janet tatsächlich eine ganze Weile mit Fiona im Freien gewesen. Wenigstens hatte sie ihre tägliche Dosis Sonnenlicht bekommen, für die Vitamin-D-Produktion würde es reichen. Das immerhin konnte er heute von der Liste seiner Vaterpflichten streichen.

»Dann nehme ich die Hunde jetzt mit zum Wald.«

»Okay«, antwortete Freya. Sie schaute gar nicht auf, als er die Hunde rief und loszog.

Als Sam zurückkam, war das Haus leer. Trotz ihres Protests vorhin war Freya doch noch rausgegangen, nur schnell über die Straße, um Bunty zu besuchen. Es war schon komisch, wie gut sie sich mit einer Sechsundneunzigjährigen verstand. Der Altersunterschied betrug mehr als achtzig Jahre, aber Bunty war immer da gewesen – als Ersatzurgroßmutter, seit Freyas Geburt. Nachdem Stella sie verlassen hatte, war Bunty eine ruhige, tüchtige Hilfe gewesen und immer mal mit einem Blech Scones oder einer Dose Kekse vorbeigekommen. Und als Freya dann älter wurde, war ihre Bindung noch stärker und ihre Liebe zu teuflisch schweren Kreuzworträtseln noch größer geworden. Für Sam waren Kreuzworträtsel ein Buch mit sieben Siegeln, aber Freya und Bunty hockten mit Vorliebe zusammen, um sich durch so ein Rätsel hindurchzuarbeiten. Es war richtig niedlich.

Sam stand immer noch am Wohnzimmerfenster und schaute auf die Straße hinaus, als Freya mit einem Stapel Bücher unter dem Arm zurückkehrte. Sie drehte sich um und winkte Bunty zum Abschied. Offenbar hatte sie ihn nicht gesehen, und weil sie nicht merken sollte, dass er sie beobachtet hatte, setzte er sich schnell aufs Sofa. Freya winkte ihm kurz zu, als sie ins Haus kam, nahm ihr Telefon von der Ladestation auf der Anrichte, schnappte sich eine Tüte Chips und einen Apfel und zog sich für die Nacht zurück.

Sechstes Kapitel

»Da bin ich schon wieder!«

Mel, die Hundetrainerin, die Lucy frühmorgens auf ihrem Waldspaziergang kennengelernt hatte, stand vor dem Haus und sah auf ihr Smartphone, als Lucy die Haustür öffnete. Sie stellte schnell einen Fuß in den Türspalt, um zu verhindern, dass Hamish in die Freiheit entschlüpfte.

»Ich will dich nicht stalken, ehrlich nicht.«

»Hallo, komm rein – sorry –, nein, du bleibst hier!« Lucy hielt Hamish fest, bis Mel im Haus war, dann zog sie die Tür zu und bemühte sich, gefasst auszusehen.

»Hallo, mein Süßer.« Mel bückte sich und kraulte Hamish unter dem Kinn. »Na, und du spielst hier den kleinen Schlingel und machst Probleme?« Hamish setzte sich sofort hin und sah Mel an, als könnte er kein Wässerchen trüben.

»Mehr oder weniger«, sagte Lucy.

»Und du wohnst also hier?« Mel zog sich ein Haargummi vom Handgelenk und band damit ihre feuchten Haare zum Pferdeschwanz. Sie hatte sich umgezogen und trug jetzt ein sommerliches T-Shirt-Kleid. Ihre bloßen Beine waren sonnengebräunt.

Wie oft sollte Lucy diese Fragen noch beantworten? Vielleicht war es einfacher, wenn sie einen Zettel an die Tür hängte, damit alle Bescheid wussten. Zu Hause in Brighton hätte sie eine Woche im Klo eingeschlossen sein können, ohne dass jemand es bemerkt hätte – nur in der Schule hätte man sie natürlich vermisst. Aber hier in Little Maudley schienen alle alles voneinander zu wissen.

»Nur vorübergehend.«

»Wie schön. Dann hast du Bunty schon kennengelernt?«

Ein weiterer Beweis für die Provinznest-Theorie. Lucy musste lächeln. Wieder kam ihr der Gedanke, dass sie in einer Art freundlicher ländlicher Seifenoper lebte. Wie zur Bestätigung rumpelte draußen ein Traktor vorbei.

»Ja, ich helfe ihr ein bisschen, beim Einkaufen und so.«

»Das ist ja prima. Sie ist eine tolle Frau, oder?« Mel senkte die Stimme. »Am Anfang wirkt sie etwas unzugänglich, aber wenn man sie besser kennt, ist sie zahm wie ein Kätzchen. Dann lebst du dich ganz gut ein?«

»Hm – eigentlich schon.« Lucy wusste nicht recht, ob sie den seltsamen Vogel erwähnen sollte, der in ihrem Garten aufgetaucht war, oder ... »Na ja, ich hatte eben ein merkwürdiges Erlebnis.«

»Ach so?« Mel sah sie fragend an. »Erzähl mal.«

»Also, ich kam von meinem Spaziergang mit Hamish zurück und war gerade dabei, mein Frühstück anbrennen zu lassen –«

»Schöner Start in den Tag.«

»Und als ich die Hintertür aufmachte, wanderte ein Mann durch meinen Garten. Ich hab ihn weggejagt, aber dann stand er plötzlich vor der Haustür, hat sich vorgestellt und gesagt, er wollte bloß irgendein Igelhaus kontrollieren.«

Mel prustete vor Lachen. »Das war bestimmt Sam.«

»Stimmt! Kennst du ihn?«

»Allerdings. Der ist bestimmt kein Einbrecher.«

»Spaziert er immer in fremden Gärten herum?«

»Nicht dass ich wüsste.«

»Puh, da bin ich aber erleichtert.«

»Das glaub ich dir. Was hast du jetzt vor?«

»Ich wollte schnell in den Laden und mir was zum Frühstück besorgen, was nicht angekokelt ist.«

»Ich hab den gleichen Weg, lass uns zusammen gehen.«

Die beiden Frauen verließen das Haus. Inzwischen stand die Sonne hoch am Himmel. Es würde ein herrlicher englischer Sommertag werden. Im Dorf herrschte jetzt reges Treiben – Rasenmäher brummten, Eltern und Kinder waren unterwegs, passend angezogen für alle möglichen Wochenendbetätigungen. Lucy und Mel kamen an zwei kleinen Mädchen in Karateanzügen vorbei, und Mel winkte dem Vater der beiden zu, der gerade das Haus abschloss. Eine Jugendliche in Reithosen radelte vorüber, am Fahrradlenker baumelte ihr Reithelm, dann überquerte eine Wandergruppe in robusten Schuhen und zweckmäßiger Kleidung die Straße. Angeführt von einer Frau mit Gehstöcken und einer durchdringenden Stimme, bogen sie in den Fußweg zum Wald ein.

»Wir haben ganz schön Glück«, erklärte Mel. »Wir sind ein bisschen abseits von dem großen Touristenrummel in den Cotswolds, weil Little Maudley ja ganz am Rand liegt. So haben wir zwar die schönen Häuser und die tolle Dorfatmosphäre, aber in den drei Sommermonaten ist nicht alles mit Touris und Autos verstopft.«

Ein einsamer Wagen fuhr vorbei. »Ab und zu verirren sich schon mal welche hierher, und ein paar Leute hier im Dorf vermieten auch an Feriengäste, aber es ist nicht überlaufen. Einen Nachteil hat das Dorf allerdings: Eigentlich kennt jeder jeden.«

Lucy dachte an ihren ersten Einkauf. »Mhm. Ich hab gestern die Frau kennengelernt, die den Dorfladen führt.«

»Ach so, Beth. Ja, ich wollte dich gerade vor ihr warnen. Wenn du irgendwas hast, was nicht innerhalb der nächsten zehn Minuten das ganze Dorf erfahren soll, dann sag ihr lieber nichts davon. Und wenn sie anfängt, dich auszufragen, dann musst du das Thema ›nach Frankreich auswandern‹ anschneiden. Das ist ihre neue fixe Idee. Sie hört sofort auf, wenn du davon sprichst. Problem ist bloß, dass sie dann stundenlang über nichts anderes mehr redet, aber man kann eben nicht alles haben.«

»Als ich sie gestern kennengelernt habe, hat sie schon ...«
»Auf den Busch geklopft?«
Lucy grinste. »Ja, kann man so sagen.«
»Wir haben jahrelang keinen Laden im Dorf gehabt, und als dann das alte Postamt verkauft wurde, nachdem es Ewigkeiten leer gestanden hatte, haben wir als Dorfgemeinschaft beschlossen, es zu kaufen. Von Rechts wegen gehört der Laden also uns allen, aber Beth macht die Geschäftsführung – und deswegen meint sie, sie wäre so eine Art Dorfmatriarchin. Sie ist erst fünfunddreißig, aber sie führt sich auf, als wäre sie dreißig Jahre älter.«
»Und wer bewirtschaftet das Café?«
»Flo – die Frau ist ein Genie. Flo macht den besten Flat White auf dieser Seite von London, und für ihre Baconsandwiches könnte ich sterben. Ich wünschte, sie hätte den ganzen Tag auf, aber sie öffnet leider nur von neun bis zwei. Da wollte ich jetzt übrigens gerade hin, trinken wir einen Kaffee zusammen? Natürlich nur, wenn du Lust hast. Das ist die Gefahr dabei, wenn man den ganzen Tag mit Hunden arbeitet. Sobald mir jemand Gesellschaft leistet, texte ich ihn zu – oder sie!«
»Sehr gern.« Lucy überlegte keinen Augenblick. Sie vermisste den Betrieb und die Gemeinschaft im Lehrerzimmer doch mehr, als sie erwartet hatte, und Hamish war kein besonders eloquenter Gesprächspartner.
»Morgen«, sagte eine fröhliche Stimme, als sie die Ladentür aufschoben.
»Hi, Beth.«
»Ach, hallo.« Beth wurde sofort ganz munter, als sie Mel und Lucy sah. Sie schenkte ihnen ein bezauberndes Lächeln. »Hallo, Mel. Und hallo ...«
»Das ist Lucy. Sie wohnt in Buntys Bluebell Cottage.«
»Und was machst du hier, Lucy? Es ist dir doch recht, wenn ich Lucy sage?«

Lucy nickte ergeben und erklärte dann, ohne weiter nachzudenken: »Ich nehme mir gerade eine Auszeit von meiner Arbeit. Als ich Margarets Anzeige gelesen habe, war das perfektes Timing.«

»Ich wusste gar nicht, dass sie eine Anzeige aufgegeben hatte.«

»Wir wollten eigentlich nur schnell einen Kaffee trinken. Also bis –«

»Eine Auszeit«, sagte Beth, als hätte sie Mel nicht gehört. »Das klingt interessant. Und wovon machst du Pause?«

»Ich bin Geschichtslehrerin.«

»Ach wirklich? Wirst du hier auch irgendwo unterrichten?« Beth verschränkte die Arme und wiegte sich auf den Absätzen, während sie Lucy mit neuem Interesse beäugte. Sie deutete mit dem Kopf zur Lokalzeitung hinüber, deren Schlagzeile etwas über schockierende Ergebnisse der Schulüberprüfungen verkündete. »Mit der Schule in Bletchingham geht's bergab, wenn du mich fragst. Wir könnten ein paar gute neue Lehrer gebrauchen.«

»Ich werde nicht unterrichten, nein. Ich mache einfach ein paar Monate Pause.«

»Sehr schön.« Beth wirkte beeindruckt. »Ich selbst hätte auch nichts gegen eine Pause. Dann machst du also sozusagen Ferien?«

»Nicht ganz ... ich plane, ein bisschen über die Geschichte hier in der Gegend zu forschen.«

»Oh, das klingt ja spannend. Wofür machst du das?«

Mel trat einen Schritt zur Seite und stupste Lucy sacht mit dem Fuß an. Da wurde Lucy endlich bewusst, was sich hier gerade abspielte, und sie warf Mel einen Blick zu. Mel unterdrückte ein Lächeln.

»Komm.« Sie nahm Lucy am Arm. »Ich gehe jetzt mit ihr Kaffeetrinken, bevor du sie weiter verhörst.«

»Hab ja bloß gefragt«, protestierte Beth.

»Du kannst sie später weiter ausquetschen«, sagte Mel zu Beth, und an Lucy gewandt fragte sie leise: »Verstehst du, was ich meine?« Sie verzog das Gesicht.

»Ich wollte ihr das gar nicht erzählen. Sie hat was von einer Interviewerin im Fernsehen. Stellt einfach immer weiter Fragen, und ich bin so britisch und so höflich, dass ich ganz automatisch darauf antworte.«

»Ganz genau«, sagte Mel. »Und dabei weiß sie natürlich längst, wer du bist. Hier gibt's nichts, worüber Beth nicht Bescheid wüsste.« Sie griff nach zwei Speisekarten und winkte der jungen Frau hinter der Theke, die einen Stift im Mund hatte und gerade mit beiden Händen beschäftigt war. »Das ist Flo – hier erwartet dich nicht die spanische Inquisition.«

Mel reichte Lucy eine Speisekarte und checkte ihr Handy, während Lucy las. Ihr knurrte der Magen, als sie die angebotenen Speisen überflog. »Ein Baconsandwich und einen Flat White, bitte.«

»Kommt gleich.«

Mel ging zur Theke und plauderte vergnügt mit Flo, während sie weiter an ihrem Smartphone herumfingerte und auf den Kaffee wartete. Lucy schaute sich inzwischen um. Ein Nebenraum des viktorianischen Postamts war in ein gemütliches kleines Café verwandelt worden, mit fünf Tischen und einer bunten Mischung von ausrangierten Schulstühlen. An den blassgrau gestrichenen Wänden hingen Gemälde von Hunden, Katzen und Pferden, alle mit einem winzigen, pink leuchtenden Preisschild in einer Ecke. Lucy betrachtete die Bilder ein bisschen genauer. Sie waren unglaublich lebensnah und sehr schön.

»Die hat Sue Cassidy gemalt. Sie hat ein Atelier im Garten«, sagte Mel, als sie sah, dass Lucy die Bilder bewunderte. »Sie malt auf Bestellung Tiere nach dem Leben oder nach Fotos, und die Bilder hier verkauft sie auch. Sie ist toll.« Mel stellte die beiden Kaffeetassen auf den Tisch.

»Musst du heute keine Hunde trainieren?«

»Bürotag.« Mel wischte sich einen Kaffeeschnurrbart von den Lippen. »Das bedeutet, ich schiebe alles auf, trinke Kaffee und versuche, meine Tochter zu überreden, mal was mit mir zu machen, statt nur an ihrem Handy zu kleben.«

»Wie alt ist deine Tochter?«

»Cammie ist vierzehn.«

»Neuntes Schuljahr? Das ist ein schönes Alter. Die Neuner hab ich immer gern unterrichtet.« Oje, jetzt hatte sie ein paar Wochen keinen Unterricht mehr gehalten und schon vergessen, wie oft sie im Lehrerzimmer zusammengeklappt war und geschimpft hatte, dass ihre neunte Klasse sie noch umbringen würde.

Mel zog ein Gesicht. »Kinder zu unterrichten finde ich ganz schön tapfer. Bin froh, dass ich das nicht muss.«

»In der Altersstufe ist es okay. Am schlimmsten sind die Schüler nach dem ersten Jahr, wenn sie glauben, sie wüssten schon alles. Der achte Jahrgang ist für alle ein Albtraum.«

»Und was willst du hier erforschen? Du weißt ja, dass Bletchley Park gar nicht so weit ist – da gibt's jede Menge historisches Zeugs, falls du dich für den Krieg interessierst.«

»Ja. Ich will nächste Woche mal hinfahren.«

»Cammie war im vergangenen Jahr auf einem Schulausflug da. Sie hat gesagt, es wäre einfach super. Und das will bei ihr was heißen, denn sie ist gerade in der Phase, in der sie alles ganz furchtbar öde findet.«

»Ach ja, ich erinnere mich gut an die Phase. Keine Sorge, das geht vorbei.«

»Du musst Bunty mal befragen. Sie ist bestimmt eine interessante Gesprächspartnerin, wenn du dich für diese Dinge interessierst.«

Lucys Herz machte vor Aufregung einen kleinen Hüpfer. »Echt?«

»Oh ja! Sie redet nicht darüber, aber sie hatte im Krieg

eine wichtige Position. Sie musste irgendwas abhören oder so – die Einzelheiten weiß ich nicht mehr, aber das wird sie dir alles erzählen. Höchste Geheimhaltungsstufe. Sie ist ein stilles Wasser, steckt voller Geheimnisse, unsere Bunty. Als sie jung war, muss sie eine Schönheit gewesen sein. Ich hab Fotos von ihr gesehen – sie war wirklich hübsch. Aufgedrehte Locken, Lippenstift, Sanduhrfigur ...«

Lucy dachte an die bezaubernden Fotos von der jüngeren Bunty und nickte. Die Geschichte von Bletchley Park faszinierte sie. Es hatte viele Jahre gedauert, bis herausgekommen war, was in den zahlreichen kleinen Baracken auf dem Gelände dort vor sich gegangen war, und selbst heute noch gab es Frauen und Männer, die ihre Geschichten nicht erzählten, weil sie sich weiterhin fest an die Vorschriften von damals hielten. Sie hatten unterschrieben, dass sie sämtliche Informationen für sich behalten würden und damit basta. Lucy hatte aber auch etliche Dokumentarsendungen gesehen, in denen alte Menschen interviewt wurden, die bereit waren, über ihre Arbeit in Bletchley Park Auskunft zu geben. Alle waren ganz sachlich und sagten das Gleiche: Sie hatten einfach ihren Teil beigetragen. In Wirklichkeit jedoch hatten sie im Zweiten Weltkrieg eine sehr wesentliche Rolle gespielt. Es wäre der Wahnsinn, wenn Bunty ihr aus erster Hand davon berichten könnte.

»Ich werde sie danach fragen.«

»Du musst sie in der richtigen Stimmung erwischen. Wenn du noch nicht so oft bei ihr warst, hast du wahrscheinlich noch keine Gelegenheit dazu gehabt.«

Lucy schüttelte den Kopf. »Gestern haben wir schnell eine Tasse Tee zusammen getrunken, das war alles. Ich hab den Eindruck, dass ich ziemlich überflüssig bin, aber ich muss einen Weg finden, ihr meine Hilfe anzubieten, selbst wenn sie das eigentlich gar nicht will.«

»Ach, darum beneide ich dich nicht. Sie kann eine giftige

alte Schrulle sein.« Mel lachte und trank einen Schluck Kaffee. »Ich meine, ich hab sie total lieb, aber – na ja. Warte einfach den richtigen Zeitpunkt ab, dann verrät sie dir vielleicht ihre Geheimnisse. Aber wenn du's zur falschen Zeit versuchst, schmeißt sie dich mit einem Fußtritt raus.«

Beide Frauen lachten.

»Und wie kommt es, dass du in der Schule aufgehört hast? Ich hab Berichte gelesen, dass Lehrer mit Messern bedroht wurden und alles Mögliche. Hier in der Gegend gibt es so was nicht, aber bestimmt ist das nur eine Frage der Zeit. Ganz schön beängstigend.«

»Es lag nicht an den Schülern.« Beim Gedanken an ihre Kopfschmerzen an jenem letzten Schultag, als sie zusammengebrochen war, rieb Lucy sich unbewusst die Schläfen. »Bloß das Übliche, was man eben auch in den Zeitungen liest. Stress und so was.«

»Hast du dich ganz vom Unterrichten verabschiedet?«

Lucy schüttelte den Kopf. »Nein, aber wenn ich wieder anfange, dann nur in Teilzeit oder aber irgendwo, wo es nicht so anstrengend ist. Es hängt so viel vom Managementteam ab.«

Mel schüttelte sich. »Wenn ich bloß den Ausdruck *Managementteam* höre, wird mir schon ganz anders. Aber hier bei uns bist du richtig. Hier ist nicht viel los. Den größten Stress macht Helen Bromsgrove, wenn sie befürchtet, dass wir vielleicht den Wettbewerb ›Großbritanniens schönstes Dorf‹ nicht gewinnen oder dass der *Guardian* uns nicht zu den schönsten Ausflugszielen auf dem Land zählt.« Mel schnitt eine Grimasse.

»Und wer ist Helen Bromsgrove?«

In diesem Moment erschien Flo mit dem Essen. Sie wechselte einen Blick mit Mel.

»Ach, die lernst du noch früh genug kennen. Sie ist so was wie die Oberschicht-Variante von Beth. Hält sich gern für die Chefin hier im Dorf. Sie ist Vorsitzende vom Elternbeirat an der Dorfschule, Vorsitzende vom örtlichen *Women's Institute* und Vorsitzende von was weiß ich. Helen ist einfach machtgeil.«

»Sie will, dass das Dorf perfekt aussieht. Ich hab gesehen, wie sie neulich das alte Telefonhäuschen besichtigt hat. Anscheinend wird das ihr neues Projekt.« Flo wischte sich die Hände an der Schürze ab und stemmte sie in die Hüften. »Aber nur über meine Leiche. Sie kann doch nicht einfach einen Teil unserer Dorfgeschichte plattmachen.«

»Na ja, ein bisschen kaputt ist das Telefonhäuschen ja.« Mel rührte ihren Kaffee um.

»Meint ihr die Telefonzelle auf der Dorfwiese vor Buntys Haus?«

Mel und Flo nickten.

»Die wird nicht mehr benutzt«, erklärte Mel, »denn wer ruft heute noch aus einer Telefonzelle an? Die *British Telecom* nimmt sie offenbar vom Netz. Ja, und ab und zu hat auf dem Heimweg vom Pub wohl auch mal jemand reingepinkelt –«

»Mhm.« Lucy nickte. »Ja, an dem Tag, als ich angekommen bin, hab ich die Tür aufgemacht, weil ich reingucken wollte.«

»Igitt.« Flo kicherte. »Warum denn das?«

»Na ja, ist eben ein Telefonhäuschen. Der Hörer war weg. Ich glaube, da sind einfach Erinnerungen wachgeworden.«

»Klar. Erinnerungen an die Zeit vor den Mobiltelefonen«, sagte Flo.

»Ich selbst hab übrigens schöne Erinnerungen daran, wie wir als Teenager in dem Telefonhäuschen rumgeknutscht haben.« Mel bekam einen verträumten Blick. Dann sagte sie energisch: »Ich will nicht, dass es abgerissen wird.«

»Ich auch nicht. Ich finde, wir sollten drum herum einen Anti-Helen-Zaun ziehen. Aber jetzt mach ich mal lieber weiter, da wartet Kundschaft.« Flo ging zur Theke zurück.

»Bestimmt könnten wir das Telefonhäuschen für irgendwas gebrauchen«, sagte Mel nachdenklich. »Wir müssen bloß überlegen, wofür. Aber es soll nicht wegkommen, bloß weil Helen findet, dass es unser gepflegtes Dorfbild stört.«

»Das ist heute Abend auf der Dorfversammlung das Diskussionsthema«, rief Flo durchs Café. »Ihr geht doch hin, oder?«

»Kommt gar nicht in die Tüte.« Mel schüttelte den Kopf.

Wenig später hatte Flo ihre neuen Gäste bedient. Sie kam wieder an den Tisch und setzte sich zu ihnen. Lucy schwankte zwischen Verlegenheit, weil sie die beiden Frauen kaum kannte, und einer unerwarteten Sehnsucht, dazuzugehören. Sie war nicht nach Little Maudley gekommen, um Gesellschaft zu finden oder Intrigen zu spinnen, und hier hatte sie plötzlich beides. Flo senkte die Stimme.

»Ich hab mich zum Protokollschreiben verdonnern lassen, weil Judith so erkältet ist. Und du kommst natürlich auf jeden Fall – allein gehe ich da nicht hin. Helens Ansichten würden mich erschlagen.«

»Wenn's sein muss …« Mel sah Lucy an. »Bist du auch dabei?«

Lucy schüttelte den Kopf. »Ich glaub nicht …« Sie runzelte die Stirn. »Ist Samstagabend nicht ein ungewöhnlicher Termin für eine Dorfversammlung?«

»Doch. Aber das hat mit Helens Bestreben zu tun, das ganze Dorf zusammenzubringen. Ach, komm doch mit«, drängte Mel. »Bestimmt sind auch Leute da, mit denen du über den Krieg und so was reden kannst. Hier waren ja viele Familien in irgendeiner Weise beteiligt. Es gab jede Menge Evakuierte aus London im Dorf.«

Was war die Alternative? Schnell bei Bunty vorbeizugehen und sich dann das ätzende Samstagabend-Fernsehprogramm reinzuziehen?

»Also gut.«

»Super.« Mel zwinkerte Flo zu. »Noch ein Opfer. Ich hole dich um sieben ab.«

Lucy klopfte bei Bunty und war überrascht, als ihr ein Mann mit Silberhaar und in Jackett und Krawatte die Tür öffnete.

»Oh – guten Tag.«

»Sie müssen Lucy sein.«

Lucy lächelte zurückhaltend.

»Ich bin Gordon. Buntys Sohn.«

»Ach so, natürlich. Tut mir leid.«

»Kommen Sie rein. Bunty ist da. Wir wollten gerade wieder aufbrechen.«

Bunty saß diesmal nicht in der Küche, sondern in einem Sessel mit hoher Lehne im Wohnzimmer am Kamin. Die Nachmittagssonne tauchte den Raum in einen goldenen Schein und verbreitete eine solche Behaglichkeit, als würde das Feuer brennen. Mr Darcy saß auf der Armlehne von Buntys Sessel und hatte den Schwanz besitzergreifend über ihre Hand gelegt.

»Ah, Lucy. Sie haben Gordon schon kennengelernt?«

»Gerade eben.«

Mit einer Armbewegung lud Gordon sie ein, sich aufs Sofa zu setzen. »Margaret macht noch eine Tasse Tee für Mutter. Ich sag ihr, dass sie Ihnen eine mitmachen soll.«

Bunty warf ihm einen Seitenblick zu. »Hast du vor, Lucy eine Liste zu geben, was sie tun soll, um bei mir Ordnung zu schaffen?«

Sie sprach das Wort *Ordnung* aus, als wäre es ein Fluch.

»Nein.« Gordon lächelte Lucy zu. »Das würde mir nicht im Traum einfallen.« Er ging in die Küche.

»Ich hab gedacht, ich komme kurz vorbei – tut mir leid, mir war nicht klar, dass Sie Besuch haben.«

»Keine Sorge, die beiden sind zum Mittagessen mit Freunden in Oxford unterwegs. Margaret wollte nur ein paar Mahlzeiten zum Einfrieren vorbeibringen.«

»Das ist ja nett«, sagte Lucy.

Bunty verzog das Gesicht und beugte sich zu ihr: »Na, ich weiß nicht. Fischpastete und Shepherd's Pie, das ist doch was für Kleinkinder. Ich mag eigentlich beides nicht.«

»Ich liebe beides.«

»Das ist eine gute Nachricht für uns zwei. Wenn Gordon und Margaret weg sind, nehmen Sie die Plastikdosen mit rüber ins Bluebell Cottage und stellen sie da ins Gefrierfach. Das merkt Margaret gar nicht, und dann kann ich essen, was mir schmeckt.« Bunty schmunzelte.

»Hier kommt der Tee. Hallo, Lucy! Sieht so aus, als würden Sie sich recht gut einleben.« Margaret stellte das Tablett ab.

»Ja, das stimmt.« Lucy war ein bisschen stolz, dass sie etwas zu berichten hatte. »Heute Abend gehe ich zu einer Versammlung im Dorfgemeinschaftshaus.«

»Na, so was!« Bunty kicherte. »Hat Helen Sie schon zu fassen gekriegt?«

»Nein, ich hab eine Frau kennengelernt, sie heißt Mel und bildet Hunde aus. Wir sind zusammen ins Café gegangen, und bevor ich mich's versah, waren wir mitten in einem Gespräch über die Telefonzelle im Dorf, und –«

»Mel ist nett. Freut mich, dass Sie eine Gleichaltrige gefunden haben, mit der Sie plaudern können. Aber was sagen Sie da vom Telefonhäuschen?« Bunty sah Lucy mit ihren blauen Augen scharf an.

»Es geht darum, dass es wohl abgebaut werden soll, weil es kaputt ist.«

»Na, besonders schön sieht es wirklich nicht mehr aus.« Gordon schob die Gardine ein wenig zur Seite und sah hinaus. »Witzig, ich hab schon jahrelang nicht mehr darauf geachtet.«

»Da bist du nicht der Einzige«, sagte Margaret. »Das ist wirklich ein Schandfleck. Und es wird überhaupt nicht mehr benutzt. Man könnte es wegnehmen und die alte Bank gleich mit entsorgen, und dann an der Stelle eine hübsche, wetterfeste neue Bank aufstellen.«

Lucy sah, wie Bunty ihrer Schwiegertochter schweigend einen bitterbösen Blick zuwarf. Kurz darauf entschuldigten Gordon und Margaret sich, aber es dauerte noch ewig lange, bis sie dann wirklich das Haus verließen. Margaret machte wieder viel Getue um Bunty und fragte zum hundertsten Mal, ob sie noch irgendetwas brauche.

»Keine Sorge«, mischte Lucy sich ein, »für den Fall bin ich ja hier.«

»Ich glaube, sie rechnet damit, dass ich jeden Moment tot umfalle«, sagte Bunty, als die beiden endlich verschwunden waren. »Als Janey klein war, hat sie auch immer so einen Zirkus gemacht.« Sie deutete auf ein Foto auf dem Kaminsims. Darauf waren Gordon und Margaret in jüngeren Jahren mit einer blonden jungen Frau von etwa zwanzig zu sehen. »Manchmal frag ich mich, ob Margaret der Grund war, warum Janey sich so schnell wie möglich nach Kanada abgesetzt hat.«

»Ist Janey Ihre Enkelin?«

»Ja. Ein entzückendes Mädchen. Inzwischen ist sie Ärztin, irgendwo in der Nähe von Calgary. Hat drei Kinder und einen sehr netten Mann. Merkwürdig, dass sie sich ausgerechnet einen Kanadier ausgesucht hat.«

Lucy stand auf, um sich das Foto genauer anzusehen. Gehörte es denn nicht zu den eher üblichen Folgeerscheinungen, dass man einen Kanadier heiratete, wenn man nach Kanada gezogen war?, überlegte sie. Das Foto daneben war offenbar erst kürzlich aufgenommen worden. Es zeigte unverkennbar dieselbe Frau, aber älter. Sie hatte den Arm um drei Kinder in Skianzügen gelegt, und alle vier waren sonnengebräunt und hatten die gleichen blauen Augen und das gleiche blonde Haar.

»Sehen Sie sie häufig?« Lucy drehte sich zu Bunty um, die den zufrieden dösenden Mr Darcy streichelte.

»Nein.« Bunty blickte auf. »So ist das eben, leider. Die Flüge sind teuer, und es ist eine lange Reise. Aber wir telefonieren.« Bunty lachte kurz auf. »Manchmal ruft Janey mich an, weil ihre Mutter sie zur Verzweiflung bringt.«

Lucy hätte gern gesagt, dass Margaret es sicher gut meinte und dass sie nur ein bisschen dominant war, fand dann aber, dass ihr das wohl nicht zustand. Daher lächelte sie einfach, schlürfte ihren Tee und schwieg.

Bunty schaltete den Fernseher ein, um sich eine Tierdoku anzusehen. Als Lucy sich bald darauf verabschiedete, blickte sie kurz auf.

»Bringen Sie doch Ihren kleinen Hund mit, wenn Sie morgen kommen. Ich möchte ihn gern kennenlernen. Und wenn Sie irgendwelchen interessanten Dorfklatsch hören, berichten Sie mir bitte alles haarklein.«

»Beides, versprochen.« Mit einem Arm voll tiefgefrorener Mahlzeiten verließ Lucy das Cottage. Vielleicht bildete sie es sich bloß ein, aber sie hatte den Eindruck, dass Bunty langsam auftaute.

Als sie später mit Mel und Flo im Dorfhaus ankam, stellte sich heraus, dass die Buschtrommel schon ganze Arbeit geleistet hatte.

»Guten Abend. Sie sind doch die junge Frau, die sich für den Zweiten Weltkrieg interessiert, oder nicht?«

Lucy nickte nur.

»Hab dir ja gesagt, hier geht so was rum wie ein Lauffeuer«, murmelte Mel ihr zu. Sie waren gerade erst hereingekommen, und Lucy war noch damit beschäftigt, den Duft von Holzboden und Turnschuhen in sich aufzunehmen und sich zu fragen, warum diese Dorfgemeinschaftshäuser alle den gleichen Geruch hatten. Mel stand neben einer älteren Dame in einem zitronengelben Twinset mit Perlenkette und silberblauem, dauergewelltem Haar.

»Das ist Susan«, sagte Mel, und die Frau streckte die Hand aus. »Freut mich, Sie kennenzulernen.«

»Guten Abend.« Lucy fragte sich, woher die alte Dame bereits von ihr wusste.

»Mein Bridgepartner Henry war gerade im Café, als Sie sich heute Vormittag unterhalten haben. Er hat mir eine Nachricht geschrieben und gemeint, ich fände es sicher sehr spannend, Sie kennenzulernen. Und er hat recht.« Sie strahlte Lucy an und nahm sie am Arm. »Setzen Sie sich doch da drüben neben mich, ich besorge Ihnen Tee und einen Keks. Wir haben bestimmt eine Menge Gesprächsstoff. Und vielleicht sind Sie genau die Frau, die wir brauchen.«

Sorry, formte Mel mit den Lippen, als Lucy sich erschrocken zu ihr umdrehte, während Susan sie schon mit erstaunlicher Kraft fortzog.

»Little Maudley hat im Hinblick auf den Zweiten Weltkrieg eine absolut *faszinierende* Geschichte, das wissen Sie bestimmt schon. Ich habe zu diesem Thema mehrere Artikel für die Lokalzeitung verfasst – sehr gut möglich, dass Sie die bereits gelesen haben – und ich gelte hier in der Gegend quasi als Expertin.«

»Ich bin ja gerade erst angekommen«, stammelte Lucy. Sie sah zu Mel hinüber, die sich vor Lachen gar nicht mehr einkriegte.

»Sie gehen natürlich bei einer anderen Expertin ein und aus«, fügte Susan hinzu. »Auch wenn Bunty mit Ihnen wohl kaum darüber spricht, aber sie war während des Krieges zu strengster Geheimhaltung verpflichtet.« Susan wartete ab, bis Lucy ein angemessen verblüfftes Gesicht machte. »Topsecret«, fuhr sie dann zufrieden fort und tippte sich an den

Nasenflügel. »Jedenfalls, wenn Sie nach einer Beschäftigung suchen, hab ich etwas. Es müsste genau das Richtige für Sie sein –«

Susan wurde von einem sehr geräuschvollen Räuspern unterbrochen, das offenbar alle Anwesenden um ungeteilte Aufmerksamkeit bat.

»Gleich mehr«, flüsterte sie und legte den Zeigefinger auf die Lippen. »Hören wir uns lieber erst mal an, was die Chefin zu sagen hat.«

»Hallo, alle miteinander, tut mir furchtbar leid, dass ich unpünktlich bin«, sagte eine laute, redegewandte Stimme am Eingang des Saales. Sofort setzten alle sich aufrecht hin. Eine große blonde Frau trat ein. Sie trug eine weiße Bluse, eine marineblaue Hose und um den Hals ein fröhliches Tuch mit Punkten. Ihr Alter war schwer zu schätzen, irgendwas zwischen dreißig und fünfzig. Lucy erkannte die Frau mit dem Streifen-T-Shirt wieder, die sie an ihrem Ankunftstag angesprochen hatte. Mit leicht erhobenem Kinn blickte sie sich kurz im Saal um, nickte lächelnd einigen Anwesenden zu und ging dann nach vorn, wo neben einem kleinen Eichentisch ein Stuhl auf sie wartete. Nachdem sie Lucy mit einem Extralächeln begrüßt hatte, setzte sie sich.

»Guten Abend.« Sie trank ein Schlückchen Wasser.

»Das ist Helen Bromsgrove«, flüsterte Susan. »Eine wunderbare Frau.«

Mel hatte sich etwas anders über Helen geäußert, dachte Lucy und verbarg ihr Lächeln. Aber sie musste zugeben, dass Helen ganz schön dynamisch war. Sie zog ein iPad aus der Handtasche und jagte durch die ersten Tagesordnungspunkte: Recyclingtonnen, Spendensammlung für das Kirchendach und bitte nicht vergessen, die Flaschenschraubverschlüsse aus Plastik für den Kindergarten aufzuheben. Dann kam sie zum Thema des Abends.

»Ich werde Sie nicht allzu lange aufhalten, denn ich bin

sicher, dass Sie es alle kaum erwarten können, eine Tasse Tee und ein paar von Susans köstlichen Cupcakes zu sich zu nehmen. Aber einen Punkt möchte ich noch ansprechen. Und eigentlich ist die Sache recht eilig. Wir müssen über die Telefonzelle auf der Dorfwiese reden.«

Mel suchte Lucys Blick. *Jetzt kommt's*, formte sie mit den Lippen.

»Die Telefonzelle ist eine Beleidigung für's Auge, sie ist marode, und die *British Telecom* – oder wie immer diese Firma sich heutzutage nennt – plant keine Instandsetzung, sondern will sie vom Netz nehmen.«

»Wäre keine große Sache, sie in Ordnung zu bringen«, warf jemand ein. Mehrere Anwesende drehten sich um, weil sie sehen wollten, wer da gesprochen hatte, aber niemand bekannte sich dazu.

»Es wäre auch keine große Sache, das Ding abzureißen«, gab Helen zurück. »Und wir könnten es durch etwas viel Hübscheres ersetzen, zum Beispiel durch eine schicke neue Bank und ein Blumenbeet. Ein Beet würde natürlich wunderbar zu unserem Plan passen, am Wettbewerb *Britain in Bloom* teilzunehmen.« Sie machte eine Pause und wirkte sehr zufrieden mit sich.

»Das Telefonhäuschen ist seit jeher das Herz des Dorfes.«

»Tatsächlich?«, sagte Helen verächtlich. »Als wir es neulich besichtigt haben, roch es sehr stark nach –« sie verzog das Gesicht und senkte die Stimme – »Männerurin.«

»Wenn man muss, dann muss man eben«, rief ein Witzbold von hinten. Mehrere Anwesende lachten glucksend. Helen sah sie mit leicht erhobenen Augenbrauen und strafendem Blick an.

»Wie dem auch sei, ich finde, wir sollten umfassend diskutieren, welche Vorteile es hätte, diesen Schandfleck zu entfernen und durch etwas zu ersetzen, das unserem schönen Dorf Ehre macht.«

Gemurmel erhob sich. Lucy konnte nicht erkennen, ob es zustimmend oder ablehnend war. Helen klatschte in die Hände und fuhr fort: »Ich glaube, das ist alles für heute. Und jetzt ein Punkt, den wir alle befürworten können: Tee.«

»Ich hab mich mit allen meinen Freunden am Telefonhäuschen getroffen«, sagte Mel, als sie sich am Teetisch wieder trafen.

»Mit der Betonung auf *alle*«, sagte Flo lachend.

»Klappe, du!« Mel gab ihr einen Stups. Lucy stand mit einem Teebecher in der einen und einem Cupcake mit Zuckerguss in der anderen Hand daneben.

»Ich selbst hänge auch ein bisschen an unserem Telefonhäuschen.« Susan hatte sie entdeckt. »Also, zu dem, was wir vorhin besprochen haben.«

Mel riss die Augen auf. Susan schob sich irgendwie dazwischen und berichtete, sie schreibe an einem Buch für das *Women's Institute*, in dem einige Frauen aus dem Dorf vorkommen und über ihre Geschichte sprechen sollten. »Das *Women's Institute* hat hier in Little Maudley schon seit achtzig Jahren einen Ableger, und wir haben uns gedacht, es wäre schön, einige Frauen zu porträtieren, die von Anfang an dabei waren. Und weil Sie doch Historikerin sind, gelingt es Ihnen vielleicht, interessante Informationen auszugraben.«

»Dabei helfe ich sehr gern.«

Für einen Geschichtsnerd war es das Paradies – mit alten Menschen über ihre Erinnerungen zu sprechen. Susan strahlte Lucy an. Dann entdeckte sie im Saal offenbar ein weiteres Opfer, das sie in Beschlag nehmen wollte.

Mel war kurz verschwunden und kehrte soeben mit einem Teller Cupcakes zurück. »Susan, wäre es furchtbar schlimm, wenn ich mir Lucy für einen Moment ausborgen würde?«

»Überhaupt nicht. Ich muss sowieso mit Geoff Lewis über die Linien auf der Kricketwiese sprechen. Ich komme mal an einem Vormittag bei Ihnen vorbei, Lucy, und gebe Ihnen eine Liste von Leuten, mit denen Sie sprechen sollten.«

»Klingt super.«

Mel hakte sich bei Lucy ein und zog sie zur Seite.

»Das tut mir so leid, ich hätte wissen müssen, dass sie dich sofort einspannt. Sie hat ein gutes Herz, aber wenn du nicht aufpasst, erzählt sie dir in unglaublich langweiligen Einzelheiten die gesamte Dorfgeschichte, bis zurück ins elfte Jahrhundert zum Domesday Book.«

Lucy wollte gerade sagen, dass Susans Vorhaben wirklich sehr interessant klang, da gab Mel ihr einen Stups. »Achtung, da kommt unser Alphaweibchen.«

»Hallo«, sagte eine kräftige Stimme hinter Lucy. Sie drehte sich um. »Helen Bromsgrove. Wir haben uns neulich schon begrüßt. Wie schön, Sie hier zu sehen. Wie ich höre, sind Sie Historikerin. Das ist ja spannend!«

»Eigentlich nicht, ich bin bloß ...«, setzte Lucy an. »Na ja, irgendwie schon«, sagte sie dann lahm.

»Ich finde es prima, dass Sie zu unserer Dorfversammlung kommen, obwohl Sie gar nicht von hier sind. Ganz lieb von Ihnen. In einem Dorf muss man zusammenhalten, und das geht nur, wenn alle sich beteiligen.«

Lucy schlürfte ihren Tee und lächelte.

»War jedenfalls nett, mit Ihnen zu sprechen. Am nächsten Freitag ist hier unser Filmabend, wir zeigen die zweite Folge von *Mamma Mia!*. Kommen Sie doch auch!«

Lucy gab ein höfliches Geräusch von sich, das wie ein Ja klingen sollte.

»Wunderbar«, sagte Helen. »Dann also bis nächsten Freitag.«

»Und so«, begann Mel einen Singsang, während Helen sich davonmachte, um händeschüttelnd andere Dorfbewohner zu begrüßen, »wirst du hier integriert. Jetzt bist du eine von uns – da gibt's kein Zurück mehr.«

Siebtes Kapitel

Wie immer war Bunty früh aufgewacht und ihrem üblichem Morgenprogramm gefolgt: Tasse Tee im Bett und dazu *Radio Three* hören und die Nachrichten um sieben abwarten. Dann stand sie auf und wusch sich rasch. Diese Gewohnheit behielt sie bei, obwohl Gordon und Margaret ihr unbedingt eine schicke Dusche bezahlen wollten. Aber wozu? Rein in die Wanne, fix abwaschen und wieder raus und nach unten, bereit für den Tag. Sie war ein Gewohnheitstier. Dieses Cottage war schon so lange ihr Zuhause, dass sie sich nicht vorstellen konnte, anderswo zu leben. All diese Prospekte über betreutes Wohnen – sie schüttelte sich. Allein bei dem Begriff wurde ihr schon schlecht. Er schmeckte nach verkochtem Rosenkohl, organisierten Aktivitäten und allem, was sie nicht leiden konnte. Nein, sie hatte hier fast so lange gelebt, wie sie denken konnte, und sie wollte am liebsten in den Stiefeln sterben, wenn möglich allerdings friedlich.

Nicht dass sie die Absicht hatte, jetzt schon den Löffel abzugeben. Der Vorgarten war zum Beispiel völlig verunkrautet. Bunty zog ihre Gartenhandschuhe an und band sich die Schürze vor. Bis neun hatte sie noch eine halbe Stunde Zeit, und dann konnte sie sich mit einer Tasse Tee hinsetzen und im Radio *In Our Time* hören, wie jeden Donnerstag.

Die Morgensonne wärmte ihr sehr angenehm den Rücken, als eine vertraute Stimme ihren Namen rief.

»Hallo, mein Schatz.« Erfreut blickte Bunty zu Freya hoch, die gerade über die Straße kam. Sie trug Jeans und eine karierte Bluse und hatte die langen Haare zu zwei Rattenschwänzen zusammengebunden.

»Hast du jetzt Ferien?«

»Letzter Schultag.« Freya deutete auf ihre Kleidung. »Aber wir dürfen heute anziehen, was wir wollen. Und mittags ist Schluss. Ich kann's kaum erwarten.«

»Müsst ihr denn so hart arbeiten?«

Lachend schüttelte Freya den Kopf. »Erst ab nächstem Jahr, denn in der zehnten und elften Klasse müssen wir uns auf die Prüfungen vorbereiten. Aber ich bin so was von müde.« Sie gähnte ausgiebig. »Ich will in den Ferien bloß chillen und gar nichts tun.«

»Also keine großen Pläne?«

Freya zuckte die Achseln. »Dad arbeitet ja, und Cammie fährt für eine Weile zu ihrem Vater, da werde ich also einfach rumhängen.«

»Wenn du eine Beschäftigung suchst – ich bin immer hier, und ich habe gehört, dass du gut ein bisschen Taschengeld gebrauchen kannst.«

»Gerne.« Freyas Gesicht hellte sich auf. »Da kommt Dad.«

»Morgen.«

»Freya erzählt gerade, dass sie ab heute Nachmittag Sommerferien hat.«

»Ja, und ich muss arbeiten, damit ich sie mit Büchern versorgen kann, weil die Bibliothek doch jetzt schließt.«

»Wirklich?« Bunty runzelte die Stirn.

»Ja, und Dad wird es nicht schaffen, mir genug Lesefutter zu besorgen.«

»Du kannst dich gern an meinen Bücherregalen bedienen.« Bunty war eine unersättliche Leserin, und freute sich, dass Freya im Zeitalter der Computer und der Smartphones immer noch leidenschaftlich gern las.

»Echt?« Freyas herzförmiges Gesicht strahlte. »Danke. Erst haben sie den Bücherbus eingespart, jetzt schließen sie die Bibliothek in der Stadt. Und dann beschweren sie sich, dass die Lesefähigkeit so stark abnimmt.«

Sam grinste. »Manchmal ist es mir ein Rätsel, von wem du das hast.«

Freya warf ihm einen merkwürdigen Blick zu. »Also, von dir nicht, das ist mal sicher. Bunty, hast du schon gehört, dass Dad jetzt nebenbei ein paar kleine Einbrüche macht?«

Bunty lehnte sich an die Mauer und lachte. »Nein. Sam, was hast du schon wieder angestellt?«

Sam fuhr sich durch die dunklen Locken, senkte den Kopf und erzählte etwas verlegen die Geschichte, wie die erzürnte Lucy ihn aus dem Garten des Bluebell Cottage verjagt hatte.

»Tut mir leid«, sagte Bunty und legte ihre alte Gartenschere auf das Mäuerchen, »aber das ist köstlich.« Sam war so ernst und richtig süß, wie er jetzt ganz besorgt die dunklen Brauen zusammenzog.

»Und du bist nicht auf die Idee gekommen, mir zu sagen, dass jemand in das Häuschen eingezogen ist?«

»War mir entfallen«, neckte sie ihn schmunzelnd. »Ich werde ja nicht jünger, weißt du. Die grauen Zellen werden ständig weniger.«

Sam schüttelte den Kopf.

»Dad.« Freya schaute auf ihrem Handy nach der Uhrzeit. »Wir müssen los – ich soll doch um halb zehn da sein, erinnerst du dich?«

»Ach ja, natürlich. Ich komme ganz durcheinander, weil deine Schule heute nicht zur üblichen Zeit anfängt. Gut, dann lass uns fahren.«

Bunty sah den beiden nach, wie sie zum Land Rover hinübergingen und nach Bletchingham losfuhren. Vater und Tochter waren sich so ähnlich – beide waren hochgewachsen, hatten dunkles Haar und machten mit ihren langen Beinen die gleichen großen, lässigen Schritte.

»Guten Morgen.«

Verflixt, was war denn heute los? Sie hatte gerade die

Handschuhe ausgezogen, um pünktlich zu ihrer Radiosendung zu kommen, als Lucy mit einem überdrehten Westie an der Leine erschien. Der kleine Terrier japste vor Aufregung. Lucy sah schon deutlich weniger gestresst aus, stellte Bunty mit Freuden fest. Bei ihrem ersten Besuch neulich mit Margaret war sie doch ziemlich blass und kraftlos gewesen.

»Hallo, junger Mann. Wie heißt du denn?«

»Das ist Hamish.«

»Hallo, Hamish.«

Der kleine Terrier wedelte mit dem Schwanz und hechelte in der Sonne.

»Ich will gerade einen Spaziergang mit ihm machen. Vielleicht brauchen Sie irgendetwas?«

Bunty nickte. »Ich hätte ein Päckchen für meine Enkelkinder in Kanada, wenn Ihnen das nichts ausmacht.«

»Überhaupt nicht.«

»Kommen Sie kurz rein, ich muss es eben suchen.«

Lucys kleiner Begleiter trottete hinter ihr her ins Cottage, blieb dann aber in der Küchentür stocksteif stehen. Er sträubte die Nackenhaare und knurrte, als hätte er ein Gespenst gesehen. Natürlich: Es war Stanley, der in seinem Terrarium lag und sich nicht im Mindesten für Hamish interessierte. Doch das glaubte der Westie nicht. Er musste erst mit ein paar Leckereien bestochen werden, bevor er sich in die Küche hineintraute, und selbst dann noch beäugte er Stanleys Terrarium voller Misstrauen. Der arme kleine Kerl. Bunty gab Lucy das Päckchen und brachte sie wieder zur Tür.

Kurz darauf beobachtete Bunty, wie eine Schar Kinder auf Fahrrädern sich auf der Dorfwiese traf. Nur zwei setzten sich auf die alte Bank, die anderen ließen sich ins Gras fallen und lehnten sich ans Telefonhäuschen. Sie tranken aus Tetrapacks Apfelsaft und lachten und schwatzten. Bei der Vorstellung, dass das Telefonhäuschen nicht mehr da sein könnte, zog Buntys Herz sich vor Kummer zusammen. Merkwürdigerweise war es der Mittelpunkt des Dorfes. Damals, bevor alle zu Hause ein Telefon hatten, standen vor dem Häuschen oft richtige Warteschlangen. Und dann – ja, für Bunty persönlich hatte es eine ganz besondere Bedeutung.

Am Nachmittag, nachdem sie Scones gebacken hatte, werkelte Bunty weiter im Garten herum. Sie hatte einige Pflanzen, die umgetopft werden mussten, und so lange das Wetter hielt, wollte sie sich darum kümmern.

Solche herrlichen Sommertage wie diesen hatte sie immer am meisten geliebt. Schwalben zogen Schleifen am dunstigen Himmel, und der Kirschbaum im Garten hing voller Früchte. Das alles war stets kostbar, aber mehr noch, wenn einem bewusst war, dass man es vielleicht zum letzten Mal erlebte. Das Alter war eine öde Angelegenheit. Und als Margaret und Gordon am Samstag auf dem Nachhauseweg von Oxford noch einmal vorbeigekommen waren, hatte ihre Schwiegertochter nach wie vor nicht zugeben wollen, dass die plötzliche Flut von Prospekten über Seniorenheime auf ihr Betreiben hin eingesetzt hatte. Als Nächstes würde Margaret für den Sarg Maß nehmen. Dieses Gefühl war seltsam, so beengend. Als hätte ihr Fokus sich verlagert. Auf dieses Dorf, diese Straße beschränkt zu sein, war leichter. Manchmal, wenn sie nachts wach lag, hing Bunty ihren Erinnerungen nach und dachte daran, wie sie hier gelandet war. Was für eine merkwürdige Verkettung von Umständen.

Bunty zerrte an einer besonders hartnäckigen Geranie, die sich mit den Wurzeln in ihrem Tontopf festklammerte. Natürlich, überlegte sie, war das alles wieder aufgerührt worden, als allmählich ans Licht kam, was während des Krieges in Bletchley Park abgelaufen war. Sie zog noch einmal kräftig, und die Pflanze löste sich aus dem Topf. Die Wurzeln waren ineinander verschlungen, ein einziger Klumpen. Nicht viel anders, dachte Bunty, als das Gewebe aus Lügen und Halbwahrheiten, das die Öffentlichkeit so lange über die Tätigkeiten dort im Dunkeln gelassen hatte. Und sie selbst hatte auch so viele Jahre lang für sich behalten, was sie während des Krieges gemacht hatte, und dabei ging es nicht bloß um die Arbeit. Bunty zupfte an den Wurzeln und lockerte den Wurzelballen, bevor sie die Pflanze sorgsam in einen größeren Topf umsetzte. So viele Geheimnisse. Die meisten hatte sie mit Len zusammen begraben. Während Bunty die Erde um die Pflanze herum andrückte, damit sie im Topf festen Halt hatte, dachte sie flüchtig an die Hände voll Erde, die die Trauergäste auf seinen Sarg geworfen hatten. Sie blickte über die Wiese, am Telefonhäuschen vorbei auf den Friedhof. Da schlief er jetzt. Sie musste ihm mal wieder Blumen aufs Grab stellen. Bestimmt war Margaret am letzten Wochenende dort gewesen. Geburtstage und Jahrestage vergaß sie nie. Aber – Bunty war auf einmal kalt geworden. Es lag nicht am Wetter, nein, es war die Vorstellung, wie Len dort in seinem schweren Eichensarg lag und sich langsam zersetzte. Das war eine grauenvolle Art, sich aufzulösen. Doch dann schmunzelte sie, weil Margaret, die so gern alles in Ordnung hielt, keine Ahnung hatte, dass sie bereits ihre eigene Einäscherung gebucht und bezahlt und außerdem sorgfältig aufgelistet hatte, was sie bei ihrer Trauerfeier haben wollte – und, noch wichtiger, was nicht. Allerdings würde Margaret diese Liste wahrscheinlich mehr oder weniger ignorieren und das Begräbnis so geschmackvoll und dabei so kostengünstig wie möglich gestalten.

Bunty zog die Gartenhandschuhe aus, einen Finger nach dem anderen. Immer wieder war sie erstaunt, wie alt ihre Hände aussahen. Die Hände ihrer Großmutter – knochige

Finger mit geschwollenen Knöcheln, von Altersflecken übersät.

Sie schaute die Straße entlang, warf einen Blick auf die an den Friedhof angrenzende Häuserreihe gegenüber, wo Sam und Freya wohnten. Sam musste seinen Blauregen zurückschneiden. Er war immer so damit beschäftigt, anderen zu helfen, dass er für solche Dinge anscheinend keine Zeit hatte. Aber schließlich zog er Freya allein auf, und das machte er wirklich prima.

Sam war so ein guter, lieber Mensch. Bunty kannte ihn seit seiner Geburt und hatte miterlebt, wie er zu einem gutaussehenden jungen Mann herangewachsen war. Wenn er doch bloß eine nette Frau kennenlernen und mit ihr glücklich werden würde. Es war so schade um ihn. Damals war das anders gewesen, dachte Bunty. Wieder fiel ihr Blick auf das Telefonhäuschen, und sie lächelte bei der Erinnerung. Eins hatte der Krieg sie gelehrt: Man sollte die Freuden des Augenblicks genießen.

Bunty stützte sich mit einer Hand an der Hauswand ab und stemmte sich mühsam hoch. Ach, wie langsam das heutzutage alles ging.

Sie hob eine Handvoll Lavendelstängel auf, die sie abgeschnitten hatte, um sie am Herd zu trocknen. Vielleicht würde sie noch ein bisschen im Sessel dösen, bevor sie sich etwas zum Abendessen machte.

Als Bunty zwei Stunden später erwachte, fröstelte sie ein wenig, obwohl die Nachmittagssonne ins Zimmer schien. Vor vielen Jahren hatte sie einmal gelesen, Kreuzworträtsel und Aktivität seien der Schlüssel zu körperlicher und geistiger Gesundheit im Alter. Nun ja – sie stemmte sich aus dem Sessel hoch –, mit sechsundneunzig war sie im Kopf noch ganz gut beieinander, und sie hatte eine Konstitution wie ein Pferd. Das war doch immerhin etwas. Die vielen Kreuzworträtsel, die sie früher gelöst hatte, waren ihr zugutegekommen. Und hätte sie damals dieses eine, ganz bestimmte Kreuzworträtsel nicht ausgefüllt, dann wäre sie im Krieg vielleicht gar nicht nach Bletchley Park gekommen und dann wäre sie jetzt nicht hier und ... na gut. Ihr Leben wäre vollkommen anders verlaufen.

Es klopfte.

»Hallo?«, rief Lucy und streckte den Kopf durch die Haustür. Ihr Gesicht war leicht gerötet.

Man konnte sich kaum vorstellen, wie diese junge Frau eine Klasse widerspenstiger Jugendlicher unterrichtete. Sie war recht zurückhaltend – fast schüchtern. Aber vielleicht verwandelte sie sich, sobald sie den Klassenraum betrat. Buntys Freundin Milly hatte es faustdick hinter den Ohren gehabt, aber das hätte man niemals vermutet, wenn man sie nicht besser kannte. Sie hatte ihre Klassen mit eiserner Hand regiert. Als Bunty aufsah, wurde ihr bewusst, dass Lucy immer noch in der Haustür stand.

»Kommen Sie doch rein.« Sie scheuchte Mr Darcy vom Sessel hinunter und bedeutete Lucy mit einer Geste, sie solle sich setzen, was sie auch tat. Der kleine Westie schaute hoffnungsvoll zu Mr Darcy hinüber und wedelte mit dem Schwanz. Mr Darcy jedoch, der in seinem Leben mehr Hunde verscheucht hatte, als Hamish zählen konnte, begab sich aufs Bücherregal und schaute von da aus mit schmalen Augen und gereizt zuckendem Schwanz auf Hamish hinunter.

»Alles in Ordnung?«

»Ich hab gerade beim Spazierengehen zufällig Helen Bromsgrove getroffen. Sie kann einem ja wirklich ein Ohr abquatschen. Ich musste mich entschuldigen und buchstäblich wegrennen.«

»Ach, deswegen sind Sie so rot im Gesicht.«

Lucy legte sich die Hände auf die Wangen und lachte. »Ja. Mir fiel keine andere Ausrede ein, da hab ich gesagt, ich hätte etwas im Backofen.«

»Und was hat Helen so erzählt?«

»Sie hat sich über die Pläne ausgelassen, die sie uns neulich abends vorgetragen hatte – sie will unbedingt, dass das alte Telefonhäuschen wegkommt. Ich weiß nicht, warum – ich finde es schön. Aber ich glaube, sie versucht, so viele Dorfbewohner wie möglich auf ihre Seite zu ziehen. Und außerdem –« Lucy klang atemlos vor Aufregung, »wurde ich gefragt, ob ich helfen würde, zum achtzigsten Jahrestag der Gründung des *Women's Institute* hier in Little Maudley ein Büchlein über Frauen im Zweiten Weltkrieg zusammenzustellen.«

»Das Telefonhäuschen?« Bunty beugte sich vor und faltete die Hände, ganz fest. Langsam und bedächtig atmete sie ein.

»Ja, Helen findet, dass es das Dorf verschandelt – darum ging es in der Dorfversammlung, neben verschiedenen anderen Dingen. Aber anscheinend soll es tatsächlich vom Netz genommen werden, also kann das Dorf sich aussuchen, ob das Häuschen erhalten oder abgerissen werden soll.«

»Und Helen möchte lieber fast ein Jahrhundert Dorfgeschichte ausradieren, als einmal mit dem Pinsel drüberzugehen.« Wirklich zum Heulen, dachte Bunty, aber das war absolut vorhersehbar gewesen. Sie seufzte. »Ich musste gerade an meine Freundin Milly denken, die während des Krieges hier Lehrerin war. An diesem Telefonhäuschen haben wir uns immer mit unseren Freunden getroffen, bevor wir zum Tanzen gefahren sind.«

»War das so?«

»Ja.« Bunty lächelte. »Als ich neu ins Dorf gekommen war, habe ich immer für meine Vermieterin abgewaschen. Dabei habe ich aus dem Küchenfenster geguckt und beobachtet, wie sich die Paare am Telefonhäuschen trafen. Das war unglaublich romantisch. Aber vermutlich hat Helen nicht viel Zeit für Romantik. Sie ist eher der praktische Typ.«

»Stimmt.« Lucy verzog das Gesicht.

»In diesem Telefonhäuschen steckt so viel Geschichte! Aber es ist eben nicht die Geschichte, die in den Nachrichten kommt. Es ist Alltagsgeschichte. In den Geschichtsbüchern spielt so was vermutlich auch keine Rolle, oder?«

»Aber mich interessiert Alltagsgeschichte brennend.« Lucy sah Bunty an, offenbar erpicht auf weitere Informationen. »Sie haben gesagt, dass Sie während des Krieges nach Little Maudley kamen?«

»Ja, richtig. Ich war damals siebzehn. Ich bin zum Arbeiten hergekommen.«

»Nach Walthamstow muss das eine große Veränderung gewesen sein.«

Oha, diese Lucy passte ja auf wie ein Schießhund. Dabei hatte Bunty ihren Heimatort doch nur einmal flüchtig erwähnt.

»Ja, allerdings. Und damals war das Dorf natürlich noch viel kleiner – die Häuser hinten am Rise wurden erst in den 1960er Jahren gebaut, in den Parkanlagen vom Yew House.«

»Ich bin am Rise vorbeigekommen, als ich neulich einen Spaziergang zum Wald gemacht habe.«

»Ich fürchte, von der neuen Siedlung hält Helen auch nichts. Ihr wäre es am liebsten, wenn das Dorf ewig eine Postkartenidylle bliebe, aber das ist Little Maudley eben nicht. Und ist es übrigens auch nie gewesen.«

Lucy stellte noch weitere Fragen, aber Bunty antwortete nur sehr knapp. Ihr Leben lang war sie es gewohnt gewesen, Stillschweigen zu bewahren, und sie hielt nichts davon, zu viel Persönliches preiszugeben, so wie es, den Zeitungen zufolge, jetzt in den sozialen Medien üblich war. *Oversharing* nannte man das heutzutage. *Das Herz auf der Zunge tragen*, hätte man früher vielleicht gesagt, das klang viel schöner. Die jungen Leute schienen jedem, der sie hören wollte, alle Einzelheiten ihres Privatlebens mitzuteilen. Das jedenfalls würde sie nicht vermissen – Bunty lachte auf. In letzter Zeit hatte sie bemerkt, dass sie manchmal abhakte, was sie nicht vermissen würde, als plane sie, an einen neuen, interessanten Ort umzuziehen. Bloß, dass ihre nächste Station die Endgültige war – es wäre schön, einen guten, festen Glauben zu haben. Im Laufe der Jahre hatte sie oft in der Kirche gestanden und sich gefragt, wie es wohl wäre, wenn man das ganze Zeug tatsächlich *glauben* würde. Aber wenn es dann irgendwann so weit war und sie das Zeitliche segnete, wer weiß, vielleicht entdeckte sie dann tatsächlich auf einer Wolke einen freundlichen Engel, der sie begrüßte. Das wäre schön. Beruhigend.

»... und weil ich morgen früh gleich nach Bletchley Park fahre, hab ich gedacht, ich komme kurz rein und frage, ob Sie irgendwas brauchen.« Lucys Stimme riss Bunty aus ihren Gedanken.

»Nein, danke, meine Liebe. Aber ich freue mich, dass Sie vorbeigeschaut haben, denn so konnte ich Hamish wiedersehen. Er ist so niedlich.«

Hamish wälzte sich vor ihren Füßen auf den Rücken und strampelte mit den Pfoten in der Luft. Er war ein vergnügter kleiner Kerl, mit blanken Knopfaugen und einer feucht glänzenden schwarzen Nase. Er drehte sich wieder auf die Füße, leckte Bunty die Hand und stupste sie an. Das war seine Art, Leckerbissen zu verlangen.

»In der Dose oben auf dem Regal sind Schokoplätzchen für Hunde.«

Lucy stand auf und nahm ein paar Leckerlis aus der Dose. »Jetzt haben Sie einen Freund für's Leben«, sagte sie mit einem Lächeln.

»Na, das sind gute Nachrichten.«

Hamish schlabberte die Plätzchen blitzschnell weg.

»Erzählen Sie mal, was Sie über die Kriegszeit in Little Maudley rausgefunden haben. Haben Sie schon viel gelesen?«

»Doch, ja.« Lucy kraulte Hamish hinter den Ohren. »Aber ich finde, es ist viel schöner, wenn man diese Dinge von den Menschen selbst erfährt. Anscheinend sind sehr viele Londoner hierher evakuiert worden, und außerdem kamen Frauen, die in der Landwirtschaft gearbeitet haben, sie wurden damals einfach *Land Girls* genannt, oder? Und dann gab es noch die Frauen, die auf Luftstützpunkten hier in der Nähe dienten und in Little Maudley einquartiert waren. Haben Sie viele von ihnen kennengelernt?«

Bunty schmunzelte. »Doch, das könnte man so sagen. Dieses kleine Dörfchen platzte aus allen Nähten. In der Schule drängten sich Lausejungen aus dem East End, und überall wimmelte es von *Land Girls*. Meiner Erfahrung nach waren sie entweder großartig oder einfach hoffnungslos.«

»Wie meinen Sie das?«

»Na ja – manche dieser jungen Frauen haben sehr hart gearbeitet, da konnte man nur staunen. Die anderen – von denen waren manche richtig feine Fräuleins. Sie kamen aus gutsituierten Familien und wollten einfach auch ihren Beitrag leisten. Aber sie verbrachten mehr Zeit damit, sich auf ihre Mistgabeln zu stützen und von den Piloten zu schwärmen, als tatsächlich zuzupacken. Ich weiß noch, dass eine Farmersfrau immer ordentlich über sie geschimpft hat, wenn sie Mrs Brown besuchte. Mrs Brown war damals meine Vermieterin, und die beiden waren Freundinnen und tranken einmal in der Woche zusammen Tee. Für Tee ist immer Zeit, sogar im Krieg.«

»Sehen Sie, was ich meine, Bunty? Sie erzählen die Geschichten viel lebendiger, als ein Geschichtsbuch das jemals könnte.«

Als Lucy gegangen war, wurde Bunty bewusst, dass sich

plötzlich Erinnerungen meldeten, die sie tief in ihrem Gedächtnis vergraben hatte. Sie ging zum Küchenschrank, zog eine Schublade auf – mühsam, weil sie so klemmte – und schaute hinein.

Da lag es. Ein schwarzes Notizbuch. Bunty schlug es auf. Die linierten weißen Seiten waren vom Alter vergilbt, aber ihre Handschrift war noch gut zu lesen.

30. Mai 1941

Endlich wieder zu Hause. Bin in King's Cross Station umgestiegen und fühle mich nach der schrecklichen Zugfahrt richtig elend. Sogar die Züge nach Walthamstow sind jetzt vollgepackt wie Sardinenbüchsen. Wir standen so dicht gedrängt, dass ich nicht mal die Hand heben konnte, um mich an der Nase zu kratzen. Aber es ist furchtbar aufregend. Sie haben mich von meiner Stelle im Electra House geholt und mir einen Berechtigungsschein für eine Zugfahrt nach Bletchley gegeben. Ich musste Bletchley auf der Landkarte suchen, und jetzt bin ich ziemlich verwundert. Was soll ich da draußen in Buckinghamshire mitten auf dem Land wohl tun?

Ich kann es kaum erwarten, herauszufinden, was uns da erwartet. Tessa wird als Land Girl arbeiten, weil ihre Mutter nicht will, dass sie Kriegsarbeit macht, und für die Land Army braucht man keine Erlaubnis von den Eltern. Zum Glück sind meine liebe Mutter und mein Vater recht froh darüber, dass ich meinen Beitrag leiste, daher erlauben sie mir alles. Wie dunkel es heute Abend ist – dunkler als sonst. Ich schreibe das hier bei Kerzenlicht und kann kaum etwas sehen. Dad nimmt es mit der Verdunkelung so schrecklich genau. Wo ich wohl untergebracht werde? Vielleicht irgendwo in einem großen Haus oder in einem Quartier mit netten Mädchen? Es kommt mir irgendwie falsch vor, dass ich von der Aussicht auf diese Kriegsarbeit so begeistert bin, aber ich …

Bunty lächelte über ihr früheres Selbst. Wenn sie damals schon gewusst hätte ... Mit fast achtzehn hatten der Glanz, der über allem lag, und die Freude darüber, dass sie Walthamstow gegen etwas so Bedeutsames wie Kriegsarbeit eintauschen konnte, sie ganz überwältigt. Es war ihr nicht in den Sinn gekommen, dass sie während der ganzen Kriegsjahre in Little Maudley hängen bleiben könnte. Und schon gar nicht, dass sie fast achtzig Jahre später immer noch hier leben würde. Bunty schloss das Tagebuch, legte es zurück in die Schublade und bedeckte es mit einem Stapel sorgfältig zusammengelegter Servietten, die nach Mottenkugeln, trockenem Holz und Staub rochen. Und dass irgendwann einmal das Telefonhäuschen abgerissen werden sollte, hätte sie sich damals erst recht nicht vorstellen können.

Sie legte sich die Hand auf die Brust und schloss für einen Moment die Augen. Szenen, an die sie lange, lange nicht mehr gedacht hatte, tauchten aus ihrem Gedächtnis auf. Nein – sie schloss die Schublade. Manches ließ man am besten in der Vergangenheit ruhen. Lucy würde zahllose Geschichten von Dorfbewohnern hören, die ihre Erinnerungen erzählen wollten. Ihre eigenen Erinnerungen konnten dortbleiben, wo sie hingehörten.

Achtes Kapitel

Bletchley Park war für Lucy eine Offenbarung. Im Laufe der Jahre hatte sie viel darüber gelesen, und die Geschichte von Dr. Sue Black, die über die sozialen Medien Menschen dazu brachte, Spenden zu sammeln, um die Anlage für zukünftige Generationen zu erhalten, hatte sie inspiriert. Als sie nun selbst durch das Tor ging und die Baracken sah, bekam sie eine Gänsehaut. Das war lebendige Geschichte, und Lucy war im siebten Himmel. Obwohl sie gleich morgens da gewesen war, als die Tore öffneten, und nur eine kurze Mittagspause im Café in Baracke 4 eingelegt hatte, stand sie noch ganz am Anfang mit ihren Erkundungen. Das alte Herrenhaus war wunderbar restauriert worden, und die Baracken wirkten so authentisch, dass Lucy sich wie auf einer Zeitreise vorkam. In aller Ruhe sah sie sich die alten mechanischen Schreibmaschinen an und die engen, düsteren Räume, in denen während der gesamten Kriegszeit Männer und Frauen dicht gedrängt an ihren Projekten gearbeitet hatten. Dabei hatten sie fast nie das Gefühl gehabt, dass sie mit ihrer Arbeit fertig waren – nein, es war eine erbarmungslose, anstrengende, nicht enden wollende Schufterei gewesen. In jeder Baracke gab es einen kleinen dicken Ofen, der den Raum heizte und manchmal qualmte. An den Türen hingen zur Sicherheit Gasmasken. Lucy genoss es, in ihrem eigenen Tempo herumzuwandern, die Informationstafeln zu lesen und den Geschichten der Bletchley-Mitarbeiter zu lauschen, die man auf Tonträger aufgenommen hatte. Als sie das letzte Mal auf einem Schulausflug im *Imperial War Museum* in London gewesen war, hatte sie so viel damit zu tun gehabt, die beiden Unruhestifter aus dem neunten Jahrgang davon abzuhalten, heimlich zu McDonald's zu verschwinden, dass sie kaum dazu gekommen war, sich irgendetwas anzusehen. Jetzt durfte sie sogar die Maschine ausprobieren, versagte aber kläglich bei dem Kreuzworträtsel, das damals eingesetzt worden war, um die klügsten Köpfe zur Mitarbeit an der geheimen Mission zu verführen.

Lucy ließ sich treiben, sog alles in sich auf und verbrachte dann eine Ewigkeit im Museumsladen, kaufte noch mehr Bücher und ein hübsches, warmes Bletchley-Park-Sweatshirt, das sie an kühlen Abenden auf ihren Spaziergängen mit Hamish tragen wollte.

»Und das Schöne ist«, sagte die Frau vorne am Eingang, als sie sich mit schmerzenden Füßen und dem Kopf voller Geschichten wieder verabschiedete, »dass Ihr Ticket das ganze Jahr gültig ist, Sie können also so oft wiederkommen, wie Sie möchten.«

»Ja, das werde ich auch.« Lucy drehte sich um, ließ ein letztes Mal den Blick schweifen und machte sich dann, schwer beladen mit ihren Einkäufen, widerstrebend auf den Weg zu ihrem Wagen.

»Hallo, Lucy! Haben Sie einen spannenden Ausflug gemacht?« Das war Susan, die einen schokoladenbraunen Labrador ausführte. Sie blieb stehen und beobachtete, wie Lucy zwei Taschen mit Büchern aus dem Kofferraum auslud.

»Sehr spannend.« Lucy hatte sich massenweise Notizen gemacht und den Museumsladen fast leergekauft.

»Aha, Sie waren in Bletchley Park! Also, ich muss Sie unbedingt überreden, nächste Woche zur Sitzung vom *Women's Institute* mitzukommen. Ich möchte Ihnen eine ganze Reihe von Frauen vorstellen.«

»Wirklich?«

»Ja, ich habe von unserer Idee mit dem Jubiläumsbuch

erzählt, und das ist quasi ein Selbstläufer. Wie sich herausstellt, wollen alle ihren Namen gedruckt sehen, auch wenn es nur in einer kleinen Jubiläumsschrift ist.«

»Ach, wie schön. Ich freue mich schon darauf.«

»Vielleicht können Sie ja auch Mel mitbringen. Wir brauchen Nachwuchs. Es ist so schön, wenn junge Frauen bereit sind, den Staffelstab zu übernehmen und dafür zu sorgen, dass das Herz des Dorfes weiterhin schlägt.« Susan klatschte hocherfreut in die Hände. Ihr Labrador stöberte im langen Gras herum und untersuchte ein weggeworfenes Eispapier.

Weil Susan sich so sehr über neue Gesichter freute, mochte Lucy sie nicht daran erinnern, dass sie nur vorübergehend im Dorf wohnte. Außerdem kannte sie Mel doch kaum, daher fand sie es ein bisschen peinlich, dass ausgerechnet sie als Neuankömmling die Hundetrainerin zu der Versammlung mitschleifen sollte. Trotzdem lächelte sie höflich.

»Das ist alles sehr aufregend«, sagte Susan. »Es ist so schön, dass jemand uns hilft, dieses Büchlein zusammenzustellen. Ich bin seit Jahren nicht mehr in Bletchley gewesen. Wie ich höre, ist das jetzt alles sehr spannend dort. Das letzte Mal, als ich da war, standen bloß ein paar alte Baracken herum.«

»Das ist jetzt ganz anders – man kann dort sehr viel machen. Es waren hervorragende Leute da, die eine Menge Geschichten erzählen konnten, und es gibt überhaupt unendlich viel Information.«

Als Sam die Straße hinunter zum Dorfladen ging, schloss Mel sich ihm an. Sie trug eine abgeschnittene Jeans, eher praktisch als schick, ein etwas schmuddeliges Polohemd und um den Hals zwei Hundeleinen. Ziemlich typisch für Mel, dachte Sam.

»Verdammt. Wo kommst du denn so plötzlich her?«

»Sorry.« Mel deutete auf eine Lücke in der Hecke zwischen zwei Häusern. »Ich bin den Weg runtergekommen. Hab gerade Harveys aufsässigen Dalmatiner zurückgebracht, wir haben den ganzen Nachmittag trainiert.«

Harvey war ein alter Schulfreund der beiden. Er hatte immer irgendeine idiotische Idee gehabt, mit der er Geld verdienen oder Leute zum Lachen bringen wollte. Inzwischen war er Vater von fünf Kindern und leitete von seinem baufälligen Haus aus eine Computerfirma. Das heruntergekommene Gebäude war der Dorfverschönerungsgesellschaft ein Dorn im Auge. Und nun war der jüngste Familienzuwachs ein zehn Monate alter Dalmatiner, der genauso geliebt wurde und genauso unerzogen war wie die Kinder, die auf einer Flotte von Fahrrädern und Rollern das Haus umkreisten, schmuddelig und klebrig vom Zuckersaft ihrer Lutscher, aber glücklich.

»Und wie war's mit ihm?« Sam und Mel blieben kurz stehen, weil ein Wagen in die Auffahrt eines der schönen Häuser an der Dorfstraße zurücksetzte.

»Ich gewinne. Früher oder später jedenfalls.« Mel verzog das Gesicht. »Offenbar hat Harvey den Hund von einer Frau in Northampton übernommen, die nicht mit ihm klarkam. Er ist also nicht richtig stubenrein, und wenn man ihn ruft – na ja ...«

»Ja, deswegen musste ich ihn neulich morgens einfangen, als er die Straße runtergesaust kam. Typisch Harvey. Keine Ahnung, warum er sich nicht einfach einen braven, unproblematischen Hund besorgt.«

»Weil das zu einfach wäre. Und wo wir gerade davon sprechen: Wie geht's Freya?«

»Die klebt am Handy oder am Laptop und ist allergisch gegen Tageslicht. Was meinst du, könnte sie vielleicht ein Vampir sein?«

Mel lachte. »Dann müsste Cammie auch einer sein. Ehrlich, ich glaube, ich verwandle mich gerade in meine Mutter. *Mach das Licht aus, mach die Tür zu* – keine Ahnung, wie es dazu gekommen ist, dass ich mich plötzlich wie eine Erwachsene anhöre.«

»Vielleicht bist du eine?«, sagte Sam.

»Niemals.« Mel schüttelte sich entsetzt.

Im ganzen Dorf konnte man hören, dass die Sommerferien da waren. Die Kinder blieben viel länger auf als sonst und flitzten auf ihren Fahrrädern herum, und überall roch es nach Grillfleisch und brutzelnden Würstchen. Hinter der Hecke vor Helens Haus hörten sie das Ploppen eines Korkens und Gelächter.

»Oje, dabei fällt mir ein –«

»Beim Korkenknallen?«

»Nein, bei Helens Haus.« Mel senkte die Stimme. »Ich will nicht, dass sie uns erwischt und auf ein Gläschen in ihren Garten nötigt, aber mir fällt ein, dass ich dich fragen wollte, ob du zu diesem ABBA-Abend mitkommst.« Sie zeigte auf ein Plakat, das an dem Telegrafenmast vor Helens Gutshaus befestigt war.

»Das wird nichts.« Sam schüttelte sich. »Einmal kann ich ABBA auf den Tod nicht ausstehen, und zum anderen weißt du ja, was ich von diesen Abendunterhaltungen nach Helens Art halte.«

»Ach, komm doch mit. Es gibt auch Kuchen«, bettelte Mel.

»Kuchen kann ich mir selbst besorgen, wann immer mir danach ist. Guck mal da, der Dorfladen ist voll davon.«

»Darum geht es nicht.« Mel stieß mit der Schulter die Tür auf. »Das weißt du doch. Lucy kommt übrigens auch. Das wäre doch die Gelegenheit für dich, eure erste Begegnung wiedergutzumachen.«

»Ich könnte ja einen quergestreiften Pullover anziehen und einen Sack mitnehmen, auf dem BEUTE steht, dann kann sie sich noch ein besseres Bild von mir machen.« Sam griff nach einer Packung Kekse und legte sie in seinen Korb.

»Bitte, bitte. Tu's für mich.«

»Also gut, von mir aus.«

Mel strahlte.

Er würde es Mel gegenüber niemals zugeben, denn dann würde sie überhaupt nicht wieder davon aufhören, aber nach dieser ersten etwas unglücklichen Begegnung mit Lucy hatte er insgeheim ein bisschen gehofft, sie wiederzusehen, irgendwann irgendwo. Vielleicht war der ABBA-Abend tatsächlich eine Möglichkeit, um ihr klarzumachen, dass er kein schräger Spinner war und durchaus nicht die Angewohnheit hatte, in anderer Leute Gärten herumzuschleichen.

Neuntes Kapitel

In den nächsten Tagen unternahm Lucy mehrere vorsichtige Versuche, Bunty dazu zu bringen, über ihre Erlebnisse während des Krieges zu sprechen, doch sie hatte kein Glück. Jedes Mal, wenn sie das Thema anschnitt, lenkte Bunty ab. Einmal begegnete sie Freya, dem Mädchen, das im Haus gegenüber wohnte, und begrüßte sie kurz. Aber ansonsten passierte nicht viel. Sie traf sich mit Susan zu einer Tasse Tee im Dorfcafé und wurde Henry vorgestellt, der im Krieg als Luftschutzwart gearbeitet hatte. Er war genau das Gegenteil von Bunty – er brannte darauf, ihr alles über sein Leben in Little Maudley und seinen Anteil am Kriegsgeschehen zu erzählen.

»Wenn man bedenkt, dass es so ein verschlafenes kleines Nest ist, war hier wirklich eine Menge los.« Henry riss mit leicht zittrigen Fingern ein Zuckertütchen auf. Er schüttete den Zucker in seinen Teebecher, faltete das Papiertütchen sorgfältig zusammen und legte es aufs Tablett. Er war sehr ordentlich angezogen, trug ein Oberhemd und darüber eine zugeknöpfte braune Wolljacke. In seine silbernen Manschettenknöpfe war ein Monogramm eingraviert. Bei allen älteren Leuten, mit denen sie gesprochen hatte, war Lucy aufgefallen, wie sehr sie auf ihr Äußeres achteten. Fast unbewusst strich sie ihre Bluse glatt.

»Ich möchte sehr gern alles darüber erfahren. Bunty hat erwähnt, dass viele *Land Girls* hier auf den Farmen gearbeitet haben.«

Susan schenkte Tee ein und bot Lucy Milch an. Beth tat so, als müsse sie das Gestell neben der Theke unbedingt mit Infoflyern über das Dorf auffüllen, aber sie reckte den

Hals, um nur ja nichts zu verpassen. Susan warf ihr einen scharfen Blick zu.

»Oh ja«, sagte Henry. »Ganze Scharen. Und ich war dafür zuständig, sie alle in Schach zu halten, was damals nicht so einfach war, wie man meinen könnte.« Er lachte leise und schüttelte den Kopf.

Lucy nickte, als Susan ihr ein Stück Teekuchen anbot. Sie brach es in der Mitte durch und schob sich ein Stück in den Mund. Der Kuchen war einfach köstlich.

»Len war Buntys Mann«, sagte Henry. Lucy wies ihn nicht darauf hin, dass sie das bereits wusste. »Er war ein ganzes Stück älter als sie. Als sie sich kennenlernten, muss er fünfundzwanzig gewesen sein, und sie war achtzehn, wenn ich mich richtig erinnere. Er war damals der Verwalter des Herrenhauses, daher wurde er nicht einberufen. Ich war drüben auf dem Luftwaffenstützpunkt als Tischler tätig, deswegen wurde ich auch nicht eingezogen. Aber es ging uns beiden ganz ähnlich – wir wollten unser Scherflein beitragen, und auf diese Weise haben wir uns kennengelernt. Wir hatten uns schon vor Kriegsausbruch zum Luftschutz gemeldet, aber Ihnen ist vielleicht eher der Begriff Zivilschutz geläufig?«

Lucy nickte.

»Man könnte meinen, dass in einem kleinen Dorf wie diesem nicht viel gekämpft wurde, aber da staunt man. Wir waren ja nicht so weit von Bletchley Park entfernt. Damals wussten wir natürlich nichts davon, aber außerdem war in der Nähe der Luftwaffenstützpunkt, wo Kampfflieger auf Blenheims ausgebildet wurden. Ja, das waren schöne Bomber.«

Lucy war hin- und hergerissen. Einerseits hätte sie gern alles mitgeschrieben oder Henry wenigstens um eine kurze Pause gebeten, um ihr Handy einzuschalten und seine Erinnerungen aufzunehmen, aber andererseits wollte sie einfach bloß still dasitzen und ihm zuhören.

»Len war ein guter Mann. Ich vermisse ihn.« Henry verstummte und sah aus dem Fenster.

»Sehen Sie, was ich meine«, sagte Susan fröhlich. »Ganz viele interessante Informationen. Und dann haben wir ja auch noch die Frauen aus dem Dorf mit ihren Erinnerungen.«

Lucy nickte. So viele Geschichten, und die Zeit, um sie zu sammeln, wurde knapp, denn die Menschen, die die Kriegsjahre noch miterlebt hatten, wurden immer älter. Sie wollte so viele Erinnerungen sammeln, wie sie konnte – nicht die großartigen, aufregenden Geschichten der Männer und Frauen, die an der Front gewesen waren, sondern die Geschichten aus dem Alltagsleben im Krieg.

»Natürlich«, begann Henry wieder, als sei ihm gerade eingefallen, dass er mitten in einer Geschichte abgebrochen hatte, »bekommen Sie bestimmt auch von Bunty wichtige Infos über die Ereignisse damals.« Er tunkte einen Keks in seinen Tee. »Für sie waren die Kriegsjahre wirklich interessant.«

Susan warf ihm einen Blick zu und schüttelte den Kopf.

»Ich hab schon versucht, mit ihr zu sprechen – vielleicht haben Sie mehr Glück, Lucy?«

Auch Lucy schüttelte den Kopf. Seit dem Nachmittag, als Bunty begonnen hatte, sich zu öffnen, waren alle ihre Versuche, das Gespräch wieder in diese Richtung zu lenken, fehlgeschlagen.

»Sie redet anscheinend nicht so gern darüber.«

»Ach ja, ich weiß.« Henry hob seine Teetasse an den Mund und sprach dann darüber hinweg. »Sie möchte vermutlich die Vergangenheit ruhen lassen. Aber sie hatte ja mit streng geheimem Material zu tun. Ich weiß, dass sie noch nie darüber gesprochen hat. Und dann dieser hübsche junge Mann.« Endlich trank Henry einen Schluck.

»Welcher hübsche junge Mann?« Susan sah ihn fasziniert an.

»Nun ja. Sie wissen doch, wie das in den Kriegsjahren war. Auf dem Luftwaffenstützpunkt, den ich erwähnte, wurden kanadische und amerikanische Piloten ausgebildet. Hier im Dorfhaus war immer etwas los. Tanzveranstaltungen, Spieleabende und Ähnliches. Wir wussten damals, wie man sich amüsiert. Und während der Verdunkelung geschah dann noch alles Mögliche andere.«

»Mein Gott.« Susan wirkte erstaunt. »Ich hoffe, Sie wollen hier nicht über Bunty herziehen?«

»Ich meine nicht bloß Bunty.« Henry schmunzelte. »Wir haben das doch alle gemacht. Hart arbeiten und kräftig feiern, das war unsere Devise. Die Geschichte des Krieges beinhaltet viel mehr als das, was wir während unserer Arbeitszeit getan haben.«

Susan richtete sich gerade auf und wischte sich ein paar eingebildete Krümel von der Bluse.

»Ich weiß nicht recht, ob wir diese Dinge auch in unser Jubiläumsbüchlein aufnehmen sollten, was meinen Sie, Lucy?«

Lucy verkniff sich ein Lächeln. Sie würde sich allein mit Henry treffen müssen, um mehr von ihm zu erfahren.

Der Freitagabend war da – der ABBA-Abend. Lucy und Mel hatten sich hinten im Gemeinschaftshaus auf Stühlen niedergelassen und warteten darauf, dass David, Helens Mann, den Projektor zum Laufen brachte. Die Tickets hatten fünf Pfund gekostet, inklusive Tee und Kuchen in der Pause, und waren ausverkauft. Mel öffnete ihre voluminöse Tasche und zeigte Lucy eine Flasche mit einer Flüssigkeit, die ganz und gar nicht wie Tee aussah.

»Ich bin gut gerüstet. Das ist Gin mit Holunder-Tonic. Gläser hab ich auch mitgebracht.«

»Gin, ihr Mädels.« Helen entging nichts. »Na, dann mal viel Spaß.«

Mel zog hinter ihrem Rücken eine Grimasse. »Oh Mann, sie ist immer so streng, da muss ich mich einfach danebenbenehmen.«

»Sie macht mir ein bisschen Angst.«

»Vielleicht mag David das ganz gern, was glaubst du?«

Sie sahen zu David hinüber, der gerade mit etwas ängstlichem Gesichtsausdruck Helens Anweisungen entgegennahm. Mel und Lucy prusteten los. »Nicht da, David«, Mel ahmte Helen verblüffend gut nach. »Du musst erst meinen BH aufhaken!«

»Bringst du gerade unsere Neue vom rechten Weg ab?«

Lucy zuckte zusammen, als sie hinter sich eine tiefe Stimme hörte. Sie drehte sich um. Es war Sam, der ehemalige Einbrecher. Er zog den Kopf ein und sah sie mit einem schiefen, etwas verlegenen Lächeln an.

»Niemals.« Mel stupste Lucy an, sodass sie lachen musste. »Wir haben uns ganz kultiviert über Helens und Davids Liebesleben unterhalten.«

»Ach so.« Sam tat, als wolle er sich abwenden. »Soll ich später noch mal wiederkommen?«

»Nein, bleib hier.« Mel griff auf den Tisch hinter ihnen und angelte sich eine Teetasse, um sie als drittes Glas zu verwenden. »Du kriegst auch was zu trinken.«

»Pscht.« Ein älterer Herr drehte sich mit dem Zeigefinger auf den Lippen zu ihnen um. »Es geht gleich los.«

Lucy konnte ABBA nicht ausstehen. Wie oft war sie mit ihren Kolleginnen abends nach der Arbeit noch ausgegangen – und schließlich hatten dann alle Karaoke gesungen und es hatte immer mit ABBA geendet. Diese Musik führte bei ihr zu schlimmen Flashbacks, zu Erinnerungen an Abende, an denen sie, um sich anzupassen, zu viel Wein getrunken hatte, doch irgendwie hatte sie trotzdem nie richtig dazugehört. Und jetzt war sie gerade mal ein paar Wochen in diesem Dorf und hatte seltsamerweise schon zwei

Menschen gefunden, mit denen sie den Abend verbrachte, auch wenn sie alle drei mehr oder weniger gezwungenermaßen hergekommen waren.

»Ich trage meinen Teil bei«, erklärte Sam flüsternd. »Danke, dass du mich überredet hast, mitzukommen. Ich soll nachher beim Aufräumen helfen, und Freya –« er deutete mit dem Kopf auf die andere Seite des Saals, wo mit untergeschlagenen Beinen seine Tochter saß, neben einem anderen Mädchen mit langen blonden Haaren – »hat beschlossen, das sie auch mitmachen will.«

»Ach, ich hatte sie gar nicht gesehen. Das ist übrigens Camille, *meine* Tochter«, erklärte Mel. Die Mädchen spürten, dass über sie gesprochen wurde. Sie sahen auf und winkten.

»Sie und Freya sind schon ewig befreundet«, sagte Mel. »Ist ein bisschen wie mit mir und dem da, wie heißt er noch gleich? Wir sind Sandkastenfreunde.«

Als Sam lächelte, fiel Lucy auf, dass er schöne Zähne hatte. Es wurde dunkel im Raum, und Mel schraubte die Flasche mit dem Gin Tonic auf. Sie schenkte in die Gläser und in die Teetasse ein, hüstelnd, damit niemand das leise Zischen und Sprudeln hörte, und verteilte die Drinks.

»Sagt Bescheid, wenn ich nachschenken soll.«

»Psssst«, sagte der Mann vor ihnen noch einmal.

»Ach, wunderbar – helft ihr beiden Sam ein bisschen beim Aufräumen?«

Nach dem Film hatte der Saal sich erstaunlich schnell geleert. »Die hüten sich alle, noch hier rumzutrödeln«, erklärte Mel, »denn sie wissen, dass sie dann zum Helfen verdonnert werden.«

So wie wir, dachte Lucy. Aber eigentlich machte es ihr nichts aus. Sie hatte Sam eben geholfen, die Spülmaschine zu beladen. Obwohl ihre erste Begegnung alles andere als optimal verlaufen war, fand sie seine Gesellschaft jetzt angenehm und entspannend.

»Mel hat mir erzählt, dass du in der Sekundarschule Vertrauenslehrerin für einen ganzen Jahrgang warst. Da muss das hier ja eine ganz schöne Veränderung für dich sein, oder?« Sam stapelte gerade Tassen ineinander. Mel war zum Fegen abkommandiert worden.

»Ich muss zugeben, ich hab nicht damit gerechnet, dass ich so sehr ins Dorfleben einbezogen werde.« Lucy tauchte die Hände in das heiße Seifenwasser im Spülbecken, um das feine Porzellan abzuwaschen, das, wie Helen erklärt hatte, für die Gastronomie-Spülmaschine zu empfindlich war.

»Das kann einen tatsächlich ein bisschen vereinnahmen«, gab Sam zu. Er richtete sich auf. Seine Unterarme waren gebräunt und unter den dunklen Härchen mit Sommersprossen gesprenkelt. Er schob die Ärmel noch etwas höher und nahm ein Geschirrtuch vom Haken.

»Du spülst, ich trockne ab. Wenn wir Glück haben, kommen wir noch vor Mitternacht hier raus.«

Aus dem Saal kam ein Kreischen und dann Gekicher. Lucy und Sam drehten sich beide um und schauten durch die Durchreiche. Freya und Camille tanzten auf Strümpfen über den frisch gefegten Boden, sie schlitterten und kicherten und sangen dazu »Waterloo«. Mel stützte sich auf den breiten Besen, verdrehte die Augen zum Himmel und lachte. Helen kam in die Küche geschwirrt.

»Seid ihr zwei bald fertig?«

»Fast.« Sam schaute nur kurz vom Abtrocknen auf.

»Dann mal hopp, hopp.«

»Na los, Lucy, geht das denn nicht ein bisschen schneller? Wir haben nicht die ganze Nacht Zeit.« Er warf Lucy einen Seitenblick zu, und sie musste kichern. Als Reaktion riss sie nur die Augen weit auf, woraufhin Sam sein Losprusten schnell in einen Hustenanfall verwandelte. Helen Bromsgroves Art bewirkte, dass Lucy sich eher wie ein freches Schulmädchen vorkam als wie eine erwachsene Frau. Das war zur Abwechslung richtig erfrischend.

Der Himmel draußen war verwaschen dunkelblau, und über den Bäumen hing ein blasser Mond. Lucy zögerte. Sollte dieser Abend schon vorbei sein?

»Na, das war doch gar nicht so schlecht«, sagte Sam.

»Hab ich dir ja gesagt«, erwiderte Mel.

»Vielen Dank für die Hilfe, Leute. Ganz toll! Und jetzt gibt's wohl zu Hause noch einen schönen Gin Tonic?« Helen hatte gerade die Eingangstür abgeschlossen und klimperte mit den Schlüsseln.

Freya und Camille tanzten auf dem Bürgersteig weiter und sangen laut dazu.

»Pscht, ihr beiden«, ermahnte Helen die Mädchen. »Ich glaube, jetzt ist Schlafenszeit, oder?«

Sie rauschte davon. Mel sah Lucy an. »Stell dir bloß mal vor, sie hätte Kinder gehabt. Die hätte sie genauso perfekt erzogen wie ihre Labradors.«

»Stellt euch mal vor, Helen Bromsgrove als Mutter zu haben. Der Horror!« Freya schüttelte sich.

»Ach du Schreck! Ich werde mich nie wieder über dich beklagen, Mum.« Camille hakte sich bei Mel unter und klimperte mit den Wimpern zu ihrer Mutter hoch. »Kann ich bei Freya übernachten?«

Sam warf Mel einen Blick zu, und sie nickte.

»Ist okay für mich. Und für dich?«

Sam verzog das Gesicht, aber seine Augen lachten. »Klar. Ich wollte eigentlich sowieso nicht schlafen.«

»Super!« Mel boxte in die Luft. »Das heißt, wir zwei gönnen uns noch einen Absacker im Pub, Lucy. Natürlich nur, wenn du Lust hast.«

Lucy wartete an einem kleinen Tisch am Rand, während

Mel sich zur Bar durchdrängte. Der Pub war teuer eingerichtet, er hatte freigelegte Balken, es gab exquisites Knabberzeug, ganz anders als das, was Lucy hier mitten in der Pampa erwartet hätte. Sie schlug die Weinkarte auf und staunte über die horrenden Preise. Aber man brauchte sich nur die Range Rover und die Audis mit Allradantrieb in den Einfahrten anzusehen und einmal durch den gut sortierten Dorfladen zu schlendern, dann wurde einem klar, dass in Little Maudley eine Menge Geld vorhanden war. Der Wirt schaute über Mels Schulter in Lucys Richtung und winkte ihr zu.

»Teufel noch mal.« Mel stellte zwei Gläser auf den Tisch und rutschte auf ihren Stuhl. »Heutzutage wird man hier einfach nicht mehr bedient. Seit das alles so schick geworden ist, geht es bergab.«

»Darüber hab ich auch gerade nachgedacht.« Lucy trank von ihrem Drink. Sie lehnte sich zurück und schaute sich die Gäste an. Die meisten trugen teuren Einheitslook: die Männer offene Hemden in bunten Farben, gebügelte dunkle Jeans und braune Mokassins, und die Frauen schmale graubraune Hosen und dazu Bretonshirts und Tücher um den Hals. Im Gegensatz dazu hatte Lucy ein knielanges, geblümtes Kleid, eine Jeansjacke und weiße Turnschuhe an, und Mel war in abgeschnittenen Jeans und einem schwarzen T-Shirt. Mel trank einen Schluck und schob sich die widerspenstigen Locken aus dem Gesicht, bevor sie antwortete.

»Die Pendler und die Leute mit den Wochenendhäusern haben das Dorf übernommen. Es ist gerade noch nah genug am nächsten Bahnhof, um mit dem Zug nach London reinzufahren, wenn es sein muss. Wer hier aufgewachsen ist, kann es sich meistens nicht leisten, sich etwas Eigenes zu kaufen, und die Alteingesessenen werden rausgedrängt. Vor allem, seit –« Mel sprach leiser, »also, es geht das Gerücht um, dass vielleicht Mitglieder des Königshauses in die

Nähe ziehen wollen. Und dann wohnen die Beckhams natürlich nicht weit weg. Und Chipping Norton mit seinen Festivals und so ist ganz in der Nähe. Alles ziemlich schrecklich – *ganz grässlich.*« Sie verzog das Gesicht und sprach die letzten beiden Wörter mit vornehmem Akzent aus.

»Aber du und – Sam …« Lucy wusste nicht, warum, aber sie stolperte über seinen Namen. »Ihr seid von hier, oder?«

»Allerdings. Wenn du uns durchschneidest, siehst du, dass innendrin Little Maudley steht, so wie bei diesen Zuckerstangen. Wir haben beide nie lange anderswo gelebt.« Mel hob trotzig das Kinn.

»Ihr wart nie in Versuchung?«

Ein Pärchen stieß auf dem Weg nach draußen gegen ihren Tisch und entschuldigte sich.

»Doch, natürlich. Ich habe in Bath studiert und mir geschworen, den Rest meines Lebens dort zu verbringen. Hab mich mit Camilles Vater zusammengetan, hab mit ihm ein nettes kleines Haus gekauft, hab mir eine nette Arbeit besorgt und ein Kind gekriegt; dann hat er eine nette kleine Affäre gehabt und mich wegen seiner Geschäftspartnerin sitzenlassen.«

Lucy schluckte. Mel nahm wirklich kein Blatt vor den Mund.

»Ach, das tut mir leid.«

Mel schüttelte mit Nachdruck den Kopf, sodass die Locken, die sie sich hinter die Ohren gestrichen hatte, wieder flogen.

»Muss es nicht. Insgesamt hab ich Glück gehabt. Ich bin wieder hierhergezogen, zu meinem Vater, hab die Ausbildung zur Hundetrainerin gemacht, und seitdem lebe ich im Paradies. Camille hat weiterhin Kontakt zu ihrem Vater, sodass ich gelegentlich für ein Wochenende und außerdem für einen Teil der Ferien meine Ruhe habe, und dann kann ich ganz frei losziehen und meiner Reiselust frönen.« Mel trank wieder einen Schluck. Als sie das Glas abgestellt hatte, drehte sie sich zu Lucy und legte das Kinn auf die gefalteten Hände. »Dich hat's nicht so gereizt, in deiner schulfreien Zeit auf Reisen zu gehen?«

Lucy nickte. »Doch, ich bin in den Sommerferien immer viel gereist.«

»Wie meine Freundin Nic.« Mel wirkte plötzlich etwas wehmütig. »Sie ist vor ein paar Monaten nach Neuseeland gezogen.« Wieder trank sie einen großen Schluck. »Irgendwie blöd, aber ich hätte nicht gedacht, dass mir eine Freundin, mit der ich mal was unternehmen kann, so sehr fehlen würde. Als wären Freunde und Freundinnen bloß was für Kinder, aber dann haut die beste Freundin auf die andere Seite der Welt ab und ...« Mel seufzte.

Kein Wunder, dass Mel sie gleich bei ihrer ersten Begegnung so freundlich begrüßt hatte, dachte Lucy – sie musste ebenfalls mit einem Verlust fertigwerden. »Davon kann ich ein Lied singen.« Lucy zuckte die Achseln und hob ihr Glas. »Auf abwesende Freundinnen, die auf die andere Seite unseres Planeten verschwinden.«

»Darauf trinken wir!«

Am Ende des Abends, nach einigen weiteren Drinks, schwankten Lucy und Mel gemeinsam nach Hause, beide ziemlich lustig und sehr froh, dass sie ausgegangen waren.

»Ich glaube, du hast meine Stimmung gerettet«, sagte Mel, als sie die Gabelung erreicht hatten, wo Mel zu ihrem Häuschen abbog. »Ist wirklich komisch, wie sehr ich eine Freundin vermisst habe, mit der ich weggehen kann. Ich meine, ich hab Sam herzlich lieb, aber – das ist einfach nicht das Gleiche.«

Lucy lächelte. »Ich freu mich so, dass wir uns kennengelernt haben. Ich hatte ein bisschen Sorge, dass ich nur mit Hamish als Gesellschaft zu Hause sitzen und die Wand anstarren würde.«

Mel grinste.

»Keine Chance. Seit wir uns jetzt beim Wein angefreundet haben, werde ich alle fünf Minuten bei dir auf der Matte stehen und einen Kaffee verlangen.« Sie warf Lucy eine Kusshand zu. »Ich denke, ich springe noch eben bei Sam und den Mädchen rein und gucke, ob sie sich benehmen.« Sie zwinkerte Lucy zu und machte auf dem Absatz kehrt.

Lucy beobachtete vom Bürgersteig gegenüber, wie Mel an Sams Haustür klopfte und winkte, dann fiel ein Streifen Licht durch die Tür und sie schlüpfte hinein. Vielleicht war die Freundschaft der beiden doch nicht nur platonisch? Als sie in ihrem Häuschen Licht machte, entdeckte sie, dass Hamish sein Missvergnügen über den langen, einsamen Abend mit einem Häufchen zum Ausdruck gebracht hatte. Mit einem Seufzer begann Lucy den Teppich zu säubern.

Zehntes Kapitel

»Hallo-ooo! Lucy?«, rief Margaret über die Hecke von Buntys Garten hinweg. »Freut mich sehr, dass Sie sich offenbar so gut einleben.«

Bunty hatte schon mehrmals darauf hingewiesen, dass ihre Schwiegertochter die Angewohnheit hatte, ganz unerwartet aufzutauchen. Sie lebte mit Gordon etwa eine halbe Stunde entfernt an der Grenze zu Northamptonshire – nicht so nah, dass sie jeden Tag vorbeikam, aber »nah genug, um lästig zu sein«, wie Bunty gesagt hatte, nicht ohne ärgerlich die Augen zu verdrehen. Lucy fand Margaret eigentlich ganz nett, wenn auch ein bisschen dominant.

Lucy war gerade dabei, vor der Haustür den Teppich auszuschütteln, der schon fast wieder trocken war und, wie sie erleichtert feststellte, keinen Fleck hatte, als Margaret wieder erschien. »Gibt's ein Problem mit dem Teppich?«

»Nein, nein, alles gut, ich wollte ihn nur vor dem Staubsaugen ausschütteln«, log Lucy.

Margaret warf ihr einen etwas misstrauischen Blick zu. »Schön, schön. Also, ich muss weitermachen.«

Sie verschwand in Buntys Cottage und kam kurz darauf mit einem alten Karton voller vergilbter Zeitungen zurück, dicht gefolgt von Bunty, die ein bitterböses Gesicht machte.

»Lucy, kommen Sie rüber, ich brauche Sie als Zeugin.« Sie drohte Margaret mit dem Zeigefinger. »Diese Zeitungen sollen nicht ins Altpapier. Sie gehören mir und ich will nicht, dass du sie wegwirfst.«

Auch Margaret wandte sich jetzt an Lucy. Ihre Miene war beschwichtigend. »Wirklich, Lucy, Sie können mich bei dieser Geschichte unterstützen. Mutter, ich versuche doch nicht, deine Sachen wegzuwerfen. Ich will dir einfach beim Ordnungmachen helfen.«

»Wenn ich Hilfe brauche«, sagte Bunty immer noch aufgebracht, »dann bitte ich dich darum.«

»Aber das hast du noch nie getan, oder?«, sagte Margaret mit schmalen Lippen.

»Lucy?«

»Ja?« Bitte fragt mich jetzt nicht, ob ich zwischen euch vermitteln kann, dachte sie. Klar, eine kleine Aufräumaktion würde dem Cottage nicht schaden, aber Lucy verstand, warum Bunty sich dagegen wehrte.

»Ich bin sicher, dass Lucy mir zur Hand gehen würde.« Hoffnungsvoll sah Bunty zu ihr herüber.

Lucy nickte. »Ja, selbstverständlich.«

Margaret entspannte sich sichtlich. »Das wäre sehr, sehr hilfreich. Aber nur, wenn es Ihnen wirklich nichts ausmacht.«

»Vielleicht findet sie sogar etwas von meinem Krimskrams aus dem Krieg. Zum Beispiel –« Bunty zeigte majestätisch auf den ramponierten Karton, »die Zeitungen da drin, die du ins Altpapier werfen wolltest. Also, wenn du nichts dagegen hast, will ich sie jetzt zurückhaben, vielen Dank. Lucy, wenn Sie nachher rüberkommen möchten, können wir sie uns vielleicht gemeinsam ansehen.«

Als Lucy die Erlaubnis erhielt, sich gründlich in Buntys Cottage umzusehen, wurde ihr klar, dass das Chaos längst nicht so schlimm war, wie Margaret behauptete. Dass die Küche, das Herz des Hauses, mit den Dingen aus vielen Jahren Familienleben vollgestopft war, wusste Lucy ja bereits. Aber die gute Stube war kühl und tadellos aufgeräumt. Dort stand ein steifes Sofa mit gerader Lehne, bezogen mit einem stachligen Wollplüsch. Es roch nach Staub und nach den Mottenkugeln, die in einem Beutel neben den Vorhängen hingen. Das Kaminsims war mit altem, angelaufenem Messingschmuck von Pferdegeschirren dekoriert. Es war wie ein Ausflug zurück in die 1940er Jahre, und Lucy überlief ein Schauer. Das Zimmer war ein Paradies für Historiker. Margaret musste verrückt sein – wäre es nach Lucy gegangen, dann hätte sie das Haus genauso gelassen, wie es war. Es war perfekt.

»Diesen Raum hab ich nie benutzt«, sagte Bunty. »Hier drin kam ich mir immer vor wie beim Zahnarzt oder im Wartezimmer eines Arztes. Ob Besuch willkommen war oder nicht, erkannte man daran, in welchen Raum wir ihn baten. Die netten Leute setzten sich gleich zu den Hunden und den Katzen in die Küche.« Bunty stieß ein glucksendes Lachen aus, das in einen pfeifenden Husten überging. »Guter Gott, mit mir ist nicht mehr viel los. Sagen Sie das bloß nicht Margaret, dann holt sie mich sofort hier weg.«

»Kein Sterbenswörtchen.« Lucy lächelte.

Sie saßen mit ihren Teebechern in der Küche und gingen Schachteln mit alten Zeitungsartikeln durch, die Bunty aus den Kriegsjahren und der Zeit danach aufbewahrt hatte.

»Bei der Hälfte der Sachen weiß ich gar nicht, warum ich sie aufgehoben habe.« Bunty griff nach einem Ausschnitt, über dem »Nachrichten aus der Region« stand, schob ihre Brille höher auf die Nase und starrte angestrengt darauf. »Diese Schrift ist ja winzig klein. Können Sie das lesen?«

Lucy nahm ihr das vergilbte Blatt aus der Hand. Es war vom Alter ganz weich geworden, und die Schrift war wirklich sehr klein. Sie runzelte die Stirn und hielt den Artikel am Fenster ins Licht.

»Der Spieleabend im Dorfhaus in Little Maudley ist ein Erfolg, irgendwas – sorry, hier ist das Blatt verknittert und die Buchstaben sind verblasst – Erinnerung, dass ausnahmslos alle sich an die Verdunkelungsregeln zu halten haben und dass man eine Taschenlampe mitnehmen sollte …« Sie verstummte, denn Bunty fing an zu lachen.

»Ach Gott, ja, ich erinnere mich. Henry – ich glaube, Sie haben ihn schon kennengelernt, oder?«

Lucy nickte.

»Er war ja der Luftschutzwart, und damals hat er sich ganz genau an die Regeln gehalten. Wenn die Lichter ausgingen, haben wir allen möglichen Unfug getrieben.«

»Witzig, wir haben neulich im Dorfcafé zusammen eine Tasse Tee getrunken, und da hat er etwas ganz Ähnliches gesagt.«

Das schien Bunty zu amüsieren. »Ja wirklich? Dann will ich Ihnen etwas erzählen.«

Lucy legte das Zeitungsblatt auf den Tisch, stützte das Kinn in die Hand und hörte zu.

»An einem Abend kam ich mit Milly Fowler – sie war die Lehrerin hier und ganz schön frech – von einem Vortrag im Gemeinschaftshaus, und da sahen wir – oder eigentlich hörten wir es nur, weil es so dunkel war –, wie jemand mit dem Fahrrad direkt in den Dorfteich fuhr. Wir haben uns gekugelt vor Lachen. Die Verdunkelung war zwar schlimm, aber auch sehr komisch.«

»Es muss merkwürdig gewesen sein, während des Krieges hier anzukommen, insbesondere, nachdem Sie in London gearbeitet hatten. Kam Ihnen das Dorf nicht sehr still vor?« Lucy ergriff die Gelegenheit beim Schopf. Vielleicht würde Bunty heute mehr erzählen? Jedenfalls war es den Versuch wert.

»Doch. Also, eigentlich bin ich aber in Bletchley angekommen – ich war zu einem Vorstellungsgespräch eingeladen. Sie brauchten Hunderte von uns jungen Frauen, weil die Männer im Krieg waren. Ich musste ganz viele sonderbare Fragen beantworten, und dann schickten sie mir eine Postkarte mit einem Termin, ich sollte mich um halb neun in

Bletchley Park im Haupthaus melden. Es war ein sonniger Morgen, und ich hatte keine Ahnung, wo ich hinfuhr oder was ich da machen sollte.«

»Wow. Ich bin ja gerade da gewesen. Nicht zu glauben, dass Sie vor so vielen Jahren durch das Tor dort gegangen sind. Waren Sie denn nicht nervös?« Nein, bloß nicht anfangen zu plappern. Lucy presste die Lippen zusammen und wartete ab. Sie musste Bunty Zeit lassen, durfte sie mit ihrer Begeisterung und ihrem Forscherdrang nicht überfahren.

»Hmmm?« Bunty war abgelenkt worden und nahm einen weiteren vergilbten Zeitungsausschnitt in die Hand. Sie runzelte die Stirn und betrachtete ihn einen Moment, dann seufzte sie schwer, faltete den Artikel wieder zusammen und legte ihn zur Seite. »Eigentlich nicht. Damals tat man einfach, was einem gesagt wurde.«

»Oh, sehen Sie mal. Was ist das denn?« Lucy nahm ein Fotoalbum aus der Schachtel. Die Kanten waren angestoßen, und der Ledereinband war vom Alter abgenutzt und rissig.

»Ach, nichts. Bloß ein paar alte Fotos und Erinnerungen. Die sortiere ich später mal. Aber ich dachte, vielleicht ist das hier interessant für Sie, weil Sie ja etwas über das Dorf in Kriegszeiten wissen wollen.« Als Bunty ihr ein weiteres Album zuschob, rutschten mehrere Schwarzweißfotos heraus.

Auf einem stand eine stämmige Frau mit ernstem Gesicht und einer karierten Schürze in der Tür zu Buntys Cottage. »Das war Mrs Brown, unsere Vermieterin«, erklärte Bunty. »Wir waren ja in diesem Haus einquartiert. Milly und ich teilten uns ein Zimmer, und außer uns wohnten hier noch vier Kinder, die aus London evakuiert worden waren – sie sind auf diesem Foto hier zu sehen.«

Zwei kleine Mädchen mit fest geflochtenen Zöpfen saßen

auf der Gartenmauer. Zwei etwas ältere Jungen mit kurzgeschorenem Haar standen verlegen daneben.

»Ich erinnere mich noch genau an den Tag.« Bunty schmunzelte. »Die Jungen kriegten die Köpfe geschoren, weil wir entdeckt hatten, dass die Kinder in der Schule alle Läuse hatten. Die Haare der Mädchen hat Mrs Brown mit Essig getränkt und eingeflochten. Mir juckt jetzt noch der Kopf, wenn ich nur daran denke.«

Lucy betrachtete die Fotos. Buntys Erzählung ließ sie ganz lebendig erscheinen. Genau deshalb war Geschichte so wichtig – deshalb wollte sie das alles festhalten. Es kam Lucy vor, als hätte sie eine schwierige Prüfung bestanden; dass Bunty ihr dieses Fenster in ihre Welt öffnete, war wirklich eine Ehre. Sie strahlte Bunty an und hoffte, dass das im Moment als Dank genügte.

»Ach, die hier sind schön.« Die nächsten Schwarzweißfotos zeigten eine junge Bunty in knielangen Shorts und mit einer Blume im Haar. Sie musste gerade vom Fahrrad abgestiegen sein, denn sie hielt es noch zwischen den Beinen und schirmte mit der Hand die Augen vor der Sonne ab.

»Mrs Brown hat mich so ausgeschimpft, als sie sah, dass ich in Shorts in der Stadt war. Sie war furchtbar böse.« Bunty lachte so sehr, dass ihre Schultern bebten. »Manchmal haben Milly und ich auch heimlich Stücke von ihrem Apfelkuchen mit nach oben genommen. Sie dachte, sie hätte Mäuse im Haus.«

»Und wie sind Sie dann hier gelandet, wenn Sie doch in Bletchley Park arbeiten sollten?«

»Ach, wir wurden überallhin verteilt. Als ich in Bletchley Park ankam, dachte ich, ich wäre im Himmel. Da schwirrten so viele Männer herum und es gab so viel zu tun. Sie können sich vorstellen, wie bestürzt ich war, als ich dann hierhin ans Ende der Welt abgeschoben wurde. Das Landleben war mir ja völlig fremd.«

Lucy betrachtete die strahlende junge Bunty auf den Fotos.

»Wurden viele junge Frauen hierher geschickt?«

»Nein, nein. Nur ich und noch eine andere – ich glaube, sie hieß Helen. Ich hab sie immer gesehen, wenn ich morgens mit dem Rad zur Arbeit gefahren bin. Sie hatte abends und am Wochenende Dienst, aber sie hat in Tanwick gewohnt, ungefähr fünf Meilen von hier in die andere Richtung. Wir haben uns natürlich nie über unsere Arbeit unterhalten – das war nicht erlaubt, verstehen Sie.«

»Sie haben also während der ganzen Kriegsjahre hier gearbeitet und niemals mit irgendjemandem darüber geredet, was Sie gemacht haben?«

Bunty nickte. Sie suchte in den Fotos und reichte Lucy dann eins. »Ich hatte ja auch keine Ahnung, was die anderen machten. Es war einfach nie Gesprächsthema.«

Auf dem Foto waren vier junge Frauen zu sehen. Sie standen Arm in Arm nebeneinander, in steif wirkenden Röcken und mit ordentlichen Lockenfrisuren. Bunty stand an einer Seite. Sie hatte die Augen geschlossen, lächelte aber breit.

»Erst als in den letzten zwanzig Jahren oder so alles über Bletchley Park veröffentlicht wurde, habe ich entdeckt, dass mehrere von uns, die hier im Dorf einquartiert waren, ähnliche Dinge gemacht haben. Schon komisch, wenn man sich vorstellt, dass wir alle zu verschiedenen geheimen Abhörstationen und Signalposten geradelt sind und uns da nützlich gemacht haben. Aber abends haben wir dann nur über den letzten Dorfklatsch geredet und wie man an Strümpfe herankommen konnte.«

»Was genau haben Sie denn gemacht?« Die Frage war heraus, bevor Lucy es verhindern konnte. Sie spürte, wie sie leicht errötete, als ihr klar wurde, dass sie wahrscheinlich zu weit gegangen war.

Bunty sah sie einen Moment lang an. »Ach ja.« Sie wandte den Kopf und blickte aus dem Fenster. »Wir hatten uns ja zu strengster Geheimhaltung verpflichtet, wissen Sie.«

Lucy nickte.

»Und es fiel mir schwer – richtig schwer – zu begreifen, dass plötzlich alle Leute über diese Dinge redeten. Ich meine – Sie müssen verstehen, dass das damals andere Zeiten waren.«

Lucy folgte Buntys Blick. Sie schaute in Richtung des Telefonhäuschens auf der Dorfwiese. »In einem Dörfchen wie Little Maudley war es im Krieg bestimmt ziemlich langweilig, oder?«

»Langweilig? Ganz und gar nicht! Es war ja nicht so wie heute, wo alle einfach zu Hause vor der Glotze sitzen. Zweimal in der Woche hat uns ein Bus nach Bletchingham gebracht, da gab es dann Tanzveranstaltungen und Vorträge, und hier im Dorfhaus war auch immer was los.«

»Das klingt, als hätten Sie trotz allem eine schöne Zeit gehabt.«

»Ja, aber die Arbeit war hart. Wir hatten allerdings keine Zeit, uns zu beklagen – entweder haben wir geschuftet, oder wir waren zu irgendeiner Abendveranstaltung unterwegs. Wie oft haben Milly und ich uns« – wieder sah Bunty lächelnd aus dem Fenster – »mit den anderen am Telefonhäuschen getroffen.«

»Und das alles haben Sie trotz Verdunkelung gemacht?«

»Natürlich. Im Sommer war es ja kein Problem – da konnten wir viel mehr Blödsinn machen, und es war nicht kalt. Aber im Winter – da haben wir uns heiße Kartoffeln in die Taschen gesteckt, um nicht zu frieren, wenn wir zum Tanzen gegangen sind, und wenn wir dann ankamen, brauchten wir zehn Minuten, um uns aus den vielen Schichten zu schälen, die uns warm halten sollten. Aber das war es wert. Es war eine herrliche Zeit, besonders als auf dem Militärflughafen bei Finmere Piloten zur Ausbildung stationiert wurden. Mit denen haben wir Spaß gehabt! Sie haben uns hier ordentlich aufgemischt.«

»Waren sie dort fest stationiert?«

»Nein, es war eine Ausbildungseinheit. Sie wurden nach Finmere geschickt, weil sie lernen sollten, Bomber zu fliegen, mehr nicht.«

»Haben Sie gesehen, wie sie geflogen sind?«

»Ob ich sie gesehen habe?« Bunty lächelte kopfschüttelnd. »Du meine Güte, der Himmel war voll von ihnen – manchmal sind die Piloten so tief geflogen, dass man ihnen zuwinken konnte.«

»Das klingt so romantisch.« Lucy seufzte.

»Ach, für so was waren wir viel zu beschäftigt.« Bunty schob die Fotos zusammen und stapelte sie sorgfältig. Auf einmal wirkte ihr Gesicht verschlossen. »Und jetzt habe ich für heute genug Blödsinn von mir gegeben. Sie wollen doch nicht, dass ich hier die ganze Zeit von Vergangenem vor mich hin schwatze.«

Und damit erhob sich die alte Dame. Lucy war klar, dass das Gespräch beendet war. Merkwürdig, manchmal schien es, als wolle Bunty die Geschichten aus der Vergangenheit hochholen, aber dann wieder – damals war so viel geschehen, und ihr Gedächtnis war nicht mehr so gut wie einst. Vielleicht fand sie es einfach ermüdend, sich an alles zu erinnern.

»Hallo?«

Sie hörten Schritte im Flur, und dann schob sich ein dunkler Lockenkopf durch die Küchentür. Buntys Miene hellte sich sofort auf. »Ah, Sam!«

»Hi, Bunty. Und du bist auch hier, Lucy? Hallo!«, sagte Sam, als er sah, dass Bunty nicht allein war. »Hast du dich von dem ABBA-Spektakel erholt?« Er trat in die Küche. Dabei musste er sich fast bücken, um nicht mit dem Kopf die niedrigen Deckenbalken zu streifen.

»So einigermaßen.« Lucy überlegte, was Mel ihm wohl von ihrem Absacker im Pub erzählt hatte, als sie danach noch zu ihm rübergegangen war. »Und haben die beiden Mädchen ihre gemeinsame Nacht genossen?«

Sam lachte. Er zog den Kopf ein und sah sie mit seinen dunkelbraunen Augen an. Lucy fielen die kleinen Fächer aus Fältchen in seinen Augenwinkeln auf. Ein schönes Zeichen, dachte sie, er ist jemand, der das Leben nicht so bitterernst nimmt.

»Das schon, aber viel Schlaf haben wir nicht gekriegt. Als Mel dann noch kam, haben sie mich dazu gebracht, für die ganze Gesellschaft Baconburger zu machen. Du hättest mitkommen sollen. Ein Burger mehr wäre kein Problem gewesen.«

Sam rieb sich die Bartstoppeln und gähnte herzhaft. »Ach, sorry. Ich hab den ganzen Tag gearbeitet, weil ich dieses Projekt fertigkriegen will, aber es dauert ewig.«

»Sam, du musst Lucy mal zeigen, was du da baust.« Bunty sah richtig stolz aus. »Er arbeitet an einem Projekt für Janet hier im Dorf. Janet und Mick nehmen behinderte Pflegekinder auf – sie sind eine tolle Familie.«

»Und was machst du für sie?« Lucy wusste von Mel, dass Sam Igelhäuser baute, aber sie hatte keine Ahnung, womit er seinen Lebensunterhalt verdiente. Sie hatte auch nicht nachfragen wollen. Mel sollte nicht denken, dass sie sich für Sam interessierte, denn das war nicht der Fall. Aber unter der Schmutzschicht auf seinem Land Rover, der immer gegenüber parkte, hatte sie einen aufgemalten Baum entdeckt. Vielleicht war er Baumchirurg?

»Ich baue ein Baumhaus.«

»Na los, zeig es ihr doch gleich«, sagte Bunty bestimmt. »Ich hab jetzt genug von früher geredet, und ich will mit meinem Kreuzworträtsel weitermachen.«

»Ich – ach so, und was ist mit Hamish?«

Hamish hatte seine anfängliche und in Lucys Augen völlig begründete Angst vor Stanley verloren und schlief auf einer Matte am Herd.

»Hamish geht's hier doch sehr gut. Haut ab, ihr zwei, und lasst eine alte Frau mal ein bisschen in Frieden.«

»Ich wollte noch fragen, ob Freya später herkommen und dir bei den Tieren helfen darf.« Sam sah Lucy an. »Sie liegt noch im Bett.«

»Sie ist vierzehn. So machen die jungen Leute das heutzutage.«

»Du bist die Expertin«, sagte Sam und dann an Bunty gewandt: »Ich hab keine Ahnung, was ich da tue. Eine Tochter großzuziehen ist viel schwieriger, als ich gedacht hatte.«

»Husch, raus mit euch.« Bunty scheuchte sie aus dem Haus und schloss energisch die Tür hinter ihnen.

Bunty wartete ab, bis die beiden aus dem Küchenfenster nicht mehr zu sehen waren, bevor sie die Schublade im Küchenschrank aufzog und unter den Stoffservietten ihr Tagebuch hervorholte. Sie wischte es mit dem Ärmel ab und strich über das vertraute Leder. Dann hob sie es unter die Nase, schloss die Augen und atmete tief ein, als könne sie irgendwie die Erinnerung an das junge Mädchen einsaugen, das sie damals gewesen war. Merkwürdig, das Tagebuch hatte jahrzehntelang unberührt in der Schublade gelegen, aber die Gespräche mit Lucy ließen so vieles wieder aufleben. Manchmal schienen die Erinnerungen in den unpassendsten Momenten aufzutauchen. Vielleicht warf sie doch noch mal kurz einen Blick hinein ...

Bunty schlug das Buch auf. Wie rund und mädchenhaft ihre Handschrift damals noch gewesen war. Und jetzt wollte Lucy alles über ihr Leben in der Kriegszeit erfahren. Aber – Bunty blätterte die Seiten durch – hier stand einiges drin, was sie über siebzig Jahre unter Verschluss gehalten hatte.

Sie kam zu einem Eintrag, bei dem ihr gegen Ende die Tinte ausgegangen war. Am Anfang war die Schrift noch schwarz und zum Schluss wurde sie bräunlich. Ach, sie erinnerte sich an den Tag, als wäre es gestern gewesen – es war der Tag, an dem alles angefangen hatte. Sie lebte schon eine Weile bei Mrs Brown und die drei Meilen Fahrradfahrt zur Arbeit waren zur Routine geworden. Und da …

13. August 1941

Was für eine schöne Nacht. Und ich finde es überhaupt nicht schlimm, dass ich morgen bei der Arbeit immer wieder einschlafen werde. Wir waren im Dorfhaus beim Spieleabend. Milly hatte mir ihr grünes Kleid und ihre schöne Häkeljacke geliehen, und dazu habe ich meine silberblaue Brosche getragen. Meine Strümpfe waren zwar an den Zehen gestopft, sodass es den ganzen Abend gescheuert hat, aber das habe ich kaum gemerkt. An dem Tisch neben uns saß nämlich ein kanadischer Pilot mit seinem Freund. Der Freund hat den ganzen Abend lang kleine Bemerkungen gemacht, über die wir uns schiefgelacht haben. Mein Pilot (ha!) war dagegen eher still, vielleicht etwas schüchtern, dachte ich. Aber er sieht sehr gut aus.

Milly hat mir zugeflüstert, er würde mir schöne Augen machen, und als ich einmal austreten musste, hat er sich umgedreht und mir guten Abend gesagt. Ich hab gelächelt und auch »Guten Abend« gesagt, aber ich bin weitergegangen, denn Milly sagt, man darf es ihnen nicht zu leicht machen. Zum Schluss wurden die Tische weggeschoben und eine Platte wurde aufs Grammophon gelegt, und da kam der andere Pilot zu mir und fragte, ob ich mit seinem Freund tanzen würde. Ich habe gesagt, er könnte mich doch selbst auffordern, wenn er das wollte. Aber dann hatte ich Angst, dass ich den Bogen vielleicht überspannt hätte, denn er kam nicht zu mir.

Also hab ich mit Milly getanzt, direkt an ihm vorbei. Sie musste dabei so kichern, und er hat mir kurz in die Augen gesehen und dann mit einem Lächeln wieder weggeguckt. Anschließend musste ich draußen noch warten, weil Milly drinnen etwas vergessen hatte. Und da kam er auf mich zu und sagte, er würde nicht so gern tanzen, aber wenn ich mal irgendwann Lust hätte, mit ihm spazieren zu gehen, würde er sich freuen. Und dann haben er und sein Freund Milly und mich nach Hause gebracht. Er heißt Harry – der Name hat mir schon immer gut gefallen. Milly ist dann schon ins Haus gegangen, und wir haben noch draußen auf der Dorfwiese am Telefonhäuschen gestanden und uns fast bis Mitternacht unterhalten. Er ist in Finmere stationiert und bringt da den Leuten bei, Bomber zu fliegen. Er hat mich gefragt, ob ich nächsten Freitag mit nach Finmere zum Tanzen komme. Ich kann es noch gar nicht fassen. Ich glaube, ich könnte heute Nacht gar nicht schlafen, selbst wenn ich wollte. Ich will einfach hier liegen und das alles immer wieder nacherleben.

Bunty schloss einen Moment lang die Augen und legte sich die Hand auf die Brust. Dieses atemlose, aufgeregte junge Ding, das sie gewesen war. Es kam ihr vor, als läge es länger als ein Lebensalter zurück – als wäre sie damals eine andere Frau gewesen. Sie hielt sich das Tagebuch wieder vor die Nase, als könnte sie auch die Frische und die Freude von damals einatmen. Der Krieg war ihnen wie ein Abenteuer erschienen – selbst die Rationierungen betrafen sie nicht so wie die Familie zu Hause in Walthamstow. Es gab jeden Morgen frische Eier, Butter und selbstgebackenes Brot zum Frühstück. Sie hatte zwar ihre Schwester und sogar ihre Eltern vermisst, aber ihre Mutter hatte ihr jede Woche geschrieben, hatte berichtet, dass sie den Garten umgegraben und Kohl gepflanzt hatten und dass ihr Vater einen Hühnerstall mit Auslauf gebaut hatte, und als der Hund vom Nachbarn einem Huhn den Kopf abbiss, landete es am

Abend im Kochtopf. Aber hier waren selbst die Nächte, wenn der Luftschutzwart seine Alarmpfeife blies und sie in den Schutzraum mussten, aufregend gewesen – vor allem, wenn sie dafür gesorgt hatte, dass sie nicht neben einem der alten Muffelköpfe aus dem Dorf landete. Sie hatten Karten gespielt, sich Geschichten erzählt, gesungen und auf das Donnern der Flugzeuge über ihnen gehorcht.

Zum Glück wurde das Dorf nicht getroffen. Ein paar Mal wäre es beinahe passiert, zum Beispiel, als ein Bombenschütze nicht richtig gezielt hatte. Die Bombe war auf einer Wiese gelandet und hatte drei Färsen getötet. Und was war es für ein Drama gewesen, als die Gewächshäuser von Mr George von einer verirrten Bombe getroffen wurden! Monatelang betrauerte er den Verlust seiner Tomaten. Erst Jahre später hatte eine ihrer Freundinnen im Dorf ihr von der vorgetäuschten Landebahn erzählt, die die Deutschen in die Irre führen sollte. Bunty lachte leise. Ja, manchmal war der Krieg ihnen wie ein Abenteuer vorgekommen. Vielleicht würde sie Lucy das Tagebuch doch zeigen.

Aber konnte sie ihr wirklich die Wahrheit über die Ereignisse damals anvertrauen? All die Jahre hatte sie ihr Geheimnis für sich behalten. Gab es einen Grund, es jetzt zu lüften?

»Bunty macht kurzen Prozess, wenn sie genug hat, oder?«, bemerkte Lucy auf dem Weg zur Gartenpforte. Sam lächelte etwas bedauernd. »Ich finde, mittlerweile hat sie sich diese Direktheit verdient. Wenn ich mal so alt bin, werde ich auch immer sofort sagen, was ich denke.«

»Irgendwie komisch, wir haben uns sehr schön über ihre Kriegsjahre unterhalten. Sie hatte gerade angefangen, sich zu öffnen, und dann hat sie plötzlich beschlossen, dass es ihr reicht.«

»Das klingt typisch für sie. Sie lässt sich nicht gern in die Karten gucken, unsere Bunty.«

Der Duft der Rose, die Buntys Haustür umrankte, wehte bis auf den Bürgersteig. Lucy und Sam traten zurück, als wie aus dem Nichts eine Kolonne von Oldtimern auftauchte und langsam an ihnen vorbeifuhr.

»Oh, sind die schön.«

»Irgendwo hier in der Nähe ist an diesem Wochenende ein Festival. Da fahren sie in Scharen durch die Dörfer. Toll, oder?«

»Wunderschön.«

Ein schimmernder, dunkelgrüner Rolls-Royce bildete das Schlusslicht. Sein Fahrer zog den Hut und hupte einmal, als der Wagen an ihnen vorüberglitt.

»Jedenfalls, es tut mir leid, dass Bunty versucht hat, mich dir aufs Auge zu drücken. Aber keine Sorge, ich hab genug zu tun.«

»Ich mache mir keine Sorgen.« Sam schob die Hände in die Taschen, legte den Kopf schräg und sah sie an. »Komm, es ist so ein herrlicher Tag. Zu schön zum Arbeiten. Ich zeig dir, was ich gebaut habe. Und vielleicht kannst du mir als alleinerziehendem Vater ein paar Tipps geben?«

»Ich? Ich hab doch keine Kinder!«, sagte Lucy im Weitergehen.

»Nein, aber du hast jede Menge Erfahrung, schließlich unterrichtest du ganze Schulklassen. Mit Freya war es bis vor Kurzem supereinfach, aber in den letzten Wochen klebt sie nur noch an ihrem Smartphone. *Das* macht mir Sorgen.«

Freya wirkte auf Lucy ziemlich entspannt und unbeschwert. Ihre Freundschaft mit Camille, Mels Tochter, war gut und stabil, und das war immer eine schöne Grundlage. Jemanden zu haben, dem man sich anvertrauen konnte, war entscheidend, zumal ihre Mutter sich anscheinend nicht um sie kümmerte.

»Die Adoleszenz trifft jedes Kind anders. Ich glaube, am schwersten ist es, wenn sie so dreizehn, vierzehn sind. Eigentlich sind sie noch ziemlich jung, aber sie bekommen schon von verschiedenen Seiten Druck, dass sie erwachsen werden müssen.«

Sie blieben kurz stehen, um einen Traktor vorbeirumpeln zu lassen. Der Fahrer winkte ihnen freundlich zu und bog dann auf eine Wiese ab. Als sie daran vorbeigingen, beobachtete Lucy, wie er vom Traktor sprang und sein Handy aus der Tasche zog. Er lehnte sich gegen ein Rad und telefonierte. Vor dem zeitlosen Hintergrund der Hügellandschaft wirkte das seltsam unpassend.

»Sogar die Farmer sind dauernd online. Kein Wunder, dass ich Freya nicht von ihrem Smartphone loseisen kann.« Sam hatte die kleine Szene auch beobachtet und lachte.

Sie bogen nach links in ein einspuriges, von Bäumen gesäumtes Sträßchen ab. Auf den Grasstreifen zu beiden Seiten spielte das Sonnenlicht.

»Hier entlang. Es ist nicht mehr weit.«

»Soweit ich das bisher gesehen habe, scheint Freya ziemlich relaxt zu sein.«

»Ja, bisher schon. Weißt du, wenn man alles allein macht, ist es schwer zu entscheiden, ob man es gut macht oder nicht. Freyas Mutter ist ja schon lange nicht mehr da ...«

»Aber ihr habt Mel«, rutschte es Lucy heraus. Es sollte nicht so klingen, als wolle sie ihn ausfragen.

»Ja, Mel ist ein guter Kumpel. Ist aber nicht das Gleiche, als wenn sie ihre Mutter hätte.«

»Nein. Mel hat schon erwähnt, dass Freyas Mutter von der Bildfläche verschwunden ist.«

Im Gehen streiften sich ihre Arme, und Lucy spürte plötzlich eine Wärme, die wie eine Blüte aufzugehen und ihre Brust zu füllen schien. Ach, sie war, was die Gesellschaft von Männern anging, so aus der Übung, dass ihr

Körper gleich überreagierte. Sie musste sich zusammenreißen.

Sam schüttelte den Kopf. »Nein, da ist überhaupt kein Kontakt mehr«, sagte er. »Mutter zu werden stand für Stella eigentlich nie auf dem Programm. Ich weiß nicht, warum ich damals dachte, wir beide könnten das zusammen hinkriegen.«

»Und wie geht es Freya damit?« Schon besser, dachte Lucy, jetzt war sie wieder auf vertrautem Terrain. Sie hatte viele Kinder erlebt, bei denen ein Elternteil sich nicht kümmerte, und sie wusste, dass für das Wohlergehen dieser Kinder viel davon abhing, wie der andere Elternteil damit klarkam.

»Bisher anscheinend gut. Obwohl, neulich abends hat sie mich etwas über ihre Mutter gefragt, und ich wusste nicht, was ich antworten sollte. Da hab ich einfach zugemacht. Jetzt kann ich die Sache nicht noch mal ansprechen, weil ich so idiotisch damit umgegangen bin. Ich hab's noch ein paar Mal versucht, aber Freya schweigt sich aus – sie sagt, sie will nicht darüber reden.«

Sam schob ein schweres hölzernes Gatter auf. »Da sind wir. Tut mir leid, ich wollte nicht meine Sorgen und Nöte bei dir abladen.«

»Alles gut.« Lucy lächelte ihn an. Über dem Lavendel und den Rosen, die die Auffahrt säumten, flatterten Schmetterlinge. »Ist es den Besitzern denn recht, wenn du mich mitbringst?«

Sam nickte. »Auf jeden Fall.« Er öffnete ein zweites schweres Tor, diesmal aus Metall, indem er einen Code eintippte. »Sie haben auch noch ein Haus an der Küste, in Minehead. Da sind sie diese Woche alle. Janet ist einfach toll. Sie packt die ganze Bande in den Minibus und los geht's.«

»Das Grundstück ist total gut gesichert, oder?«

»Janet bekommt ziemlich viele schwierige Kinder und sie

müssen dafür sorgen, dass keiner von ihren Schützlingen ausreißt. Janet vollbringt wahre Wunder bei diesen Kindern. Deswegen wollte ich die Arbeit gern übernehmen, ich möchte auch etwas für die Kinder tun.«

Lucy folgte Sam auf einem kurz gemähten Weg durch eine Wiese mit langen Gräsern und Wildblumen. Die Luft war von Blumenduft und trägem Hummelgebrumm erfüllt. Es machte Lucy schläfrig, sodass ihr fast danach war, sich hier hinzulegen und auszuruhen. Unter Sams grauem T-Shirt zeichnete sich sein breiter Rücken ab, fiel ihr auf, und seine schlanke Taille und der wirklich hübsche Po steckten in ausgeblichenen Jeans. Lucy schüttelte den Kopf. Unmöglich. Diese Hitze machte ihr zu schaffen.

Sam drehte sich um, als hätte er ihre Gedanken gelesen, und sie spürte, wie sie rot wurde. Aber er sagte nur: »Wir sind da.«

Am Rand der großen Wiese mit ihren hohen Margeriten und blauen Vergissmeinnicht erhob sich eine mächtige Eiche mit weit ausladenden Ästen. An ihrem Stamm lehnte eine schön geschreinerte Leiter. Sie führte zu einem Baumhaus hinauf, das aussah wie aus einem Märchen.

»Geh du zuerst.« Sam trat zurück und schwenkte in einer altmodischen Geste den Arm.

Lucy stieg die Leiter hinauf. Das Herz klopfte ihr bis zum Hals – sie hatte Höhenangst. Es sind doch nicht mal zwei Meter, versuchte sie sich zu beruhigen. Sie klammerte sich an das Geländer, das wenigstens fühlte sich sicher an.

»Alles klar?«, fragte Sam hinter ihr.

»Ja.« Es klang atemlos. Lucy stieg von der letzten Sprosse auf eine kleine Plattform und betrat das schönste Baumhaus, das man sich denken konnte. An den Wänden funkelten Lichterketten mit winzigen Birnchen, und ein Fenster ging auf die hügelige Landschaft jenseits des Dorfes hinaus, das aussah wie aus dem Bilderbuch. Lucy spürte, dass

Sam hinter ihr stand, und als sie sich umdrehte, stieß sie gegen seinen kräftigen Brustkorb.

»Ach, sorry.« Ihr Herz hämmerte immer noch.

»Es ist noch nicht ganz fertig.« Sam schaute sie besorgt an. »Fehlt dir auch wirklich nichts?«

Lucy setzte sich auf einen Stuhl. »Nein, nein. Mir ist bloß etwas –«

»Du bist nicht schwindelfrei?« Er hockte sich vor sie hin und sah ihr in die Augen. »Das hättest du sagen sollen.«

»Ich hatte nicht daran gedacht. Ist ja auch nicht so, als wären wir hier oben auf dem Empire State Building.«

»Nee, das wäre keine gute Idee, wenn du Höhenangst hast.«

»Das kannst du laut sagen.« Lucy lachte. »Da oben habe ich die schlimmste Stunde meines Lebens verbracht.«

»Was? Du bist auf dem Empire State Building gewesen?«

»Ja.« Lucy schüttelte sich bei der Erinnerung daran. »Mit meiner Freundin Anna. Es war furchtbar, ich hab's nicht mal bis auf die Aussichtsplattform geschafft. Wusstest du, dass man sich vor dem Lift nach unten anstellen muss?«

»Du meinst, da oben gibt's keinen Notausgang?«, sagte Sam neckend.

»Nein.« Lucy verzog das Gesicht, und er musste lachen. »Ehrlich, es war gruselig.«

»Im Vergleich dazu ist das hier dann ja gar nichts.« Er streckte Lucy die Hand hin und half ihr hoch. »Schau mal, ich stelle mich jetzt neben dich, und dann kannst du durch das Fernglas gucken, das hier hängt. Wenn du nach rechts guckst und scharf stellst, siehst du Helens Haus.«

Lucy holte tief Luft und hob das Fernglas vor die Augen. Durch die dünne Baumwolle ihre T-Shirts spürte sie die Wärme seines Arms.

Sam fasste nach ihrer Hand und verschob das Fernglas ein wenig. »Versuch es mal so – etwas weiter nach links. Wenn du genau hinguckst, siehst du vielleicht, wie Helen David rumkommandiert. Wahrscheinlich trainiert sie ihn gerade im Paddock.«

Lucy prustete los. Ihre Angst war vergessen.

»Ach, da sind sie ja –«

»Und Helen steht da in Stiefeln und mit Longierpeitsche?«

Eine der beiden kleinen Gestalten war tatsächlich unverkennbar Helen. »Nein, sie steht am Fuß einer Leiter. David ist oben, und sie schwenkt den Arm, sieht ganz schön autoritär aus.«

»Das ist sie ja auch.«

Lucy ließ den Blick über das Dorf wandern. Als sie das Fernglas scharf stellte, konnte sie die Kirche sehen – ja, da war sie – und sogar die Kastanienbäume. Sie senkte das Glas und wandte sich an Sam.

»Aber ich glaube, Helen hat das Herz auf dem rechten Fleck, oder wie siehst du das? Ich finde, es war sehr nett von ihr, dass sie mich gleich, nachdem ich angekommen war, gebeten hat, hier im Dorf mitzumachen.«

»Doch, auf jeden Fall. Und jedes Dorf braucht eine Helen, sonst würde gar nichts laufen. Hat sie dir schon bei deiner Recherche über den Krieg geholfen? Mel sagt, du hattest ursprünglich ein eigenes Projekt geplant, aber dann hätten sie dich dazu vergattert, bei einem Buch für das *WI* zu helfen?«

Lucy nickte. »Ja, Susan hat mich gebeten, etwas zum achtzigsten Jubiläum zu schreiben.«

Sam verdrehte lachend die Augen. »Und ich wette, sie hat dich so in die Enge getrieben, dass du nicht nein sagen konntest.«

»Na ja, ein bisschen schon. Aber es passt gut zu dem Thema, für das ich mich interessiere – die kleinen Geschichten aus dem Alltag, über die sonst nicht so oft geschrieben wird.«

»Wenn du das so sagst, klingt es toll. Bei einer Geschichtslehrerin wie dir hätte ich in der Schule vielleicht sogar aufgepasst.«

Er warf Lucy einen Seitenblick zu, der in ihrem Bauch ein paar Schmetterlinge flattern ließ.

»Ich bin eigentlich sehr streng.« Wieder sagte sie das, ohne nachzudenken, und beide mussten gleichzeitig lachen.

»Das wird ja immer interessanter.«

Lucy spürte, wie ihre Wangen heiß wurden, daher hob sie rasch wieder das Fernglas und betrachtete die Landschaft. Sie schaffte es nicht mehr, es scharf zu stellen, daher blieb alles verschwommen, aber sie nutzte den Moment, um ihre Gedanken zu ordnen. Dann reichte sie Sam das Fernglas zurück. Immer noch spielte ein leises Lächeln um seine Lippen.

»Und Susan hilft mir bei dem Büchlein. Ich bin mit zwei Frauen, die im Seniorenheim Abbeyfield House leben, zum Tee verabredet, das hat sie organisiert. Die beiden sind über neunzig und haben ihr Leben lang hier im Dorf gewohnt.«

»Das klingt, als hättest du dich schon richtig gut eingelebt.«

In der Ferne markierte das alte Waldstück jenseits des Dorfes die Einfahrt zum Lawcott Manor, dem großen Herrenhaus, das im Krieg als Lazarett requiriert worden war. In diesem einen kleinen Dorf steckte so viel Geschichte, und hinter jeder Ecke entdeckte Lucy weitere Mosaiksteine.

»Kein schlechter Ort zum Leben, oder?« Sam schirmte die Augen vor der Sonne ab, während er über das Dorf schaute.

»Anfangs hat es mich überrascht, dass so viele Dorfbewohner anscheinend ihr ganzes Leben hier verbringen. Aber das hat auch was, findest du nicht?«

Sam nickte. »Es ist schön, wenn man irgendwo hingehört,

glaube ich. Das hab ich mir auch für Freya gewünscht. Vor allem, weil sie – ja, sie hat ja nur mich. Ich wollte ihr Wurzeln geben.«

»Gib deinen Kindern Wurzeln und Flügel«, sagte Lucy nachdenklich. »Ist das nicht ein altes Sprichwort?«

»Ich glaube ja. Aber ich selbst bin eigentlich gar nicht weit rumgekommen.«

»Leben deine Eltern auch noch hier im Dorf?«

Sam schüttelte den Kopf. »Nein. Meinen Vater habe ich gar nicht gekannt und meine Mutter ist letztes Jahr gestorben.«

»Das tut mir leid.«

»Ist schon okay. Wir hatten keine besonders enge Beziehung.«

»Ist trotzdem schwer, oder?«

»Ja.« In Sams Wange zuckte ein Muskel. »Deswegen möchte ich dafür sorgen, dass Freya liebe Menschen um sich hat – Freunde, als Familienersatz.«

»Sie versteht sich gut mit Bunty, oder?«

»Ja, sehr gut.« Sam lachte. »Bunty ist ein echtes Kreuzworträtsel-Genie. Sie trainiert Freya schon seit Jahren. Freya hat gesagt, sie will nach der Schule zum britischen Geheimdienst. Oder zum HMGCC.«

»Was ist das?«

»Das Kommunikationszentrum der Regierung, das ist gar nicht so weit weg von hier. Da arbeiten die technologischen Wunderkinder und erfinden alle möglichen Kommunikationssysteme für die Regierung. Bunty hat Freya darauf gebracht. Ich könnte mir denken, dass es etwas mit ihrer Tätigkeit im Krieg zu tun hat.«

Lucy sah ihn fragend an. »Glaubst du?«

»Mhm. Sie spricht ja nicht viel darüber, aber ich hab hier und da mal was aufgeschnappt.«

»Ja.« Lucy dachte an Henrys Bemerkungen beim Tee. »Ich

versuche, der Sache auf den Grund zu gehen, aber Bunty hat sich das ›Feind hört mit‹ sehr zu Herzen genommen.«

»Das ist eben eine andere Generation.« Sam lehnte sich an die hölzerne Brüstung des Baumhauses und sah Lucy an. »Man würde sie niemals dabei ertappen, dass sie irgendwas in den sozialen Medien ausplaudert.«

»Mich auch nicht.« Lucy zog die Nase kraus. »Uns wurde offiziell davon abgeraten – das Risiko kann man als Lehrerin einfach nicht eingehen. Aber es ist ohnehin nicht so mein Ding.«

»Meins auch nicht. Wollen wir wieder runter?« Sam nickte zur Leiter hin.

Vorsichtig kletterte Lucy hinter ihm die Leiter hinunter. Auf der letzten Sprosse reichte Sam ihr die Hand und sie sprang ins Gras.

»Superschön, dein Baumhaus! Aber ich bin doch ganz froh, dass ich wieder festen Boden unter den Füßen habe.«

Sie gingen durch den Garten zurück. »Ich war vor ein paar Tagen in Bletchley Park.« Lucy strich über eine voll erblühte Rose. Die Blütenblätter fielen ab und schwebten zu Boden. »Huch.«

»Ich verpetz dich nicht«, sagte Sam. »Bin übrigens schon seit Jahren nicht mehr in Bletchley Park gewesen. Wenn du mal wieder hinfährst und Gesellschaft haben möchtest, sag uns Bescheid. Freya wäre bestimmt begeistert –« Er brach ab und schüttelte etwas verlegen den Kopf. »Tut mir leid. Wahrscheinlich hast du ganz viel mit deinem Forschungsprojekt zu tun. Da willst du uns nicht auch noch am Schürzenzipfel haben.«

»Ich hab schon überlegt, ob ich Bunty mal mitnehme. Wir könnten doch alle zusammen einen Tagesausflug machen.«

»Das wäre toll.« Sam zog das Metalltor zu und überprüfte, ob es auch tatsächlich eingerastet war. »Ich baue übrigens auch Baumhäuser, die nicht so hoch über der Erde sind.«

»Das wäre jedenfalls eher was für mich. Aber gehört ein Baumhaus nicht in eine Baumkrone?«

Sam lächelte. Lucy bemerkte, dass sein Gesicht sich aufhellte, wenn er über seine Arbeit sprach. »Manchmal baue ich sie um den Stamm herum. Oder einmal habe ich eins aus einer alten Eiche gemacht, in die der Blitz eingeschlagen hatte. Ich zeig dir bei Gelegenheit noch eins, wenn du möchtest.« Er zögerte kurz. »Aber nur, wenn du nicht zu sehr beschäftigt bist.«

Lucy schüttelte den Kopf. »Eigentlich bin ich vor allem mit Nichtstun beschäftigt. Deswegen bin ich ja hier.«

»Es muss schön sein, wenn man sich mal einfach entspannen und eine Auszeit nehmen kann.«

Lucy nickte. Während sie auf der schmalen Landstraße ins Dorf zurückwanderten, fiel ihr eine Bemerkung ein, die Freya auf dem ABBA-Abend gemacht hatte. Sie sah Sam an.

»Freya hat mir auf dem ABBA-Abend erzählt, dass sie viel liest.«

»Das kann man wohl sagen. Bücher sind das Einzige, was sie vom Handy weglocken kann. Seit sie lesen kann, liest sie wie besessen. Keine Ahnung, wo sie das herhat. Ich selbst lese kaum, und ihre Mutter – also, Stella war auch nicht gerade eine Leseratte. Aber als Freya klein war, habe ich sie zu den Spiel- und Vorlesestunden in die Bibliothek mitgenommen, und zum Schluss haben wir uns dann immer ein Buch ausgesucht. Ich glaube, da hat ihre Begeisterung angefangen.«

»Das ist eine gute Sache, oder?«

»Klar. Ich selbst bin einfach – also, ich war nie so wild auf Schule. Ich fühle mich wohler, wenn ich draußen was machen kann. In der Klasse zu hocken lag mir nicht.«

»Vielleicht hattest du einfach die falschen Lehrer?«

»Kann sein.« Er zwinkerte ihr zu.

»Es ist unglaublich schön hier, nicht?«

»Ja. Aber es ist komisch, für mich ist das alles irgendwie selbstverständlich, weil ich damit aufgewachsen bin. Wenn ich jetzt allerdings mit dir hier draußen spazieren gehe, sehe ich es mit anderen Augen.«

Lucy wollte antworten, aber bevor sie etwas sagen konnte, hörte sie hinter einer Hecke an der Ecke zur Dorfstraße eine Stimme.

»Hallo!«

Jetzt tauchte der Kopf von Beth aus dem Dorfladen über der Hecke auf. Sie trug eine riesengroße Sonnenbrille im Stil der 1950er Jahre und hatte das rote Haar im Nacken mit einem gepunkteten Band zusammengebunden. »Schöner Tag für einen Spaziergang«, sagte sie und zwinkerte Sam zu, nicht besonders diskret, wie Lucy fand.

»Ich hab Lucy gerade das Baumhaus oben bei Janet gezeigt. Es ist fast fertig«, sagte er. »Du könntest auch mal mitkommen und es dir ansehen, wenn du möchtest.«

»Ich?« Beth legte sich eine Hand auf die Brust. »Ich würde da nicht stören wollen.« Sie schenkte Lucy ein wissendes Lächeln. »Schön zu sehen, wie du dich hier einlebst.«

»Oh Mann.« Als sie außer Hörweite waren, schüttelte Sam den Kopf und schlug dann die Hände vors Gesicht. »Ich entschuldige mich im Voraus für jede Art Dorfklatsch, die sich aus dieser einminütigen Unterhaltung mit Beth ergeben könnte.«

»Ja, ich hab schon gehört, dass Beth immer gern über alles informiert ist.«

»So kann man es auch ausdrücken.« Sam prustete vor Lachen. »Pass mal auf, du bist noch nicht ganz wieder zu Hause, dann weiß schon das halbe Dorf, dass wir heiraten. Sie ist wirklich ein Albtraum.«

»Keine Sorge«, sagte Lucy. »Ihr ist durchaus klar, dass ich nur vorübergehend hier bin.«

Doch zum ersten Mal war Lucy plötzlich ein wenig traurig, als sie sich vorstellte, Little Maudley wieder zu verlassen. Dabei ging es ihr selbstverständlich um das Dorf, nicht um den Mann neben ihr, sagte sie sich. Und schließlich musste sie auch irgendwann wieder arbeiten. Ihr Lebensmittelpunkt war und blieb Brighton, nicht dieses verschlafene Nest, wo die größte Sorge war, ob das Telefonhäuschen stehenbleiben sollte oder nicht. Bei diesem Gedanken fiel ihr ein, dass Helen sie vor ein paar Tagen nach ihrer Meinung zu dem Thema gefragt hatte. Sie hatte sehr vorsichtig geantwortet, sich anschließend aber vor ihren Laptop gesetzt und Telefonzellen und ihre Geschichte gegoogelt – einmal Historikerin, immer Historikerin. Lucy lächelte. Sie musste zugeben, dass es schade wäre, das rote Häuschen auf der Wiese zu verlieren – ein volles Jahrhundert lang hatte es im Herzen des Dorfes gestanden, es hatte im Laufe der Jahre den Krieg und zahllose Veränderungen miterlebt. Kein Wunder, dass Bunty sich über Helens Plan, es gegen eine neue Bank oder ein Blumenbeet auszutauschen, so aufgeregt hatte. Vermutlich würde man es nie mehr als Telefonhäuschen nutzen – Lucy konnte sich nicht erinnern, wann sie das letzte Mal von einem öffentlichen Fernsprecher aus telefoniert hatte –, aber es erschien ihr fast grausam, das Häuschen abzureißen, bloß weil es nicht mehr gebraucht wurde. Es gehörte zum Dorfleben dazu wie der glänzend rote Briefkasten und die alte Wasserpumpe, die neben dem Häuschen auf der Dorfwiese stand.

Seite an Seite näherten sie sich wieder dem Ortskern. Lucy empfand Sams Gegenwart sehr deutlich, und als sie einem niedrig hängenden Ast auswich und sich ihre Arme wieder einmal streiften, zog sie ihren Arm zurück und trat rasch zur Seite. Dabei waren solche Gefühle so albern. Sie war so oft mit Lehrerkollegen unterwegs gewesen, wieso sollte sie jetzt in Verlegenheit geraten, bloß weil sie vollkommen harmlos neben einem Nachbarn durchs Dorf ging? Auch wenn Sam, das musste sie ja zugeben, ein extrem gutaussehender Nachbar war.

Elftes Kapitel

Das Ping ihres Smartphones riss Lucy aus dem Schlaf. Ein Blick auf die Uhr sagte ihr, dass es erst sechs war. Die letzten wirren Traumbilder von einem roten Telefonhäuschen verblassten, während sie auf das Display schielte. Ihr Bruder Tom schrieb, dass er abends in Oxford sein und sich dort gern mit ihr treffen würde. Ob sie auch Lust hätte? Lucy gähnte. Typisch Tom, auf den letzten Drücker. Aber hätte er nicht noch eine Stunde warten können?

Muss Mel fragen, ob sie Hamish nimmt, antwortete Lucy noch im Halbschlaf. Während sie dann Tee machte und das Häuschen aufräumte, musste sie immer wieder an die Telefonzelle denken. Erst ein paar Stunden später, als sie mit Hamish vom Morgenspaziergang zurückkehrte, fiel ihr ein, dass Mel erwähnt hatte, sie würde ein paar Tage wegfahren.

»Keine Sorge«, sagte Bunty vergnügt, als Lucy nachmittags von ihrem Problem erzählte. »Ich freue mich, wenn Sie mir nachher meinen kleinen Freund rüberbringen. Oder lassen Sie ihn doch gleich hier. Und Sie brauchen sich morgen Vormittag auch nicht zu hetzen. Genießen Sic die Zeit mit Ihrem Bruder.«

Lucy betrachtete Hamish, der auf den warmen, blassgoldenen Platten von Buntys Terrasse alle viere von sich gestreckt hatte. Er öffnete kurz ein Auge und klopfte einmal mit dem Schwanz auf den Boden.

Bunty lächelte. »Wie gesagt, er macht gar keine Mühe.«

Sie saß am Gartentisch, vor sich auf der silbrig verwitterten Tischplatte die gefaltete Tageszeitung und ein Glas Wasser. Hamish schien sich richtig zu Hause zu fühlen.

»Und meine kleine Freundin Freya hat auch gesagt, sie kommt nachher vielleicht mal vorbei.«

Wie auf Kommando erschien Freya. Erst tauchte ihr Kopf über der Pforte zum Garten auf, dann streckte sie einen Arm durch das Geißblatt und schob den Riegel zurück.

»Hallo, ihr zwei!«

»Wie schön, dich zu sehen, Freya. Lucy lässt uns Hamish hier.«

»Toll.« Freya bückte sich und kraulte den Hund hinter den Ohren. Dann legte sie den Kopf schräg und sah Lucy mit hochgezogenen Augenbrauen an. »Ich hab gehört, du bist mit Dad unterwegs gewesen?«

Auch den Jugendlichen hier entging nichts. »Stimmt. Er hat mir Janets Baumhaus gezeigt.«

»Cool. Schönes Baumhaus, oder?«

»Wunderschön. Dein Vater hat wirklich was drauf.«

Lucy sah, dass Freya und Bunty kurz einen Blick wechselten, tat aber so, als hätte sie nichts bemerkt. Sie würde sich hier nicht zum Opfer von generationsübergreifenden Kuppeleiversuchen machen lassen, ganz egal, wie gut Sam aussehen mochte.

Freya setzte sich neben Bunty an den Tisch, hängte ein Bein über die Armlehne des Gartenstuhls und ließ ihren Flip-Flop am großen Zeh baumeln. Lucy beugte sich gerade zu Hamish hinunter, um ihn zum Abschied noch mal zu kraulen, als Freya zu sprechen begann.

»Ich hab mir was überlegt.«

Lucy richtete sich auf und klopfte vertrocknete Geranienblüten von ihrer Jeans.

»Ihr wisst doch, dass die Bibliothek geschlossen wird?«

»Ja, das hab ich im Wochenblättchen gelesen«, sagte Bunty. »Unmöglich! Dieses Land geht wirklich vor die Hunde. Was sind wir ohne Bibliotheken? Wir haben hart für alle diese Dienstleistungen gearbeitet, und jetzt spart die Regierung sie schneller ein, als wir irgendwas dagegen unternehmen können.«

»Genau.« Freya nickte energisch. »Und du weißt ja auch, dass sie das Telefonhäuschen abreißen wollen?«

Bunty presste die Lippen zusammen und schüttelte wütend den Kopf. »Das ist wirklich das Allerletzte. Manchmal denke ich, ich hab die Nase voll von den Leuten hier.«

»Aber vielleicht kannst du uns helfen, Lucy?« Freya strich sich das lange Haar aus dem Gesicht und wickelte sich eine Strähne um den Finger. Dann zog sie ihr Smartphone aus der Tasche ihrer abgeschnittenen Jeans. »Ich hab ein bisschen darüber gelesen, was man aus Telefonhäuschen alles machen kann ...«

Bunty warf Lucy einen kurzen Blick zu, aus dem Bewunderung sprach. Sie schob ihren Jackenärmel hoch und betrachtete blinzelnd Freyas Display. »Lass mich eben meine Brille aufsetzen. Ich kann auf diesem winzigen Ding nichts erkennen. Also, wo hab ich sie denn gelassen?«

»Du hast sie um den Hals hängen.« Freya kicherte. »Okay, jetzt guckt mal.«

Zu dritt steckten sie über Freyas Smartphone die Köpfe zusammen. Lucy hielt die Hand schräg darüber, um das Display gegen die Sonne abzuschirmen, und erkannte eine Telefonzelle, genauso wie die im Dorf, nur dass diese an zwei Seiten mit Blumenkästen geschmückt war und dass in einem Fenster ein buntes Schild hing.

»Dorfbücherei«, las Freya vor.

»Das ist ja eine schöne Idee.« Lucy wurde leichter ums Herz.

»Na, so was!« Bunty drückte fast ihre Nase auf das kleine Display. »Und wer leitet diese Bücherei?«

»Das machen Leute aus dem Dorf. Sie tauschen alle paar Monate die Bücher aus, und alles ist ehrenamtlich und beruht auf Vertrauen.«

Das war die Lösung! Eine Bibliothek würde dem verkommenen alten Telefonhäuschen neuen Sinn geben und dem Dorf einen Mittelpunkt, den alle wertschätzen konnten. Lucy stellte sich vor, wie Mütter mit ihren kleinen Kindern zum Telefonhäuschen bummelten, um Bilderbücher zu tauschen, und ältere Dorfbewohner wie Bunty hätten immer einen Grund, aus dem Haus zu gehen und könnten dort mit anderen plaudern.

»Ihr müsst zugeben, Helen Bromsgrove hätte mit dieser Idee ihren großen Tag, wenn sie nicht so wild entschlossen wäre, es abzureißen«, sagte Bunty nachdenklich.

»Genau. Ich hab es Dad gezeigt, und er hat gesagt, es wäre nicht so schwierig, das Häuschen mit Regalen und so was auszustatten, und wie es aussieht, überschreibt die *Telecom* solche Telefonzellen einfach an den Dorfausschuss.«

»Das klingt viel vernünftiger, als das Häuschen abzureißen.« Bunty stieß einen Seufzer aus. Lucy meinte, Erleichterung herauszuhören. Ihr war immer noch nicht klar, warum Bunty so an diesem Telefonhäuschen hing. Sie vermutete bloß, dass die alte Dame einen guten Grund dafür hatte. Aber vielleicht würde sie bald noch mehr Geschichten aus den Kriegsjahren in Little Maudley erzählen. Lucy wollte am Ball bleiben, langsam und behutsam, ohne zu bohren oder zu viele Fragen zu stellen.

»Dad hat gesagt, ich sollte mit euch reden und vielleicht einen Plan machen, wie wir Helen von ihrem Vorhaben abbringen können.«

»Na klar, das ist eine super Idee.« Lucy sah auf ihre Uhr. »Aber ich muss jetzt los, sonst bin ich nicht rechtzeitig in Oxford und komme zu spät zu dem Dinner mit meinem Bruder. Lasst uns doch morgen zur Versammlung im Dorfhaus gehen – ich hole euch um halb sieben ab.«

»Deal«, sagte Freya freudestrahlend.

Sie war ein liebenswertes Mädchen, dachte Lucy, als sie

den beiden zum Abschied winkte und Hamish noch ein allerletztes Mal tätschelte. Sam hatte das als alleinerziehender Vater wirklich gut gemacht. Es war immer interessant zu sehen, wie sehr Teenager sich für solche Projekte begeistern konnten. Obwohl sie so ein schlechtes Ansehen hatten, setzten sich die meisten Jugendlichen ihrer Erfahrung nach leidenschaftlich gern für etwas ein – ob nun für die Umwelt oder für Tiere. Man musste einfach herausbekommen, wo es bei ihnen zündete. Und Freya war offensichtlich für die Idee mit der kleinen Bücherei entbrannt. Es war so schön, das mitzuerleben.

»Lucy?«

Lucy hatte sich umgezogen und wollte gerade ins Auto steigen, da riss Freya Buntys Gartenpforte auf und kam über die Straße gelaufen.

»Kann ich dich was fragen?«

»Natürlich.«

Freya stemmte die Hände in die Hüften, sah aber einen Moment lang recht unentschlossen aus.

»Na, schieß los«, sagte Lucy mit dem Autoschlüssel in der Hand.

»Ich möchte nicht unhöflich sein – aber als ich vorhin im Laden Chips gekauft habe, hat Beth gerade einer Kundin erzählt, dass du und Dad zusammen spazieren gegangen seid und dass *da ganz bestimmt was läuft.* Ich hab gesagt, *da läuft ganz bestimmt gar nichts.*«

Lucy staunte. Was die Gerüchteküche anging, hatte Sam tatsächlich recht gehabt.

»Das stimmt doch, oder?« Freya musterte Lucy mit ernstem Gesicht und hob leicht ihr spitzes Kinn.

»Genau. Absolut nichts.« Lucy schüttelte entschieden den Kopf.

»Es ist einfach – da sind immer so viele Frauen um ihn herum, wenn er arbeitet und so – und alle – na ja –«

»Wir sind einfach befreundet.« Und das ist schon fast zu viel gesagt, fügte Lucy im Stillen hinzu. Sie hatten ja kaum Zeit miteinander verbracht. Aber Freyas Reaktion auf den Dorfklatsch war ein Schuss vor den Bug. Es war klar, dass Vater und Tochter eine Einheit bildeten, und Lucy würde sich unter gar keinen Umständen dazwischendrängen.

Auf der Fahrt nach Oxford überlegte sie, wie sehr Freyas enge Beziehung zu Sam sich von ihrer eigenen Beziehung zu ihrer Mutter unterschied. Sie war zwar das jüngere Kind gewesen, aber irgendwie war sie immer in die Rolle der Vernünftigen gedrängt worden. »Du bist mein braves Mädchen, Lucy«, hatte ihre Mutter gesagt, wenn sie ihr Pflichten übertrug und Tom Amok laufen ließ. Tom war der blauäugige Bub, von dem nicht mehr erwartet wurde, als dass er ein bezaubernder Nichtsnutz war – ganz der Typ, den ihre Mutter so mochte. Das hatte sich im Laufe der Jahre herausgestellt, als ein Mann nach dem anderen in ihr buntes Reihenhaus in Brighton eingezogen und wieder ausgezogen war. Als ihre Mutter schließlich entschied, dass Roger der Richtige war, war Lucy von all dem Kommen und Gehen erschöpft. Daher war sie insgeheim erleichtert, als sie ihre Mutter am Heathrow Airport zu einem neuen Leben in Darwin verabschiedete. Zum Glück hatte auch Tom sich in den letzten Jahren für ein ruhigeres Leben entschieden.

Lucy trommelte gereizt auf dem Lenkrad herum, als der Verkehr schon wieder zum Stillstand kam. Auch wenn sie Toms unbekümmerten Charme früher frustrierend gefunden hatte, freute sie sich jetzt darauf, ihren großen Bruder zu sehen. Sie hatten sich immer nahegestanden, so wie es bei Geschwistern aus etwas unkonventionellen Familien häufig der Fall ist, und sich immer gegenseitig unterstützt. Und Tom schien tatsächlich gesetzter zu werden. Mittlerweile hatte er eine herausfordernde Arbeit gefunden, die den größten Teil seiner Kraft und Aufmerksamkeit in Anspruch nahm.

In Oxford Auto zu fahren war ein absoluter Albtraum. An die Tücken des Verkehrs in Brighton war Lucy gewöhnt, aber die schmalen, verwinkelten Sträßchen der alten Universitätsstadt waren ein echtes Problem, zumal ihr Navi immer wieder aussetzte. Die Stadt war voller Touristen, und es gab keine Parkplätze. Schließlich hielt sie in einer Ladezone und rief Tom an.

»Ich versuche gerade, mich zu dir durchzufinden, ohne irgendwo in einer Sackgasse steckenzubleiben.«

»Keine Hektik. Ich sitze hier in der Bar und gucke mir die heißen Akademikerinnen an«, sagte Tom. »Ich halte dir den Platz frei.«

»Endlich«, seufzte Lucy, als sie sich zehn Minuten später in der altmodischen Hotelbar in einen Sessel fallen ließ. »Ist ja der Wahnsinn hier.«

»Das ist der Vorteil von diesem Job.«

Da konnte man wirklich nicht meckern – eine Gratisübernachtung in einem schicken Hotel musste man mitnehmen, gar keine Frage. »Was verkaufst du gerade? Kohle nach Newcastle?« Lucy lachte.

»Ach, das ist viel zu langweilig, um ins Detail zu gehen. Aber sie haben eine Charmeoffensive gestartet, deswegen haben sie gleich noch ein Zimmer für dich mit gebucht. Irgendein spezielles Angebot – danke, wunderbar«, sagte Tom, als ein sehr gutaussehender Kellner eine Flasche Rotwein brachte. »Aber das ist jetzt nicht wichtig – ich will von dir hören. Und vor allem: Benimmt Hamish sich anständig? Ich hatte gehofft, dass du ihn vielleicht doch mitbringst.«

»Das war mir zu umständlich. Außerdem ist er ganz glücklich, dass er bei Bunty übernachten darf. Mel ist gar nicht da.«

»Du scheinst in deinem Dorf angekommen zu sein.«
»Das klingt überrascht.«
»Ganz ehrlich, ich hab nicht geglaubt, dass du es da am Arsch der Welt auch nur fünf Minuten aushalten würdest. Wie schaffst du das ohne deinen Starbucks jeden Morgen?«
»In Little Maudley gibt es auch ein Café.« Lucy schenkte Wein ein. »Und es ist ziemlich viel los. Neulich war ich auf einem ABBA-Abend, dass du's nur weißt.«
»Wow.« Tom trank einen Schluck Wein. »Und gibt's irgendwelchen interessanten Klatsch? Wie läuft das überhaupt da draußen in der Pampa?«
»Eigentlich macht das Leben da richtig Spaß.«
Tom hob zweifelnd eine Augenbraue.
»Doch, wirklich. Ich hatte gedacht, die Leute wären alle wie zu Hause in Brighton, würden sich abkapseln und für sich bleiben, aber es ist wie eine Reise in die Vergangenheit. Sie haben mich überredet, etwas für die Jubiläumsschrift vom *Women's Institute* zu schreiben –«
Tom prustete los.
»Halt den Mund. Es ist wirklich interessant, es geht nämlich um die Frauen in Little Maudley während des Krieges und was sie damals gemacht haben.«
»Ach, du meinst die Heimatfront und so? Stimmt, zugegeben, das ist ja genau dein Ding.«
»Und nicht nur das. Bunty hatte vermutlich etwas mit Bletchley Park zu tun. *TS*, habe ich gehört.«
Tom sah sie fragend an.
»Abkürzung für *Top Secret*.« Lucy nickte kurz. »Jedenfalls, sie ist eine ganz liebe Frau, aber sie kommt aus der ›Feind hört mit‹-Generation. Etwas aus ihr rauszukriegen ist also fast unmöglich. Trotzdem verstehe ich nicht, wie sie es geschafft hat, in Little Maudley ihre Geheimnisse zu hüten. Da scheint jeder alles über die anderen zu wissen.«

»Und was hast du bisher gemacht? Dich mit einer Bande von Leuten über neunzig rumgetrieben?« Tom grinste.

Sie unterbrachen ihr Gespräch und zogen zum Essen in den Speisesaal um. Lucy verschwand kurz auf die Toilette. Im Spiegel überprüfte sie ihre Frisur. Ihr Haar war verstrubbelt, weil sie in der Hitze mit offenem Fenster gefahren war – ihr kleines altes Auto hatte keine Klimaanlage. Sie kämmte sich und trug dann ganz dezent Lippenstift auf. Sie hatte nicht nachgedacht und war ohne Make-up losgefahren. In Little Maudley hatte sie sich angewöhnt, ihr Haar nach dem Aufstehen einfach zu einem lockeren Knoten hochzustecken und sich dann später mit etwas Sonnenschutz einzureiben. Es kam ihr albern vor, sich richtig zu schminken, wenn sie sich bloß im Dorf aufhielt, mit Hamish spazieren ging oder mit Bunty oder Mel zusammen war. Oder mit Sam. Neben ihr tauchte eine junge Frau auf und zog sich die Lippen mit einem briefkastenroten Stift nach. Genau die Farbe, die das Telefonhäuschen früher hatte, dachte Lucy unwillkürlich. Sie schüttelte den Kopf. Verflixt, das Dorf kriegte sie allmählich.

Sie kehrte ins Restaurant zurück. Tom steckte sein Smartphone weg und widmete ihr wieder seine volle Aufmerksamkeit.

»Also, jetzt will ich aber den neuesten Klatsch hören. Hast du rausgekriegt, ob Mel und dieser Typ mehr sind als gute Freunde?«

Lucy schüttelte den Kopf. »Ich glaube, sie sind wirklich bloß befreundet. Sie haben Töchter im gleichen Alter, sind beide alleinerziehend ...«

»Klingt nach einem Traumpaar.«

»Ja, aber es ist eine Sandkastenfreundschaft. Ich glaube, das wäre ein bisschen –«

»Und wie ist er so?«

Lucy spürte, wie sie rot wurde, hoffte aber, dass Tom es

im schummrigen Licht des Restaurants nicht bemerken würde. »Ach, ganz nett. Aber er ist eben alleinerziehender Vater.«

Tom hob ein wenig den Kopf und musterte sie.

»Aha? Und?«

»Und darauf konzentriert er sich ganz und gar. Die Geschichte mit Freyas Mutter war schwierig – sie haben keinen Kontakt mehr – und seine Tochter ist jetzt sein Lebensinhalt.«

»Ach so«, sagte Tom. Er trank einen Schluck Wein, lehnte sich zurück und betrachtete Lucy. Dann beugte er sich wieder vor und sah ihr in die Augen.

»Was ist denn?« Lucy erwiderte seinen Blick.

»Wieso?«, fragte Tom mit Unschuldsmiene.

»Nicht jeder ist in jeder Sekunde seines Daseins darauf aus, jemanden abzuschleppen, Tom.«

»Stimmt.« Er grinste. »Aber falls das mit euch was wird, schuldest du mir« – er hob die Rotweinflasche an, die eher ins gehobene Preissegment gehörte – »eine von denen hier.«

Lucy beobachtete, wie er sich wieder zurücklehnte und den Blick durch den Raum schweifen ließ. Er war so liebenswürdig und charmant, dass er sowohl den Kellnern als auch den Frauen, die verstreut im Raum saßen, gleich auffiel. Eine Frau, die allein vor einem Glas Weißwein und ihrem Laptop saß, machte ihm ganz unverhohlen schöne Augen.

»Bin ich dir im Weg?« Lucy war es gewohnt, dass ihr Bruder diese Wirkung auf – ja, eigentlich auf alle Menschen hatte.

»Nee. Ich bin grundsolide geworden.«

»Wirklich?«

»Ja. Hab letzten Monat bei einer Veranstaltung eine Frau kennengelernt. Ich mag sie sehr. Ist natürlich noch früh, aber –« Tom zog sein Smartphone heraus und zeigte Lucy ein Foto. Die junge Frau hatte kurzgeschnittenes dunkles Haar, hielt eine grauweiße Katze in den Armen und blickte direkt in die Kamera. Sie lachte und zog dabei die sommersprossige Nase kraus.

»Sie sieht nett aus.«

»Du meinst, anders als die feine Hattie oder die merkwürdige Heather oder die gruselige Chloe?«

Tom hatte im letzten Jahr, was Freundinnen anging, eine Pechsträhne gehabt.

»Sie scheint ganz vernünftig zu sein. Ob sie wohl sauer wäre, wenn Hamish ihr in die Handtasche pinkeln würde?«

»Kate? Nein, bei so was wäre sie total cool. Sie arbeitet in einem Tierheim.«

»Und wie hast du sie kennengelernt?«

»Bei einer Benefizveranstaltung. Sie war da an einem der Stände.« Lucy beobachtete, wie ihr Bruder das Foto noch einen Moment ansah, bevor er sein Handy wieder einsteckte. Sein Gesicht wurde weicher. »Ich hab sie sehr gern, Lucy.«

»Ach du je.« Lucy sah ihren Bruder an. »Dich hat's richtig erwischt, was?«

»Klappe.«

Sie verbrachten den Abend damit, sich die Neuigkeiten aus ihrem Leben zu erzählen. Lucy berichtete von ihren Forschungen und wie sie damit weiterkam, und Tom zog sie damit auf, dass sie jetzt in einem Dorf heimisch und ein richtiges Landei geworden sei.

»Du hast es ja nicht mal mehr geschafft, dich in Oxford zurechtzufinden.« Lachend nahm er die Rechnung aus der Ledermappe.

»Ich genieße einfach das geruhsamere Tempo.«

Für den Absacker gingen sie noch einmal in die luxuriöse Hotelbar. Lucy gönnte sich einen doppelten Brandy. Sie umschloss das bauchige Glas mit den Händen, schwenkte die aromatisch duftende Flüssigkeit und freute sich, dass sie nicht mehr fahren, sondern nur den Lift nach oben in ihr Zimmer nehmen musste.

Sosehr sie das Dorfleben auch genoss, es war einfach herrlich, ein Zimmer mit weichem, schneeweißen Bettzeug und ein großes Bad mit überdimensionaler Badewanne zu haben. Sie ließ sich ein Bad ein und entspannte sich, leicht benommen vom Wein, in luxuriösen Schaumwolken, die über den Rand der Wanne auf den Fußboden glitten. Später im Bett lag sie noch eine Weile im Dunkeln wach und dachte über den Tag nach, bis sie schließlich einschlief. In dieser Nacht träumte sie vom Baumhaus und – was sie beunruhigend fand – von Sam.

Zwölftes Kapitel

Bei Bunty im Garten lag Freya inzwischen in der Abendsonne im Gras und spielte mit den Meerschweinchen. Über ihr flogen die Schwalben Kunststücke, so satt, dass sie nicht einmal versuchten, die Insekten zu fangen, die noch in der warmen Luft herumsummten. Bunty saß auf der Terrasse und ließ den Blick über ihren Garten schweifen, den sie schon so lange hegte und pflegte. Das Geißblatt, das sich um den Bogengang rankte, duftete köstlich. Irgendwo in der Ferne hörte sie das tiefe Brummen eines Traktors. Wie oft hatte sie in den vielen Sommern hier im Garten gesessen und beobachtet, wie die Pflanzen wuchsen und blühten und irgendwann abstarben – um dann im nächsten Frühjahr wunderbarerweise wieder zum Leben zu erwachen. Sie schaute zu, wie Freya sich auf die Seite drehte, mit ihrem langen Arm elegant ein entfleuchendes Meerschweinchen einfing und es dann mit einem Löwenzahnblatt fütterte. In diesem Moment konnte Bunty das kleine Mädchen in ihr erkennen, das über die Straße gerannt kam, um ihr ein Bild zu zeigen, das es im Kindergarten gemalt hatte. Doch da drehte Freya sich auf den Rücken und schob sich lächelnd das lange Haar aus dem Gesicht, und der Moment war vorbei. Jetzt war sie wieder das junge Mädchen an der Schwelle zum Erwachsenwerden.

Freya setzte sich auf und schaute Bunty an.

»Glaubst du, dass Dad Lucy mag? Beth ist davon überzeugt.«

Bunty legte die Fingerspitzen zusammen. Freya pflückte einen Grashalm und zupfte ihn in kleine Stücke. »Aha?«, sagte Bunty nur.

»Aber Lucy hat gesagt, sie wären einfach befreundet. So wie Dad und Mel.«

»Dein Vater und Mel kennen sich schon seit ihrer Kindheit.«

»Ja, aber –« Freya zog die Unterlippe zwischen die Zähne.

»Und wenn er Lucy mehr als gern hätte, wie wäre das für dich?«

»Ich weiß nicht. Ich – die Sache ist – also, ich hab ihn gefragt –«

Bunty schwieg und wartete geduldig. Freya brauchte einfach Zeit, um die richtigen Worte zu finden.

»Du hast doch meine Mutter gekannt, oder?«

Das war es also. Und gar nicht unerwartet. Bunty hatte sich schon längst gefragt, ob dieses Thema in der Pubertät auftauchen würde, ob Freya die Abwesenheit einer Mutter spüren würde, die sie nie richtig kennengelernt hatte.

»Ja. Nicht so gut, wie ich deinen Vater oder Mel kenne, aber doch ein bisschen.«

»Was glaubst du, warum sie weggegangen ist?«

Bunty überlegte. Obwohl sie mit dieser Frage gerechnet hatte, war sie sich jetzt nicht sicher, was sie antworten sollte.

»Ich glaube ... die Menschen sind kompliziert, Freya. Und deine Mutter war noch sehr jung. Und dein Vater – ich glaube, sie wusste, dass du bei ihm gut aufgehoben sein würdest.«

Freya nickte.

»Und das bist du ja auch. Dein Vater ist ein guter Mann. Aber solche Fragen tauchen eben trotzdem auf, stimmt's?«

Freya stand auf, bückte sich und nahm die beiden Meerschweinchen hoch. Sie trug die Tiere zu ihrem Stall und setzte sie hinein. Dann kam sie zurück, zupfte eine Handvoll Löwenzahnblätter aus dem Rasen und teilte sie sorgfältig in zwei kleine Stapel, die sie wieder zum Stall brachte und in die beiden Futterschälchen legte. Erst danach drehte sie sich zu Bunty um. Verwirrung malte sich auf ihrem Gesicht.

»Genau.«

Später, als Freya nach Hause gegangen war und Bunty ihre Tiere versorgt hatte, nahm sie sich eine Tasse Tee mit ins Schlafzimmer und rief Hamish. Ihr altes Tagebuch hatte sie sich unter den Arm geklemmt. Sie wollte einfach sichergehen, sagte sie sich, dass sie nichts von dem, was darin stand, vergessen hatte. Sie setzte ihre Lesebrille auf, schob sich ein Kissen in den Rücken und machte es sich mit ihrem Tee bequem, während Hamish sich auf dem Teppich niederließ.

Oje! Was für ein Trubel! Wenn ich nicht wie eine Wilde arbeite, sause ich zum Flugplatz, zum Tanzen und zu anderen Veranstaltungen. Sehr zu Mrs Browns Missvergnügen. Sie ist wahnsinnig streng. Zum Glück ist dem klugen Harry (meinem Harry!) eine ideale Lösung eingefallen.

»Ich schreibe dir eine Nachricht«, hat er gesagt. »Und wenn ich das nächste Mal durch Little Maudley komme, verstecke ich sie hinter der Ablage im Telefonhäuschen. Du brauchst nur nach einem kleinen Streifen Weiß in der Fensterscheibe zu schauen.«

Und tatsächlich, als ich zwei Tage später beim Abwaschen in der Küche am Spülbecken stand, guckte ich aus dem Fenster und sah hinter dem Glas einen ganz schmalen weißen Streifen. Ich ließ das Spülwasser im Becken stehen und sauste nach draußen. Der Zettel steckte so tief hinter dem Ablagebrett, dass man ihn nicht bemerkte, wenn man nicht danach suchte. Ich zog ihn von unten heraus, faltete ihn auf, und da war die Nachricht, nur für mich bestimmt.

»Guten Tag, du Schöne«, stand da. »Ich freue mich, dass du

diesen Zettel gefunden hast. Komm am Freitagabend um acht hier zum Telefonhäuschen, dann lade ich dich ins Kino ein.«

Mir hüpfte das Herz vor Freude. Weil ich nicht riskieren wollte, dass Mrs Brown etwas merkte, stopfte ich den Zettel in die Schürzentasche und rannte wieder zurück ins Cottage. Als sie in die Küche kam, zog sie missbilligend ihre buschigen Brauen zusammen, aber ich hatte die Hände schon wieder ins Spülwasser getaucht und schrubbte heftig an einem Topf herum.

Jetzt muss ich bloß noch etwas Schönes zum Anziehen finden! Und ich muss ein paar von Millys Turnübungen ausprobieren, damit ich in Form bleibe.

Gerade kam Mrs Brown die Treppe hochgestampft. Ich soll schlafen, hat sie gesagt. Sie ist unheimlich böse, weil Milly nicht beim Dinner war. Sie war nämlich mit einem von Harrys Freunden spazieren, und jetzt schläft sie natürlich fest, und ich kriege alles ab.

»Ich bin für euch verantwortlich, mein Fräulein, anstelle eurer Mütter.«

Ach, ich wünschte, ich wäre schon einundzwanzig, nicht erst achtzehn. Dann könnte ich selbst über mich bestimmen und müsste mich nicht so benehmen, wie Mrs Brown es sich vorstellt. Und dabei habe ich doch gar nichts Falsches getan.

5. August 1941 (Freitag)

Heute war es in der Hütte so heiß, dass ich das Gefühl hatte, ich könnte einfach wegschmelzen. Die Stunden schleppten sich so langsam dahin, als würde meine Schicht niemals enden. Aber als ich endlich frei war, bin ich in Windeseile nach Hause geradelt, bin die Treppe hochgaloppiert (»Du klingst wie eine Herde Elefanten, nicht wie eine junge Dame«) und hab mich schnell gewaschen. Milly hat mir ihr Musselinkleid geliehen, und ich war angezogen und hatte mich auch schon frisiert, mit einer Locke vorne und offenem Haar hinten, da rief Mrs B mich nach unten. Zum Glück hatte ich mir die Lippen noch nicht angemalt.

»Schälst du bitte diese Kartoffeln hier?«

Ich deutete auf Millys Kleid, aber sie brachte nur ein »sehr hübsch« zustande, warf mir eine Schürze zu und sagte, ich solle mich an die Arbeit machen. So eine Frechheit!

Zum Glück ging es schnell. Als ich fast fertig war, guckte ich aus dem Fenster - und da stand Harry im Telefonhäuschen und winkte mir zu, tat aber dabei so, als würde er telefonieren. Ich ließ mein Messer fallen, warf die Kartoffelschalen in den Eimer für die Schweine und lief zum Telefonhäuschen.

»Jedes Mal, wenn ich dich sehe, bist du noch schöner«, sagte Harry zur Begrüßung, und ich glaubte, mein Herz müsste zerschmelzen.

Und dann sah ich im Glas des Telefonhäuschens mein Spiegelbild.

»Ach, du je.« Ich hielt mir die Hand vor den Mund. »Ich hab den Lippenstift vergessen.«

»Das ist gut«, sagte Harry verschmitzt und seine Augen funkelten, »denn ich hätte ihn sowieso weggeküsst.«

Und gleich da am Telefonhäuschen nahm er mich am helllichten Tag um die Taille und küsste mich. Jeder hätte uns sehen können - und wer weiß, was Mrs B dazu sagt, wenn sie es erfährt.

Harry hatte sich ein Auto geliehen, und wir fuhren in die Stadt und sahen im Kino *Pinocchio*. Ich bin ganz verliebt in das Lied »Wenn ein Stern in finstrer Nacht«. Wir haben es auf der Heimfahrt im Auto immerzu gesungen. Harry hat mich bis vor die Tür gebracht und mir einen Gutenachtkuss gegeben. Und dann, bevor er ging, hat er etwas aus der Hosentasche geholt.

»Das hätte ich fast vergessen«, hat er gesagt und den Kopf eingezogen, als wäre er verlegen. Aber dann streckte er die Hand aus und öffnete sie. »Das hier ist für dich.«

Er hatte mir eine Rolle kanadischer Bonbons mitgebracht und ein wunderschönes Geschenk. Es war eine winzige Emailbrosche, die er in einem Juweliergeschäft in der Stadt gekauft hatte. Er steckte sie mir gleich an den Ausschnitt - dabei haben seine Hände gezittert, und er hat mit den Fingern meine Haut berührt, über dem Busen. Du lieber Gott!

Ach, was war sie doch für ein albernes, romantisches Gänschen gewesen. Bunty schloss das Tagebuch und klopfte auf die leere Fläche neben sich auf dem Laken.

»Komm, Hamish.«

Der kleine Westie sprang wedelnd zu ihr aufs Bett. Er wälzte sich gleich auf den Rücken und wollte am Bauch gekrault werden. Wie anders hätte ihr Leben verlaufen können, wenn nur ... Aber das Leben war voller *wenns*. Es hatte keinen Sinn, um etwas zu trauern, das nicht hatte sein sollen.

Dreizehntes Kapitel

»Danke, Will, das war wirklich toll.«

»Kein Problem.« Der junge Mann strich sich zum fünfzehnten Mal an diesem Vormittag die Haare aus dem Gesicht. Sam verstand nicht, warum er sich die Haare nicht kurz schneiden ließ, wenn sie ihm doch immer wieder ins Gesicht hingen. Doch dann grinste er reumütig. Das waren die typischen Überlegungen eines Vaters. Noch dazu eines alternden Vaters.

Sie wuchteten die letzten Säcke mit hart gewordenem Zement auf die Ladefläche des Pritschenwagens.

»Freya, wir bringen das Zeug eben auf die Deponie. Können wir dich eine halbe Stunde allein lassen?«

Einige Brummlaute ertönten. Freya lag ausgestreckt im Gras, sie hatte einen Hut übers Gesicht gezogen und in einem Ohr einen Kopfhörer. Sie behauptete, sie würde sonnenbaden, und Sam war froh, dass sie zur Abwechslung mal nicht im Haus rumhing. Aber sie war irgendwie komisch drauf. Verschlossen. Nachdem sie das erste Mal das Handy ausgeklickt hatte, als er dazugekommen war, hatte er noch gedacht, er wäre paranoid, aber dann hatte er sie die ganze letzte Woche beobachtet, und jetzt war er sich sicher, dass da irgendetwas im Busch war. Sie las nicht mehr und saß nur noch am Computer. Und zum ersten Mal, seit er denken konnte, hatte sie es abgelehnt, abends mit ihm zum Dorfladen zu gehen, um zum Nachtisch ihr übliches Eis zu holen. Vielleicht sollte er mal mit Mel sprechen, um zu hören, ob Camille etwas erzählt hatte? Aber die Vorstellung, hinter Freyas Rücken Infos einzuholen, behagte ihm nicht. Sie waren immer offen miteinander umgegangen, und derartige Heimlichkeiten erinnerten Sam eher an Freyas Mutter.

Als er Freyas Hut ein wenig anhob, öffnete sie die Augen und sah zu ihm hoch.

»In einer halben Stunde bin ich wieder da. Du kannst mich anrufen, aber Mel ist auch zu Hause, okay?«

»Ich bin vierzehn, Dad, nicht vier. Mir geht's hier absolut gut. Was glaubst du denn, was mir in diesem Dorf passieren sollte, wo nie was passiert?« Sie zog sich den Hut wieder übers Gesicht.

Sam seufzte. Wie sagte doch Ned Stark in *Game of Thrones*? »Kriege sind einfacher als Töchter.« Das war kein Witz. Sam stieg in den Pritschenwagen und ließ den Motor an.

Als er losfuhr, sah er, dass Mel mit zwei von ihren Schützlingen unterwegs war. Der eine war ein flauschiger Zwergspitz, der an der Leine albern aussah, so als würde sie einen Pompon spazieren führen, und der andere war ein kräftiger kurzbeiniger Basset Hound. Mel winkte ihm zu, und durchs Beifahrerfenster sah Sam, dass sie vor Lucys Haustür stehen blieb. Es war schön, dass die beiden sich angefreundet hatten. Mel vermisste ihre beste Freundin so sehr, seit sie ausgewandert war, und Lucy war – ja, Lucy war eine richtig nette Frau.

Kurz bevor Sam am Ende der Dorfstraße abbog, hielt er an, um vor der Kreuzung einen Lieferwagen aus einer Ausfahrt herauszulassen. Er sah die beiden Frauen kurz im Rückspiegel. Lucy hatte ihr langes dunkles Haar zu einem Pferdeschwanz gebunden und trug ein blau und weiß gestreiftes Top. Er stellte sich ihre Nase mit den Sommersprossen vor und die Art, wie sie sie kraus zog, wenn sie lachte. Wie sie nach Apfelshampoo roch und unbefangen seinen Arm berührte, wenn sie sich unterhielten. Freya hatte sie ebenfalls ins Herz geschlossen. Sam stellte fest, dass er seit ihrem Spaziergang zu Janets Baumhaus dauernd an sie denken musste und Gelegenheiten suchte, um bei ihr vorbeizuschauen. Vielleicht – ja, er konnte nachher mal kurz rübergehen und sie fragen, ob sie ihm noch einen Rat für den Umgang mit Freya geben könnte. Irgendetwas stimmte da einfach nicht. Oder vielleicht konnte Lucy sogar einmal mit ihr sprechen? Falls das nicht gegen irgendeine Berufsordnung verstieß.

Will half ihm, die Sachen auf der Deponie abzuladen. Sam hatte beschlossen, dass es nach zwölf Jahren endlich an der Zeit war, sich um den nie fertiggestellten Anbau zu kümmern, mit dessen Bau er begonnen hatte, als Stella ausgezogen war. Das Fundament zerbröselte längst, und er würde ganz neu anfangen müssen, aber die Baugenehmigung war natürlich erloschen. Und eigentlich brauchten Freya und er auch gar nicht mehr Platz. Wenn er darüber nachdachte, konnte er die Fläche auch einfach planieren lassen und dort noch vor dem Herbst eine schöne Terrasse anlegen. Es war gut, Ordnung zu schaffen. Das war überfällig.

Als er zurückkam, saß Freya mit ihrem Laptop am Küchentisch.

»Alles klar?«

»Ja.« Sie klappte den Laptop zu und nahm ihn unter den Arm. »Ich geh rauf in mein Zimmer.«

»Frey–«

Aber sie war schon aus der Tür. Nein, er bildete sich das nicht ein – Freya zog sich zurück und wurde immer stiller. Vielleicht vermisste sie Cammie, die für ein paar Wochen in Bristol bei ihrem Vater war? Die Sommerferien waren für Freya immer etwas schwierig, denn er musste arbeiten, und sie saß hier in der Pampa fest. Vielleicht sollte er ihr vorschlagen, gemeinsam etwas zu unternehmen.

»Hi«, sagte Sam, als Lucy die Haustür öffnete.

Anscheinend freute sie sich, ihn zu sehen. Immerhin. Sie kam mit einem Lächeln vor die Tür und hielt sie zu. »Sorry, Hamish haut sofort ab, wenn ich nicht aufpasse. Willst du reinkommen? Ich hatte daran gedacht, mir im Garten mit einem Bier Mut anzutrinken, bevor ich nachher zu der Versammlung im Dorfhaus gehe. Freya hat gesagt, sie kommt auch mit.«

»Nur zu.« Nachdem er Will nach Hause gebracht und ihm für seine Hilfe einen Zehner gegeben hatte, musste er in der Stadt noch verschiedene Erledigungen machen, und als er dann zurückgekommen war, war Freya zu einem ihrer stundenlangen Badevergnügen verschwunden; daher wusste er, dass seine Tochter ihn nicht vermissen würde, wenn er mit Lucy ein Bierchen trank. Freya war anscheinend sogar ganz froh gewesen, dass er wieder wegwollte, was ihm wiederum ein wenig Sorgen bereitete. Oder war er einfach überängstlich?

»Wie geht's?«

»Gut.« Lucy öffnete eine Flasche, reichte sie ihm und bat ihn, ihr durch die kleine Küche in den winzigen, hofähnlichen Garten zu folgen. Sie hatte einen Topf mit Geranien auf das Igelhaus gestellt, fiel Sam auf. Der kleine Eingang mit dem Rundbogen wurde ein wenig von einem hohen Grasbüschel verdeckt.

»Die Sache ist –«

»Was –«

Beide lachten.

»Du zuerst.« Lucy schob sich eine Locke hinters Ohr. Zu ihrem gestreiften T-Shirt trug sie abgeschnittene Jeans und Flip-Flops, und die Zehennägel hatte sie in einem glänzenden Pink bemalt. Die Sonne hatte auf ihrer Nase noch mehr Sommersprossen hervorgelockt. Sie trank einen Schluck aus der Flasche und sah ihn erwartungsvoll an.

»Es geht um Freya. Keine Ahnung, sie ist – sie ist ein richtiger Brummbär geworden. Einfach nicht mehr sie selbst. Sie telefoniert ständig, und wenn ich sie etwas frage, antwortet sie ganz kurz und verschwindet.«

»Hmm.« Lucy runzelte die Stirn und biss sich auf die Lippe. »Also, für mich klingt das nach dem üblichen Verhalten von Teenagern.« Sie zog nachdenklich die Nase kraus.

Oh Mann, das war kein Scherz gewesen. Wenn seine Lehrerinnen wie Lucy ausgesehen hätten, dann wäre er ein glatter Einserschüler gewesen. Oder jedenfalls hätte er sich darum bemüht.

»Ich glaub aber nicht, dass es die Hormone sind.« Er zog den Kopf ein und sah ihr nicht richtig in die Augen. »Ich meine, ich weiß, wann sie ihre Tage kriegt, und das scheint es nicht zu sein. Es ist eher, als wäre sie einfach – schlecht gelaunt. Als hätte sie keine Lust, sich mit mir abzugeben.«

»Sie hilft Bunty bei den Meerschweinchen und mit Stanley. Und als ich sie kürzlich gesehen habe, schien sie okay zu sein. Sie hat mir von ihrer Idee mit der Bibliothek im Telefonhäuschen erzählt. Da war sie ganz fröhlich.«

»Vielleicht ist sie nur bei mir so.«

»Ja, bei den Eltern zeigen die Jugendlichen sich immer von ihrer schlimmsten Seite. Ich hab welche gekannt, die sich in der Schule tadellos benahmen und zu Hause ein Albtraum waren. Aber lieber so als andersherum, finde ich.«

»Weil die Lehrer es dann in der Schule leichter haben?«

»Nein.« Lucy schüttelte den Kopf, sodass die Locke, die sie hinters Ohr gestrichen hatte, sich über ihre Wange ringelte. »Wenn sie sich bei den Eltern danebenbenehmen, geht's ihnen gut. Am meisten Sorgen mache ich mir, wenn sie in der Schule friedlich und zu Hause scheinbar richtige Engel sind. Teenager zu sein ist nicht einfach. Irgendwo müssen sie das rauslassen.«

»Das stimmt wohl.«

»Warst du denn in der Schule ein Engel?«

»Nein, überhaupt nicht.« Sam lachte. Er spreizte die Hände auf dem Tisch, und als er sie betrachtete, fiel ihm auf, wie viele Kratzer und Schrammen er von der Arbeit hatte. »Ich war wirklich ein Albtraum. Ich hab gestört und mich gelangweilt und wollte nur weg. Aber damals wussten sie noch nicht, dass ich Legastheniker bin.« Er blickte auf und sah, wie Lucys Gesichtsausdruck sich veränderte.

»Ah, das erklärt es.« Sie verstummte.

»Was denn?«

»Du hast doch gesagt, du wärst kein großer Leser, und Freya hat das neulich bestätigt. Ich muss gestehen, ich hatte nicht ausgeschlossen, dass du zu den Eltern gehörst, die gegen die Schule eingestellt sind. Mit denen habe ich immer zu kämpfen.«

Sam zog eine Grimasse und lachte verlegen. »Ist ja reizend.«

Lucy wurde rot. »Tut mir leid. So war das doch nicht gemeint. Ich wollte sagen – ach, ich glaube, ich muss meine Vorurteile ablegen. Ich selbst lese ja wahnsinnig gern.«

»Während ich Mühe habe, in einem Restaurant die Speisekarte zu lesen. Wirklich schlimm.«

»Das tut mir leid.« Lucy berührte flüchtig seinen Arm.

Er betrachtete die Stelle, wo ihre Hand gelegen hatte, und räusperte sich dann. »Alles gut«, sagte er leise.

Lucy faltete die Hände um ihre Bierflasche, lehnte sich zurück und blickte einen Moment lang ins Gras. Dann hob sie den Kopf. »Ich möchte Freya gern helfen. Ich kann versuchen, mit ihr zu sprechen und herauszufinden, ob sie irgendetwas quält.«

»Dafür wäre ich dir sehr dankbar.«

Wenn Lucy gewusst hätte, was eine Versammlung der Frauen vom *Women's Institute* beinhaltete, wäre sie vielleicht nicht so erpicht darauf gewesen, mitzugehen. Aber Freya wollte unbedingt ihren Vorschlag anbringen, und so wanderten sie gemeinsam ins Dorfhaus, wo Helen sie überschwänglich begrüßte.

»Du meine Güte, unsere neuen Mitglieder werden ja immer jünger! Freya, du hast unser Durchschnittsalter gerade um etwa zwanzig Jahre gesenkt!«

Freya scharrte vor Unbehagen mit den Füßen.

»Ah, Lucy, wie schön, Sie zu sehen.« Susan erschien mit einem Geschirrtuch in der Hand. »Tut mir leid, ich habe heute Abend Teedienst. Kommen Sie mit, wir plaudern noch ein bisschen, während ich alles vorbereite.«

»Wir haben mit dem Drucker gesprochen, wie wir unsere kleine Jubiläumsschrift am besten gestalten«, sagte Susan gerade, »und er wird uns ein Angebot machen.«

»Ich habe mich sehr schön mit Sarah und Joan im Abbeyfield House unterhalten. Sie haben mir ganz viel über die Kriegsjahre hier erzählt und wie es kam, dass sie anschließend hiergeblieben sind.«

»Das ist doch wunderbar. Es gibt gar nicht mehr so viele Frauen, die aus eigener Erfahrung Geschichten erzählen können. Vermutlich hatten Sie bei Bunty nicht so viel Glück mit einem Gespräch?«

Lucy schüttelte den Kopf. Sie wusste, falls sie erwähnte, dass sie etwas schriftlich festhalten wollte, würde Bunty kein Wort mehr sagen. Es war wichtiger, ihr Vertrauen zu gewinnen, als einem Beitrag für die Jubiläumsschrift nachzujagen.

Als zehn Minuten später die Sitzung begann, hörte Lucy, wie ein Chor im großen Saal »Jerusalem« probte – ein bisschen schräg, aber mit Begeisterung.

»Und jetzt«, sagte Helen eine Weile später mit ihrer Kommandostimme, »kommen wir zum letzten Punkt, nämlich, was wir mit dem Telefonhäuschen anfangen wollen. Es gibt einige recht interessante Vorschläge.« Helen sah Lucy und Freya an. »Meine Idee, die Telefonzelle durch eine neue Bank zu ersetzen, die an achtzig Jahre *Women's Institute* hier in Little Maudley erinnert, wurde gut aufgenommen.«

Helen machte eine Pause und sah sich erfreut um, als das leise, anerkennende Gemurmel, das sie erwartet hatte, durch den Raum ging.

»Außerdem kam der Vorschlag, ein kleines Museum in dem Häuschen einzurichten. Ich halte ihn für sehr interessant, zumal wir ja mit unserer Jubiläumsschrift unser eigenes kleines Stück Geschichte schaffen. Aber Freya hier hat eine Idee, die ich, muss ich gestehen, einfach wunderbar finde.«

Freya rutschte unbehaglich auf ihrem Sitz herum.

»Würdest du uns bitte von deiner Idee erzählen, Freya?«

Lucy sah sie von der Seite an. Freya kaute kurz auf ihrer Lippe, dann strich sie sich das Haar hinter die Ohren und stand mutig auf.

»Ich hab von einem Dorf gelesen, in dem sie aus einem Telefonhäuschen eine Bücherei gemacht haben.«

Helen ließ den Blick über die Gesichter schweifen, während die Frauen diese Idee registrierten. Sie nickte fast ein wenig stolz, als wäre die Idee von ihr. »Sprich weiter«, drängte sie Freya.

»Und die Bibliothek in Bletchingham wird nächsten Monat wegen der Einsparungen geschlossen – was ich übrigens schrecklich finde. Im kleinen Rahmen Bücher zu tauschen kann uns zwar für diesen Verlust nicht entschädigen, aber so ein Austausch könnte dafür sorgen, dass wir vorläufig etwas zu lesen haben.«

Mit einem Seufzer der Erleichterung ließ Freya sich wieder auf den Stuhl fallen. »Mir war ganz schön mulmig«, sagte sie leise.

Bei Tee und Zitronenkuchen stand Freya anschließend im Mittelpunkt der Aufmerksamkeit.

»Das ist so ein fabelhafter Vorschlag, ich wünschte, ich wäre selbst auf die Idee gekommen.«

»Bücher sind magisch«, sagte eine Frau mit einer Tasse Tee in der Hand und einem leicht abwesenden Gesichtsausdruck. »Ich habe den größten Teil meiner Kindheit in Geschichten gelebt.«

»Ich auch«, sagte Freya.

»Und ich auch«, pflichtete Lucy ihnen bei. »Es ist so eine hervorragende Möglichkeit, die Welt durch die Augen anderer Menschen zu sehen. Geschichten lehren uns Empathie.«

»Das sagt unsere Englischlehrerin auch.«

»Und damit hat sie recht«, sagte die Frau mit der Teetasse. »Geschichten lehren uns Humor und Güte und noch viel mehr. Was ist dein Lieblingsbuch, Freya?«

Freya überlegte. »Ich weiß nicht. Ich hab viele Lieblingsbücher. Je nachdem, in welcher Stimmung ich gerade bin.«

»Ich liebe immer noch *Stolz und Vorurteil*«, sagte die Frau versonnen. »Und Mr Darcy.«

»Den lieben wir alle«, sagte Susan, die mit einem iPad zu ihnen trat. »Seht mal, ich habe einen Artikel über ein Telefonhäuschen in Berkshire gefunden, das zu einer Bücherei umgebaut wurde. Sieht richtig toll aus. Bravo, Freya.«

Freya hatte rote Backen und sah sehr froh aus. Die Frauen einigten sich, dass sie die neue Idee bei der nächsten Sitzung des Gemeinderats am kommenden Dienstag vorstellen wollten. Wenn alle einverstanden waren (»was sie zweifellos sein werden«, sagte Helen leise zu Lucy, im Tonfall einer Frau, die es gewohnt war, ihren Willen durchzusetzen), dann würde man eine außerordentliche Versammlung des *Women's Institute* einberufen und besprechen, wie man das ramponierte, aber heiß geliebte Telefonhäuschen in eine kleine Dorfbücherei verwandeln könnte.

Als sie sich zum Gehen wandten, nahm Helen Lucy am Arm.

»Kommen Sie doch im Laufe der Woche mal bei mir vorbei. Ich werde Susan auch bitten – dann besprechen wir das bei ein paar Drinks im Garten.«

Susan hörte ihren Namen und drehte sich zu ihnen um. Helen hob die Stimme ein wenig und lud sie mit ein: »Drinks bei mir? Am Dienstag?«

Vierzehntes Kapitel

Am nächsten Tag blieb Lucy auf ihrem Spaziergang durch das Dorf vor dem Aushängekasten an der Dorfwiese stehen. Hinter der Glasscheibe wiesen diverse Flyer und Zettel auf alle möglichen Veranstaltungen hin, von Kursen in Bienenhaltung bis zu Zumba im Dorfhaus.

Schon komisch, wie viel länger ihr die Sommerferien dieses Mal erschienen waren, weil sie am Ende kein neues Schuljahr erwartete. Es hatte ein paar Regentage gegeben, die solche Kälte mitgebracht hatten, dass Lucy sogar den Ofen angefeuert hatte. Sie hatte sich mit Hamish auf das kleine Sofa gekuschelt und Notizen in ihre Moleskine-Hefte gekritzelt. Die Beiträge für Susans Jubiläumsschrift wurden sehr interessant. Es gab so viele Menschen, auch aus den umliegenden Ortschaften, die gern mit ihr darüber sprachen, was die Frauen während des Krieges geleistet hatten. Eigentlich kein Wunder, dass nur wenige Jahrzehnte später die feministische Bewegung eingesetzt hatte. Frauen, die bis dahin zu Hause festgesessen und die Kinder erzogen hatten und von denen man Mundhalten und anständiges Benehmen erwartete, waren aus ihren Zellen herausgekommen, weil ihnen bewusst geworden war, dass sie mehr wollten. Sie waren die Großmütter der Frauen von heute. Lucy fragte sich, wie es ihnen wohl ging, wenn sie erkannten, dass immer noch so ein langer Weg vor den Frauen lag.

»Hallo.«

Sie zuckte zusammen. Wie aus dem Nichts stand Sam plötzlich neben ihr, in einem Poloshirt und mit einer Wasserflasche in der Hand. Die beiden Spaniel legten sich mit hängenden Zungen zu seinen Füßen nieder.

Er las eins der Kärtchen vor, die an der Anschlagtafel hingen. »›Reinigungskraft für großes, gepflegtes Haus im Dorf gesucht‹ – das stammt von Helen. Da kann sie lange warten.«

Lucy lachte. »Ja, ich kann mir vorstellen, dass Helen keine einfache Arbeitgeberin ist.«

»Lockt es dich nicht, wieder zu unterrichten? Bestimmt denkst du in diesen Spätsommertagen öfter daran.«

»Ein bisschen schon«, gab Lucy zu. Am Wochenende war sie in Oxford gewesen, um ein paar Einkäufe zu machen, und hatte die Reklame für Schreibwaren und alle möglichen anderen Dinge für den Schuljahrsbeginn gesehen. »Ich hätte fast einen ganzen Berg Sticker und Klebezettel gekauft, aber dann fiel mir ein, dass ich die ja gar nicht brauche.«

Sam sah sie prüfend an. »Das muss schwer sein. Unterrichten scheint dir im Blut zu liegen.«

»Damit hilfst du mir nicht.« Lucy lächelte wehmütig.

Er verzog das Gesicht. »Tut mir leid.«

»Schon gut. Ich wollte eigentlich meine Notizen ausarbeiten, aber stattdessen habe ich mich zu einem Spaziergang entschlossen. Und dann habe ich mich hier an dem Protokoll der Gemeinderatsversammlung und der Diskussion über die Bücherei im Telefonhäuschen festgelesen.«

»Ach so. Dann komm doch mit.« Er drehte sich um, und die Hunde sprangen augenblicklich auf und erwarteten sein Kommando.

»Wieso sind die Hunde hier im Dorf alle so gut erzogen? Hamish macht mir nicht gerade Ehre.«

»Ich habe ja eine Freundin, die Hundetrainerin ist, und da bin ich natürlich im Vorteil.« Er schnippte mit den Fingern, und beide Spaniel legten sich augenblicklich wieder hin. »Ich würde ja gern behaupten, dass ich das ganz allein hingekriegt habe, aber Mel benutzt die beiden als Demo-

Hunde. Bei mir benehmen sie sich eher wie Dämonenhunde.« Er schmunzelte und machte den Hunden wieder ein Zeichen. Sie standen auf und trotteten nun neben Sam und Lucy her.

»Ich würde sehr gerne mehr darüber erfahren, was Bunty im Krieg gemacht hat«, sagte er. »Weihst du mich in das Geheimnis ein, wenn sie es dir verrät?«

»Natürlich. Sie ist ein großer Fan von dir. Wahrscheinlich hättest du mehr Chancen, etwas aus ihr herauszubekommen, als ich. Vielleicht sollten wir einfach mal zusammen hingehen, und du bringst Streuselkuchen aus dem Dorfladen mit? Mit deinem Charme würdest du ihr das Geheimnis bestimmt entlocken.«

Sam wirkte ein bisschen verlegen. Er verzog das Gesicht und rieb sich den Nacken. »Eigentlich bin ich eher nicht für meinen Charme bekannt.«

»Nein?« Lucy errötete, als ihr plötzlich klar wurde, was sie da andeutete.

Sam räusperte sich und sagte schroff: »Hoffen wir mal, dass Freya nicht wieder ins Bett gekrochen ist. Aber am letzten Ferientag versucht sie vermutlich, für das nächste Schuljahr vorzuschlafen.«

Freya lag im Garten. Sie hatte Kopfhörer auf und tippte wild auf ihrem Handy herum. Als sie Sam und Lucy mit den Hunden sah, sprang sie auf und schob das Handy in die Gesäßtasche ihrer Jeans. Sie wirkte ein wenig schuldbewusst.

Doch, irgendetwas ist mit ihr los, dachte Lucy. Vielleicht hat sie heimlich einen Freund – oder eine Freundin.

»Hi.« Freya wischte sich Gras von den Ärmeln.

»Du siehst aus, als führtest du etwas im Schilde«, sagte Sam. Lucy warf ihm einen warnenden Blick zu. Was auch immer Freya verbergen mochte, sie direkt darauf anzusprechen führte garantiert nicht weiter. Solche Sätze waren so typisch für Eltern. Und eins hatte sie als Lehrerin gelernt: Genau in der Phase, in der die Jugendlichen sich zu lösen begannen, stürzten die Eltern sich oft besonders vehement auf ihre Kinder, sodass sie Platzangst bekamen. Wenn Freya sich ihr gegenüber öffnen sollte, musste ihr Vater aus dem Weg sein.

»Sam, ich habe furchtbaren Durst. Könntest du mir einen großen Gefallen tun und mir ein Glas Wasser besorgen?«

Zum Glück verstand er den Hinweis. Er schob die Hände in die Jeanstaschen und wanderte den Gartenweg entlang zum Haus.

Freya warf ihm einen finsteren Blick nach. »Er löchert mich andauernd. Wie besessen. ›Wo gehst du hin, was machst du da, mit wem redest du …?‹«

»Ich glaube, wenn man nicht oft online ist, so wie dein Vater, dann kann man gar nicht einschätzen, ein wie großer Teil des Lebens sich jetzt im Internet abspielt.«

Ein tiefer Seufzer. »Ganz genau. Wenn man auf eine Nachricht nicht sofort antwortet, kriegt man Ärger, weil man angeblich den Absender ignoriert.«

»Dann tauschst du dich vor dem neuen Schuljahr noch mit Freundinnen aus? Wie geht's dir damit?«

»Ganz gut.« Freya blickte auf das dunkle Display ihres Handys, das sie wieder in der Hand hielt. »Also, eigentlich hab ich jemanden gesucht.« Sie warf Lucy durch ihren Haarvorhang einen Blick zu und kaute auf der Unterlippe.

»Jemanden, den du kennst?« Plötzlich hatte Lucy einen Verdacht, in welche Richtung ihr Gespräch gehen könnte.

»Ja, aber –«

»Bitte schön. Ich hab sogar Eis reingetan.« Mit einer schwungvollen Geste reichte Sam Lucy das Glas.

»Eigentlich«, Lucy sah ihn eindringlich an, riss die Augen weit auf und hoffte, er würde diese wortlose Kommunikation verstehen, »wenn es dir nicht zu viel Mühe macht, könntest du vielleicht Wasser aufsetzen? Ich hätte große Lust auf einen Kaffee.«

Sams Stirn legte sich in Falten, und er zögerte kurz. Lucy konnte förmlich sehen, wie es in seinem Kopf arbeitete. »Kaffee? Ach so, gut. Ja. Super Idee.«

»Sorry.« Lucy deutete mit dem Kopf zum Haus hinüber. Manchmal war es für Jugendliche leichter, etwas mit einer Lehrerin oder überhaupt einem Erwachsenen zu besprechen, der ein bisschen Abstand hatte. In den zehn Jahren, die sie jetzt mit Teenagern arbeitete, hatte sie ein Gefühl dafür bekommen, wenn etwas unter der Oberfläche brodelte. »Also. Und nach wem suchst du?«, fragte sie Freya.

»Nach meiner Mutter.« Freya pflückte ein Gänseblümchen und begann, die Blütenblätter abzuzupfen, eins nach dem anderen. »Ich hab sie gefunden.«

Lucy schluckte. Das war eine wunderbare neue Entwicklung für Freya, die viele Jahre lang das Gefühl gehabt haben musste, dass ihr etwas fehlte. Wie aber würde es für Sam sein, wenn die Mutter seiner Tochter wieder auftauchte und an seinem Leben teilhaben wollte? Lucy verspürte ein merkwürdiges Unbehagen bei der Vorstellung, dass er bald den glücklichen Familienvater spielen könnte – aber damit griff sie natürlich sehr weit vor.

»Sie lebt in London. Gar nicht mal so weit weg.«

»Und du hast mit ihr gesprochen?«

»Ein bisschen.« Freya runzelte die Stirn. »Ich wollte wissen, wer sie ist. Warum sie weggegangen ist.«

»Und wie geht's dir jetzt?«

»Keine Ahnung. Ich hab zwar nicht mit Freudentränen oder so gerechnet, aber – ich spüre eigentlich gar nichts.«

»Hattest du gedacht, du würdest erleichtert sein?«

»Oder glücklich. Oder nervös.« Jetzt kaute Freya auf der

Unterlippe. »Kann sein, dass ich wirklich ein bisschen nervös bin.«

Lucy schaute über den wuchernden Garten. Der Rasen musste unbedingt gemäht werden, und die Blumen auf den Beeten wurden von einem Wirrwarr aus Winden und Weidenröschen erstickt. Die weißen, seidenhaarigen Samenbüschel der Weidenröschen schwebten durch das dunstige Sonnenlicht. Der Herbst nahte und mit ihm alle möglichen Veränderungen. Freyas Entdeckung erinnerte Lucy daran, dass auch hier in Little Maudley das Leben weitergegangen war und weitergehen würde – ohne sie. Sie gehörte nicht dazu. Sie wischte sich einen Marienkäfer vom Arm und beobachtete, wie er sich in die Luft schraubte.

»Ich kann mir denken, dass du bei der Sache ganz gemischte Gefühle hast. Jedenfalls würde es mir so gehen.«

Freya nickte. Sie warf einen Blick auf das Häuflein zerpflückter Gänseblümchen und lachte auf. »Das reinste Gefühlschaos«, sagte sie und verdrehte die Augen.

Dass Freya Zuflucht zum Humor nahm, war offensichtlich eine Abwehrstrategie. Lucy musste mit Sam sprechen, ihn wissen lassen, was los war.

»Hast du es Camille schon erzählt?«

»Nein. Ich hab das Gefühl, sie würde es ihrer Mutter weitersagen, und Mel würde es dann Dad erzählen, weil die beiden so gut befreundet sind. Bei dir ist das was anderes, weil du nichts mit uns zu tun hast.«

Lucy zuckte innerlich zusammen. Teenager sahen keine Notwendigkeit, irgendetwas zu beschönigen.

»Glaubst du, dass du es deinem Vater sagen wirst?«

»Vielleicht.«

»Und fragst du dich, wie er reagieren würde?«

»Ein bisschen schon. Ich will nicht, dass er einen Nervenzusammenbruch kriegt und mir verbietet, sie zu sehen.«

»Möchtest du sie denn sehen?«

Freya blickte ein paar Momente in die Ferne, bevor sie antwortete.

»Sie ist meine Mutter.«

Lucy sah Freya an. Auf ihrem herzförmigen Gesicht spiegelten sich die widerstreitenden Gefühle – Hoffnung, Neugier und ein Auf-der-Hut-Sein, das nach dieser langen Zeit vernünftig war. Freya runzelte die Stirn.

»Mütter können heikel sein.« Jetzt pflückte Lucy ein Gänseblümchen und zupfte ein Blütenblatt nach dem anderen ab. »Meine lebt in Australien. Jetzt ist es viel, viel leichter, mit ihr klarzukommen, als früher, als wir noch im gleichen Haus gewohnt haben.«

»Ja, verstehe. Ich glaube, ich will nicht mal mit ihr reden, aber andererseits ...« Freya verstummte und knabberte an ihrem Daumennagel.

»Du brauchst ja nichts zu entscheiden.«

»Nein.« Freya wirkte erleichtert.

»Vielleicht solltest du doch mit deinem Vater sprechen.«

»Ich will ihn nicht beunruhigen.«

»Ich glaube, das würdest du nicht tun. Bestimmt hat er damit gerechnet, dass es eines Tages so kommt – mir jedenfalls wäre das so gegangen.«

»Ich weiß nicht, was ich machen soll.« Freya schloss die Augen und zog die dunklen Brauen zusammen.

»Denk noch mal darüber nach, mit deinem Vater zu reden. Ich weiß, du versuchst, ihn zu schützen, aber er kann das verkraften. Da bin ich mir sicher.«

»Ein Kaffee, die Dame«, sagte Sam etwas übertrieben laut und munter. Es war eine Warnung, dass er wiederkam, und Lucy war dankbar dafür.

»Wenn du reden möchtest, ich bin immer da«, sagte sie leise zu Freya.

»Danke.«

Sie setzten sich in den Garten, sogen die letzten Sonnenstrahlen in sich auf und konzentrierten sich auf die Pläne für die Bücherei im Telefonhäuschen.

Fünfzehntes Kapitel

Bunty beobachtete durchs Fenster, wie Susan und Helen, beide in Overalls, geschäftig zum Telefonhäuschen eilten und dort Malerutensilien auspackten. Eigentlich hatte sie erwartet, dass eine Malerfirma und ein Innenausstatter diese Arbeiten übernehmen würden, aber jetzt sah sie staunend zu, wie die Dorfbewohner kamen und gingen, zu zweit und zu dritt. Zuerst hatten sie das Unkraut entfernt, dann war jemand von der Telefongesellschaft gekommen und hatte die Innereien des Häuschens ausgebaut. Ein Glaser hatte die kaputten Scheiben ersetzt. Es war interessant, dabei zuzuschauen, wie alle Hand in Hand arbeiteten. Außerdem war ihr ein Flyer in den Briefkasten geflattert, auf dem sie gefragt wurde, ob sie Bücher in gutem Zustand besaß, die sich vielleicht für die Leihbücherei eignen würden. Lucy hatte ihr alles von der Sitzung des Gemeinderates berichtet. Dort hatte man sich auf einen Terminplan – Helens Lieblingswort – geeinigt, und jetzt waren Helen und Susan dabei, dem Häuschen seinen früheren, leuchtend roten Anstrich wiederzugeben. Ach, dieses Telefonhäuschen. Was für Geschichten es erzählen konnte. Über siebzig Jahre hatte Bunty beim Abwaschen durchs Küchenfenster beobachtet, wie sich die Kinder dort versammelten und wie Leute telefonierten, wie Paare sich verstohlen trafen und trunkene Küsse tauschten – es gab wenig, was in diesem kleinen Häuschen nicht geschehen war. Bunty freute sich, dass es nicht abgerissen wurde.

Sie wandte sich vom Fenster ab und hängte das Geschirrtuch zum Trocknen an den Herd. Der September hatte etwas ganz Kostbares, fand sie, dieses Gefühl, dass man die letzten Sommertage in sich aufsog, dass man sie ganz auskostete, bevor die Farben der Natur verblassten und der dunkle Winter kam. Sie hatte den Winter immer gehasst – merkwürdig, wie die Kälte alles noch schlimmer zu machen schien. Lucys ganze Fragerei über den Krieg hatte Erinnerungen daran geweckt, wie sie trotz mehrerer Schichten Kleidung gefroren hatte, wenn sie morgens auf ihr Fahrrad gestiegen und zur Hütte hinausgefahren war. Dabei war ihr der Gedanke gekommen, dass sie sehr lange nicht mehr dort gewesen war. Merkwürdig, dass ihre Zeitgenossen alle so erpicht darauf gewesen waren, das Geschehene wegzupacken und weiterzuleben, als wäre der Krieg etwas, das sie lieber vergessen würden. Und jetzt kamen diese jungen Leute, die unbedingt alles erfahren wollten und alle möglichen Fragen stellten. Das brachte auf höchst beunruhigende Weise längst vergangene Ereignisse wieder hoch. Bunty nahm ihre Tasche und öffnete die Haustür. Lucy wartete bereits neben ihrem kleinen blauen Auto. Sie blickte über die Straße zum Bell Cottage hinüber, offenbar ganz in Gedanken versunken.

»Ach, da sind Sie ja schon.« Lucy wandte sich ihr zu und strich sich lächelnd das Haar aus dem Gesicht. Sie war voller Sommersprossen, weil sie oft im Garten gesessen und geschrieben hatte, und das blauweiße Sommerkleid und die Strickjacke standen ihr gut. Die warmen Tage waren gezählt – es sei denn, es gab noch einen schönen Altweibersommer.

»Es ist lieb von Ihnen, dass Sie mich mitnehmen«, sagte Bunty, während sie auf den Beifahrersitz kletterte und den Sicherheitsgurt über den Schoß zog. Verflixt, diese Dinger waren steif, und ihre Hände machten nicht mehr richtig mit. Zweimal versuchte sie erfolglos, ihn in die Halterung zu klicken, bis es schließlich klappte. Sie war dankbar, dass Lucy nicht zugriff, um ihr zu helfen. Es gehörte zu den Dingen, die Bunty an ihr schätzte. Margaret war da immer so schnell bei der Hand – es hatte etwas Bevormundendes, als wäre sie schon komplett vergreist, was schlicht und einfach lachhaft war. Buntys Schultern zuckten vor Heiterkeit.

»Alles klar?« Lucy ließ ihren eigenen Sicherheitsgurt einrasten und drehte den Zündschlüssel.

»Wo ist Hamish heute?«

»Mel hat ihn ausgeliehen, als Demonstrationshund für ihren Kurs.«

»Als Musterschüler?«

Lucy kicherte. »Wahrscheinlich eher als Beispiel dafür, wie ein Hund sich nicht benehmen sollte. Gestern Abend hat er eine meiner Sandalen gefressen. Sobald ich glaube, er wäre ein bisschen erwachsener geworden, erinnert er mich daran, dass er doch noch ein Welpe ist.«

»Mel hat wirklich ein Händchen für Hunde!«

»Ja. Sie und –«, eine winzige Pause entstand, »und Sam sind total nett. Ich bin froh, dass ich sie kennengelernt habe.«

»Sie sind beide gute Menschen. Ich kenne sie ja schon, seit ich sie als Babys auf dem Arm hatte.«

»Und sie sind so gute Freunde. Wie schön, dass die Mädchen sich auch ganz prima verstehen.«

Interessant, dachte Bunty. Offenbar versuchte da jemand, sie auszuhorchen. Sie betrachtete Lucy von der Seite, ihre Locken und die sommersprossige Stupsnase. Sie war eine sehr hübsche Frau. Und gescheit. Und sie hatte einen Beruf. Wie schön, dass die Frauen heutzutage nicht mehr zur Ehe gedrängt wurden. Wenn sie selbst nicht den Druck verspürt hätte, nicht als Mauerblümchen zu enden, dann wäre alles vielleicht ganz anders gekommen. Gestern Abend hatte sie wieder in ihrem alten Tagebuch geblättert. Merkwürdig, dass ihr die ferne Vergangenheit in mancher Hinsicht vertrauter erschien als die Zeit vor ein paar Jahren. Sie konnte sich daran erinnern, wie oft sie diese Straße entlanggeradelt war, an den Moment, wenn sie den Beginn der Steigung in den Waden gespürt hatte, dieses Brennen, und wie sie sich dann auf die Pedale gestellt hatte, um es bis oben auf den Hügel zu schaffen, ganz außer Atem, bevor sie dann über die Sonnenflecken auf der von Bäumen beschatteten Straße wieder hinuntergesaust war und nach links auf –

»Können Sie hier links abbiegen?«

Lucy bremste und sah sie überrascht an. »Ich dachte, Sie wollten in die Apotheke?«

»Will ich auch. Aber ich möchte kurz – ach, egal.«

»Nein.« Lucy setzte den Blinker. »Ich bin überhaupt nicht in Eile. Wo fahren wir hin?«

»Hier wieder links.« Bunty zeigte auf eine einspurige Straße, die sich unter tiefhängenden Ästen zwischen Bäumen hindurchwand. Licht und Schatten spielten auf ihren Gesichtern, dann wurden die Bäume zu beiden Seiten von steilen Böschungen mit hohen Hecken abgelöst, deren Blätter schon zu Olivgrün verblassten. Lucy hielt in einer Ausweiche, um einen alten, staubverkrusteten Landrover vorbeizulassen, der einen Anhänger voller Schafe zog.

Es war Ewigkeiten her, seit Bunty hier gewesen war, und doch hatte sich nichts verändert.

»Hier ist es.«

»An diesem Weg?«

Der unbefestigte Weg war mit grobem Schotter bestreut, und die Schlaglöcher würden sich, sobald das Wetter umschlug, mit Wasser füllen. Damals war sie häufiger bis auf die Haut nass geworden und von oben bis unten mit Dreck bespritzt gewesen. Im Sommer war es heiß und öde und im Winter eisig kalt gewesen, und die Tage hatten sich unendlich lang hingezogen.

»Ja, fahren Sie weiter. Es könnte ein bisschen holprig werden.«

Das kleine Fahrzeug rumpelte über den Schotter, bis sie schließlich eine Anhöhe hinauffuhren. Bunty blickte über eine Weide mit Kühen.

»Hier.«

Es quietschte, als Lucy die Handbremse anzog. Erwartungsvoll wandte sie sich an Bunty.

»Sind wir da?«

»Hmm«, brummte Bunty. Sie schaute durchs Fenster. »Es ist so lange her. Nicht zu glauben, wie das alles zugewachsen ist.«

Lucy folgte ihrem Blick.

Am Ende der Schotterstraße, oben auf dem Hügel, stand ein kleines Haus aus Beton mit einem Flachdach. Die Fenster, soweit man sie im hohen Unkraut noch sehen konnte, waren vergittert.

»Hat dieses Gebäude etwas mit Ihrer Arbeit im Krieg zu tun?«

»Ich habe beinahe jeden Tag hier verbracht.«

»Dann haben Sie also gar nicht in Bletchley Park gearbeitet?«

Bunty schüttelte den Kopf.

»Nein. Da wurden wir zuerst hingeschickt, aber dann haben sie mir diese Arbeit hier zugeteilt. Alles war *topsecret* – und ich habe nie auch nur ein Sterbenswörtchen darüber verloren. Nicht einmal mein Mann wusste, was ich machte.«

Selbst jetzt noch hatte sie ein wenig das Gefühl, dass sie etwas Verbotenes tat. Damals hatten sie alle unterschrieben, dass sie Schweigen über ihre Arbeit bewahren würden. Sie hatten dem König und ihrem Land versprochen, dass sie ihre Tätigkeit vor jedermann, auch vor ihren engsten Vertrauten, geheim halten würden.

»Sie haben nicht einmal mit Milly darüber geredet?«

»Nein, kein Wort. Nach dem Krieg ist sie ja ohnehin mit

ihrem Mann nach Australien emigriert. Achtundneunzig ist sie dann gestorben, und wir haben kein einziges Mal darüber gesprochen. Das machte man einfach nicht.«

»War Ihre Freundin nicht neugierig, was Sie gearbeitet haben?«

»Ach, in der Zeit haben ja alle irgendwas gemacht. Kriegsbedingte Arbeit. Aber uns hat viel mehr interessiert, was am Feierabend los war. Da haben wir uns dann amüsiert. Das Thema sollten Sie sich bei Ihren Forschungen mal näher ansehen.«

»Mir scheint, Sie haben damals unglaublich intensiv gelebt. Ich habe mit einigen Frauen im Abbeyfield House darüber gesprochen, wie sie es erlebt haben, nach der Evakuierung aus London hier aufzuwachsen. Sie haben erzählt, dass es in Little Maudley damals anders war, dass sehr viel los war. Vermutlich haben die Leute auch ihre Einkäufe im Dorf gemacht und sind nicht so oft nach Bletchingham gefahren.«

»Oh, wir haben den Bus genommen oder sind im Sommer mit dem Rad gefahren – damals sind wir ja schier geplatzt vor Energie! Aber ja, damals gab es das Postamt und den Laden, und in dem Cottage an der Ecke West Street war eine kleine Teestube. Jetzt wird es als Ferienhaus vermietet.« Ein Windstoß fuhr über den Hügel und ins Wagenfenster hinein und ließ Bunty frösteln. Sie zog ihre Jacke über der Brust zusammen und kurbelte das Fenster wieder hoch. »Wir hatten keine freie Minute. Auch wenn wir gerade nicht arbeiteten und nicht zum Tanzen oder ins Kino oder zu Vorträgen unterwegs waren, hatten wir etwas zu tun. Mrs Brown ließ uns für den *Women's Voluntary Service*, den Freiwilligendienst der Frauen, warme Sachen stricken, die dann zu den Truppen geschickt wurden. Ein Paar Handschuhe hatte ich damals im Nu fertig. Wir haben Radio gehört und dabei gestrickt wie die Teufel.«

Lucy hatte viel darüber gelesen. Damals im Krieg hatte der *WVS* die erstaunliche Menge von knapp fünf Tonnen Stricksachen pro Monat geliefert – darunter Schals, Mützen, Sturmhauben und Handschuhe. Sie wurden an die Soldaten und Soldatinnen verteilt und waren immer sehr gefragt, weil sie bequemer waren als die Sachen, die zu den Uniformen gehörten.

Beide Frauen schauten durch die Wagenfenster auf das baufällige kleine Gebäude. Der Wind zerzauste die Bäume ringsherum, und die ersten herunterwirbelnden Blätter erinnerten Lucy daran, dass der September da war und die Zeit verging. Sie sah zu Bunty hinüber, die ganz in Gedanken versunken war.

»Wollen Sie nicht aussteigen und sich umschauen?«

Bunty schüttelte den Kopf. »Nein. Ich weiß gar nicht, wie ich darauf gekommen bin, hierherzufahren. Bloß eine verrückte Idee, glaube ich. Es ist so lange her.«

»Aber ich würde mich gern etwas umsehen.«

Bunty zögerte einen Moment.

»Na gut, einverstanden.«

Sie stiegen aus und stapften über das struppige Gras auf das Gebäude zu. Es war recht lang, und das Flachdach war mit rissig gewordener Dachpappe gedeckt. Wo sich in den Rissen Unkrautbüschel angesiedelt hatten, rollten die Ränder sich hoch.

Bunty ging voraus und lugte durch ein schmales Fenster.

»Ich glaube, nach dem Krieg ist die Hütte als Lager benutzt worden.«

»Und was war Ihre Aufgabe hier?«

»Ach so.« Bunty lachte auf und erschreckte damit ein Rotkehlchen, das auf einem Zaunpfahl gesessen und sie forschend beäugt hatte. »Sie meinen, ich soll das verraten?«

Als sie wieder im Auto saßen und Lucy den Wagen vorsichtig den Feldweg hinunter zur Landstraße steuerte, sah

Bunty sie an. Es war sehr nett von Lucy, dass sie ihr diesen merkwürdigen Wunsch erfüllt hatte. Damals war sie unzählige Male hier hoch geradelt, aber heute hatte sie zum ersten Mal seit jener Zeit den Drang verspürt, einen Blick auf Signal Hill zu werfen und sich zu erinnern. Vermutlich hatte ihre Tagebuchlektüre das ausgelöst. Diese runde, aufgeregte Schrift der jungen Frau, die dem schwarzen Büchlein ihre sämtlichen Geheimnisse anvertraut hatte. Sogar vor Len hatte sie es versteckt gehalten. Allerdings hätte er niemals auch nur einen Blick hineingeworfen, ohne sie zu fragen – er war so ein verträglicher, gelassener Mensch gewesen.

Lucy fuhr weiter über Land in Richtung Bletchingham. Die Farmer begannen schon mit den Vorbereitungen für den Winter: Felder, die vor wenigen Wochen noch ebenmäßige goldene Flächen gewesen waren, wurden gepflügt und in grobe Furchen aus dunkler Erde verwandelt. Eine Gänseschar zog über sie hinweg. Das war früh und verhieß normalerweise einen kalten Winter. Auf einer Wiese wurde eine neue Siedlung gebaut. Damals war sie mit Harry und Milly und den evakuierten Kindern hier entlangspaziert. Auch Luke war dabei gewesen. Sie hatten Picknick mitgenommen, sich ins Gras gelegt, in den Himmel hinaufgeschaut und nach Flugzeugen Ausschau gehalten. Bunty schloss einen Moment die Augen, spürte die Sonnenwärme im Gesicht und stellte sich vor, das Brummen des Automotors wäre das Motorengeräusch eines Flugzeugs.

An jenem Nachmittag war Harry in seltsamer Stimmung gewesen. Plötzlich erinnerte Bunty sich an jedes Wort, das sie damals in ihr Tagebuch geschrieben hatte. Irgendwie war es eine Vorahnung gewesen.

6. September 1941

Herrlicher Nachmittag. Wir hatten die Kinder zu einem Picknick mitgenommen. Milly hat zwar gemurrt, dass sie auch noch ihren freien Tag mit Kindern verbringen sollte, aber als Harry dann mit seinem Freund Luke erschien, war sie plötzlich bester Laune. Luke ist Australier, ein großer, gutaussehender Mann und sehr witzig, und sie hat sich eindeutig in ihn verguckt. Mrs Brown hatte uns Sandwiches mit Fischpaste gemacht und einen wunderbaren Zitronenkuchen gebacken (ich glaube, allmählich wird sie mit Harry warm), und außerdem gab es für jeden einen Apfel. Die Kinder sausten herum und versuchten, Schmetterlinge zu fangen, und wir streckten uns im Gras aus und schauten in den Himmel. Harry war in einer seltsamen Stimmung.

Wir lagen nebeneinander auf der Wiese, berührten uns nur mit den Fingern. Wie immer dröhnten über uns Flugzeuge.

»Du bist so still«, sagte ich. Als ich ihn ansah, stieß er einen tiefen Seufzer aus. Dann drehte er sich auf die Seite und stützte sich auf.

»Schlechte Nachrichten. Drei Jungs, die ich gekannt habe, sind von einem Einsatz nicht zurückgekommen.«

Ich sagte nichts, sah ihn nur an.

»Abgestürzt. Krepiert.«

Ich brauchte einen Moment, bis mir richtig klar war, was er da gesagt hatte. Dann setzte ich mich auf und nahm seine Hand. »Das tut mir sehr leid.«

Er schüttelte den Kopf. »Es braucht dir nicht leidzutun. Liegt einfach in der Natur der Sache.«

»Sag das doch nicht.« Mir wurde eiskalt, wenn ich nur daran dachte. »Ich will nicht, dass dir etwas passiert.«

Da drückte Harry meine Hand und verflocht seine Finger mit meinen. »Du brauchst dir keine Sorgen zu machen. Ich bin doch von Einsätzen freigestellt.«

»Und das heißt?« Im Kopf wusste ich, dass jeder seinen Beitrag leisten musste, aber mein Herz – mein Herz sagte etwas ganz anderes.

»Ich bin für sechs Monate hier und bilde ausschließlich Piloten aus. Das heißt, ich bin sicher – so sicher, wie man eben sein kann.« Er deutete zum Himmel, wo gerade drei Blenheims über uns hinwegflogen.

»Und wenn die sechs Monate vorbei sind?«

»Darüber brauchst du dir jetzt keine Gedanken zu machen. Das ist noch lange hin.«

»Kommt, ihr zwei!« Milly riss uns aus unserer düsteren Stimmung. »Die Jungen wollen Schlagball spielen.«

Harry sprang auf, streckte mir die Hand hin und zog mich hoch. Ich klopfte mir den Rock ab, und wir liefen zu den anderen. Es hat keinen Sinn, sich Sorgen über die Zukunft zu machen, wenn man in der Gegenwart so viel Freude haben kann. Ich habe beschlossen, das zu meiner Devise zu machen.

Zum Glück war in Bletchingham nicht viel Verkehr, und nachdem Lucy in einer Seitenstraße einen Parkplatz gefunden hatte, machten sie ihre Einkäufe. Bunty ging in die Apotheke. Während sie dort in der Schlange stand, beobachtete sie, wie Lucy die High Street überquerte, um die kleine Kunstgalerie mit angeschlossenem Geschenkeladen zu besuchen, die ihr so gut gefiel. Danach trafen sie sich wieder und stöberten eine herrliche halbe Stunde lang im Buchladen. Lucy kaufte einige Bücher über den Zweiten Weltkrieg. Im Hinausgehen blickte Bunty auf die Turmuhr.

»Es ist schon fast zwölf.« Ihre Beine wurden allmählich müde, und sie hatte Appetit auf eine nette Kleinigkeit, bevor der Mittagsansturm losging. »Wollen wir einen Happen essen?«

Sie gingen zum früheren Armenhaus, das zu einem hellen, sonnigen Café umgestaltet worden war, und setzten sich ans Fenster, sodass sie das alte Schloss sehen konnten.

Lucy hatte schon den Eindruck gehabt, dass Bunty langsam müde wurde, daher war sie erleichtert, dass die alte Dame selbst vorgeschlagen hatte, eine Mittagspause zu machen. Sie war so eine starke, eigenständige Frau.

»Bitte schön, meine Damen.« Eine fröhliche Kellnerin ganz in Schwarz erschien mit den Speisekarten und schenkte ihnen Wasser ein.

»Vermissen Sie das Unterrichten?« Bunty sah Lucy nachdenklich an.

»Ja. Und nein. Es gibt einige Dinge, die ich überhaupt nicht vermisse – zum Beispiel die Kopfschmerzen.« Einen Moment lang sah Lucy auf die Speisekarte hinunter. »Oder dass ich mitten in der Nacht aufwache und mir Sorgen um die nächsten Schulinspektionen mache.«

»Solche Überprüfungen scheint es heutzutage ganz viel zu geben«, überlegte Bunty. »Damals, als Milly unterrichtete, gab es so was natürlich gar nicht. Und das war gut. Sie hatte so viele Kinder in der Klasse und die konnten fürchterlich anstrengend sein. Wenn ich unter der Woche mal einen Tag frei hatte, nahmen wir die Klasse auf einen Spaziergang mit. Dann sollten die Kinder Wildblumen suchen und ein bisschen zeichnen. Und Milly und ich freuten uns über jede Gelegenheit, miteinander zu plaudern.«

Lucy hatte das Vergnügen gehabt, genau darüber ein langes Gespräch mit Hannah, Helen Bromsgroves früherer Haushälterin, zu führen. Hannah war inzwischen längst in Rente. Anfang 1940 war sie aus London evakuiert worden und nach dem Krieg im Dorf geblieben. Ihr Vater war bei den Bombenangriffen der deutschen Luftwaffe ums Leben gekommen, und ihre Mutter hatte daraufhin ebenfalls in Little Maudley Zuflucht gesucht. Sie hatte eine Arbeit im Herrenhaus gleich hinter dem Dorf angenommen, wo Len, Buntys Mann, als Verwalter tätig gewesen war. »Er war ein sehr angenehmer Mann. Ein Fels in der Brandung«, hatte

Hannah gesagt. Und Lucy hatte das merkwürdige Gefühl gehabt, dass in dieser Bemerkung etwas ungesagt blieb, das Bunty betraf. Der Gutsbesitzer hatte Mutter und Tochter ein Cottage zur Verfügung gestellt, und als Hannah erwachsen war, hatte sie dann die Stelle bei Helen angenommen. So etwas war häufiger gewesen, als Lucy gedacht hatte. Nicht wenige der evakuierten Londoner Kinder waren später wieder nach Little Maudley zurückgekehrt, um dort die Ruhe und den Frieden zu genießen, an die sie sich so gut erinnerten.

»Was darf ich Ihnen bringen?« Die Kellnerin kehrte mit Block und Stift zurück.

»Wir hatten natürlich«, fuhr Bunty fort, als sie bestellt hatten, »irgendwann so viele Evakuierte, dass die Schüler in zwei Gruppen unterrichtet werden mussten. Die arme Milly war total erschöpft. Die erste Gruppe am Vormittag, die zweite dann nach dem Mittagessen. Und etliche Kinder waren in einem Zustand ... sie waren vollkommen verwahrlost, als sie zu uns kamen, hatten Läuse und alles mögliche andere.«

»Und es muss eine große Umstellung für sie gewesen sein, aus der Großstadt in ein winziges Dorf zu kommen.«

»Ich glaube, wenn sie erst ihr Heimweh überwunden hatten, war es für viele eine wunderbare Zeit. Manchmal haben die Eltern sie übers Wochenende besucht – das Gasthaus war immer voller Familien. Und es gab eine ganze Reihe, die gar nicht mehr zurückwollten, nachdem das Schlimmste vorbei war. Sie sind während des Krieges im Dorf geblieben und haben sich dann dort niedergelassen. Der alte Brian Turner im Gemeinderat gehört auch dazu. Haben Sie schon mit ihm gesprochen?«

Lucy nickte. »Ich habe einige Frauen vom *Women's Institute* interviewt und überhaupt viele Erinnerungen an die Kriegszeit gesammelt. Es ist interessant, wie viele Leute von Ihnen gesprochen haben.« Ein langes Schweigen entstand. Die Kellnerin kam wieder, legte das in Servietten gewickelte Besteck auf den Tisch und machte großen Wirbel darum, dass sie Wasser nachschenkte. Lucy rutschte auf ihrem Stuhl herum und wartete ab.

»Ich hab überlegt, ob Sie vielleicht ebenfalls zu einem Interview bereit wären«, sagte sie schließlich. »Es wäre doch schön, wenn auch Ihre Erinnerungen in der Jubiläumsschrift erscheinen würden.«

Bunty blickte sie mit ihren klugen blauen Augen an, schüttelte ihre Serviette auf und strich sie sorgfältig auf dem Schoß glatt.

»Ich glaube nicht, nein.«

»Aber Sie haben mir so viele interessante Geschichten erzählt. Wenn wir diese Erinnerungen einfach zusammenfassen würden –«

»Ihr Essen, meine Damen«, sagte die Kellnerin munter. Lucy verdrehte die Augen. Als die Kellnerin wieder fort war, probierte sie es noch einmal.

»Es würde nicht lange dauern.«

»Ich möchte das nicht, Lucy. Ich habe nichts dagegen, mit Ihnen zu sprechen, aber ich möchte nicht in den alten Erinnerungen herumwühlen. Die Vergangenheit ist vergangen.«

Beim Essen schwiegen sie wieder eine Weile. Lucy bemerkte, dass Bunty gedankenverloren aus dem Fenster sah.

»Es tut mir leid, dass ich Sie gedrängt habe. Ich wollte Ihnen nicht die Stimmung verderben.«

Bunty schüttelte den Kopf. »Das haben Sie auch nicht, Lucy. Es ist einfach so, dass man an bestimmte Geschichten am besten nicht mehr rührt. Damals war vieles anders. Wir waren – es war einfach eine ganz andere Zeit.«

Während sie es sich weiter schmecken ließen, plauderten sie über unverfänglichere Themen, wie über die Familie, die in ein Haus an der Dorfstraße einzog, und über das Herrenhaus, das nach Erbstreitigkeiten jetzt vom jüngsten Sohn der Familie übernommen wurde.

»Len hat ja immer gesagt, dass die Familie übergeschnappt ist.«

»Hannah hat mir erzählt, dass Ihr Mann in den Kriegsjahren dort als Verwalter gearbeitet hat.«

»Ja, das stimmt. Kurz nach dem Krieg hat er gekündigt und ist Steuerberater geworden, da trug Gordon noch kurze Hosen.« Bunty lächelte schwach. »Ich glaube, Len fand es einfacher, mit Zahlen umzugehen als mit all dem Unvorhersehbaren auf einem riesigen Landgut, insbesondere nach dem Krieg. Es wurde requiriert und als Lazarett benutzt, und danach war es in fürchterlichem Zustand. Es hat Jahre gedauert, bis die Besitzer es wieder hergerichtet hatten – und es ist eigentlich nie mehr so geworden wie früher.«

»Ich würde gerne einmal hingehen und mich dort umsehen. Ob ich wohl die Erlaubnis dazu bekäme?«

»Auf jeden Fall, ja. Sagen Sie einfach, ich hätte Sie geschickt. Ich bekomme immer einen Weihnachtskorb von dort, selbst heute noch. Marmelade und Käse.« Bunty schaute wieder aus dem Fenster. »Und sehr leckere Kekse«, fügte sie hinzu.

»Dann sind Sie also nach dem Krieg im Dorf geblieben? Waren Sie nicht in Versuchung, nach London zurückzukehren?« Es rutschte Lucy heraus, bevor ihr klar war, was sie da fragte. Nach Buntys Zurückhaltung vorhin war es nicht ungefährlich, weiter in sie zu dringen.

Aber Bunty schüttelte bloß den Kopf. »Nein. Da war nichts mehr, wohin ich hätte zurückkehren können. Meine Schwester wurde gleich während der ersten Welle der deutschen Luftangriffe getötet und meine Eltern dann im Spätsommer 1941. Die Bomben hatten das Haus völlig zerstört. Es war nichts mehr davon übrig.«

»Ach, Bunty. Das tut mir sehr leid.« Lucy brannten Tränen in den Augen. Alles auf einen Schlag zu verlieren, war einfach unvorstellbar.

»Das ist jetzt lange her. Zum Glück wollte Mrs Brown mich nach dem Krieg gern im Haus behalten, und dann war natürlich auch Len da.«

»Und seitdem leben Sie in Little Maudley?«

»Nein. Nachdem Len seinen Verwalterposten aufgegeben hatte, musste er auch aus dem kleinen Cottage am Rand des Gutes ausziehen. Das war sehr schade. Ich hab das Häuschen geliebt. Es war mein Refugium.«

Lucy fiel auf, dass Bunty wieder diesen abwesenden Gesichtsausdruck hatte. Refugium – was für eine merkwürdige Wortwahl. Sie war sich sicher, dass in jener Zeit mehr geschehen war, als Bunty jetzt preisgab.

»Und danach haben wir ziemlich lange in einem kleinen Haus hier in Bletchingham gewohnt. Bis Gordon mit dem Gymnasium fertig war. Etwa zu der Zeit ist Mrs Brown dann gestorben und sie hat mir – besser gesagt, uns – das Cottage hinterlassen. Das war eine ganz große Überraschung. Aber sie hatte praktisch keine Familie – ihre Tochter war jung gestorben, und sie wollte nicht, dass Wisteria Cottage irgendwelchen entfernten Verwandten in die Hände fiel oder verscherbelt wurde. Milly war damals ja längst in Australien. Also sind wir zurück nach Little Maudley gezogen – zu meiner großen Freude. Len war allerdings weniger erfreut.«

»Len mochte das Dorfleben nicht?«

»Ich glaube, für ihn gab es im Dorf gewisse Erinnerungen, die er lieber nicht wecken wollte.«

»Ach so?« Lucy war bemüht, nicht allzu interessiert zu wirken.

Bunty kratzte sich am Ohr und schaute in ihren leeren Suppenteller. »Aber ich rede und rede. Jetzt erzählen Sie mal von Ihren Plänen. Denken Sie, dass Sie wieder an der gleichen Schule unterrichten werden?«

Lucy wurde das Herz schwer – nicht nur, weil Bunty wieder zugemacht hatte, sondern auch, weil sie selbst nicht darüber nachdenken wollte, was sie Anfang nächsten Jahres tun würde, wenn es an der Zeit war, das Dorf zu verlassen und nach Brighton zurückzukehren.

»Das weiß ich noch nicht.« Sie kaute an ihrer Unterlippe. »Nächste Woche werde ich das mit meinem Schulleiter besprechen.«

»Das klingt sehr vernünftig.«

»Ja, mal sehen.«

Lucy hätte nie zugegeben, dass die Vorstellung, in ihr früheres Leben in Brighton zurückzukehren, sie eher mit Angst erfüllte als mit Freude.

Sechzehntes Kapitel

Das herrliche Spätsommerwetter hielt sich nicht. Schon am Nachmittag öffnete der Himmel seine Schleusen, und dann regnete es eine ganze Woche lang in Strömen. Und der Beginn des neuen Schuljahrs kündigte Lucy an, dass ihre Zeit im Dorf sich dem Ende näherte.

Als sie ihr Häuschen ein paar Tage nach dem Ausflug mit Bunty verließ, passte das Wetter zu ihrer Stimmung. Regen prasselte herab und tröpfelte ihr den Nacken hinunter, als sie ihre Tasche in den Kofferraum schob. Hamish lag gemütlich zusammengerollt in Buntys Cottage vor dem AGA. Am liebsten hätte Lucy sich zu ihm gelegt.

»Haben Sie etwas Spannendes vor?«

Auf der anderen Straßenseite, direkt vor Sams Haus stand Helen in teuren Gummistiefeln und mit einem dazu passenden Regenschirm.

»Ich muss nach Brighton und mit meinem Chef sprechen.«

Der Schulleiter hatte sie kontaktiert und mitgeteilt, er wisse, dass es noch früh sei, wolle sie aber gern sehen, um mit ihr über ihre Rückkehr im Januar zu sprechen. Lucy war erst wenige Monate im Dorf, doch sie hatte irgendwie das Gefühl, dass die Zeit knapp wurde. Die ersten faulen Wochen in Little Maudley waren ihr endlos erschienen. Aber jetzt würde es nicht mehr lange dauern, bis die Läden erst mit Halloween-Deko und dann mit Weihnachtsschmuck gefüllt waren, und dann kamen schon die Weihnachtsferien und sie würde – Lucy schüttelte sich. Sie grübelte zu viel. Der Chef hatte ja bloß gefragt, ob es ihr möglich wäre, zu einer Besprechung vorbeizukommen. Und sie konnte sich nicht ewig treiben lassen und sich dem süßen Nichtstun hingeben, auch wenn das wunderschön war. Sie schloss den Kofferraum und schaute zu Helen hinüber, die besorgt wirkte.

»Also, ich finde, das klingt gar nicht gut. Wir möchten Sie nämlich gern hierbehalten. Ich bin gerade zu Sam unterwegs, wegen der Regale. Die *British Telecom* will noch in dieser Woche die restlichen Dinge aus der Telefonzelle ausbauen. Alles sehr aufregend!«

Lucy lächelte, obwohl ihr elend zumute war.

»Sie erzählen mir dann alles, wenn ich zurück bin.« Lucy winkte Helen kurz zu und stieg ein.

Auch der Verkehr war nicht auf ihrer Seite. Sie hatte sich mit Tom zum Mittagessen verabredet, bevor er dann zu einer Reise nach New York aufbrechen wollte, aber – sie trommelte gereizt mit den Fingern auf dem Lenkrad herum – das würde nichts werden. Als sie in der Wohnung ankam, war gerade noch genug Zeit, um ihn kurz zu begrüßen, bevor er mit Koffer und Reisepass loslaufen und in den wartenden Uber springen musste. Seine neue Freundin Kate – die, die ihn endlich gezähmt hatte, wie Lucy am Telefon neckend gesagt hatte – lächelte entschuldigend und küsste Lucy zur Begrüßung und zum Abschied.

»Schön, dass ich dich endlich live kennenlerne.« Sie war groß und hübsch, und ihr dunkles Haar war jungenhaft kurz, ein Schnitt, der ihre ungewöhnlich großen dunklen Augen betonte.

»Sorry, dass es nur eine Begrüßung zwischen Tür und Angel ist. Aber bestimmt haben wir bald mal Gelegenheit, uns richtig auszutauschen.«

Tom winkte Kate. »Ich muss los.«

»Wünsch dir eine supertolle Zeit.«

Lucy scheuchte die beiden aus der Tür, schloss sie und lehnte sich an die Wand. Im Vergleich zu ihrem Häuschen in Little Maudley erschien ihr die Wohnung weitläufig und luftig, und das helle Weiß des Flurs und der Treppe blendete nach den altmodischen, gedämpften Cremetönen und den Steinwänden.

Sie zog ihr Smartphone heraus und checkte ihre Nachrichten. Einige befreundete Kolleginnen hatten sich gemeldet, als sie hörten, dass sie in der Stadt war, und fragten nun, ob sie Lust hätte, mit ihnen etwas trinken zu gehen. Während Lucy fort war, hatte sie fast gar nichts von den anderen gehört – in den Ferien passierte das häufig, weil sich dann alle in ihr Privatleben zurückzogen, weit weg vom Lehrerzimmer. Doch Lucy plagte ein wenig das schlechte Gewissen, denn selbst wenn die Kolleginnen sich gemeldet hatten, hatte sie die Kontakte nicht weiter gepflegt. Mit etwas Abstand war ihr klar geworden, dass diese Freundschaften vor allem auf der gemeinsamen Abneigung gegen den Schulleiter und auf der Furcht vor den Schulinspektionen beruhten.

»Also, wie lebt es sich denn so auf dem Dorf?«

Mandy, die ebenfalls Geschichte unterrichtete, lächelte Lucy über ihr Glas hinweg zu. Schon jetzt sah sie erschöpft aus, als hätte sie nicht gerade erst sechs Wochen Ferien gehabt. Natürlich hatte sie vermutlich einen großen Teil dieser Zeit mit Vorbereitungen verbracht, dachte Lucy. Dass sie dreizehn Wochen im Jahr frei hatten, galt im Lehrerzimmer als schlechter Scherz.

»Also, ich –«, begann Lucy, doch sie wurde von Harriet unterbrochen, Mandys bester Freundin, die gerade von der Bar zurückkam. Sie gab Lucy kurz ein Begrüßungsküsschen und überschüttete sie dann mit einem Schwall von Klatsch und Tratsch, schreiend, um sich trotz der wummernden Musik verständlich zu machen. War es in Brighton schon immer so hektisch gewesen?, fragte Lucy sich.

Oder hatte sie einfach vergessen, wie das Stadtleben war? Sie dachte wehmütig an den Pub in Little Maudley, wo sie ein paar Abende zuvor mit Mel und Sam bei einem Glas Pimm's im Biergarten gesessen hatte. Mel hatte sie mit Geschichten von ihrem letzten Trainingskurs unterhalten und sie hatten Tränen gelacht.

»Oh mein Gott, ich muss euch noch erzählen, was gestern Abend passiert ist! Ich bin mit Jamie und Sally unterwegs gewesen, in den Arkaden, und –«

Eine Stunde später hatte Lucy sämtlichen Klatsch aus dem Lehrerzimmer gehört, inklusive das Neueste darüber, wer mit wem schlief, und sie spürte, wie es in ihren Schläfen zu pochen begann. Dieses Gefühl hatte sie fast schon vergessen gehabt.

»Ich muss nur mal schnell zum Klo.«

Mandy nickte und war mit ihrem Handy beschäftigt, bevor Lucy sich auch nur umgedreht hatte.

Im Waschraum ließ Lucy sich kaltes Wasser über die Handgelenke laufen, um sich abzukühlen. Dann legte sie sich die Hände aufs Gesicht und drückte die Finger gegen die Augen. Es war so merkwürdig, wieder hier zu sein – als wäre das Leben in Brighton ihr in diesen wenigen Monaten ganz fremd geworden.

Sie betrachtete sich im Spiegel. Ihr Gesicht war von Sommersprossen übersät und wirkte jünger. Als sie sich vorbeugte, fiel ihr auf, dass sie kaum noch geplatzte Äderchen in den Augen hatte. Der Arzt in Bletchingham war bei der regelmäßigen Kontrolle mit ihren letzten Blutdruckwerten sehr zufrieden gewesen, doch kaum war sie wieder in Brighton, da pulsierte das Blut erschreckend laut in ihren Ohren.

»Kommst du mit uns in den Lion?« Mandy griff nach ihrer Handtasche. Es war noch früh, und die Kolleginnen planten offenbar einen feuchtfröhlichen Abend.

Der Lion war das Stammlokal des Kollegiums und ganz nah bei der Schule. Lucy fand die Aussicht, mitzugehen und höflich Konversation machen zu müssen, nicht sehr verlockend. Die alte Lucy hatte sich den Wünschen der anderen immer gefügt, damit sie ihre Ruhe hatte. Nun wurde ihr blitzartig klar: An den vielen Abenden im Lion hatte sie ihren Stress in Alkohol ertränkt. Aber jetzt war der Stress weg, daher hatte sie einfach kein Verlangen mehr danach.

»Ich glaube, ich passe. Mir ist heute ein bisschen komisch.«

Stattdessen machte sie einen Spaziergang auf der Promenade, ging hinunter an den Strand und weiter zur Pier. Dort setzte sie sich hin und schaute den Wellen zu. Eine Möwe hüpfte vorbei, im Schnabel eine fast leere Pommestüte. Sie legte die Tüte auf die Steine und pickte die Reste heraus. Lucy lächelte dem Vogel zu. Du wirst dich nie verändern, Brighton, dachte sie. Die Möwe beäugte sie mit scharfem Blick, nahm die Tüte wieder in den Schnabel und flog davon.

Aber ich habe mich verändert, wurde Lucy bewusst. Sie drehte sich nach einer gackernden Gruppe von Frauen um, die offenbar einen Junggesellinnenabschied feierten. Sie trugen gleiche T-Shirts und in ihren Haaren flatterten grellrosa Schleier. Als Lucy noch unterrichtet hatte, hatte sie nach einer anstrengenden Woche im Pub Dampf abgelassen. Am Samstagmorgen war sie dann mit einem Kater aufgewacht und irgendwo frühstücken gegangen, und den Nachmittag hatte sie mit dem Korrigieren von Klassenarbeiten verbracht. Seit sie jedoch in Little Maudley wohnte, wirkte sich das geruhsamere Tempo im Dorf auf alle ihre Lebensbereiche aus. Sie fragte sich, was Mel wohl gerade machte und wie Freya damit vorankam, eine neue Beziehung zu ihrer Mutter aufzubauen. Und wie es Bunty ging. Was für eine wunderbare Überraschung, dass eine Frau, die vom

Alter her ihre Großmutter sein konnte, zu einer so guten Freundin geworden war.

Lucy hob einen glatten Stein auf, schleuderte ihn ins Wasser und beobachtete, wie er in den Wellen versank. Die Ebbe hatte eingesetzt. Ihr Handy meldete eine neue Nachricht – wahrscheinlich von Mandy, die sie überreden wollte, doch noch in den Lion zu kommen. Aber nein – es war eine Nummer, die sie im ersten Moment nicht erkannte. Doch dann wusste sie plötzlich, wer es war.

Sam arbeitete an einem neuen Baumhaus. Er hatte es rollstuhlgerecht geplant, für einen kleinen Jungen in einem Dorf in der Nähe, und jetzt schickte er ihr eine Nachricht mit einem Foto.

Dachte, das gefällt dir vielleicht.

Er musste Lucys Nummer von der Chatgroup des Dorfes haben, in der es heiße Diskussionen über die Pläne für die Halloween-Party im Dorfhaus und die letzten Arbeiten an der Telefonbücherei gegeben hatte.

Ich bin's übrigens, Sam.

Hab ich mir gedacht, tippte Lucy.

Was macht das glamouröse Stadtleben?

Ist gar nicht glamourös. Vermutlich habt ihr mich im Dorf einer Gehirnwäsche unterzogen.

Ja, das passiert uns allen. Wer würde denn den neuesten Klatsch im Postamt gegen einen Abend in einem Restaurant eintauschen wollen?

Ich nicht. Ich meine, der Dorfklatsch ist mir lieber. Ernsthaft.

Die schicken Freundinnen in der Stadt sind nicht so unterhaltsam wie wir?

Hab mich vor einem Abend im Pub gedrückt, um erst in die Wanne und dann früh ins Bett zu gehen.

Klingt gut. Ich muss Freya heute Abend zu einer Party bringen und sie um Mitternacht wieder abholen.

Schande.

Genau. Wir sprechen uns bald?

Lucy lächelte ihr Telefon an und schob es wieder in die Tasche. Es war sonderbar, daheim zu sein, aber Heimweh nach einem kleinen Dorf zu haben. Sie ging über den Strand zurück und auf einem Umweg wieder nach Hause.

Siebzehntes Kapitel

Lucy hatte Brighton und die Südküste weit hinter sich gelassen. Sie fuhr von der Autobahn ab und über die mittlerweile vertrauten, von Bäumen gesäumten kleinen Landstraßen, die jetzt in einer ganzen Palette aus herrlichen Braun- und Goldtönen leuchteten. Sie trällerte die Songs im Radio mit. Diese Gegend war so schön, hier ließ es sich wirklich leben.

»Hallo.« Wie aus dem Nichts tauchte Sam auf, als sie vor ihrem Häuschen einparkte.

»Wo kommst du denn so plötzlich her?« Lucy spürte, dass ihr Lächeln albern breit war.

»Sechster Sinn. Ich dachte, du könntest vielleicht das hier –«, er hielt eine Milchflasche hoch, »und auch das hier gebrauchen?« In der anderen Hand hatte er frischgebackenen Kuchen aus dem Dorfladen.

»Mann, du bist wirklich toll!«

Sam rieb sich selbstzufrieden das Kinn. »Zu dir oder zu mir?«

Lucy sah zu Boden. Auf einmal war sie verlegen.

»Zum Tee, meine ich. Es sei denn, du hast andere Pläne?« Das klang neckend.

»Tee wäre schön, Kaffee sogar noch besser. Es war eine lange Fahrt.«

»Also gehen wir zu mir. Ich rufe Mel an und sag Bescheid, dass du zurück bist, dann kann sie Hamish rüberbringen. Sie hat ihn vorhin von Bunty abgeholt.«

Lucy warf rasch ihre Tasche aufs Sofa und ging dann über die Straße ins Bell Cottage.

Sam stand mit einem Geschirrtuch über der Schulter in

der Küche. Lucy sah ihm zu, wie er mit der schicken italienischen Maschine Kaffee machte, die Milch aufschäumte und beides in zwei Bechern mischte. Er reichte ihr ihren Kaffee und nahm Teller und ein Messer aus dem Küchenschrank.

»Willst du den Kuchen schneiden? Ich kann das auch machen, aber meine Stücke werden immer gigantisch groß.«

»Gigantische Stücke sind mir jetzt gerade recht, das wird mein Mittagessen.«

Sam schnitt zwei Stücke ab und legte sie auf die Teller. »Zucker?«

»Nein, alles gut so, danke.«

Es war sonderbar. Nachdem Sam mit dem Foto vom Baumhaus das Eis gebrochen hatte, hatten sie weiter gechattet, aber als sie sich jetzt in seiner kleinen Küche gegenübersaßen, war Lucy stumm und wusste nicht, was sie sagen sollte. Sie sah zum Küchenschrank hinüber, wo ein Foto von einer deutlich jüngeren Freya stand, die zahnlos und mit verrutschter Schulkrawatte grinste. Sam folgte ihrem Blick.

»Das hab ich kürzlich wiedergefunden. Süß, oder?«

»Wie geht's ihr denn inzwischen?«

»Also, gestern schien sie ganz gut drauf zu sein. Aber als ich sie dann heute Morgen gefragt habe, mit wem sie so früh schon mailt, hat sie mich angefahren. Sie könnte nichts tun, ohne dass ich sie dauernd nerve, hat sie geschimpft, und dann ist sie rausgerannt und hat die Haustür hinter sich zugeknallt.«

Lucy verzog mitfühlend das Gesicht.

»Wie war's denn in Brighton? Hast du es genossen, zurück in der Zivilisation zu sein?« Sam stützte das Kinn in die Hand und sah sie an. Lucy schaute auf ihren Teller und sortierte mit dem Zeigefinger die Kuchenkrümel.

»Na ja«, begann sie. »Es war natürlich schön, mal wieder in der Schule zu sein und die Kinder zu sehen.«

»Und freuen sie sich schon darauf, dass du wiederkommst?«

»Ich hab nicht viele gesehen. Ich war ja nur im Büro des Schulleiters und dann ziemlich schnell wieder draußen.«

»Und im Januar fängst du wieder an zu arbeiten?«

»Ich bin mir noch nicht ganz sicher.«

»Wie kommt's?« Unter Sams aufmerksamem Blick musste Lucy schlucken.

»Ich weiß nicht. Ich hab einfach – bist du schon mal irgendwohin zurückgekommen und hast gemerkt, dass es einfach nicht mehr das Gleiche ist?« Doch kaum hatte Lucy das gesagt, da fiel ihr ein, dass Sam ja sein ganzes Leben hier in Little Maudley verbracht hatte. Aber er nickte bedächtig.

»Ja. Nicht in beruflichem Zusammenhang, aber – doch, ja. Das ist komisch. Man hat etwas aufgebaut und war völlig überzeugt, dass es das Richtige ist, und dann kommt man hin und –« Er hob die Handflächen zum Himmel.

»Genau.« Lucy biss sich auf die Lippe. »Und – ich weiß nicht recht, wo ich gerade stehe.«

Sam hob die Augenbrauen. »Also, ich würde mich freuen – ich meine, wir würden – uns freuen, meine ich …« Er schüttelte lachend den Kopf. »Ich finde, du passt richtig gut hier ins Dorf. Das hab ich gerade versucht zu sagen, auf meine einmalig wirre Art und Weise.«

Lucy liebte das Dorfleben. Aber sollte sie ihr gewohntes Leben aufgeben, um hierzubleiben? Zum einen konnte sie nicht ewig von ihren Ersparnissen leben, und – sie seufzte – zum anderen würde es ein ziemlicher Aufwand sein. Die Uhr schlug zur vollen Stunde. »Gut. Ich glaube, ich mache jetzt mal lieber was.«

»Wenn du gerade nichts Wichtiges zu tun hast, hab ich

eine Idee.« Sam griff nach den Autoschlüsseln. »Willst du mein neues Projekt sehen?«

Lower Maudley war eine Miniversion von Little Maudley und sogar noch malerischer. An der Dorfwiese stand ein kleines Kirchlein und gegenüber ein Telefonhäuschen, an dem Körbe mit Herbstblumen hingen.

»Hier haben sie ihre Telefonzelle nicht so verkommen lassen, fällt mir auf.«

»Hier lassen sie überhaupt nichts verkommen. Im Vergleich zu diesem Dörfchen sieht es in Little Maudley aus wie in einem Slum. Wir befinden uns hier im gefragtesten Wohnort der ganzen Gegend.«

»Also werden für das Baumhaus keine Kosten gescheut?«

»So ist es.« Sam sprang aus dem Wagen. »Komm mit, du wirst es gleich sehen.« Er schob ein weiß gestrichenes Tor auf.

»Und sie haben nichts dagegen, dass du einfach so mitten am Nachmittag mit mir im Schlepptau hier auftauchst?«

»Sie sind gar nicht hier, sondern in Cancún. Alle sechs.«

»Wow.«

Sam deutete auf das Haus. »Ja.«

Hinter einem riesigen Herrenhaus mit weitläufigen, perfekt gepflegten Rasenflächen erstreckte sich ein Garten, der von kiesbestreuten Wegen durchzogen war.

»Folgen Sie mir, Madam.«

»Dann hast du die Arbeiten an Janets Baumhaus abgeschlossen?«

Sie gingen einen von Lavendelbüschen gesäumten Kiesweg entlang.

»Ja, es ist fertig. Sie freuen sich sehr darüber. Solche Projekte sind die ganze Schufterei wert.«

Am Ende des Kieswegs hatte man eine Hecke zu einem Torbogen geschnitten. Daran hing ein hölzernes Schild, auf dem in schöner Schrägschrift stand: »Tims Haus«.

»Na, wie findest du das?«

Vor ihnen stand eine mächtige Eiche, um deren Stamm sich unten ein Baumhaus herumzog. Es war ganz anders als das Baumhaus bei Janet, hatte aber die gleiche magische Anziehungskraft.

»Wunderschön.«

»Und es ist ebenerdig. Ich dachte, das würde dir gefallen.« Sein Lächeln ließ Lucys Magen aufmucken.

»Es ist zum Verlieben. Woher nimmst du nur diese Ideen?«

Sam wirkte verlegen. Er zog den Kopf ein, rieb sich die Stirn und schaute sie dann durch die gespreizten Finger an.

»Ehrlich?«

Lucy nickte. Sie schwankte, weil sie auf einen heruntergefallenen Ast getreten war, und Sam reagierte blitzschnell, indem er ihr stützend den Arm um die Taille legte. Auch als er seinen Arm rasch wieder fortgezogen hatte, spürte Lucy noch seine Wärme durch die dünne Leinenbluse.

»Ich stelle mir immer vor, was ich mir als Kind gewünscht hätte.«

Lucy sah ihn an. Sein Gesicht war wehmütig.

»Du hattest als Junge vermutlich kein Baumhaus.«

Sam lachte ein wenig traurig. »Das wäre unmöglich gewesen. Meine Mutter hat sich nicht besonders um mich gekümmert. Ich glaube, deswegen ist es mir auch so wichtig, dass ich mit Freya nichts falsch mache. Komm, ich zeig's dir von innen.«

Im Inneren war das Haus sogar noch schöner. Lucy setzte sich auf eine mit Schnitzereien verzierte Bank und ließ die Hand über die glatten Seitenlehnen gleiten. Alles war mit so viel Liebe und Sorgfalt gestaltet.

»Und wie war deine Mutter?« Sams Stimme war rau.

»Sie war auch nicht der Typ für Baumhäuser. Wir haben

ja auch mitten in Brighton gewohnt, da hätten wir sowieso keinen Platz dafür gehabt, aber ...«

Sam nickte. »Ich weiß, was du meinst. Wo lebt deine Mutter jetzt? Immer noch in Brighton?«

»Nein, in Australien. Und da ist sie glücklich, deswegen ist sie pflegeleicht.«

»Klingt wie Freyas Mutter.«

Sie betraten neues Terrain, und Lucy spürte, dass es Sam nicht leichtfiel, über diese Themen zu sprechen. Mel hatte seine geschiedene Frau mehrmals flüchtig erwähnt und einmal gesagt, für seine Ex – und für Freya – sei es besser, dass sie aus ihrem Leben verschwunden war.

»Glaubst du, sie fragt sich manchmal, wie es gewesen wäre, wenn sie bei euch geblieben wäre?«

Sam schüttelte den Kopf. »Ganz sicher nicht. Ich glaube, Freya hat einfach nicht in ihre Pläne gepasst.«

»Sie erscheint mir recht zufrieden und gut verwurzelt.«

»Freya?« Lucys Bemerkung schien Sam zu freuen. »Findest du? Schwer zu sagen. Vor allem, weil sie in letzter Zeit so – anders ist.«

Unbewusst hielt Lucy sich die Hand vor den Mund. Sie wusste ja, dass Freya ihre Mutter gesucht und gefunden hatte, aber sie durfte ihr Vertrauen nicht missbrauchen. Trotzdem, sie musste Sam einfach fragen: »Überlegst du manchmal, ob sie gern Kontakt zu ihrer Mutter hätte?«

»Ich hoffe nicht.« Sam hatte die Hand um einen Holzpfosten gelegt, und seine Knöchel wurden weiß, als er unwillkürlich fester zupackte. Er räusperte sich und sagte nach kurzem Nachdenken: »Ich habe Sorge, dass sie Freya enttäuschen würde, wenn sie wieder an ihrem Leben teilhätte. Und wenn das passieren sollte, wäre es meine Schuld.«

Lucy wischte einen Holzspan von der Bank, auf der sie saß. Da kam ein Problem auf Sam zu, aber es war nicht an ihr, ihn zu warnen. Vielleicht konnte sie Bunty um Rat fragen.

»Ist schon komisch – ich hab das Gefühl, dass ich mich an der Schule besser mit Teenagern auskannte als jetzt, seit ich Freya kennengelernt habe.«

»Vielleicht sind sie im Rudel umgänglicher?«

»Nein, ich glaube eher, wenn man nicht mehr das Gesamtbild vor Augen hat, wird einem klar, dass es ganz viele Einzelheiten gibt, die einem leicht entgehen. Freya – und dich – lerne ich aus einer anderen Perspektive kennen.«

»Sie ist eigentlich gar nicht so schwierig, oder?« Mit einem Lachen streckte Sam Lucy die Hand hin und zog sie hoch. Wieder spürte sie noch eine ganze Weile den Druck seiner Hand.

»Nein, es ist eher – ich war mir sicher, dass ich weiß, wie Jugendliche ticken. Aber wenn ich dich jetzt mit Freya oder Mel mit Camille sehe, wird mir klar, dass sich die wirklich schwierigen Geschichten zu Hause abspielen. Ich wette, in der Schule ist Freya ein Engel.«

»Mehr oder weniger. Ganz anders als ich früher.« Sam grinste.

»Ich bin immer ganz gern zur Schule gegangen. Da hatte ich festen Halt.«

»Glaubst du, dass du deswegen Lehrerin geworden bist?«

»So habe ich das noch nie gesehen.« Sam öffnete ihr die Beifahrertür und trat zur Seite. Er war auf altmodische Art höflich. Bunty gefiel das sehr, wie sie Lucy gegenüber mehr als einmal geäußert hatte.

Gleich darauf schwang er sich auf den Fahrersitz und ließ den Motor an.

»Ich fände das logisch«, setzte Sam ihr Gespräch fort. »Und glaubst du, dass du deswegen auch Geschichte als Fach gewählt hast?«

Lucy erinnerte sich daran, wie Tyler im Klassenraum gestanden und ihr erklärt hatte, das Fach gefalle ihm so gut, weil die Geschichte sich nicht mehr veränderte. In ihrer eigenen Kindheit war ihr vieles, darunter auch ihre Zukunft, so ungewiss erschienen, dass ihr die Beschäftigung mit der Vergangenheit Trost und Sicherheit gegeben hatte.

»Ich glaube ja. Das ist sicheres Terrain. Und es gibt so viel zu lernen, immer wieder – siehe Bunty.«

»Verrückt, oder? Sie hat so viel durchgemacht. Sie ist ein wandelndes Geschichtsbuch.«

»Deswegen möchte ich auch so gern, dass sie über ihre Erlebnisse spricht. Sie hat sich ein wenig geöffnet, aber ich bin gespannt, ob sie wirklich von sich erzählen will. In Bletchley Park werden Lebenserinnerungen aufgenommen, da könnte sie mitmachen. Ihre Geschichte ist so interessant. Es wäre gut, wenn sie für zukünftige Generationen bewahrt würde.«

Beim Fahren summte Sam die Melodien im Radio mit, und Lucy sah ihn an und fühlte sich in seiner Gegenwart wohl. In Brighton hatte sie mit Männern nicht viel Glück gehabt. Sie hatte es mit Onlinedating probiert, aber ohne Erfolg. Affären mit Kollegen waren unklug – nichts war schlimmer, als während einer Lehrplanbesprechung höflich Konversation mit einem Mann machen zu müssen, mit dem man am Vorabend im Pub herumgeknutscht hatte. Aber sie war nur für begrenzte Zeit in Little Maudley. Das jedenfalls war der Deal gewesen. Sie war gar nicht auf die Idee gekommen, dass es außerhalb von Brighton auch ein Leben für sie geben oder dass sie das kleine Dorf und seine Bewohner ins Herz schließen könnte. Sam aber lebte hier, und seine ganze Liebe und Sorge galten Freya. Daran führte kein Weg vorbei. In der Theorie mochte er ideal für sie sein – aber im wirklichen Leben sah es nun mal anders aus.

Achtzehntes Kapitel

Sam setzte Lucy vor ihrem Häuschen ab und parkte dann vor dem Bell Cottage. Im Rückspiegel beobachtete er, wie sie zur Haustür ging, dann aber umkehrte und stattdessen den Weg zu Buntys Cottage einschlug. Sam lächelte. Bunty würde sie vermissen, wenn sie wieder nach Brighton zog. Er schloss die Wagentür ab und ging ins Haus.

Er warf die Autoschlüssel auf den Küchentresen und blätterte die Post durch, riss Umschläge auf und warf einen Brief nach dem anderen ins Altpapier. Alles Werbung, bis auf eine Rechnung von einem Lieferanten, der seine Forderungen noch ganz altmodisch mit der Post verschickte.

»Dad?«

»Hallo! Wie steht's?«

»Ich muss in die Stadt. Kannst du mich fahren?«

»Oh, hallo, mein lieber Dad, wie geht's dir? Danke, gut, ja. Ich hab mir mein letztes Projekt angesehen und Lucy mitgenommen, um es ihr zu zeigen. Und gleich muss ich mit den Hunden gehen, vielleicht hast du ja Lust, mich zu begleiten …«

»Wenn du bloß diese Fantasiegespräche sein lassen könntest. Die sind so was von ätzend.« Freya verdrehte die Augen. »Ich brauche neue Jeans.« Sie zupfte an ihrer Hose, an der absolut nichts auszusetzen war. »Und ich treffe mich mit Freundinnen bei Starbucks.«

Vielleicht ergab sich auf der Fahrt die Gelegenheit zu einem Gespräch. Sam ließ die Hunde in den Garten und schaute zu, wie sie im Zickzack über das ganze Grundstück sausten und mit den Nasen am Boden Gerüchen folgten.

»Schön, ich fahre dich. Ich muss sowieso zu Jewson's und ein paar Sachen holen. Wie lange brauchst du denn etwa?«

»Zurück nehme ich den Bus.« Freya erwiderte seinen Blick nicht.

»Mir macht's nichts aus, ein bisschen zu warten.« Vielleicht konnten sie anschließend noch eine Pizza essen oder sogar Bowlen gehen oder so was. Lucy hatte vorgeschlagen, er solle versuchen, eine Situation zu schaffen, in der sie eine Zeitlang ganz entspannt zusammen waren, um mit Freya zu sprechen. Ohne Druck. »Und anschließend könnten wir noch was zusammen machen.«

»Nee, alles gut.« Es war, als hätte jemand einen Schalter umgelegt. Seine witzige, warmherzige, fürsorgliche kleine Tochter hatte sich in einen launischen Teenager verwandelt. »Was habt ihr gemacht, du und Lucy?« Jetzt sah sie kurz zu ihm hoch. Sie kaute auf einer Haarsträhne, eine Angewohnheit, die sie schon als kleines Mädchen gehabt hatte. Normalerweise hieß das, dass sie nervös war oder vor irgendetwas Angst hatte.

»Hab ich doch gerade gesagt.« Manchmal kam es ihm vor, als würde Freya bei ihren Gesprächen nur mit halbem Ohr hinhören. »Ich hab ihr das Baumhaus gezeigt, an dem ich gerade arbeite.«

»Ach so.« Freya wandte sich ab.

Im Moment jedenfalls lebten sie nicht auf dem gleichen Planeten. Es musste die Hormonumstellung sein oder so was. Sam hoffte jedenfalls, dass es nichts Schlimmeres war.

Eine Viertelstunde später sperrte er die Hunde in die Küche und verließ das Haus. Als er zum Pritschenwagen ging, wo Freya bereits ungeduldig wartete, traten Susan und ein paar Leute vom Gemeinderat ihm in den Weg.

»Wir wollten nur eben wegen der Regale in der neuen

Telefonbücherei fragen. Ist es immer noch in Ordnung für Sie, dass Sie die Einbauten übernehmen?«

»Selbstverständlich.« Sam hatte das Gefühl, dass dieses Gespräch schon etwa fünfzehn Mal stattgefunden hatte. Vor ein paar Tagen war Helen, mit Notizblock und Stift ausgerüstet, bei ihm gewesen und hatte apodiktisch darauf bestanden, dass er ihr die Pläne erklärte. Ja, sie stellte sich schon ein bisschen mehr vor als ein paar Regalbretter und Blumen für die Töpfe, die bereits draußen vor der Tür standen. Aber es war wirklich keine Hexerei.

»Mit dieser Bücherei in der Telefonzelle hast du uns ganz schön was eingebrockt«, sagte er zu Freya, als er ins Auto stieg.

Sie beehrte ihn mit einem kurzen Lächeln.

Als Sam an einer Kreuzung hielt, fiel ihm auf, dass sie den Saum ihres T-Shirts knetete und auf der Unterlippe kaute. Irgendetwas musste sie sehr beunruhigen.

»Alles in Ordnung?« Er sah Freya an und legte ihr die Hand aufs Knie.

»Ja.« Sie fummelte an ihrem Handy herum. »Alles okay.«

Aber sie wirkte alles andere als okay. Auf der Landstraße kamen sie bald nur noch im Schneckentempo vorwärts, weil sie hinter einem Mähdrescher festhingen. Er ratterte ein paar Meilen vor ihnen her, bis er schließlich abbog. Freya stellte Radio One ein und drehte voll auf. Sam trommelte mit den Fingern auf dem Lenkrad herum und überlegte, wie er sie am besten auf das ansprechen konnte, was sie quälte. Seine väterlichen Instinkte sagten ihm sehr deutlich, dass etwas nicht stimmte. Was war, wenn Freya sich in irgendetwas verstrickt hatte? Ein Treffen mit jemandem vereinbart hatte, den sie im Internet kennengelernt hatte? Bei dieser Vorstellung wurde ihm übel.

»Und du bist tatsächlich im Starbucks verabredet?«

Freya verdrehte die Augen und warf ihm einen ärgerlichen Blick zu. »Ja. Ich bin tatsächlich im Starbucks verabredet.«

»Und willst mit mir nicht darüber reden?«, fragte Sam hoffnungsvoll, als er auf dem Parkplatz des Einkaufszentrums hielt.

»Ich will jetzt bloß zu Primark und mir 'ne Jeans kaufen.« Sie öffnete die Wagentür.

»Ich könnte ja mitkommen.«

Freya prustete. »Wie bitte?« Sam warf ihr eine Kusshand zu, und sie musste wider Willen lachen.

»Welchen Bus nimmst du nachher? Ich fahre zum Holzhandel, aber danach kann ich dich abholen.«

»Oh Mann, Dad! Ich weiß es einfach noch nicht!«

»Ist ja gut. Ich bin eben krankhaft ängstlich. Aber du rufst mich an und sagst mir Bescheid?«

Freya nickte und sprang aus dem Laster, ohne ihm das übliche Abschiedsküsschen zu geben.

Eine halbe Stunde später brummte in Sams Tasche das Handy. Er stand gerade beim Holzhandel in der Schlange vor der Kasse.

Kannst du mich jetzt abholen?

»Haben Sie Ihre Mitgliedskarte dabei?« Ohne ihn auch nur anzusehen, streckte die Frau an der Kasse gelangweilt die Hand aus.

Klar. Hast du deine Jeans schon?

Offenbar funktionierte sein Radar doch noch recht gut. Er hatte gewusst, dass irgendetwas nicht in Ordnung war. Warum wollte Freya jetzt schon abgeholt werden? Sam spürte sein Herzklopfen, als er seine Brieftasche herauszog und sie auf die Theke fallen ließ, bloß weil er unbedingt sein Handy im Auge behalten wollte.

Ja. An der üblichen Stelle?

Sam reichte der Kassiererin seine Karte, bezahlte und schob dann den Wagen mit dem Holz nach draußen, wo er seine Einkäufe sorgfältig auf die Ladefläche des Pritschenwagens packte.

Ich warte jetzt auf dem Parkplatz von M&S.

Hatte Freya sich mit ihren Freundinnen gestritten? Oder waren sie gar nicht gekommen? Er hätte fragen sollen, mit wem sie sich treffen wollte und wo genau sie hingehen wollten. Es war verteufelt schwer, die richtige Balance zu finden – einerseits wollte er Freya möglichst viel Freiheit lassen, andererseits musste er sie vor Gefahren schützen und aufpassen, dass sie keinen Ärger kriegte oder wie ihre Mutter wurde. Als Sam sich übers Kinn strich, spürte er seine angespannten Muskeln. Und es mal mit Meditation oder so etwas versuchen. Er schob den Einkaufswagen an seinen Platz zurück. Ein klarer Kopf war etwas anderes.

Zu seiner Erleichterung wartete Freya wie verabredet. »Hi, mein Schatz«, sagte Sam, als sie die Wagentür öffnete. Keine Fragen stellen, stand in den Elternratgebern. Warten, bis die Kinder sich von sich aus öffnen und von ihren Gefühlen erzählen. Er warf Freya einen Blick zu, aber ihr Gesicht war ausdruckslos.

»Hi.« Freya kletterte auf den Sitz und zog sich die Kapuze über das Gesicht, obwohl der Nachmittag nicht kalt war. Dann fläzte sie sich gegen das Beifahrerfenster, und Sam fuhr los. Er stellte das Radio an, um die beunruhigende Stille zu durchbrechen.

»War's schlimm beim Einkaufen?«

Er hatte fünf Minuten gewartet, bevor er fragte. Das war lange genug.

»Jetzt nicht.«

Freya starrte auf ihr Handy und scrollte endlos.

»Davon wird dir bloß schlecht. Du weißt doch, dass es dir nicht bekommt, wenn du beim Autofahren runterguckst.«

»Alles gut.«

Aber gleich darauf steckte sie ihr Handy wieder ein.

Sie standen endlos lange im Stau. Wochenendverkehr. Im Radio plätscherte ein Strom von geistlosem Geschwätz dahin. Ein roter Drachen flog über sie hinweg, schwebte einen Moment lang über dem langen Gras neben dem Seitenstreifen und schoss dann nach unten wie ein Pfeil, der zielsicher seine Beute trifft. Sam wünschte, er könnte genauso sicher auf sein Ziel zusteuern. Im Moment war er ziemlich verzweifelt – er fühlte sich überfordert, und die Sorge, dass gerade etwas ganz schieflief, nagte an ihm.

Vielleicht sollte er Lucy fragen, was sie dazu meinte? Er konnte ja nachher mal bei ihr reinschauen und fragen, ob sie einen Rat für ihn hatte. Oder würde sie das als Belästigung empfinden? Und warum zerbrach er sich darüber den Kopf? Mit Mel war er seit ewigen Zeiten befreundet, und er dachte nie auch nur eine Sekunde darüber nach, was sie von seinen Besuchen hielt. Vor ihnen kamen die goldenen Bögen von McDonald's in Sicht.

»Dinner bei McDonald's?« Das zauberte sonst unter Garantie ein Lächeln auf Freyas Gesicht, ganz egal, warum sie schlecht gelaunt war.

Aber sie sah weiter aus dem Fenster und zuckte bloß mit den schmalen Schultern.

»Wie du willst.«

Sam schaltete seufzend den Blinker ein und bog ab.

Während Freya ihren Burger aß, guckte sie nur auf ihr Handy und ließ sich nicht zu einem Gespräch ermuntern. Sam beobachtete, wie der Verkehr auf der vierspurigen Straße vorbeirauschte, und überlegte, wie er es geschafft hatte, ihre Beziehung zu vermasseln. Fast vierzehn Jahre lang hatte er es gut hingekriegt und jetzt – ach, aber das war Schwarzmalerei.

Zu Hause angekommen, schlich Freya wortlos in ihr Zimmer. Dass sie die Hunde mitnahm, beruhigte ihn etwas. Zumindest die Tiere waren bei ihr nicht unten durch.

Bist du da?

Er schickte die Nachricht an Mel ab und schaute auf die Küchenuhr. Als er den Kühlschrank öffnete, wurde ihm bewusst, dass er hätte einkaufen sollen. Nicht mal mehr Milch für den Kaffee war da, nur noch eine halbe Flasche Fanta, ein verdächtig aussehendes Stück Parmesan und etwas welkes Grünzeug. Wenn er sich nicht irrte, würde Freya in einer halben Stunde wieder auftauchen. Obwohl sie gerade einen Burger mit Pommes verdrückt hatte, würde sie laut verkünden, dass sie einen Riesenhunger habe, und sich beschweren, dass in diesem Haus nie etwas zu essen vorrätig sei. Also musste er morgen als Erstes einkaufen gehen.

Mels Antwort war gleich da: *Wasser kocht. Komm und rette mich vor der Buchhaltung.*

»Ich gehe eben auf einen Kaffee zu Mel rüber.« Sam schwieg und horchte. Früher wäre Freya nach unten gerannt gekommen, hätte ihn umarmt und verkündet, sie käme auch mit, und dann wäre sie, von den Hunden umtanzt, aus der Tür gehüpft. Jetzt war da, wie erwartet, nur Stille. Hatte sie ihn überhaupt gehört? Mit einem Seufzer ging Sam zur Tür, nahm seine Jacke vom Haken und griff nach den Hundeleinen.

»Ich komme mit«, rief sie hinter ihm, gerade als er die Tür öffnete. Sam fuhr herum. Sie hatte die Haare aus dem Gesicht genommen und zu einem komplizierten Gebilde hochgesteckt. Ihr Handy hielt sie immer noch in der Hand, aber sie lächelte Sam an, als hätte sie vergessen, warum sie so mürrisch gewesen war.

»Oh, hallo«, sagte er neckend. »Schön, dass du wieder da bist.« Einen Moment lang fragte er sich, ob er zu weit gegangen war, aber sie grinste ihn an und strahlte. Sie sah wieder so aus wie die alte Freya. Es war wirklich vertrackt mit diesen Hormonen.

»Fertig?« Freya schnappte sich einen Apfel aus der Obstschale und spazierte mit den wedelnden Cockerspaniels im Schlepptau an ihm vorbei, während er staunend die Tür aufhielt.

Kaum waren sie in Mels chaotischem Haus angekommen, da galoppierten Freya und die beiden Hunde auch schon die Treppe hinauf. Im nächsten Moment war von oben erst ein Kreischen und dann ohrenbetäubend laute Musik zu hören.

»Das ist, als würde man mit einem Tornado zusammenleben.« Mel nahm den Küchenbesen und stieß mit dem Stiel kräftig gegen die Decke. Cammie war also vom Besuch bei ihrem Vater zurück. Kurz darauf nahm die Lautstärke der Musik unwesentlich ab.

»Ich hab mir diesen Beruf ausgesucht, weil ich Hunde ausbilden möchte, aber nicht, um verdammten Bürokram zu erledigen.« Mel deutete auf den Küchentisch. Er war mit Papierstapeln, ungeöffneten Briefen und einem Schuhkarton voller Quittungen bedeckt. Ein neuer Ordner wartete in seiner noch ungeöffneten Verpackung. »Ich habe einen ungezogenen Jack Russell in der Waschküche, der mit allen Mitteln um Beachtung kämpft, und eigentlich sollte ich vorhin auch noch eine Einzelstunde geben, aber die habe ich abgesagt.«

»Warum nimmst du dir nicht einfach einen Steuerberater?«

»Kostet das nicht ein Vermögen? Da würde doch mein ganzer Gewinn bei draufgehen.«

Mel strich sich durch ihr langes Haar und schob es erst von einer Seite auf die andere und dann hinter die Ohren.

»Ehrlich, nimm meinen. Ich sammle nur die Quittungen und so und bringe ihm dann alles. Oder kannst du dir vorstellen, dass ich meine Steuererklärung selbst mache?«

Mel prustete vor Lachen. »Nee, auf keinen Fall. Legasthenie und dann das hier« – sie nahm einen Stapel Papier von einem Stuhl, sodass Sam sich hinsetzen konnte –, »das wäre ja die Hölle.«

»Wie geht's Camille?«

»Gut. Warum fragst du?« Mel holte Milch aus dem Kühlschrank und machte zwei Becher Pulverkaffee. Der Becher, den sie Sam reichte, war angestoßen und trug die Aufschrift TIERVERSICHERUNG VOM PROFI. Als sie Sams Blick sah, grinste sie. »Die Spülmaschine ist voll. Wir müssen die alten, kaputten Becher von den Hundeshows nehmen. Sorry.«

Lachend schüttelte Sam den Kopf. Mel war in diesem Durcheinander glücklich. Er staunte immer wieder, wenn Camille morgens aus diesem Haus voller Unordnung und Hundespuren auftauchte, wie aus dem Ei gepellt, und jede Locke saß am richtigen Platz. In mancher Hinsicht war sie das genaue Gegenteil von ihrer Mutter, aber sie hatte auch viele Charakterzüge von ihr geerbt. Beide waren entspannt und friedliebend und gehörten zu den Menschen, mit denen man in einvernehmlichem Schweigen zusammensitzen konnte. Sam schlürfte seinen Kaffee und streichelte dabei einem riesigen, tapsigen Labradoodle den Kopf.

»Wie heißt du denn?«

»Das ist Bert. Ich betreue ihn eine Woche, weil sein Frauchen eine OP hat. Er ist ein Schatz, oder?«

»Ein Prachtkerl.«

Bert schaute mit seinen großen, schokoladebraunen Augen zu ihm hoch und wedelte in der Hoffnung auf weitere Zuwendung mit dem Schwanz.

»Und warum fragst du wegen Freya? Was hat sie vor?«

»Nein, ich hab nach Camille gefragt.«

»Ja«, Mel hob eine Augenbraue, »das weiß ich doch. Aber

das ist dein Kürzel für: ›Weißt du etwas, was ich nicht weiß?‹ Was ist denn los?«

»Freya ist einfach – so komisch.«

Mel sah ihn fragend an.

»Keine Ahnung. Als hätte sie irgendeine Pille genommen und sich von meiner lieben, lässigen Freya in dieses trotzige, schweigsame Wesen verwandelt. Ich hab einfach Angst, dass da irgendwas Merkwürdiges läuft.«

»Du meinst, irgendwas in der Schule?«

»Kann sein.« Sam biss sich auf die Lippe. »Ich weiß es nicht. Vorhin war es ganz seltsam. Sie hatte sich für eine Einkaufstour fertiggemacht, und kaum hatte ich sie abgesetzt, da kriegte ich die Nachricht, ich sollte sie so schnell wie möglich wieder abholen.«

»Vielleicht hat sie sich mit jemandem verstritten?« Mel runzelte die Stirn. »Ich frag Cammie mal, ob sie irgendwas weiß.«

»Oder vielleicht sind es irgendwelche Online-Geschichten? Sie hängen ja ständig an diesen verdammten Smartphones.«

»Ich frag Cammie. Mal hören, was sie sagt.«

»Aber vorsichtig.«

»Logo!« Mel verzog das Gesicht. »Ich werde da doch nicht mit meinen großen Füßen reintrampeln und gleich mit der Tür ins Haus fallen.«

»Klar, sorry.«

»Gibt's was Neues aus der Gerüchteküche im Dorf? Ich muss gestehen, ich hab mich aus der Chatgroup abgemeldet, weil die achtzehn Millionen Nachrichten über die Bücherei pro Tag mich wahnsinnig gemacht haben.«

»Pscht.« Sam lachte. »Freya ist ganz begeistert von der Sache. Im Moment ist das für mich wie ein Wunder, und ich bin heilfroh, dass sie sich überhaupt für irgendwas interessiert. Sie schmiedet mit Lucy zusammen Pläne.«

Mel lächelte ihn über ihren Becher hinweg an und kniff die Augen leicht zusammen. »Wie geht's Lucy denn?«

»Halt den Mund, du.« Sam schüttelte den Kopf.

Mel hob eine Augenbraue und sagte nichts mehr.

»Hier, Hamish, für dich.« Lucy gab dem Westie einen Kauknochen aus dem Schrank und beobachtete, wie er ins Wohnzimmer flitzte. Mit einem vergnügten Brummen sprang er aufs Sofa und machte sich ans Werk. Lucy beschloss, sich mit einem Glas Rosé dafür zu belohnen, dass sie die Wäsche gemacht und die Küche aufgeräumt hatte. Im schrägen Abendlicht sah das Häuschen besonders schön aus. Sie schenkte sich ein Glas ein und stellte es auf die Arbeitsfläche.

»Augenblick«, sagte sie in dem Bewusstsein, dass es wahrscheinlich das erste Anzeichen von Wahnsinn war, wenn man mit einem Hund Gespräche führte. »Ich hole eben mein Buch, bin gleich wieder unten.«

Auf halbem Wege die Treppe hinauf hörte sie ein lautes Krachen und gedämpftes Fluchen. Gleich darauf rannte Hamish laut bellend zur Haustür. Lucy schaute durchs Schlafzimmerfenster die Straße entlang. Alles war friedlich – wie üblich parkten Autos vor den Häusern und ein Paar machte einen Abendspaziergang. Aber dann hörte sie ein weiteres Krachen, und eine vertraute Stimme schimpfte: »Verdammt noch mal!«

Sie lächelte, als sie nun zur Dorfwiese hinübersah, wo der große Sam mit einem Regalbrett in der Tür der kleinen Telefonzelle klemmte.

Lucy rannte nach unten, nahm ihr Glas und schlüpfte rasch in ihre Flip-Flops. Hamish folgte ihr mit selbstbewusstem Kläffen.

»Brauchst du Hilfe?«

»Mist.« Als Sam ihre Stimme hörte, richtete er sich auf und stieß sich den Kopf.

Lucy verbiss sich ein Lachen.

»Sorry. Ich dachte, ich nehme mir ein Stündchen Zeit und messe schon mal ein paar Reststücke für die Regalbretter aus, und als ich dann sah, dass ich welche dahatte, die passten, wollte ich probeweise eins anbringen und checken, wie das aussieht. Aber es ist so ein verdammter Fummelkram, es hier unten in diesen kleinen Raum reinzusetzen, wo …« Er blickte hoch und musterte Lucy. »Doch, eigentlich könntest du mir wirklich helfen, wenn es dir nichts ausmacht.«

»Was kann ich tun?«

»Du brauchst bloß – aber ich muss dein Weinglas halten.«

»Ich hab noch nicht daraus getrunken – kannst du gern tun, wenn du möchtest.« Lucy tauschte das Weinglas gegen den Schraubenzieher ein, und Sam lächelte selbstkritisch, als ihre Blicke sich trafen. »Wenn du einfach in die Telefonzelle reingehen könntest –«

Er beugte sich zu ihr, und sein bloßer Arm streifte ihren, als er auf die Stelle deutete, wo das mittlere Regalbrett eingepasst werden sollte. Dort hatte er bereits zwei Halterungen angebracht.

»Du musst dich hinknien und es von unten festschrauben. Ich hab's versucht, aber meine Hände sind zu groß. Ist wirklich Fummelei.«

»Kein Problem.«

Sam wischte sich gespielt den Schweiß von der Stirn und schob dabei seine dunklen Locken zurück. »Ich kann dir gar nicht sagen, wie nötig ich diese Stärkung jetzt habe.« Er trank einen kräftigen Schluck. »Ich bin dir einen Drink schuldig.«

»Abgemacht.« Lucy bückte sich in den engen Spalt, lugte in die Ecke und drehte die erste Schraube fest.

»Hier ist die andere.« Sam reichte ihr die zweite. Als Lucy

das Regalbrett festgeschraubt hatte, richtete sie sich auf und wischte sich Betonstaub von den Knien. Sam sah sie lächelnd an.

»Das wird richtig schön, oder?« Er trat von einem Fuß auf den anderen. »Aber ich hab ein ganz schlechtes Gewissen, weil ich deinen Wein trinke.«

»Hast du noch viel zu tun?« Lucy hielt mit einer Hand die schwere Tür auf und sah in das leere Telefonhäuschen.

Er schüttelte den Kopf. »Ich finde, das sieht gar nicht schlecht aus. Jetzt muss ich die anderen Bretter noch abschmirgeln und lackieren, und dann setze ich sie am Wochenende ein, dann ist dieses Regal schon mal fertig. Jedenfalls bin ich froh, dass du rübergekommen bist. Ich wollte dich nämlich noch was fragen.« Er rieb sich den Arm. Lucy sah ihn erwartungsvoll an.

»Es ist einfach –«

Hamish, der auf der Dorfwiese herumgebummelt war und zahlreiche aufregende Düfte erforscht hatte, wurde plötzlich ganz lebhaft. Mit gespitzten Ohren und hochgestelltem Schwanz raste er auf einen abendlichen Jogger zu.

»Hamish!« Lucy konnte ihn gerade noch am Halsband packen. »Ich bringe ihn lieber ins Haus. Wenn du ein bisschen Zeit hast –«, sagte sie schon im Gehen, »könntest du ja mitkommen und wir teilen uns die Flasche Wein.«

»Sehr gerne.«

Sam nahm seinen Werkzeugkasten mit zu Lucy hinüber. »Wenn das Dorfklatsch-Netzwerk uns sieht, gibt es einen Riesenskandal«, sagte er und sah sich nach allen Seiten um, als befürchte er irgendwo Spione.

»Von mir aus«, sagte Lucy, »solange es dir nichts ausmacht.« Sie öffnete die Haustür und ging in die Küche, wo sie sich ein neues Glas Wein einschenkte und Sams Glas auffüllte.

Sam bückte sich und kraulte Hamish hinter den Ohren.

Der Hund drehte sich auf den Rücken und wollte auch den Bauch gekrault haben.

»Hamish, du bist unmöglich.« Lucy reichte Sam sein Glas. »Ich komme mir immer ein bisschen komisch vor, wenn ich allein was trinke.«

»Na, dem kann ich abhelfen.«

Sie griff nach der Weinflasche. »Kommst du mit in den Garten?«

Er folgte ihr nach draußen, und sie setzten sich einander gegenüber auf die Metallstühle an dem kleinen Bistrotisch. Hamish wuselte um sie herum. Die Beete des Gärtchens standen voll mit hohen bunten Gladiolen, die ganze Büsche von Geranien und Rittersporn überragten. Die Margeriten hatten ihre schönste Zeit hinter sich, ihre Blätter wurden allmählich grau, und die eingetrockneten, bräunlichen Blütenblätter rollten sich vor dem Herbsteinbruch zusammen. Hamish trabte zum Igelhaus hinüber und hob das Bein.

»Ach je, das tut mir leid, dein schönes Igelhaus.«

»Keine Sorge. Ich weiß nicht, ob du schon mal mit einem Igel Kontakt gehabt hast, aber die stinken wie die Pest. Die würden das gar nicht merken, falls sie das Häuschen überhaupt nutzen. Für den Winterschlaf ist es jetzt noch zu früh. Aber ich hoffe, dass ein paar Igel hier einziehen. Bunty würde sich freuen.«

»Ja, Bunty und ihre Tiere.« Lucy lächelte und umfasste ihr Glas mit beiden Händen.

»Hast du schon Fledermäuse gesehen?« Sam schaute in den dunstigen Abendhimmel hinauf, an dem das letzte Rot verblasste. Der Sommer zog sich zurück und still und leise kam der Herbst.

»Fledermäuse?« Auch Lucy sah jetzt in den Himmel. Eine Haarsträhne fiel ihr ins Gesicht, und Sam wünschte sich einen Moment lang, er könnte über den Tisch greifen und sie ihr hinters Ohr schieben.

Er räusperte sich. »Man sieht sie vom Frühjahr an abends herumschwirren. Sobald – aua! –« Er schlug sich auf den Arm, wo gerade eine Mücke zum Stechen ansetzte. »Ich wollte sagen, sobald die Dunkelheit einsetzt und die Nachttiere zum Spielen herauskommen. Oder, wie in diesem Fall, zum Fressen.«

»Ich hab noch nie eine Fledermaus gesehen. Ich glaube, weil ich immer in der Stadt gelebt habe, habe ich das alles verpasst.«

»In den Städten gibt es auch Fledermäuse. Sie sind überall. Aber hier haben wir besonders viele. Komm doch nächste Woche auf die Fledermausexkursion mit, wenn du möchtest, dann zeige ich dir welche.«

»Fledermausexkursion? Klingt interessant.«

»Wir gehen in der Dämmerung in den Wald hinten bei den Kleingärten. Du musst dich aber gut mit einem Mittel gegen Insekten einreiben, die fressen dich sonst auf.«

»Die Fledermäuse?«

»Nein, nein, die kleinen Flügeltiere. Die Exkursion hat hier im Dorf schon Tradition. Anfangs wurden damit Spenden für irgendwas gesammelt, später gehörte dieser Spaziergang dann einfach dazu. Wir haben hier sehr viele Fledermäuse. Bunty kommt auch immer mit.«

»Ja, das wäre schön.« Lucy schlürfte ihren Wein. Beide schwiegen. Sam fiel nichts ein, was er hätte sagen können. Lucy stellte ihr Glas wieder ab.

»Bist du –«

»Hast du –«

Sie lachten.

»Das ist uns schon häufiger passiert. Du zuerst«, sagte Lucy.

»Du bist doch die Expertin für Teenager. Darf ich dich etwas fragen? Ich habe Freya heute Nachmittag in die Stadt gefahren, weil sie sich da mit Freundinnen treffen wollte, aber nach einer halben Stunde sollte ich sie schon wieder abholen. Auf dem Rückweg war sie die ganze Zeit muffelig und brummig. Ich hab sie dann bei Mel gelassen, in der Hoffnung, dass die vielleicht etwas aus ihr rauskriegt.«

Lucy wandte den Blick ab. Ihr war nicht recht wohl bei diesem Thema.

»Sie ist in dem Alter, in dem den Jugendlichen klar wird, dass sie eigenständige, von den Eltern getrennte Menschen sind. Das ist wie mit den Wutausbrüchen in der Trotzphase. Eigentlich das Gleiche, nochmal von vorn – auch in dem Alter testen sie wieder Grenzen aus. Sie probieren sich aus und versuchen, Erwachsene zu spielen.«

»Du glaubst also nicht, dass sie ein bestimmtes Problem hat?«

»Ich denke ...« Lucy runzelte die Stirn und zupfte dann am Etikett der Weinflasche. Als es sich sauber abziehen ließ, rollte sie es zu einer winzigen Röhre auf und spielte damit herum, während sie weitersprach. »Ich denke, du musst mit ihr sprechen. Ihr klarmachen, dass du für sie da bist, ganz egal, welche Gefühle sie gerade hat.«

»Das weiß sie.«

»Wahrscheinlich muss sie es immer wieder hören. Das kann jedenfalls nicht schaden.«

»Es ist verdammt harte Arbeit, eine Tochter großzuziehen, ohne die Mutter dabeizuhaben. Manchmal frage ich mich, ob ich ihr genüge, ob sie sich nicht vielleicht wünscht, dass Stella auch für sie da wäre. Und dann wird mir schon allein beim Gedanken daran übel.«

Lucy strich das Weinetikett auf dem Tisch wieder glatt und studierte es aufmerksam, bevor sie sprach.

»Vielleicht solltest du mit Freya darüber sprechen, was sie dazu meint.«

Sam trank einen Schluck Wein. Er bildete sich ein, dass Freya und er eine recht offene, aufrichtige Beziehung hatten. Sie wusste, dass ihre Mutter nicht zur Verfügung stand, und eigentlich wurstelten sie sich zu zweit ganz zufrieden ohne sie durch. Wenn er ehrlich war, fand er das schön so. Mit der Vorstellung, dass Stella wieder näher rücken könnte, kam er überhaupt nicht klar. Er hatte sich sehr bemüht, Freya dafür zu entschädigen, dass ihre Mutter sie verlassen hatte, und er wollte nicht riskieren, dass das ein zweites Mal passierte.

Lucy sah ihn an. Sie hatte ihre Jackenärmel über die Hände gezogen und zögerte einen Moment, bevor sie sprach.

»Befürchtest du, dass ihre Mutter dich verdrängen könnte, falls sie zurückkäme? Ganz ehrlich, aber das kann ich mir nicht vorstellen.«

Sam schaute kurz auf den Tisch. Als er dann sprach, wich er Lucys Blick aus.

»Ja, vielleicht, keine Ahnung. Ich denke einfach – Stella ist weggegangen, weil sie dieses Leben hier nicht wollte. Nichts davon.«

Lucy räusperte sich und schob ihren Stuhl ein Stückchen zurück.

»Ich will sie nicht wieder hierhaben.« Sam hob abwehrend die Hände.

Lucy lachte leise. »Das habe ich auch nicht gesagt.«

»Ich weiß. Ich meine – es ist einfach – im Laufe der Jahre haben mir so viele Leute deswegen die Hölle heißgemacht. Und ich habe mich so sehr bemüht, alles richtig zu machen.«

»Und weil Freya jetzt erwachsen wird und sich verändert, glaubst du, dass das keine Rolle mehr für sie spielt?«

»Wenn du es so ausdrückst, klingt das, als wäre ich ein absoluter Idiot.« Lucy schenkte ihnen Wein nach. Sam trank einen großen Schluck und musste husten.

»Aber das bist du nicht. Du willst einfach das Beste für Freya. Du versuchst, sie zu beschützen.«

»Und außerdem habe ich Angst, dass Stella hier angerauscht kommt und sie mir wegnimmt.«

»Das wird nicht passieren. Deine Tochter liebt dich heiß und innig. Und Liebe ist kein Nullsummenspiel – Freya kann dich lieben und gleichzeitig auch eine gute Beziehung zu ihrer Mutter haben.«

Der Wind frischte auf und der Abend wurde kühl. Inzwischen war es ganz dunkel geworden, und Falter umschwirrten die Lichterkette am Gartenhäuschen.

»Ich glaube, mir gefällt die Vorstellung nicht, dass noch jemand zu unserer Zweierfamilie gehören könnte.«

»Das verstehe ich.« Lucy beugte sich vor und stützte das Kinn in die vom Jackenärmel gewärmte Hand. »Aber du hast auch noch ein eigenes Leben.«

Einen Moment trafen sich ihre Blicke. Sam nahm eine Veränderung in der Atmosphäre wahr. Wollte Lucy – aber nein. Er dachte daran, wie Mel ihn vorhin geneckt hatte, und schaute in sein Weinglas. Es war schon fast wieder leer.

»Tut mir leid, wenn ich dich aufgehalten habe.« Er hob die Flasche hoch. »Und dich auf Abwege geführt habe.«

Lucy sah zu ihm hoch. »Ich hab nichts gegen Abwege.«

Sein Herz begann heftig zu klopfen. Für einen kurzen Moment fragte er sich, wie es wäre, sich zu ihr hinüberzubeugen und …

Mit wildem Gebell schoss Hamish an ihnen vorbei und brach den Bann. Er raste auf die Terrasse und machte einen derartigen Krach, dass die Hunde in der Nachbarschaft auch anfingen zu kläffen.

»Hamish, geh bitte rein.« Lucy stieß einen Pfiff aus, und er rannte ins Haus. Sam und Lucy folgten ihm und Lucy schloss die Hintertür.

»Ich werde mit Freya sprechen.«

»Tu das.« Sie standen in der schmalen Küche. Sam nahm

Lucy die Weingläser ab und stellte sie in den Spülstein. »Okay, ich gehe dann mal.«

Als sie die Haustür öffnete, duckte er sich, um sich nicht den Kopf am Türsturz zu stoßen. Lucy lachte.

»Dieses Haus ist nicht für Menschen deiner Größe gebaut.«

»Ich weiß. Das ist bei uns genauso. Ich bin ständig dabei, den Balken auszuweichen.«

»Lass mich wissen, wie du mit Freya weiterkommst.« Lucy nestelte an dem schweren Vorhang herum, der an der Haustür hing.

»Mach ich. Und ich sage dir wegen der Fledermausexkursion Bescheid.«

»Dann haben wir ein Date.« Sie sagte das eindeutig ohne Hintergedanken, und als Sam sie kurz ansah, lachte sie. Er war erleichtert, dass sie in der Dunkelheit nicht sehen konnte, wie verlegen er war.

»Abgemacht.« Lucy hielt ihm scherzhaft die Hand hin. Und als er sie nahm und schüttelte, stellte sie sich auf die Zehenspitzen und küsste ihn auf die Wange.

»Danke für den schönen Abend.«

Nachdem Lucy die Haustür geschlossen hatte, blieb Sam noch einen Moment draußen stehen. In ihm tobten tausenderlei widerstreitende Gefühle. Die meisten davon waren, das musste er sich eingestehen, nicht ganz jugendfrei. Was auch immer hier vor sich ging, es entsprach jedenfalls nicht seinen Plänen.

Neunzehntes Kapitel

»Pfui, Hamish.«

Lucy erwachte davon, dass ein West Highland Terrier ihr seinen Morgenatem ins Gesicht blies und sie mit seiner glänzenden schwarzen Nase in die Wange stupste. Sie fasste sich an den Kopf und setzte sich stöhnend auf. Obwohl sie nur eine halbe Flasche Rosé getrunken hatte, fühlte sie sich sterbenselend. Das Glas Wasser, das sie mit ans Bett genommen hatte, um den Wein zu neutralisieren, stand unberührt auf dem Nachttisch. Es schmeckte scheußlich und sie schüttelte sich, trank es aber ganz aus. Und dann schüttelte sie sich noch heftiger, als sie sich daran erinnerte, dass sie Sam gestern Abend zum Abschied einen Kuss auf die Wange gegeben hatte. Gestern Abend war ihr das selbstbewusst erschienen, auch ein bisschen kokett, und – ach du lieber Gott. Heute Morgen hätte sie sich am liebsten unter der Decke verkrochen und so getan, als wäre es nicht geschehen.

Lucy ging nach unten, ließ Hamish in den Garten hinaus und setzte Wasser auf. Sie war nach Little Maudley gekommen, um sich zu entspannen und neue Kräfte zu sammeln. Und dann hatte sie sich dafür einspannen lassen – bereitwillig, wie sie zugeben musste –, Susan dabei zu helfen, Erinnerungen für die Jubiläumsschrift des *Women's Institute* zusammenzustellen, und diese Arbeit war noch keineswegs beendet. Wenn sie doch bloß irgendwie Tonaufnahmen von Buntys Geschichten machen könnte, das wäre perfekt. Und natürlich hatte sie versprochen, bei der Beschaffung von Büchern für die kleine Bibliothek im Telefonhäuschen zu helfen, ganz abgesehen davon, dass sie sich auch verpflichtet hatte, ein Auge auf Bunty zu haben. Doch auf keinen Fall war sie hergekommen, um mit einem Baumhaus-Baumeister zu flirten, mochte er auch noch so gut aussehen. Was war das überhaupt für eine alberne Art, seinen Lebensunterhalt zu verdienen? Und sie war auch nicht hier, um davon zu träumen, wie es wäre, wenn sie ganz in Little Maudley bleiben, nicht nach Brighton zurückgehen und nie wieder unterrichten würde.

Sie gab einen zusätzlichen halben Teelöffel Pulverkaffee in den Becher, fügte Zucker hinzu, und trug ihren Morgentrunk in den Garten. Der Himmel war dunstig und grau, und in der Luft lag eine kühle Frische. Während Hamish vergnügt herumwuselte, setzte sie sich auf einen der Bistrostühle. Sie schaute ihm zu, lauschte der Stille des Dorfes und dachte nach.

Schließlich spülte sie unter der Dusche ihren Kater fort, zog sich an, trocknete sich das Haar mit einem Handtuch und steckte es zu einem Knoten auf. Heute Vormittag wollte sie es vielleicht einmal mit einer anderen Methode probieren.

Als Lucy in Buntys Küche kam, war ein Ende des großen Eichentisches mit Mehl bedeckt.

»Hallo.« Bunty blickte auf und strahlte. Was für ein Unterschied zu ihrer ersten Begegnung, als sie Lucy bloß abwehrend angestarrt hatte! Jetzt waren sie Freundinnen. Trotzdem jedoch hielt Bunty Bereiche ihres Lebens vor ihr verschlossen – absichtlich, das war Lucy klar, nicht aus Vergesslichkeit. »Ich backe gerade Scones für morgen, für die Versammlung vom *Women's Institute.*«

Als Lucy ans Fenster trat, entdeckte sie Stanley, der sich in einem Flecken Sonnenlicht am anderen Ende des Tisches zusammengeringelt hatte. Irgendwie war es Lucy gelungen, ihren Frieden mit ihm zu machen – oder zumindest hatte sie herausgefunden, dass das Geheimnis für das Zusammenleben mit einer Boa Constrictor für sie selbst darin bestand, sich von der Schlange fernzuhalten. Manchmal fragte sie sich, ob Stanley wohl einfach ganz gelassen den richtigen Zeitpunkt abwartete. Würde sie eines Tages hereinkommen und entdecken, dass Bunty verschwunden war? Mit einem Happs verschluckt? Bei dieser Vorstellung überlief Lucy ein Schauer.

»Frieren Sie?«

Lucy schüttelte den Kopf. Nein, ich hab mir bloß Sorgen gemacht, dass Ihr Haustier Sie verschlingen könnte, dachte sie, sagte aber: »Ich hab gestern Abend mit Sam gesprochen.«

»Ach ja?« Bunty sah sie an, die Augen halb von schweren Lidern verdeckt. »Ich hab gesehen, dass er Sie gestern Abend besucht hat.« Sie schnaufte belustigt.

»Er wollte mit mir über Freya sprechen. Er sagte, sie wäre ein bisschen – also, die Sache ist die – ich weiß, worum es geht, aber ich habe ihr versprochen, dass es unter uns bleibt. Ich weiß einfach nicht, was ich machen soll.« Lucy kaute an ihrer Unterlippe.

Durch das Sprossenfenster fiel sanftes Licht auf den Küchentisch und warf buttergelbe Quadrate auf das Holz. Es gab wirklich nicht viel, wobei Bunty Hilfe brauchte, auch wenn Margaret das ganz anders sah. Bunty war absolut in der Lage, selbstständig und selbstbestimmt zu leben. Und sie wusste, was sie wollte.

»Mir können Sie's ruhig erzählen.« Bunty drehte den Teig für die Scones um, streute Mehl darüber und rollte ihn aus. Ihre Bewegungen waren sicher, auch wenn ihre Hände knotig und voller Altersflecken waren. »Margaret würde sagen, ich bin so alt, dass ich es heute Nachmittag schon wieder vergessen habe.« Sie schmunzelte.

»Blödsinn.« Lucy zog sich einen Stuhl heran und beobachtete, wie Bunty Kreise ausstach und sie nacheinander auf ein Backblech legte.

Beide Frauen wussten, dass Margaret sich irrte. Bunty bewegte sich vielleicht nicht mehr so flink wie früher, aber ihr Kopf funktionierte perfekt, und den blassblauen Augen entging nichts.

»Haben Sie Freyas Mutter gekannt?«, begann Lucy zögernd.

»Ein bisschen.«

»Glauben Sie, sie hat es jemals bereut, dass sie Freya bei Sam gelassen hat?«

Bunty schüttelte den Kopf. »Nicht alle Frauen haben Mutterinstinkte. Sam ist Freya ein guter Vater, und außerdem hat sie Mel als Mutterfigur.«

Plötzlich fühlte Lucy sich unbehaglich. Sie schluckte und wandte den Blick ab, um sich zu sammeln. »Die beiden sind aber kein – ich weiß, sie sagen, dass sie kein – aber ...«

»Sam und Mel?« Bunty lachte. »Großer Gott, nein. Sie sind einfach Freunde, schon allein die Umstände schweißen sie zusammen. Beide sind alleinerziehend, beide haben Mädchen im gleichen Alter.«

»Glauben Sie, dass die beiden das mal in Erwägung gezogen haben?« Es war, als würde Lucy auf einem blauen Fleck herumdrücken, weil sie wissen wollte, ob es wehtat.

»Ich bin sicher, dass sie hin und wieder mal dran gedacht haben.« Bunty sah Lucy aufmerksam an. »Aber das interessiert Sie natürlich gar nicht.«

Lucy musterte ihre Fingernägel. »Nein.«

Bunty presste die Lippen aufeinander. »Hmm.«

»Ich versuche nur herauszubekommen, was da los ist. Freya hat mit Ihnen nicht darüber gesprochen, ob irgendetwas sie bedrückt?«

»Ach, Sie wissen doch, wie junge Mädchen sind. Sie wird nicht ausgerechnet mir ihr Herz ausschütten, oder?«

Lucy dachte an ihre eigene Jugend zurück. Sie war diejenige gewesen, die alles zusammengehalten hatte, während ihre flippige Mutter in regelmäßigen Abständen einen Freund gegen den nächsten austauschte.

»Um Freya mache ich mir keine Sorgen. Sie ist ein gutes Mädchen.« Bunty schob das Backblech mit den Scones in den Ofen.

»Nein, Sorgen mache ich mir auch nicht.« Vielleicht würde sie einfach versuchen, noch mal mit Freya zu sprechen und sie zu fragen, was los war. Lucy wollte sich nicht einmischen, gleichzeitig aber wollte sie das Richtige für Freya tun – und für Sam. Warum musste das bloß alles so kompliziert sein?

»Wie geht's mit dem *WI*-Buch voran?«, fragte Bunty.

»Vor ein paar Tagen hab ich zufällig Joan aus dem Seniorenheim Abbeyfield getroffen. Sie sagt mir immer wieder, dass ich Sie nach Ihren Geschichten fragen soll.« Lucy lächelte hoffnungsvoll.

»Pfft.« Bunty warf den Lappen, mit dem sie den Tisch abgewischt hatte, in den Spülstein und rückte sich einen Stuhl zurecht. »Wir saßen ja alle im gleichen Boot. Hinzu kam, dass wir damals natürlich überhaupt keine Ahnung hatten, was wir da machten. Aber eine ordentliche Portion Abenteuer war dabei.«

Lucy hockte vorn auf der Stuhlkante und rührte sich nicht. Sie hatte Angst, etwas zu sagen, weil Bunty dann vielleicht bewusst wurde, dass sie endlich über ihre Arbeit im Krieg sprach.

Die alte Dame sah sie an und fasste anscheinend einen Entschluss. »Ich möchte Ihnen etwas zeigen«, sagte sie.

Lucys Puls ging schneller, als Bunty zum Küchenschrank hinüberging und ein in abgestoßenes schwarzes Leder gebundenes Buch aus einer Schublade nahm.

»Setzen Sie sich doch richtig hin«, wies Bunty sie an. »Sie sehen aus, als wären Sie auf dem Sprung, weil Sie irgendwas Spannenderes vorhaben.«

Das entsprach natürlich ganz und gar nicht der Wahrheit. Lucy rutschte auf ihrem Stuhl zurück und lehnte sich an. Jetzt war es ihr sogar gleichgültig, dass Stanley näher bei ihr lag, als ihr eigentlich lieb war. Er war aufgewacht und betrachtete sie mit schmalen, schläfrigen Augen.

»Hier ist es.« Bunty blätterte in dem schwarzen Tagebuch und legte es dann aufgeschlagen vor Lucy hin. Die sepiabraune Handschrift war so klein, dass es aussah, als zögen Prozessionen von winzigen Ameisen über die Seite.

Lucy sah Bunty an. »Na los, lesen Sie«, sagte Bunty mit einem Nicken. »Es gibt Geschichten, die sind zu wichtig, als dass man sie für sich behalten sollte.«

1. Juli 1941

Auf der Fahrt aus London heraus hielt ich meinen Freifahrtschein in seinem verschlossenen Umschlag ganz fest in der Faust. Ich hatte entsetzliche Angst, dass ich ihn verlieren und dann wie eine Evakuierte auf einem Bahnsteig stranden könnte. Bin aber von solchem Pech verschont geblieben.

In dem Zug war es eng und brütend heiß. Endlich kamen wir in Bletchley auf dem Bahnhof an. Es war eine solche Erleichterung, aussteigen und atmen zu können, ohne irgendeinen Anzugärmel im Gesicht zu haben. Kaum waren die Türen geöffnet, da strömten Tausende von Menschen – so jedenfalls kam es mir vor – aus dem Zug und alle in die gleiche Richtung. Meine Sorgen, dass ich nicht wissen würde, wo ich hingehen musste, waren unbegründet. Es sah aus, als wäre halb London zum gleichen Ziel unterwegs. Ich sprach eine Frau vom *Women's Royal Naval Service* an, eine *Wren*. Sie sah nett aus, und ich fragte leise, ob sie nach Bletchley Park ginge, aber da warf sie mir einen ganz bösen Blick zu und runzelte die Stirn. Erst als sie sich nach allen Seiten umgeguckt hatte, bejahte sie flüsternd meine Frage. Also gingen wir zusammen weiter, wie zwei ängstliche kleine Lämmer. Am Tor wimmelte es von Wachposten. In einem

Häuschen wurden unsere Namen kontrolliert und wir mussten gleich bei der Ankunft die Verschwiegenheitserklärung unterschreiben.

Das Gutshaus war prächtig, mit hohen Stuckdecken und geschnitzten Türen. Sie schickten mich in einen Raum voller junger Frauen in meinem Alter. Manche sahen aus, als wären sie direkt aus London gekommen, sie hatten Gasmasken über der Schulter und Reisetaschen mit ihren sämtlichen Habseligkeiten dabei, und manche waren eindeutig Oberschicht, in teuren Röcken und Jacken und so. Und natürlich unendlich viele Wrens, die in ihren Marineuniformen sehr schick aussahen und in einem großen Schwarm beieinander blieben. Ich fühlte mich ein bisschen als Außenseiterin, aber bei dem Gedanken, dass ich unter den Frauen Freundinnen finden würde, wurde ich richtig aufgeregt. An den Wänden hingen Plakate, die Tanzveranstaltungen und Theatervorstellungen und andere Vergnügungen ankündigten, und alles hatte etwas von einem großen Spaß. Dann teilten sie uns ein, und eine ältere Frau mit sehr ernstem Gesicht sagte uns, wo wir hinkommen und in welcher Baracke wir arbeiten würden. Ich wartete und wartete, und ganz am Ende, als die anderen fast alle gegangen waren, stand ich immer noch da. Ich gebe gern zu, dass mir dabei nicht recht wohl war. Ich war ja sowieso nervös, und jetzt stand ich da herum wie bestellt und nicht abgeholt. Aber schließlich erschien ein stämmiger junger Mann mit dickem, rotblondem Schnurrbart, schaute auf sein Klemmbrett, und gleich darauf folgte ich ihm nach draußen.

»Sie gehören zu den Whaddon-Frauen«, erklärte er. Das sagte mir natürlich gar nichts.

Er brachte mich zu einem Bus. »Einsteigen«, sagte er. »Aufrücken«, sagte eine andere Frau, stieg ein und drückte mich gegen das Busfenster. Dann fuhren wir los. Ich hatte keine Ahnung, wohin, denn die Fensterscheiben waren mit Verdunkelungsfarbe angestrichen. Wir machten mehrmals Halt, und jedes Mal stiegen zwei Frauen aus. Keine von uns sprach, vermutlich, weil wir alle noch jung und schüchtern waren. Und dann hielt der Bus wieder. Der Fahrer sprang heraus und öffnete die hintere Tür.

»Letzte Haltestelle, mein Fräulein.«

Ich lugte in die Dunkelheit ringsherum, und da wurde mir klar, dass ich als Einzige übrig geblieben war.

»Seien Sie morgen früh um sieben wieder hier.«

Lucy hob den Kopf und sah Bunty an, die ganz still saß, die gefalteten Hände vor sich auf dem Tisch. Mit gemischten Gefühlen blickte sie wieder in das Tagebuch. Sie wollte liebend gern weiterlesen. In diesem Buch war ein ganzes Leben aufgezeichnet – und Bunty schrieb so wirklichkeitsgetreu und unmittelbar, dass Lucy beim Lesen fast das Gefühl gehabt hatte, neben ihr zu stehen. Im Vergleich dazu erschienen ihr die Worte, mit denen sie sich in den letzten Monaten abgemüht hatte, wie aus der Distanz geschrieben – was sie natürlich auch waren. Lucy lehnte sich zurück.

Bunty griff über den Tisch, nahm das Tagebuch an sich und klappte es zu. »Ach, das ist genug von meinem dummen Geschwafel.«

»Es ist alles andere als das, Bunty, es ist großartig. Ich würde sehr gern alles lesen. Wo haben Sie denn übernachtet? Was ist am nächsten Tag passiert?«

»Ach, das wissen Sie doch schon. Mrs Brown hat mich aufgenommen, und auf diese Weise habe ich Milly kennengelernt, die Lehrerin, von der ich Ihnen erzählt habe, meine Zimmergenossin. Mir graute ein bisschen davor, denn ich rechnete damit, dass sie böse über eine Mitbewohnerin sein würde. Aber sie war lustig und nett und hat mir sogar eine von ihren Decken gegeben, für den Fall, dass ich frieren sollte. Sie hat gesagt, Mrs Brown würde ein traumhaftes Frühstück machen.«

Bunty schloss kurz die Augen und ein Lächeln umspielte

ihre Lippen. »Und das Frühstück war wirklich immer wunderbar. Am nächsten Morgen hat Milly mich um sechs geweckt, und wir haben warme Crumpets mit Honig und Unmengen von Butter gegessen. So etwas gab es in London natürlich nicht mehr, es sei denn, man besorgte es sich auf dem Schwarzmarkt. Aber Mrs Brown besaß einen Bienenstock und zwei Jerseykühe und sie machte selbst Butter. Ach, es war köstlich.«

Lucy wünschte, sie hätte ihr Smartphone dabei und könnte alles aufnehmen. Bunty sprach weiter.

»Milly war natürlich auch aufgestanden, weil sie in die Schule musste. Beim Frühstück erzählte sie mir, dass sie im Dorf dreißig aus London evakuierte Kinder hatten, daher war sie als zusätzliche Lehrkraft eingestellt worden. Ich selbst hatte ja an dem Morgen noch keine Ahnung, wo es hingehen würde. Zurück nach Bletchley Park, vermutete ich. Aber nein.«

»Nein?«

Bunty schüttelte den Kopf.

»Ich hab die arme Mrs Brown gefragt: ›Sind wir hier in Whaddon?‹ Aber da hat sie mich angeguckt, als wäre ich nicht ganz bei Trost. ›Nein, mein Kind‹, hat sie gesagt. ›Wir sind hier in Little Maudley. Wenn du in Whaddon sein solltest, bist du gute vierzig Meilen zu weit.‹ Und dann hat sie über ihren eigenen Witz gelacht, aber ich fand ihn gar nicht so lustig.

Ich wurde dann zu einer Wiese gleich hinter dem Dorf gebracht und da meldete ich mich zum Dienst beim Sender.«

»Gab es hier damals einen Radiosender?«

»Keinen offiziellen. Erinnern Sie sich an unseren kleinen Umweg neulich auf dem Weg in die Stadt?«

»Zu dem alten Gebäude oben auf dem Hügel?«

»Genau. Da habe ich die Kriegsjahre verbracht. Auf dem

Signal Hill. Ich war die einzige Frau dort. Zum Glück teilte ich mir die Unterkunft mit Milly, sonst wäre ich verrückt geworden. Die Männer waren natürlich ganz nett, aber sie haben mich behandelt, als hätte ich nichts als Stroh im Kopf.«

»Was haben Sie da oben gemacht?«

»Steht alles da drin.« Bunty tippte mit dem Finger auf den schwarzen Ledereinband des Tagebuchs. »Und noch viel mehr.«

»Darf ich noch mehr lesen?«

Bunty blätterte erneut die Seiten durch und gab Lucy das Buch dann zurück. Lucy schlug es irgendwo auf und fand sich an einen Sommertag vor vielen Jahrzehnten zurückversetzt.

2. August 1941

Es ist so merkwürdig. Hier im Dorf könnte man manchmal fast vergessen, dass Krieg ist. Aber in anderer Hinsicht ist es nicht so einfach. Die arme Milly muss jeden Tag sehr viele Stunden unterrichten, und es kam ein Erlass, dass die Sommerferien ausfallen. Die Kinder sollen den Müttern abgenommen werden, damit diese die wichtige Kriegsarbeit tun können. Milly sagt, es ist, als ob sie gleichzeitig einen Kindergarten und ein Gefängnis leiten würde.

Mittlerweile finde ich mich hier prima zurecht. Morgens steige ich aufs Fahrrad, bei jedem Wetter, und radle auf den Signal Hill hoch. Ich gehe rein, und normalerweise ist der Nachtdienst wach und setzt Teewasser auf. Ich hole die Tassen, und wir sorgen dafür, dass die Geräte alle bereit sind und dann warten wir. Jeden Morgen etwa zur gleichen Zeit kommen die Fahrer in einem Hillman Minx und liefern die Kisten mit den Schallplatten ab. Wir hören sie schon von weitem auf dem Schotterweg, dann schleppen sie die großen schweren Kisten durch das Tor im Stacheldrahtzaun und bringen sie uns. Letzte Woche ist das Allerschlimmste beinahe passiert: Jack, einer der Fahrer, hat Bill, dem Leiter des Senders, die Kiste übergeben und irgendwie haben sie dabei falsch gegriffen. Um ein Haar wäre alles runtergefallen. Sie haben geflucht wie die Kesselflicker. Erst als Bill und Jack sich dann den Schweiß von der Stirn gewischt hatten, haben sie mich total erschrocken angeguckt und sich vielmals für ihre Sprache entschuldigt.

»Das ist völlig in Ordnung«, sagte ich. Ich genierte mich so sehr für sie.

»Tut mir wahnsinnig leid.« Jack salutierte verlegen. »Aber können Sie sich vorstellen, was passiert wäre, wenn wir auch nur eine von denen kaputtgemacht hätten?«

Er zeigte auf die gläsernen Schallplatten, die wir jeden Tag abspielen, immer zu bestimmten Zeiten, ohne Ausnahme. Für mich klingt es wie Kauderwelsch – eine wütende militärische Stimme brüllt etwas auf Deutsch. Aber es ist Arbeit, die wir für den Krieg tun, und hat mit Tanzmusik nichts zu tun. Ich bin sehr stolz, dass ich meinen Teil beitrage, auch wenn ich nicht richtig verstehe, was wir da eigentlich machen.

»Ich verstehe es auch nicht.« Stirnrunzelnd schaute Lucy von ihrer Lektüre auf. »Was wurde denn da auf Deutsch gebrüllt? Haben Sie Tonaufnahmen gesendet oder so was?«

»Ja. Genau das haben wir gemacht. Haben Sie schon mal von Schwarzer Propaganda gehört? In einem Studio nicht weit von Bletchley Park entfernt wurden damals Sendungen aufgenommen, die angeblich von einem deutschen Radiosender stammten, und die haben wir dann von unserer Anlage da drüben auf dem Signal Hill«, Bunty deutete mit dem Arm zum Fenster, »gesendet. Immer zwölf Minuten vor der vollen Stunde. Oder sieben Minuten? Spielt ja keine Rolle. Aber wir durften die Uhr nicht aus den Augen lassen.«

Lucy war sprachlos vor Staunen. Sie legte die Hände flach

vor sich auf den Tisch, als wolle sie sich abstützen. Kein Wunder, dass Bunty ihre Rolle im Krieg bisher für sich behalten hatte.

»*Hier ist Gustav Siegfried Eins*«, ahmte Bunty jetzt perfekt einen deutschen Radiosprecher nach. »Ich kann Ihnen sagen, bei diesen Worten fröstelt es mich immer noch.« Sie rieb sich die Arme. »Im Laufe der Jahre habe ich dann nachgelesen und herausgefunden, was da vor sich ging. Solche fingierten Radioprogramme wurden zur Verwirrung der feindlichen Soldaten und der Bevölkerung gesendet – es war eine Mischung aus Nachrichten, Unterhaltung und Falschinformationen – und konnten über Kurzwelle im ganzen besetzten Europa empfangen werden.«

»Und Sie hatten gedacht, Sie würden in Bletchley Park arbeiten. Das muss ein Schock für Sie gewesen sein. Wussten Ihre Eltern, was Sie gemacht haben?«

»Du meine Güte, nein.« Bunty wirkte entsetzt. »Ich war ja auch nicht mehr zu Hause, und im Spätsommer sind sie dann umgekommen. Mein Tagebuch habe ich immer gut versteckt, denn allein durch das Aufschreiben der Ereignisse verstießen wir schon gegen die Geheimhaltungsvorschriften. Ich durfte meinen Eltern schreiben, dass ich irgendwo in der Nähe von Bletchley Park arbeitete, aber sie hatten keine Ahnung, was das bedeutete, und ich war ja auch gar nicht in Bletchley Park. Nach dem ersten Tag wurde ich nach Whaddon Hall gebracht, das ist nicht weit von Bletchley Park entfernt, und dort haben sie mir erklärt, wie man die Apparate bedient, und mich streng davor gewarnt, auch nur ein Sterbenswörtchen darüber zu verraten.«

»Das klingt wahnsinnig spannend.«

»Vermutlich eher im Nachhinein. Wir haben viel gewartet und im Winter war es bitterkalt. Meine Eltern wären natürlich entsetzt gewesen, wenn sie gewusst hätten, was das Schlimmste daran war.« Bunty lachte auf. »Die Sendungen waren ganz schön derb. Es wurde geflucht und noch Schlimmeres. Viele Geschichten, die da erzählt wurden, waren ziemlich unanständig, habe ich später gelesen.«

»Und voller Lügen und Fehlinformationen.« Lucy kratzte sich den Kopf. »Das war vermutlich die damalige Version der Fake News.«

»Ja, genau. Es gibt nichts Neues unter der Sonne.«

»Und die ganze Zeit haben Sie niemandem erzählt, was Sie gemacht haben?«

Bunty schüttelte den Kopf. »Wir hatten uns angewöhnt, es zu vergessen. Es ist so merkwürdig – ich habe so lange nicht mehr daran gedacht. Und dann kamen Sie, und all diese alten Erinnerungen sind wieder aufgetaucht. Ich weiß es noch so gut, als wäre es gestern gewesen.«

»Toll.« Lucy legte eine Hand auf das Tagebuch, als könne sie so all die Erlebnisse in sich aufnehmen. »Dann hatten Sie also letztlich gar nichts mit Bletchley Park zu tun?«

»Eigentlich nicht. Wir sind ab und zu hingefahren, wenn jemand uns mitgenommen hat. Ein paarmal war ich bei Tanzvergnügen und es gab einige wunderbare Theatervorstellungen. Ich war lange blass vor Neid, weil sie sich da ein lustiges Leben machten, während ich hier auf dem Land festsaß.«

»Ich glaube nicht, dass das Leben da so lustig war.« Lucy dachte an die Geschichten, die sie bei ihrem Besuch in Station X, wie Bletchley Park damals auch genannt worden war, gehört hatte. Da war es um die Arbeit in überfüllten, eiskalten Baracken gegangen, vom schlechten Licht hatten die Augen geschmerzt und vor lauter Zigarettenqualm kriegte man kaum Luft.

»Vielleicht nicht, das stimmt.«

»Sie sind sicherlich schon dort gewesen, seit Bletchley Park für die Öffentlichkeit zugänglich wurde?«

Bunty schüttelte den Kopf. »Alte Gewohnheiten sitzen tief. Uns war verboten worden, jemals über unsere Kriegsarbeit zu sprechen, und viele von uns haben das auch nie getan.«

»In Bletchley Park werden nach wie vor Zeitzeugen gesucht, die davon berichten. Wir könnten mal hinfahren.«

Diesmal schüttelte Bunty den Kopf heftiger. »Auf keinen Fall. Meine Geschichte ist für niemanden interessant.«

»Aber hätten Sie Lust, Bletchley Park einfach mal zu besichtigen? Für die Sanierung wurden Millionen ausgegeben.«

»Vielleicht.« Bunty erhob sich unvermittelt. Ihr Gesicht war wieder verschlossen, und wortlos vermittelte sie Lucy das Gefühl, dass es Zeit zum Gehen war.

»Gut.« Lucy stand ebenfalls auf. »Ich mache einen Spaziergang mit Hamish, und dann setze ich mich an den letzten Teil des Büchleins für Susan.«

Es gehörte zu den Privilegien des Alters, dachte Lucy, als sie nach Hause ging, um Hamish abzuholen. Geschwafel oder übertriebene Höflichkeit waren nicht mehr nötig – Bunty hatte in ihrem Leben ein Stadium erreicht, in dem kapriziöses Verhalten toleriert wurde.

Sie nahm die Leine vom Haken an der Tür, und wie der Blitz war Hamish bei ihr. Er hechelte erwartungsvoll. Obwohl sich in der Ferne dicke graue Wolken am Himmel zusammenballten, ließ sie ihren Regenmantel zu Hause. Der Tag war schwül, und Lucy hasste das Gefühl, in wasserdichter Kleidung gebacken zu werden. Das musste ein ähnliches Gefühl sein wie in der Mikrowelle. Falls es Regen geben sollte, würde sie schon damit klarkommen.

Sie gingen an den Kleingärten vorbei und weiter in das Waldstück, in dem Lucy Mel kennengelernt hatte. Mittlerweile leuchteten die Bäume in herrlichen Orange- und Dunkelrottönen. Rote Beeren zogen die Zweige der Weißdornbüsche herunter und in den Schlehenhecken hingen dicht an dicht die dunklen, blau bereiften Früchte. Vielleicht sollte sie versuchen, Schlehenlikör herzustellen? Lucy pflückte eine Frucht ab und biss hinein, spuckte aber sofort wieder aus und verzog das Gesicht. Es war, als würde man in Säure hineinbeißen. Die Schlehdornfrüchte sahen wunderschön aus, waren aber saurer als alles, was Lucy jemals gekostet hatte.

Immer wieder musste sie an Bunty und ihr Tagebuch denken. Merkwürdig – einen Moment lang hatte es ausgesehen, als würde Bunty ihr das Tagebuch geben wollen. Das wäre super gewesen, denn zum einen wollte Lucy unbedingt mehr über Signal Hill lesen, zum anderen aber war ihr Interesse nicht bloß historischer Art, sondern sie wollte auch mehr über Buntys persönliche Geschichte wissen. Lucy hatte immer noch das Gefühl, dass Bunty ein Geheimnis hatte, über das sie nicht sprechen und mit dem sie sich nicht auseinandersetzen wollte.

Sie wanderten durch den Wald. Hamish sprang durch das raschelnde Farnkraut, bellte vergnügt und verfolgte Duftspuren von Kaninchen. Auf einer Lichtung setzte Lucy sich auf eine aus Holz gezimmerte Bank und schaute zum Himmel hinauf. Inzwischen war er bedrohlich blauviolett geworden. Die Wolken sahen aus, als wären sie so mit Regen angefüllt, dass es jeden Moment zu einem Wolkenbruch kommen konnte.

»Hamish!« Lucy suchte in ihren Taschen nach Leckerlis. Seit Mel ihn in einigen Kursen als Vorführhund einsetzte – wobei er sich wunderbarerweise immer total auspowerte –, hatte er sich sehr gebessert und verschwand nicht immer gleich, wenn er eine Fährte roch.

Jetzt aber war er weg. Lucy rief noch einmal. Die ersten Regentropfen landeten auf ihrem Haar – dicke, schwere Platscher. Im nächsten Moment würde es schütten wie aus

Eimern, und ausgerechnet jetzt musste dieser verdammte Köter sich einfach davonmachen.

In der Ferne ertönte ein Grollen. Lucys Nackenhaare richteten sich auf. Schon als Kind hatte sie Donner und Blitz gehasst.

»Hamiiish!!!«

»Hast du wieder deinen Hund verloren?«

Sam kam auf sie zu, ein Lächeln im Gesicht und die beiden Cockerspaniel bei Fuß. Er trug ein kariertes Hemd und einen khakifarbenen Mantel mit unzähligen Taschen. Aus einer davon holte er jetzt ein Stück von einem Hot-Dog-Würstchen.

Staunend beobachtete Lucy ihn. »Was hast du denn da?«

»Im Moment ist Bee lammfromm, aber sobald sie eine Fährte wittert, kann sie sich in ein richtiges Biest verwandeln. Mel hat mir verraten, dass ihr Geheimnis ist, immer ein köstliches Naschi zur Hand zu haben.«

Er sah Lucy mit seinen braunen Augen an und lächelte wieder. Wie aus dem Nichts kam Lucy der Gedanke, dass Sam auch ganz ohne Leckerli zum Vernaschen war. Sie schüttelte den Kopf und fragte sich, wie sie darauf kam.

»Hamish!«, rief sie noch einmal mit etwas piepsiger Stimme.

»In welche Richtung ist er denn abgehauen?«

»Keine Ahnung«, antwortete sie mit schlechtem Gewissen. »Ich hab's nicht gesehen.«

»Er kann nicht weit sein.«

Ein Blitz in der Ferne ließ Lucy zusammenschrecken.

»Dem passiert schon nichts, keine Angst.« Sam legte ihr die Hand auf den Arm. »Komm, lass uns diesen Weg hier nehmen. Da sind wir vor den schlimmsten Regenfluten geschützt.«

Unter einem dichten Blätterdach gingen sie einen schmalen Pfad entlang. Sams Hunde umkreisten sie und schnupperten ausgiebig. Der Waldboden war weich, und nur ab und zu fielen schwere Regentropfen durch die Zweige. Sie sprachen nicht, riefen aber immer wieder nach Hamish. Lucy biss sich auf die Lippe. Wenn er nun in eine Falle geraten oder in einem Kaninchenbau stecken geblieben war?

Sam warf ihr einen Blick zu. »Keine Sorge, ich verspreche dir, dass wir ihn finden.«

»Ich hätte ihn im Auge behalten müssen.« In ihrem Kopf pochte es. Vielleicht hatte das etwas mit dem Luftdruck zu tun? Sie rieb sich die Schläfen.

»Kopfschmerzen?«

»Ein bisschen.« Sie musste sich zusammennehmen. Überanstrengung war genau das, was sie vermeiden sollte. Deswegen war sie jetzt hier, mitten in einem Wald, und suchte bei Gewitter nach einem verschwundenen Terrier. Lucy ertappte sich dabei, dass sie sich ganz kurz vorstellte, wie ihr Leben in diesem Moment aussehen würde, wenn sie in Brighton geblieben wäre und ihre Stundenzahl verringert, aber im Übrigen alles beim Alten gelassen hätte.

»Aha!« Sam schaute über eine Lichtung links von ihm, legte Lucy die Hände auf die Schultern und drehte sie ein wenig zur Seite. »Guck mal, wer da ist.«

Mit schlammiger Schnauze und fast ebenso schwarzem Fell kam Hamish angesaust. Er sah total begeistert aus. Sams Cockerspaniel rannten ihm in großen Sprüngen entgegen und die drei balgten sich in einem fröhlichen Wirbel, wälzten sich und galoppierten in ein Dickicht aus Brombeeren und vertrockneten Weidenröschen. Lucy spürte das Gewicht von Sams Händen auf den Schultern und stand ganz still. Das Pochen in ihrem Kopf hatte aufgehört, dafür schlug ihr Herz plötzlich ganz unregelmäßig. Sie sog scharf die Luft ein und das brach den Bann. Sam nahm die Hände fort und nur ein Gefühl von Wärme blieb zurück.

Sie kehrten um und folgten dem Pfad unter den Bäumen

entlang bis auf den Weg, der an den Kleingärten vorbei zurück ins Dorf führte.

»Ihm wäre schon nichts passiert.«

»Er hätte weglaufen können.«

»Das würde er bestimmt nie tun. Wo du doch zu Hause auf ihn wartest?« Sam lächelte und sah ihr einen Moment lang in die Augen. Lucy spürte, wie sie rot wurde. Sie wandte den Blick ab und checkte, ob die Hunde noch in Sichtweite waren.

Flirtete Sam mit ihr? Schwer zu sagen – es war so lange her und sie war in dieser Hinsicht völlig außer Übung. Die Arbeit in der Schule hatte ihr keine Zeit zum Leben gelassen, und jetzt stand sie da und hatte keine Ahnung. Und natürlich war sie ja auch nur für ein halbes Jahr hier. Nein, sie waren einfach gute Freunde. Weiter nichts. Wenn es mehr wäre, hätte er sicher anders reagiert, als sie ihm gestern Abend den Kuss auf die Wange gegeben hatte, oder? Aber wahrscheinlich war so etwas gar keine Option für ihn.

Bunty stand in der Terrassentür und schaute in ihren Garten. Margaret und Gordon hatten sie am Vormittag abgeholt und mit zu sich nach Hause genommen, was sie immer sehr anstrengend fand. Sie vermisste ihre Sachen, und das Haus ihrer Schwiegertochter war so peinlich ordentlich, dass Bunty ständig das Gefühl hatte, im Weg zu sein, selbst wenn sie bloß in einem Sessel saß und Kreuzworträtsel löste. Als die beiden sie schließlich wieder zu Hause abgeliefert hatten, war Gordon noch rasch in den Regen hinausgegangen, um sich das inzwischen leere Telefonhäuschen anzusehen. Eins der unteren Regalbretter war schon eingebaut, die anderen sollten bald folgen. Margaret, die eine anständige Bank für eine viel bessere Idee hielt, weil sie viel praktischer war als die vielen aussortierten Bücher, die ja auch kontrolliert werden mussten, hatte in der Haustür gestanden, den Kopf geschüttelt und nur darauf gewartet, endlich in den BMW steigen zu können.

Inzwischen hatte es aufgeklart, aber es tropfte noch überall. Die Blumenampeln mussten heruntergenommen und für den Winter weggestellt werden, aber alles andere konnte bis zum Frühjahr warten. Bunty war immer der Ansicht gewesen, dass man den Garten im Winter ruhen lassen sollte und dass die abgestorbenen Blätter Insekten und anderen Tieren Unterschlupf boten. Daher war ihr Garten im Sommer voller Marienkäfer, Schmetterlinge versammelten sich auf der Buddleja und Bienen summten zufrieden um die Blüten der verschiedenen Lavendelarten, die sie angepflanzt hatte. Das alles hatte sie von Mrs Brown gelernt. Als sie hier im Dorf angekommen war, hatte sie ja keine Ahnung gehabt – nein, eigentlich von gar nichts. Ihre Mutter hatte immer gern alles selbst gemacht, vor allem, weil sie sich dann darüber beklagen konnte, wie ungerecht das Schicksal sie behandelte.

Bunty ging wieder ins Haus. Sie trat vor das alte Schwarzweißfoto von ihren Eltern, das in der Küche auf der Fensterbank stand. Es war eins der wenigen Fotos von den Eltern, die sie besaß – damals ließ man sich nicht so oft fotografieren, und dann war ihr gesamter Besitz durch die Bomben ausgelöscht worden. Ihren Enkelsohn Gordon hatten die Eltern nie kennengelernt. Vielleicht war das ganz gut so, denn daher hatte sie die beiden nicht belügen müssen. Hätten sie jemals die Geschichte von ihrer Schwangerschaft erfahren, dann hätte der Schock sie umgebracht.

»Hallo?«

Freyas Stimme ertönte aus dem Flur. Bunty drehte sich um.

»Ich hab ein paar Kohlblätter, die wollte ich den Meerschweinchen bringen.«

»Oh, das ist lieb von dir.«

Freya ging in den Garten hinaus. Bunty blieb in der Terrassentür stehen und beobachtete, wie sie den Riegel aufschob, die beiden Tiere begrüßte und ihnen die Blätter gab. Sie schloss die Stalltür wieder und kam ins Haus.

»Danke, Freya«, sagte Bunty. »Soll ich jetzt mal einen Blick in meine Kuchendose werfen und sehen, was sich da drin versteckt? Wenn mich die Erinnerung nicht trügt, ist noch Ingwerkuchen von gestern übrig ...«

»Ja bitte.« Freya strahlte. »Und ich mache Tee, ja?«

In einträchtigem Schweigen tranken sie ihren Tee. Freya streichelte die ledrige Haut von Stanleys Kopf, und er genoss die Zuwendung mit halb geschlossenen Augen.

»Lucy versteht Stanley nicht, oder?«

»Sie glaubt, er würde mich irgendwann im Schlaf auffressen.« Bunty lachte.

»Aber eigentlich ist sie nett, die Lucy.« Freya sammelte mit spitzen Fingern ein paar Krümel auf.

»Nimm doch noch Kuchen. Er wird sonst bloß trocken.« Bunty schnitt eine weitere Scheibe ab und schaute zu, wie Freya einen großen Happen abbiss. Das Mädchen war dünn wie eine Bohnenstange. Wo steckte sie das alles bloß hin? Aber Bunty erinnerte sich, dass sie in Freyas Alter genauso gewesen war.

»Weißt du, ich glaube, Dad hat sie richtig gern.«

»Lucy?« Bunty musterte Freya kurz, bevor sie antwortete. »Ich glaube, da könntest du recht haben.«

»Aber er ist absolut besessen von dem Gedanken, dass er solo bleiben muss, damit er sich um mich kümmern kann. Als wäre ich irgendein kostbarer Gegenstand, den er nicht aus den Augen lassen darf.«

»Das kommt, weil deine –« Bunty brach mitten im Satz ab.

»Weil meine Mutter uns verlassen hat«, ergänzte Freya.

»Ich weiß. Aber das heißt doch nicht, dass er für immer wie ein Mönch leben muss. Es sei denn, er wartet darauf, dass sie zurückkommt.«

»Ich glaube, das ist es nicht.« Bunty erinnerte sich an eine Situation, als der normalerweise ausgeglichene Sam sich über ein Motorrad hinweg mit Stella gestritten hatte. Die beiden waren ständig aneinandergeraten. Sie passten überhaupt nicht zusammen. Wäre Stella nicht mit Freya schwanger geworden, dann wäre sie schon viel früher abgehauen, vermutete Bunty. Aber sie war geblieben und hatte auf ihre Weise versucht, alles richtig zu machen. Sie hatte einfach keinen Sinn für Häuslichkeit und war so ganz anders als der ruhige, entspannte Sam: impulsiv und leichtsinnig, ungestüm und immer auf der Suche nach Ärger.

»Ich frage mich, ob er sie insgeheim immer noch liebt.«

»Wen – deine Mutter?«

Freya nickte. »Vielleicht hat er deswegen kein Interesse an Lucy als Frau.«

»Das glaube ich nicht, Freya. Ich glaube, er will einfach nur, dass du glücklich und zufrieden bist. Das hatte für ihn immer Priorität. Du stehst für ihn seit jeher an erster Stelle.«

Zwanzigstes Kapitel

Auf dem Rückweg bemerkte Sam kaum, dass immer noch ein feiner Nieselregen fiel und ein feuchter Dunst in der Luft lag. Er hörte Lucy zu, die über ihre Tätigkeit als Lehrerin sprach.

Ihre Augen leuchteten, wenn sie von ihren Schülern erzählte, und sie beschrieb mit lebhaften Gesten, wie es war, wenn man mit einer Klasse mit sehr schwierigen Jugendlichen arbeitete und den Eindruck hatte, dass sie Fortschritte machten.

»Die Arbeit muss dir wahnsinnig fehlen.«

Lucy nickte. »Das stimmt. Aber mein Aufenthalt hier und dann die Fahrt nach Brighton neulich haben mir klargemacht, dass mir weder der Stress fehlt noch die Kopfschmerzen und schon gar nicht die Fahrt mit Tatütata in die Klinik.« Sie verzog das Gesicht. Vor einer Weile hatte sie Sam und Mel von dem Vorfall erzählt, der sie nach Little Maudley gebracht hatte.

»Und wenn du nicht unter so großem Druck unterrichten müsstest? Vielleicht an einer anderen Schule?«

»Möglich. Darüber hab ich auch schon nachgedacht.« Lucy lächelte geheimnisvoll. Sie sah schön aus, als sie weitersprach, als leuchte sie von innen. »Ich hab hier in die Zeitung geguckt«, gestand sie. »An Freyas Schule werden Aushilfslehrer gesucht.«

»Ach, das fände sie bestimmt super.« Sam lachte. »Sie hätte ihre Freude daran, mit dir anzugeben. Und natürlich würde sie sich auch gute Noten erhoffen.«

»Sie bekommt sowieso gute Noten, nach allem, was ich sehe.«

»Stimmt. Sie hat was auf dem Kasten. Im Gegensatz zu mir.«

»Legasthenie bedeutet doch nicht, dass du nichts im Kopf hast. Sieh dir die sagenhaften Baumhäuser an, die du baust. Und du arbeitest mit deinen Azubis zusammen und gibst ihnen eine Chance im Leben. Und leitest eine Firma.«

»Hör auf, sonst werde ich noch ganz eingebildet.«

»Ich meine das ernst.« Lucy blieb stehen, hob den Kopf und schaute zu ihm hoch.

Ihr Haar war von einem Schleier aus Regentröpfchen überzogen, und wenn er gekonnt hätte, hätte er sich vorgebeugt und sie geküsst. Sie war so leidenschaftlich und so zielstrebig, und ihm wurde bewusst, dass es ein Leichtes sein würde, sich in eine Frau wie Lucy zu verlieben, falls er auf der Suche wäre. Aber das war er nicht, erinnerte er sich mit Nachdruck. Denn was auch immer sie da über Aushilfslehrer sagte, in ein paar Monaten würde sie nach Brighton zurückgehen. Sie gehörte nicht nach Little Maudley, er jedoch war hier fest verwurzelt.

»Ich habe jahrelang mit Jugendlichen gearbeitet, die überzeugt waren, dass sie in der Schule nicht klarkämen, die man abgeschrieben hatte, weil sie Lernschwierigkeiten wie Legasthenie hatten oder aber Probleme zu Hause. Meistens waren es Jungen. Und weißt du was? Mit liebevoller Zuwendung und Unterstützung haben sie sich alle prächtig entwickelt. Du musst aufhören, so hart zu dir zu sein, und erkennen, wie großartig du bist.«

Sam fürchtete, Lucy könnte sein wildes Herzklopfen hören. Er schob sich eine nasse Locke aus der Stirn und schaute sie an.

»Okay. Ich will einsehen, wie großartig ich bin, wenn du mir versprichst, dass du zumindest in Erwägung ziehst, in Freyas Schule zu gehen und über diese Jubiläumsschrift zu sprechen. Ich glaube, das wäre sehr inspirierend für die

Schüler. Ich bin mit Dave Hill befreundet, er leitet den Fachbereich Englisch. Wir sind zusammen zur Schule gegangen. Wenn ich den Kontakt herstelle, würdest du ihm dann zusagen, dass du in der Schule einen Vortrag über deine Nachforschungen hältst?«

»Abgemacht.« Lucy grinste ihn an. »Und jetzt lass uns weitergehen. Ich bin klatschnass und durchgefroren und will nur noch in die heiße Wanne.«

Sam bemühte sich, die Vorstellung von Lucy in der Badewanne aus seinem Kopf zu vertreiben, während er neben ihr herging. Immerhin war es ein Glück, sagte er sich entschieden, dass sie eine richtig gute Freundin war.

Einige Wochen vergingen. Lucy transkribierte nicht nur die Interviews, die sie geführt hatte, sondern schrieb auch eine kurze Geschichte von Little Maudley während des Krieges. Es gelang ihr, eine ganze Reihe der Details einzuflechten, die Bunty ihr erzählt hatte. Doch Bunty wollte nach wie vor nicht, dass ihre Geschichte offiziell in dem Büchlein erschien, und schon bald sollte es nach Bletchingham zum Drucker. Susan war hocherfreut über das Ergebnis.

Lucy hatte sich angewöhnt, täglich einmal bei Bunty hineinzuschauen, und es machte beiden Frauen Freude. Mel arbeitete zwar viel, kam aber nachmittags gern auf einen Kaffee vorbei oder nahm sich einen Abend frei, um mit Lucy in das kleine Programmkino in Bletchingham zu fahren und einen Film anzusehen. Auch Sam war tagsüber immer sehr beschäftigt, und jetzt beeilte er sich gerade, die Arbeiten an dem luxuriösen Baumhaus in Lower Maudley abzuschließen, bevor das Wetter umschlug. Das hatte dazu geführt, dass seine Arbeiten im Telefonhäuschen ins Stocken geraten waren. Bei Lucys Besuchen hatten sie und Bunty Zeit, miteinander zu plaudern, und Lucy gab die neuesten Nachrichten aus dem Dorf weiter, die Bunty sich immer sehr gern anhörte.

»Helen ist auf dem Kriegspfad, weil die Inneneinrichtung der Telefonzelle noch nicht fertig ist«, berichtete Lucy, während sie im Garten herumwerkelten und Tulpenzwiebeln für das nächste Frühjahr setzten.

»Ach du je.« Bunty schmunzelte. »Ich hoffe, Sam ist gewappnet.«

»Er hat gesagt, er will sein Handy ausschalten und nicht mehr an die Tür gehen. Ich vermute, es kommt nicht so oft vor, dass Helen ein ›Nein‹ hört.«

»Das scheint mir auch so. Aber es wird ihr nicht schaden.« Bunty legte die Pflanzkelle weg, mit der sie die Erde auf dem Hochbeet festgeklopft hatte. Lucy kroch auf allen vieren im nassen Gras herum und füllte den Graben, den sie gebuddelt hatte, wieder auf.

»Margaret hat mich gefragt, warum ich mir die Mühe mache, hier noch Tulpenzwiebeln zu setzen.«

Lucy sah zu Bunty hoch, die gerade sorgsam ihre Gartenhandschuhe auszog, einen Finger nach dem anderen.

»Mag sie denn keine Tulpen?«

Bunty lachte. »Nein, sie hat gesagt – und ich hab mir davon wirklich kein Wort ausgedacht –, sie könnte nicht verstehen, welchen Sinn es hätte, in *meinem Alter* noch im Garten herumzupusseln. Ob ich das nicht für Zeitverschwendung hielte, hat sie mich gefragt.«

»Oh Gott.«

»Genau. Ich hab gesagt, ich hätte nicht die Absicht, in nächster Zeit den Löffel abzugeben, auf gar keinen Fall aber, bevor diese Tulpen rausgekommen sind. Dafür hab ich im Gartencenter ein Vermögen bezahlt.«

Lucy kicherte. Sie stand auf, streckte den Rücken und schaute zum Himmel hinauf. Er war wieder grau und drohte mit Regen.

»Ich glaube, wir haben sie gerade rechtzeitig noch in die Erde gekriegt. Wollen wir reingehen und ein bisschen zu Mittag essen?«

»Das ist eine hervorragende Idee.«

In der Küche machte Lucy Käsesandwiches und erhitzte eine Dose Suppe für sie beide. Bunty saß am Ende des Küchentisches und blätterte die Regionalzeitung durch. In einvernehmlichem Schweigen verzehrten sie ihr Mittagessen, nur hin und wieder ließ eine von ihnen einen belanglosen Satz fallen. Es war schön, dass sie sich mittlerweile so wohl miteinander fühlten. Lucy fiel es richtig schwer, sich ins Gedächtnis zu rufen, wie knurrig und schwierig Bunty gewesen war, als sie sich im Juli kennengelernt hatten.

Als sie aufgegessen hatten, räumte Lucy den Tisch ab, und Bunty erhob sich. Nach kurzem Zögern ging sie zum Küchenschrank hinüber und holte das Tagebuch aus der Schublade.

»Ich habe nachgedacht. Ich werde ja nicht mehr ewig da sein, und ich habe mir überlegt, dass ich doch gern die Möglichkeit hätte, noch etwas zu meinem Tagebuch zu sagen. Wenn ich meine Geschichte weitergebe, möchte ich gern noch hier sein, wenn sie gelesen wird. Das heißt, falls Sie das noch lesen wollen. Und übrigens finde ich, es ist an der Zeit, dass wir uns duzen, Lucy. Einverstanden?« Lucy nickte bloß, weil sie sich in diesem Moment ihrer Stimme nicht sicher war, aber ihre Augen strahlten. »Schön«, sagte Bunty und legte das Tagebuch behutsam vor Lucy auf den Tisch. »Ich glaube, ich kann es dir anvertrauen. Und anschließend können wir vielleicht über den Inhalt sprechen.«

Lucy hatte Herzklopfen. Sie traute sich nicht, nach dem Tagebuch zu greifen, denn sie fürchtete, dass Bunty es sich dann doch wieder schnappen könnte, weil sie es sich anders überlegt hatte. »Also«, sagte Bunty jedoch nach einem Moment. »Willst du es jetzt lesen oder nicht?«

»Doch, natürlich!« Lucy nahm das schwarze Buch an sich.

»Also, dann ab nach Hause mit dir.«

Einundzwanzigstes Kapitel

Lucy las bis in den späten Abend hinein. Über die frühen Einträge musste sie immer wieder lachen. Sie hörte förmlich Buntys spitze Zunge und ihren scharfen Sinn für Humor, und die Beobachtungen der jungen Bunty über ihre Anpassung an das Dorfleben, das so ganz anders war als das Leben in der Stadt, in der sie aufgewachsen war, kamen Lucy sehr bekannt vor.

Schon seit Stunden saß sie jetzt auf dem Sofa, und ihre Beine waren eingeschlafen. Sie stand auf und ließ Hamish in den Garten hinaus, damit er herumschnuppern und pinkeln konnte. Dann schenkte sie sich ein Glas Rotwein ein, legte noch ein Stück Holz in den Ofen, denn der Abend war kalt und feucht, und kuschelte sich wieder aufs Sofa, um weiterzulesen. Bunty hatte sehr viel gearbeitet. Aber die romantischen Treffen mit Harry am Telefonhäuschen! Kein Wunder, dass sie dagegen gewesen war, es abzureißen und durch eine langweilige neue Bank zu ersetzen.

Ach, liebes Tagebuch! Eine Nachricht! »Wir treffen uns am Telefonhäuschen, Freitag um 18:00 Uhr.«

Du hättest Mrs Browns Gesicht sehen sollen. Du meine Güte, sie hat Stielaugen gemacht. Und dann hat sie die Arme ganz fest verschränkt und mich daran erinnert, mein Fräulein!, dass sie für meinen guten Ruf verantwortlich ist und dass ich nichts tun sollte, was meine Mutter nicht gutheißen würde. Aber wie hätte Mutter mir etwas so Schönes verbieten sollen?

Wir gingen bis zum nächsten Dorf und zurück. Auf dem ganzen Weg haben wir geredet. Er ist so lieb und rücksichtsvoll – er hat mir Toffees mitgebracht und mir ganz viel von seiner Mutter und seiner Schwester zu Hause in New Brunswick erzählt. Er hat gesagt, sie würden mich bestimmt sehr mögen. Und er hat mir versprochen, dass er das nächste Mal ganz niedrig fliegt und winkt, wenn er über unser Dorf kommt. Mein Herz! Jetzt muss ich Schluss machen, weil Milly wieder über das Licht meckert. Aber ich glaube nicht, dass ich schlafen kann. Ich bin so aufgeregt, mir fehlen die Worte.

Lucy konnte sich gut vorstellen, wie die junge Bunty wach lag und an die Decke starrte, wie berauscht von dieser Liebesgeschichte mitten in der Plackerei ihres Alltags. Harry musste ihr wie ein frischer Wind erschienen sein.

Sie las Geschichten von heimlichen Küssen und kurzen Treffen, von Bällen auf dem Flughafen und sogar von einem Abendessen mit Mrs Brown, die anfangs brummig und überhaupt nicht einverstanden gewesen war, bis Harrys sonniges Wesen auch sie bezauberte und sie ihn zögernd willkommen hieß. Lucy seufzte zufrieden, so romantisch war diese Geschichte. Draußen war es inzwischen stockfinster, und das Feuer im Ofen glühte nur noch. Sie zog die Vorhänge vor, rief Hamish ins Haus und ging nach oben, um im Bett weiterzulesen. Nun allerdings wurde die Lektüre fast unerträglich. Die arme Bunty.

Entsetzliche Nachrichten. Das Unvorstellbare ist geschehen. Wieder Bombenangriffe, und ich habe die Nachricht erhalten, dass Mutter und Vater beide umgekommen sind. Ich kann nicht glauben, dass ich nie wieder ihre Gesichter sehen werde, nie wieder Mutters Ermahnungen lesen werde, dass ich Mrs Brown gehorchen und auf mich achten soll. Dieser schreckliche Krieg verschlingt alles. Ich kann es nicht aushalten. Heute Abend habe ich mich mit Harry getroffen und er hat mich in die Arme genommen. An der Situation hat es nichts geändert, aber zu spüren, dass es immer noch jemanden gibt, der mich lieb hat, war wunderschön. Es ist so ein Segen zu wissen, dass er in all dem Unglück mindestens die nächsten paar Monate hier bei mir und in Sicherheit sein wird.

Lucy wischte sich eine Träne ab und blätterte um. Buntys Schrift war kleiner und ordentlicher geworden, als müsse sie alle Kraft aufwenden, um ihre Gefühle unter Kontrolle zu halten.

Hab Urlaub bekommen, aber ich sehe nicht viel Sinn darin, ihn zu nehmen. Was sollte ich denn tun? Es gibt keine Leichen, die man begraben könnte, und unsere kleine Familie ist fast ganz ausgelöscht. Tante Mabel lebt in Essex, meine Kusine Sarah in Edinburgh. Wir müssen einen Krieg gewinnen, und im ganzen Land verlieren die Menschen Angehörige, wo man auch hinschaut. Es erscheint mir selbstsüchtig, wenn ich mir frei nehme, um zu trauern, obwohl die Arbeit weiterhin getan werden muss.

Bunty klang so einsam. Aber in jenen dunklen Tagen hatte die Zeit eine andere Qualität. Schon bald kam die alte Bunty wieder zum Vorschein.

10. September 1941

Gestern stand ich hinten im Garten und hängte für Mrs Brown Wäsche auf, als zwei Bomber näher kamen. Sie flogen so niedrig, dass ich dachte, sie würden die Eiche am Ende des Gartens streifen. Voller Angst guckte ich hoch, und da erkannte ich vorne im Cockpit Harry. Er hatte den Pilotenhelm und die Brille hochgeschoben und winkte. Das hat mich richtig fröhlich gemacht. Und heute hat er dann eine Nachricht in den Briefkasten gesteckt. Ich warte am Telefonhäuschen auf dich, stand da. Bring Gummistiefel mit, falls es regnet. Mrs Brown war total neugierig – obwohl sie jetzt mit ihm einverstanden ist, steckt er manchmal immer noch heimlich Zettel hinter die Ablage im Telefonhäuschen, weil das unser kleines Geheimnis ist. Milly findet das unheimlich romantisch. Ich auch. Allerdings muss ich mir ihre Gummistiefel leihen, denn meine haben ein Loch. Heute gab es einen heftigen Regenguss, wenn ich in normalen Schuhen rausgehe, sind sie nach wenigen Schritten durchgeweicht und am Ende kriege ich noch einen Grabenfuß. Das wäre dann alles andere als romantisch.

(immer noch der 10., aber nur noch kurz; es ist zehn Minuten vor Mitternacht, und ich schreibe bei Kerzenlicht)

Ich packte Millys Gummistiefel in einen großen Beutel, den ich vor Jahren für die Schule genäht hatte, und als ich am Telefonhäuschen ankam, wartete Harry schon. In seiner Uniform sah er einfach umwerfend aus. Er fragte mich, wie es mir ging, und wir unterhielten uns über Gott und die Welt. Als ich weinen musste, gab er mir sein Taschentuch und sagte, ich könnte es behalten. Es riecht nach seinem Eau de Cologne, und ich habe es unter mein Kopfkissen gelegt. Es war einfach wunderbar, mit ihm zusammen zu sein, trotz des Nieselregens. Wir gingen ziemlich weit, und schließlich kam die Sonne heraus, und wir entdeckten einen wunderschönen Regenbogen. Irgendwann kamen wir an ein kleines Steinhäuschen mitten auf einer Lichtung im Wald. »Das habe ich neulich bei einem Ausbildungsflug entdeckt«, sagte Harry. »Und ich dachte, wir könnten es mal erkunden.«

Drinnen lag trockenes Laub, und unter dem Fensterloch wuchs Gras, aber es war warm und gemütlich. Es war ein richtiges Abenteuer, und ich hatte das Gefühl, dass wir die Realität weit hinter uns gelassen hatten. Harry hatte in seinem Rucksack eine zusammengerollte Picknickdecke mitgebracht und dazu Teekuchen, Käse, Äpfel und sogar ein wenig Schinken. Es schmeckte absolut köstlich, so wie immer, wenn man draußen isst, aber noch köstlicher war es, beieinander zu sein, und wir fühlten uns so unglaublich wohl zusammen. Harry hatte sogar einen kleinen Flachmann mit Brandy dabei, und den teilten wir uns auch. Der

Alkohol brannte in meiner Kehle und mir wurde ein bisschen schwummrig davon. Und dann - das behalte ich vielleicht lieber für mich. Aber … du lieber Gott. Ich weiß nicht, was über mich gekommen ist - danach dachte ich daran, dass Mutter immer gesagt hat, ich sollte auf mich achten. Aber nun ist ja niemand mehr da, der das kontrolliert, und außerdem - ich bin froh, dass es so gekommen ist. Beim Abendessen habe ich immer wieder die anderen angeschaut und überlegt, ob mir anzusehen war, dass wir es getan hatten. Harry hatte mich nach Hause gebracht und mich vor der Pforte auf die Wange geküsst. Ach, und das hätte ich fast vergessen - auf dem Rückweg sind wir zwei Land Girls begegnet, Hilda und Eunice. Sie haben uns so vielsagend angesehen und sind dann kichernd weitergezogen, nachdem sie uns begrüßt hatten. Erst als ich wieder im Haus war, habe ich gemerkt, dass der Kragen von meinem Kleid ganz zerdrückt war und hinten hochstand. Ich sah aus, als hätte ich mich im Heu gewälzt. Ich bin knallrot geworden, denn, mein liebes Tagebuch - so war es ja auch.

Noch mehrere Seiten waren mit den Ergüssen eines jungen Mädchens gefüllt, das bis über beide Ohren in seinen gutaussehenden kanadischen Piloten verliebt war. Lucy saß im Bett und ertappte sich dabei, dass sie durch den Vorhangspalt zu Sams Haus auf der anderen Straßenseite hinübersah. Oben brannte noch Licht. Was mochte er da tun?

Obwohl sie gähnen musste, las sie weiter, denn sie wollte einfach wissen, was als Nächstes passierte. Als sie die Seite umschlug, wurde ihr das Herz schwer.

22. September 1941

Ein ganz, ganz schwarzer Tag.

Harry ist tot. Ich sitze hier schon stundenlang und musste allen Mut zusammennehmen, um diese Worte zu schreiben. Ich dachte, solange ich es nicht aufschreibe, ist es vielleicht nicht wahr. Aber es ist wahr. Ich stand am Telefonhäuschen und wartete auf ihn. Ich las seine Nachricht immer wieder, vielleicht hatte ich ja die Tage verwechselt. Ich ging sogar wieder ins Haus und breitete alle anderen Botschaften aus, die er im Telefonhäuschen für mich hinterlassen hatte, aber nein – da stand ganz eindeutig: »Wir treffen uns hier um sechs – Dein Dich liebender H.«

Zuerst war ich sauer, und dann machte ich mir Sorgen. Aber irgendwo im tiefsten Innern hatte ich ein ganz schlimmes Gefühl, wie eine Ahnung, dass etwas Schreckliches passiert sein musste – ich weiß nicht, wieso.

Dann war es schließlich Len, mein lieber Freund Len, der es mir sagte. Er hatte gesehen, dass ich da stand und war mehrmals vorbeigegangen, bis er dann fragte, ob ich auf meinen Kanadier warten würde. Dann ist er mit dem Fahrrad losgefahren, und als er zurückkam, stand ich immer noch da. Er hatte seine Beziehungen genutzt und gefragt, was auf dem Flugplatz los war, und da erfuhr er, dass es während eines Ausbildungsfluges zu einem furchtbaren Absturz gekommen war. Bei einem Navigationsflug war irgendetwas schiefgegangen. Drei kanadische Piloten waren sofort tot. Ich weine, während ich das schreibe. Es will mir nicht in den Kopf, dass mein Harry, mein schöner, lustiger Harry, so lebendig und so liebenswürdig – dass er nicht mehr lebt. Ich kann mir nicht vorstellen, dass ich jemals darüber hinwegkomme.

Lucy liefen die Tränen über die Wangen. Ach, die arme, arme Bunty. Sie klappte das Tagebuch zu und legte es auf ihren Nachttisch. Für heute Abend hatte sie genug gelesen.

Am nächsten Morgen stand sie früh auf und setzte sich noch im Schlafanzug aufs Sofa, um weiterzulesen. Sie hatte eine unruhige Nacht gehabt, sich ständig herumgewälzt und zwischendurch konfuse Träume von Bunty und dem Mann gehabt, den sie geliebt und verloren hatte. Und Sam schien auch irgendwie vorgekommen zu sein. Lucy rieb sich gähnend die Augen und breitete die Arme weit aus. Dann schaute sie wieder ins Tagebuch und versuchte, sich Buntys unermesslichen Kummer vorzustellen.

Ein Klopfen an der Haustür ließ sie zusammenfahren. Sie stand auf und brachte den bellenden Hamish zum Schweigen. Nachdem sie den Vorhang vor der Tür zurückgeschoben hatte, öffnete sie mit einer Hand und wischte sich mit der anderen die Tränen aus den Augen.

»Oje, das tut mir leid.« Sam schaute sie besorgt an. »Passt es gerade nicht?«

Lucy rieb sich eine Träne von der Wange, und Sam griff in die Hosentasche und reichte ihr ein weißes Stofftaschentuch. Lucy sah es, stutzte einen Moment und tupfte sich dann damit die Augen ab.

»Entschuldige bitte.« Sie wollte ihm das Taschentuch zurückgeben, aber Sam schüttelte den Kopf.

»Behalte es.«

»Es ist einfach – ach je.« Sie ließ sich in den Sessel fallen und winkte Sam, er solle sich aufs Sofa setzen. »Ich lese gerade Buntys Tagebuch aus den Kriegsjahren, das ist einfach herzzerreißend traurig.«

Sam sah auf das Tagebuch, das noch an der Stelle aufgeschlagen war, die Lucy zuletzt gelesen hatte. Er schloss es behutsam und reichte es ihr, bevor Hamish sich drauflegen konnte. Der Westie war nämlich neben Sam aufs Sofa gesprungen und forderte jetzt sehr bestimmt, er solle ihm den Bauch kraulen.

»Ich wollte dich nur fragen, ob du Lust hast, heute Abend mit zum Pubquiz zu kommen, aber wenn du nicht so richtig« – er nickte zu dem Taschentuch hinüber, das jetzt auf der Armlehne des Sessels lag – »vielleicht lieber nicht?«

»Doch, gern.«

Sam lächelte. »Das hatte ich gehofft. Mel meint, du wärst

unsere Geheimwaffe, mit dir hätten wir endlich eine Chance zu gewinnen.«

»Da bin ich mir nicht so sicher. Weiß sie etwas, was ich nicht weiß?«

»Du bist doch Geschichtslehrerin. Da weißt du mehr als wir anderen.«

»Dann spielen wir also ganz ohne Druck?« Lucy lächelte selbstironisch.

»Ganz ohne Druck.« Sam zog eine Grimasse. »Und jetzt muss ich wieder los. Bis später dann.«

Lucy schloss die Tür, machte sich Kaffee und setzte sich wieder aufs Sofa, um Buntys Tagebuch zu Ende zu lesen.

Nach dem Mittagessen ging sie nach nebenan. Sie hatte das Tagebuch ganz durchgelesen. Bald nach Harrys Tod hatten die Eintragungen geendet.

»Hallo«, begrüßte Bunty sie. Ihr Gesichtsausdruck sagte alles. »Du hast es also gelesen.«

Lucy nickte. Die alte Dame war nicht so für Umarmungen, aber jetzt drückte Lucy ihr sanft den Arm. Bunty lächelte traurig.

»Ich konnte letzte Nacht gar nicht gut schlafen, weil ich immer daran gedacht habe, dass du es gerade liest.« Bunty führte Lucy ins Wohnzimmer und ließ sich in ihrem Sessel nieder. Eine Weile schwiegen beide. Nur das Ticken der Uhr war zu hören.

»Ich kann dir gar nicht sagen, wie dankbar ich bin, dass du es mir zu lesen gegeben hast. Es steht so viel drin – du hast so viele geliebte Menschen verloren.«

»Ach du meine Güte, das ging uns ja allen so. Krieg ist etwas Schreckliches.«

»Es ist einfach – ihr musstet alle mit so vielen Problemen fertigwerden. Und dann Tag für Tag die Arbeit, immer das Gleiche, in dem kleinen Häuschen mit den Männern eingepfercht.«

Bunty holte tief Luft. Sie schien zu wachsen, als bereite sie sich auf etwas Schwieriges vor.

»Ich war dir gegenüber nicht ganz ehrlich. Weißt du, bevor ich dir mein Tagebuch gegeben habe, habe ich alles selbst noch einmal gelesen, und seitdem denke ich über die Vergangenheit nach. Neulich habe ich etwas gesehen, und daraufhin musste ich an die Fehler denken, die wir machen, weil wir glauben, wir würden das Richtige tun.«

Lucy beugte sich auf dem Sofa ein wenig vor und hörte gespannt zu.

»Es war nicht nur meine Arbeit damals im Krieg, weswegen ich gezögert habe, mit dir zu sprechen. Ja, wir haben uns natürlich alle zur Geheimhaltung verpflichtet, und für manche von uns bedeutete das, dass sie geschwiegen haben, egal, was andere sich vielleicht von ihnen erhofften. Ich finde nicht, dass es verkehrt ist, wenn sie ihre Geschichten jetzt erzählen, aber mir ist es irgendwie zur Gewohnheit geworden, Geheimnisse zu bewahren.«

Lucy nickte.

»Es geht um Gordon.«

Lucy dachte an Buntys behäbigen, gesetzestreuen Sohn. Er war eine Stütze seiner Gemeinde, Buchhalter im Ruhestand, verheiratet mit einer Frau, die gut fünfzehn Jahre jünger war als er. Die Ehe mit Margaret war wahrscheinlich das Waghalsigste, worauf er sich in seinem Leben eingelassen hatte.

»Einer der Gründe, warum ich mich eigentlich nicht mit der Vergangenheit beschäftigen möchte, ist, dass es damals in den Kriegsjahren – auch für die meisten anderen – na ja ... kompliziert war. Der Krieg ließ uns manches sehr klar sehen.«

Das hatte Lucy schon einmal gehört. Sie hatte kürzlich mit einer Frau gesprochen, die mit siebzehn zu Hause ausgerissen war, um sich der Land Army anzuschließen. Sie hatte sich in den Farmer verliebt, bei dem sie arbeitete und damit das ganze Dorf schockiert und nicht zuletzt seine Frau.

»Die Sache ist«, fuhr Bunty fort, »ich wusste, wenn ich dir von meiner Kriegszeit erzähle, würde alles wieder lebendig werden. Und ich kann nicht –« Bunty geriet ins Stocken, zog ein Taschentuch aus ihrer Jackentasche und tupfte sich damit die Augen ab. Lucy war überrascht.

»Lass nur«, versuchte Lucy sie zu beruhigen. »Ich möchte dich nicht traurig machen. Du brauchst nur das zu erzählen, was du wirklich erzählen möchtest.«

»Aber ich will alles erzählen.« Bunty putzte sich die Nase. »Ich kann es nicht ewig für mich behalten. Lange habe ich gedacht, das wäre möglich. Aber jetzt – wenn ich nicht mit jemandem darüber spreche, ist es, als wäre es nie geschehen.«

»Hat es mit Harry zu tun?«

Bunty nickte. »Nach seinem Tod habe ich recht schnell gemerkt, dass etwas nicht stimmte. Damals konnte man natürlich nicht viel machen und zum Glück – also, ich habe dann etwas getan, was dir vielleicht ziemlich egoistisch erscheint.«

Allmählich setzten sich in Lucys Kopf die Puzzleteile zusammen.

»Len hatte ja schon eine ganze Weile für mich geschwärmt. Er war Luftschutzwart, so wie Henry. Und er war ein lieber Mensch. Wenn auch sehr pedantisch.« Bunty lächelte verschmitzt. »Und das war offenbar ansteckend, denn Gordon ist in der Beziehung aus dem gleichen Holz geschnitzt.«

»Aber sein Vater?«

Wieder nickte Bunty. »War Harry.«

»Und niemand hat Verdacht geschöpft?«

»Ach, ich glaube, es gab durchaus einige, die sich so ihre

Gedanken machten. Schwer zu erklären, wie das damals war. Die üblichen Regeln galten nicht. Es war ein ganz anderes Leben. Überall starben Menschen oder waren viele Jahre lang getrennt, Ehen zerbrachen. Heutzutage sehen viele die Kriegsjahre durch eine rosarote Brille. Sie glauben, alle hätten sich bloß zum Wohl der Allgemeinheit engagiert. Das stimmte natürlich großenteils, aber wir haben auch viel Spaß gehabt.«

»Du hast dann also Len geheiratet. Und hat er es gewusst?«

»Ich glaube, er hat es sich gedacht. Aber er hat nie ein Wort darüber verloren. Und wir haben wirklich eine glückliche Ehe geführt. Er war ein sehr fürsorglicher Mann.« Lucy beobachtete, wie Bunty sich vom Stuhl erhob und schwerfällig zum Fenster ging. Sie schaute hinüber zum Friedhof, der hinter der Dorfwiese lag, und dann auf das Telefonhäuschen, wo sie sich mit Harry getroffen hatte, dem Mann, den sie so sehr geliebt hatte – dem Vater ihres Sohnes.

»Ich denke immer noch oft an ihn. Und ich stelle mir vor, wie mein Leben verlaufen wäre, wenn ich es mit ihm geteilt hätte.«

»Es klingt, als wäre er ein sehr liebenswerter Mann gewesen.«

»Oh ja, das war er. Jahre später habe ich erfahren, dass sie, als sie das Flugzeug fanden, ganz in der Nähe eine Armbanduhr entdeckt haben. Sie tickte noch.« Bunty legte sich eine Hand aufs Herz.

»Wie Gordon sich wohl mit ihm verstanden hätte?«

»Die Frage habe ich mir auch gestellt.« Bunty runzelte die Stirn. »Ich habe oft überlegt, ob er vielleicht unbeschwerter wäre, wenn Harry ihn großgezogen hätte. Len hat sich immer so viele Sorgen gemacht, das hat auf Gordon abgefärbt.«

»Aber er ist ein netter Mann.« Lucy dachte an Gordon,

wie er herumwurschtelte und tat, was er konnte, um Margaret glücklich zu machen.

»Ja, das stimmt. Ein guter Mann. Aber kannst du dir vorstellen, wie es für ihn wäre, nach all diesen Jahren die Wahrheit zu erfahren? Gordon ist so festgefahren in seiner Art, dass ich fürchte, es würde ihn völlig umhauen. Und Gott weiß, was Margaret denken würde. Sie ist doch so was von prüde.« Plötzlich lachte Bunty. »Der Krieg hat eine merkwürdige Wirkung auf uns gehabt. Wir sind Risiken eingegangen und haben Sachen gemacht, die man als anständige Frau nicht tat. Wir wussten ja nie, wann die nächste Bombe fallen würde, und auch nicht, ob wir überhaupt überleben würden.«

»Das kann ich verstehen.« Lucy nickte.

Es war einleuchtend. Alles, was Lucy gelesen hatte, alle Gespräche, die sie zu dem Thema geführt hatte, liefen auf das Gleiche hinaus: Es war eine andere Zeit gewesen – als wären die alltäglichen Regeln für eine Weile außer Kraft gesetzt worden. Wen wunderte es, dass das Folgen gehabt hatte?

Nach einem ausgiebigen Bad ging Lucy durchs Dorf zum Pub. Buntys traurige Geschichte wollte ihr nicht aus dem Kopf, trotzdem freute sie sich auf das Quiz. Mel und Sam saßen schon an einem Tisch am Kamin, und auf sie wartete auch bereits ein Stuhl. Am Tisch saß noch ein weiterer Mann, den Lucy aber nicht kannte.

»Das ist Dave. Er ist unsere Geheimwaffe.«

Das also war Sams Freund, Fachbereichsleiter Englisch an der weiterführenden Schule. Dave war klein und rundlich. Er trug ein T-Shirt, auf dem vorn ein Hund in Regenbogenfarben aufgedruckt war, und er hatte mehr Haare am Kinn als auf dem Kopf. Er strahlte Lucy an.

»Halt mal.« Lucy sah Sam an und fragte scherzhaft: »Hast du nicht gesagt, *ich* wäre eure Geheimwaffe?«

»Tatsächlich? Dann gehe ich gleich wieder.« Dave tat so, als wolle er aufstehen.

»Mit deinem enzyklopädischen Wissen über Musik und Lucys Fachkenntnis in historischen Themen sind wir für alles gerüstet.«

»Und nicht zu vergessen«, Mel nahm ihre Handtasche vom Tisch und stand auf, »mein Spezialgebiet. Wenn es um Klatsch und Tratsch über Prominente geht, kann uns nichts passieren. Möchtest du was trinken?«, fragte sie Lucy, die nickte.

»Aber ich kann mir nicht vorstellen, dass sie uns zu den neuesten Reality-TV-Stars befragen.«

»Kann man nie wissen. Bob, unser Quizmaster, nimmt seine Sache sehr ernst. Nicht mal seine Frau darf die Fragen vorher sehen. Er schließt sich in sein Arbeitszimmer ein, wenn er sie aussucht, und kopiert die Blätter dann auf der Arbeit.« Sam reichte Lucy ein Blatt Papier mit Schwarzweißfotos.

»Kennst du einen von denen?«

Lucy betrachtete die Fotos. »Das ist doch dieser Promi, wie heißt er noch, aus dem Dschungelcamp, oder?«

»Hab ich doch gesagt«, sagte Dave triumphierend.

»Aber wie heißt er denn noch?«

»Wieheißterdennnoch«, sagten Lucy und Dave einstimmig, und alle mussten lachen.

»Achtung«, sagte Mel laut flüsternd eine Stunde später. In den ersten beiden Runden hatten sie haushoch verloren, und jetzt kam Helen zu ihnen herüber.

»*Hallöchen,* ihr vier Hübschen«, sagte sie mit ihrer lauten Stimme. »So schön zu sehen, dass Sie hier schon richtig zu Hause sind, Lucy. Besteht denn die Chance, dass Sie sich entscheiden, bei uns zu bleiben?« Ohne eine Einladung abzuwarten, klaute Helen sich einen Stuhl vom Nachbartisch, klemmte sich zwischen Sam und Mel und strahlte Lucy an, die mit einem Bierdeckel herumspielte und ein möglichst unverfängliches Gesicht machte. Sie hatte wirklich keine Lust, mitten an einem so netten Abend daran zu denken, dass sie das Dorf wieder verlassen musste.

»Mel und Lucy, könnten Sie bitte mal überlegen, ob Sie noch Bücher haben, die Sie in die Sammlung für die Bücherei geben möchten? Wir planen eine Art rotierenden Bestand.«

»Ich hab alle drei Bände von *Fifty Shades of Grey*, wollen Sie die haben?« Mel wollte sich ausschütten vor Lachen.

»Um Himmels willen, nein!«, sagte Helen schockiert. »Ich glaube, wir sollten nur jugendfreie Bücher aussuchen. Wir wollen doch nicht, dass Kinder in die Bücherei gehen und da vor einer Menge Schweinkram stehen, oder?«

Die Frau, deren Stuhl Helen stibitzt hatte, war zurückgekommen und stand jetzt mit zwei Weingläsern in den Händen und mürrischem Gesicht am Nachbartisch. Nachdem Mel sich mehrmals geräuspert und immer deutlicher mit dem Kopf auf die missmutige Frau gedeutet hatte, bemerkte auch Helen sie und hob ihr properes Hinterteil von dem widerrechtlich besetzten Stuhl.

»Dann also bis Donnerstag«, zwitscherte sie und verschwand in dem Gedränge an der Bar.

»Okay, als Geheimwaffe warst du eine Niete«, sagte Mel später, als sie den Hügel hinunter nach Hause gingen. Sie hatte mehrere Rum Cola intus und stieß sich sanft von einem grünen Müllcontainer ab. Sam, der ein wenig zurückgeblieben war, holte auf und kam an Lucys andere Seite. »Alles okay?«, fragte er sie.

»Klar doch«, sagte Lucy.

»Aber ich bin blau«, erklärte Mel überflüssigerweise. Sie pflückte eine Blüte von einem Gladiolenstängel vor einem Haus und steckte sie sich hinters Ohr, drehte sich und tat, als würde sie mit Kastagnetten klappern. »Wer kommt noch auf einen Absacker mit rein?«

Sam warf Lucy einen fragenden Blick zu. Sie war nicht ganz sicher, was er damit sagen wollte, und doch spürte sie ein Kribbeln im Bauch.

»Ich hätte eigentlich nichts gegen einen Kaffee«, antwortete sie. Vielleicht würde Kaffee Mel helfen, wieder nüchtern zu werden, bevor sie morgen früh aufstehen und sich ihren vierbeinigen Hausgästen widmen musste.

»Gute Idee.«

»Ihr seid mir zwei langweilige alte Sofapupser.« Mel zog ihren Hausschlüssel aus der Tasche. »Kein Wunder, dass ihr so gut zusammenpasst.«

Zum Glück war es dunkel, sodass niemand Lucys Gesicht sehen konnte. Als Mel die Tür aufschob, wich Lucy Sams Blick aus und senkte den Kopf.

Kaum hatte Mel den Schlüssel ins Schloss gesteckt, da brach ein Höllengebell los. »Ich komme, ich komme ja schon«, lallte sie.

»Verdammt noch mal«, rief eine schrille Stimme von oben. »Kannst du nicht reinkommen, ohne dass sämtliche Hunde im Dorf anschlagen?«

»Sorry, Schätzchen.« Mel ließ ihre Schlüssel in die Obstschale auf dem Schränkchen fallen. »Pscht. Geh wieder ins Bett.« Sie kicherte. »Also gut. Kaffee für die Sofapupser und Brandy für mich. Setzt euch schon mal da hin.« Sie deutete auf das Sofa. »Ich setze Wasser auf.«

Auf dem Sessel schlief ein riesiger, zottiger Lurcher, sodass Lucy und Sam nichts anderes übrig blieb, als sich nebeneinanderzusetzen. Lucy war erschrocken, wie stark sie Sams körperliche Nähe spürte. Gleich darauf kam Mel mit drei Bechern zurück und knallte sie auf den Tisch. Sie ließ sich neben Sam aufs Sofa plumpsen und schubste ihn damit noch ein Stückchen näher an Lucy heran.

»Keine Milch da. Also, ich hab gedacht, wir könnten auf etwas Schönes anstoßen.«

»Ich trinke ihn auch gern schwarz«, begann Lucy. Sam warf ihr einen Blick zu und verdrehte die Augen.

»Ist doch albern«, sagte Mel und wuchtete sich wieder hoch. »Hab den Brandy vergessen. Moment.«

»Hat sie denn so viel mehr getrunken als wir?«, flüsterte Lucy, während Mel auf dem Weg zur Tür stehen geblieben war, um dem Lurcher den Kopf zu tätscheln.

»Als wir kamen, hatte sie an der Bar schon mit den anderen gequatscht. Steve, der Wirt, ist ein bisschen in sie verknallt. Bestimmt hat er ihr ein paar Kurze ausgegeben, und nach dem Quiz dann noch mal. Mel war schon immer so – neunundneunzig Prozent der Zeit lebt sie gesund und naturverbunden, und ab und zu lässt sie sich von der Leine und säuft sich einen an. Am nächsten Morgen wacht sie dann mit einem höllischen Kater auf und schwört, sie würde nie wieder einen Tropfen Alkohol anrühren.«

»Hier kommt der Brandy.«

Mel schüttete jedem eine ordentliche Portion in den Kaffee.

»Die große Frage ist also«, sagte sie, nachdem sie sich mit einem Seufzer in die Sofakissen zurückgelehnt hatte, »was ist mit Freya los? Hast du es schon rausgekriegt?«

»Diese Woche war sie nicht ganz so ungenießbar. Vielleicht waren es tatsächlich die Hormone oder so was.«

Also war Sam der Sache noch nicht auf den Grund gegangen. Lucy hockte vorn auf der Sofakante. Sie wollte sich nicht zurücklehnen, denn dann würde sie in die Kissen sinken und wäre zwischen der Armlehne und Sam, der jetzt einen Jack Russell auf dem Schoß hatte, eingekeilt.

»Ich hab versucht, Camille auszuhorchen. Hab aber nix rausgekriegt.«

»Ich bin sicher, dass sich das von selbst klären wird«, sagte Sam gelassen, während er den Kopf des Terriers streichelte. Lucy fiel auf, dass auch er seinen Drink nicht anrührte.

»Mmm«, sagte Mel.

Gleich darauf war aus ihrer Sofaecke ein leises Schnarchen zu hören.

»Ich hole ihr eine Decke«, sagte Sam. »Wenn sie aufwacht, werden zig Hunde auf ihr liegen.«

Zehn Minuten später schlichen sie aus Mels Haus. Auf dem Bürgersteig blieben sie einen Moment stehen. Sam strich sich das Haar aus der Stirn, mit der Geste, die Lucy mittlerweile vertraut war, und lächelte bedauernd.

»Sehen wir uns bei dem Treffen am Donnerstag?«

Lucy wurde flau im Magen. Wie leicht wäre es, ihm jetzt die Arme um den Hals zu schlingen, den Kopf zurückzulegen und ihn zu küssen. Einen Moment lang überlegte sie, ob sie – aber dann wandte sie sich mit einem lässigen Winken ab. Das war nie ihre Art gewesen. Der Kuss auf die Wange an dem Abend, als sie beide zu viel Wein getrunken hatten, war vollkommen untypisch für sie gewesen. Dass sie immer noch spüren konnte, wie seine stoppelige Wange ihre Lippen streifte, und noch den holzigen Duft seines Rasierwassers roch, bedeutete nicht –

»Lucy.«

Seine Stimme war sanft. Sie drehte sich wieder um, mitten auf der Straße, und sah ihn an. Er stand reglos auf dem Bürgersteig.

»Ja?«

»Bis Donnerstag also. Danke für den schönen Abend.«

Zweiundzwanzigstes Kapitel

Ach, zum Teufel – warum hatte er Lucy nicht einfach gestanden, was er für sie empfand?, fragte Sam sich am nächsten Morgen beim Aufwachen. Er stöhnte frustriert und wälzte sich auf einen der Hunde. Amber sagte einmal Wuff und sprang dann auf den Dielenboden des Schlafzimmers. Ihre Krallen klackerten auf dem Holz und sie winselte, weil sie ganz schnell nach draußen wollte.

Sam zog die Vorhänge auf und schaute über die Straße, wie es ihm zur Gewohnheit geworden war. Er sah, dass die Vorhänge in Lucys Wohnzimmer nicht vorgezogen waren, und trat schnell vom Fenster zurück, denn sie kam gerade aus der Haustür. Das war doch lächerlich. Er wurde noch zum Spanner.

Auf dem Flur stieß er fast mit Freya zusammen, die auch gerade aus ihrem Zimmer kam.

»Morgen, Liebes. Alles klar für die Schule?«

Sie nickte, ohne von ihrem Smartphone aufzusehen.

»Bei mir wird's heute Abend spät. Ich hab in der Schule noch was zu tun.«

»Soll ich dich abholen?«

»Nee, Cammie hat gesagt, wir fahren dann zusammen mit dem Bus zurück.«

»Okay.« Sam schüttete Hundefutter in zwei Schüsseln und stellte den Wasserkocher an. »Verflixt, hab nicht gesehen, wie spät es schon ist. Ich gehe mal schnell unter die Dusche. Bis später.« Er legte Freya die Hand auf die Schulter und gab ihr einen Kuss auf den Kopf.

Sam stand unter der Dusche, und während das heiße Wasser wie mit Nadelstichen seine Schultern bearbeitete, ging er seine Pläne für den Tag durch. Am Baumhaus waren noch ein paar letzte Handgriffe zu erledigen, und das musste er allein machen, weil die Jungs Berufsschule hatten. Danach musste er ein Angebot machen, und die blöde Annabel Bevan wollte, dass er noch mal vorbeikam und sich irgendetwas zum fünften Mal ansah. Und dann war schon Donnerstag und damit das Treffen der Frauen vom *Women's Institute*. Sam merkte, dass er ganz aufgeregt wurde. Was war bloß mit ihm los, dass ihn die Aussicht auf eine dämliche Versammlung des *WI*, in der es um ein Telefonhäuschen ging, derartig elektrisierte?

Das lag nur an Lucy. Gestern war er mit Gedanken an sie eingeschlafen und dann hatte er von ihr geträumt. Es war verrückt. Sie war nur vorübergehend da, und er hatte die Aufgabe, der beste Vater für Freya zu sein, der er sein konnte – schließlich musste er ihre Mutter vertreten. Wenn Freya erst mal erwachsen war, würde er vielleicht noch mal überlegen. Aber im Moment musste er für sie da sein und dafür sorgen, dass sie auf dem richtigen Weg blieb und nicht ausscherte, so wie Stella das getan hatte. Das war eine der Sorgen, die ihn manchmal mitten in der Nacht plagten. Zurzeit allerdings ließ nichts darauf schließen, dass Freya wie ihre Mutter werden würde. Seine Tochter war ganz sie selbst, und deshalb war er stolz auf sie.

Er war mitten im Aufmaß für das Angebot, als sein Handy klingelte. Neben ihm stand der Besitzer eines großen Landhauses auf der anderen Seite von Bletchingham. Er wollte ein zweistöckiges Baumhaus haben, in das seine Teenager sich flüchten konnten. Wenn das Wetter mitspielte, konnte Sam das noch schaffen, bevor es wirklich Winter wurde.

»Müssen Sie da rangehen?«, fragte der Mann.

Freya würde eine Nachricht schicken – Teenager benutzten ihre Handys normalerweise nicht zum Telefonieren. Sam schüttelte den Kopf.

»Alles gut, meine Mailbox geht dran. Also, Sie möchten ein Satteldach haben, denken Sie an etwas in dieser Art?« Sam griff zu Papier und Stift und begann zu skizzieren. Wieder klingelte sein Handy. Er schaltete es stumm.

»Tut mir leid.«

»Kein Problem.«

Es meldete sich noch zwei weitere Male, indem es wie eine gereizte Wespe in seiner Tasche herumbrummte. Sam verabschiedete sich mit einem Händedruck von seinem potenziellen Kunden und ging zum Pritschenwagen zurück. Er stieg ein, schloss die Fahrertür und zog sein Handy heraus. *Bletchingham High School – vier verpasste Anrufe.*

Shit. Krank vor Sorge drückte er auf Rückruf.

»Hallo? Hier ist der Vater von Freya Travis. Sie haben vier Mal versucht, mich anzurufen.«

»Augenblick bitte.«

»Mr Travis«, sagte eine aalglatte Stimme, »es besteht sicherlich kein Grund zur Aufregung. Ich wollte Sie nur kontaktieren, weil wir heute Morgen keine Nachricht erhalten haben, dass Freya nicht in die Schule kommen würde.«

»Wie bitte?« Sams Magen krampfte sich zusammen. »Unser automatisches Benachrichtigungssystem hat sich bei Ihnen gemeldet. Aber auf unsere Nachfragen, warum Freya heute Morgen nicht erschienen ist, kam keine Antwort.«

Alle seine Albträume wurden Wirklichkeit. Wo konnte Freya denn bloß sein?

»Bei mir ist sie nicht. Vielleicht zu Hause? Ich lege jetzt auf. Ich muss sie suchen.«

Mit zitternden Fingern versuchte er es unter Freyas Nummer.

»Hi«, sagte ihre lebhafte Stimme. *»Ich kann gerade nicht ans Telefon gehen, weil ich beschäftigt bin oder schlafe oder weil es konfisziert wurde. Wenn du eine Nachricht hinterlässt, rufe ich vielleicht zurück …«*

»Freya, meine Liebe, wo bist du denn nur?«

Er probierte es zu Hause auf dem Festnetz, aber es klingelte bloß, bis er seine eigene Stimme auf dem Anrufbeantworter hörte. Auch Mel ging nicht ans Telefon – wahrscheinlich gab sie gerade einen Hundekurs. Er rief Bunty an.

»Little Maudley 823390«, meldete sich eine klare Stimme auf die Art, wie es früher üblich gewesen war.

»Bunty, hier ist Sam. Hast du Freya gesehen?«

»Leider nicht. Ist sie verschwunden?«

»Ich fürchte, ja. Sie war heute nicht in der Schule. Wahrscheinlich ist sie bloß nach Oxford zum Shoppen gefahren oder so was.« Das klang plausibel. Er selbst hatte als Jugendlicher oft genug die Schule geschwänzt – vielleicht kam sie doch nach ihm.

»Das denke ich auch. Aber ich halte die Augen offen und sage dir Bescheid, wenn ich was erfahre. Oh, da kommt Lucy gerade. Ich sag es ihr.«

»Danke.«

Einen Moment lang hatte er den irrationalen Wunsch, Lucy an seiner Seite zu haben, ruhig und freundlich und gelassen. Sie würde wissen, was zu tun war. Er ließ den Motor an und fuhr rückwärts aus der Einfahrt heraus. Ihm war übel.

Wieder probierte er es unter Freyas Nummer, und diesmal ging sie dran.

»Hallo?«

Beim Klang ihrer Stimme hätte Sam vor Erleichterung in Tränen ausbrechen können, aber er hielt den Blick auf die Straße gerichtet und versuchte, sich trotz der Verkehrsgeräusche über die blöde Freisprechanlage verständlich zu machen.

»Wo warst du denn bloß?«

»Wie meinst du das?«

»Wo bist du jetzt?«

»Ich komme gerade aus der Schule.«

Aha, das also war ihre Strategie. Auch gut.

»Okay, dann sehen wir uns zu Hause?«

»Ja«, sagte Freya. »Ich hab gedacht, ich backe einen Kuchen. Kann sein, dass ich noch ein paar Sachen dafür einkaufe. Wenn ich also gleich nicht da bin, bin ich schnell zum Laden.«

Nein, mein Fräulein, dachte Sam, du bleibst genau da, wo du bist, aber er sagte: »Okay, dann also bis gleich.«

Eilig brauste er nach Little Maudley zurück. Er stoppte vor seinem Haus und ließ den Wagen auf der Straße stehen – in seiner derzeitigen Verfassung hatte er nicht die Ruhe, sorgsam in die Einfahrt zurückzusetzen.

Freya saß ganz gemütlich auf dem Sofa und guckte auf dem Fernseher YouTube. Dabei scrollte sie auf ihrem Smartphone durch Instagram. Mit einem engelhaften Lächeln sah sie zu ihm hoch. Sam fröstelte es. Eine Sekunde lang war sie ihrer Mutter so ähnlich, dass es ihn umhaute.

»Hi, Dad«, sagte sie vergnügt. »Sorry, der Kuchen ist noch in der Planungsphase. Hast du nicht Lust, eben loszugehen und Eier zu kaufen? Und ich brauche auch noch mehr Butter.«

»Und ich brauche jetzt keinen Kuchen«, erwiderte Sam grimmig. Er setzte sich in den Sessel, stützte die Ellbogen auf die Knie, beugte sich vor und sah Freya scharf an. »Wie war's in der Schule?«

»Gut«, sagte sie, ohne von ihrem Handy aufzublicken.

»Wirklich?«

»Aber hundertpro. Na ja, langweilig, aber gut.«

Er hielt ihr sein Handy hin, sodass sie die verpassten Anrufe sehen konnte. Einen Moment lang guckte sie verständnislos auf das Display, dann schien der Groschen zu fallen.

»Du warst gar nicht in der Schule.«

»Okay.« Freya biss sich auf die Unterlippe. »Ich bin mit dem Bus nach Oxford gefahren. Da bin ich rumgelaufen und hab Schaufenster geguckt und einen Kaffee getrunken. Dann war ich rechtzeitig wieder zurück, um mit dem Schulbus nach Hause zu fahren.«

Sam sah seine Tochter an. Ihre Nase war mit Sommersprossen übersät, die beiden langen Zöpfe hatte sie hinten zusammengebunden. In den Ohren trug sie silberne Creolen. Das war zwar gegen die Vorschriften der Schule, aber ihre Klassenlehrerin übersah es, weil sie der Ansicht war, dass es keinen Sinn hatte, wegen geringfügigen Fehlverhaltens eine Diskussion anzufangen. Und Freya war eine Musterschülerin – oder jedenfalls war sie das bisher gewesen.

»Das hättest du mir doch vorher sagen können«, meinte er ohne große Hoffnung.

»Wie denn? ›Hey, Dad, ich will heute die Schule schwänzen, weil ich mal sehen möchte, wie das so ist‹?« Freya lachte. »Und du wärst einverstanden gewesen?«

»Natürlich nicht.«

Sam fühlte sich vollkommen überfordert. Jemand anders hätte ihr vielleicht Hausarrest aufgebrummt oder ihr den Internetzugang gesperrt oder sonst was, aber das war nie seine Art gewesen. »Aber bitte mach das nicht noch mal, okay? Ich war ganz krank vor Sorge, als ich nicht wusste, wo du warst.«

»Versprochen«, sagte Freya fröhlich. »Eigentlich war es auch ziemlich öde. Und ich hab immer befürchtet, dass jeder sieht, dass ich schwänze, weil ich ja in Schuluniform war.«

»Man muss eine Tasche mit normalen Klamotten mitnehmen und sich umziehen«, sagte Sam gedankenlos.

»So hast du das gemacht?«

»Genau. Und du willst ja nicht so werden wie ich.« Trotz

allem musste er lächeln. Freya wusste genau, wie sie ihn um den Finger wickeln konnte.

Am nächsten Tag kam Sam früher als sonst von der Arbeit zurück, duschte und überlegte dann, was er anziehen sollte. »Hast du ein Date?« Freya erschien, ließ sich auf sein Bett fallen und betrachtete ihn nachdenklich.

»Nee, ich gehe zum Treffen wegen der Telefonzellenbücherei. Du kommst doch mit?«

»Ach, stimmt ja. Hatte ich ganz vergessen.« Freya verzog das Gesicht. »Ich glaube, das lasse ich ausfallen.«

»Aber es ist doch ihre Idee gewesen.« Sam schüttelte ratlos den Kopf.

»So sind Teenager eben«, sagte Lucy achselzuckend. Sie saßen mit Mel zusammen auf den unbequemen Plastikstühlen im Dorfhaus und warteten darauf, dass es losging. »Wenn du auch nur ein kleines bisschen Interesse an irgendetwas zeigst, lassen sie es normalerweise fallen. Allein die Tatsache, dass du dich dafür interessierst, macht es total uncool.«

»Absolut richtig. Camille würde nie im Leben herkommen. Oder sich mir auf fünfzig Meter nähern, es sei denn, ich hab mein Portemonnaie offen und bin bereit, ihr was zu kaufen.« Mel lachte. »Und selbst dann würde sie lieber meine Kreditkarte nehmen und mich im Starbucks warten lassen, während sie bei H&M ihren Kaufrausch auslebt.«

»Aber so ist Freya nie gewesen«, fing Sam an, verstummte aber, als Helen vorne im Saal das Podium betrat.

Als die Versammlung beendet war, kam Mel mit einem Freund ins Gespräch und bestand darauf, dass Sam und Lucy ohne sie aufbrachen.

»Was ist eigentlich aus der Fledermausexkursion geworden?«

»Gute Frage. Ich glaube, alle haben sich so auf das Telefonhäuschen konzentriert, dass die irgendwie hinten runtergefallen ist.«

»Schade«, murmelte Lucy. »Ich hatte mich darauf gefreut.«

»Dann mache ich eine Führung nur für dich«, sagte Sam, wobei ihm auffiel, dass er so begeistert klang wie ein Schuljunge. Aber das war ihm egal. »Wie wär's mit morgen? Freya ist auf einem Schulausflug, ich brauche also nicht so früh zurück zu sein.« Kaum hatte er das gesagt, da wurde ihm klar, dass es ein bisschen aufdringlich wirkte, daher fügte er schnell hinzu: »Und außerdem könnte ich noch mal deinen professionellen Rat gebrauchen.«

Er berichtete, dass Freya die Schule geschwänzt und dann ganz unbekümmert darüber gesprochen hatte. »Ich kann mir nicht helfen, aber ich mache mir Sorgen, dass sie so wird wie ihre Mutter«, sagte Sam abschließend.

Sie blieben vor dem Bluebell Cottage stehen. »Freya ist ein unabhängiges junges Mädchen«, sagte Lucy. Beide mussten lachen, denn gerade schob sich Hamishs Kopf unter dem Fenstervorhang hervor.

»Und deswegen mache ich mir Sorgen. Stella war genauso.«

»Aber Freya ist bei dir aufgewachsen. Ein bisschen Rebellion schadet überhaupt nichts. Ehrlich. Das zeigt bloß, dass die Jugendlichen mutig und freiheitsliebend sind.«

Sam seufzte. Er hatte das Gefühl, dass es bei Freya noch um etwas anderes ging. »Ja, das ist sie wohl. Ich selbst hab damals geschwänzt, sooft ich konnte.«

»Weil die Schule dir nicht leichtfiel, oder?«

»Ja.«

»Aber Freya hat in der Schule keine Probleme.«

»Stimmt. Ihren Verstand hat sie jedenfalls nicht von mir.«

Nachdem sie sich verabschiedet hatten, ließ Lucy Hamish in den Garten hinaus. Obwohl sie sich Sam gegenüber sorglos gegeben hatte, nagte es doch an ihr, dass Freya nicht zu der Versammlung gekommen war. Sie fühlte sich zerrissen – sollte sie Sam erzählen, was sie wusste? Zumindest schien Freya im Moment nicht in Gefahr zu sein, das war das Wichtigste. Lucy würde sich ganz auf ihr Gefühl verlassen müssen.

Es war alles so kompliziert. Sie legte sich ins Bett, zog die Decke bis ans Kinn hoch und lachte über Hamish, der wie jeden Abend auf seiner Decke am Fußende im Kreis herumsprang, um sich ein Nest zu machen. Dann dachte sie daran, sie sehr sie sich darauf freute, Sam morgen Abend wiederzusehen. Als Freund. Schlicht und einfach als Freund.

»Hi.«

»Hallo.«

»Möchtest du reinkommen? Ich war mir nicht sicher, was ich mitnehmen soll. Brauche ich eine Taschenlampe?« Lucy hatte überlegt, was sie für die Fledermausbeobachtung anziehen sollte, und sich für Jeans, einen blauweiß gestreiften Pullover und eine leichte Jacke entschieden. Ihr Haar hatte sie zu einem Pferdeschwanz zusammengebunden.

Sam schüttelte den Kopf. »Keine Taschenlampe, du brauchst nur dich«, sagte er lächelnd. Hamish umkreiste seine Beine und wedelte mit seinem kurzen Schwanz. »Und Hunde dürfen leider nicht mit.« Sam bückte sich und kraulte ihn hinter den Ohren.

»Müssen wir warten, bis es ganz dunkel ist?«

»Nein. Wenn du fertig bist, können wir gleich los.« Er öffnete die Tür und ließ Lucy vorgehen. »Nach dir.«

Seltsam, wie unbehaglich sie sich manchmal in Sams Gegenwart fühlte. Und sie hatte den Eindruck, dass auch er nicht richtig locker war. Mel fehlte als ausgleichender Faktor im Hintergrund, oder die Mädchen oder die Hunde.

Das Schweigen, als sie den mit Laub bedeckten Pfad auf die Kleingärten zugingen, war ohrenbetäubend.

»Wie geht's Freya?«

»Gut. Sie ist auf ihrem Schulausflug. Und nirgends sonst«, Sam grinste, »denn ich hab sie persönlich in den Bus gesetzt.«

»Das ist eine Erleichterung.«

»Ich hab nur selten mal einen freien Abend. Als Alleinerziehender hat man eigentlich dauernd Bereitschaftsdienst.«

»Es ist mir eine Ehre, dass du deinen freien Abend mit mir verbringst.« Lucy schnaufte ein bisschen, als sie den Hügel zum Wald hinaufstiegen.

»Ich weiß nicht, mit wem ich ihn lieber verbringen würde.« Sam schlug nach einem winzigen Insekt auf seiner Stirn. »Du, ich, ein paar Fledermäuse und die gesamte Mückenpopulation von Gloucestershire.«

»Und das ist kein Witz.« Lucy kratzte sich den Kopf. »Ich glaube, gerade hat mich eine gestochen.«

»Zum Glück heißt das, dass unsere kleinen Fledermausfreunde vermutlich auch bald kommen werden.«

»Hast du mich etwa unter Vorspiegelung falscher Tatsachen hier rausgelockt?« Sie trat einen Schritt zur Seite, um einer Pfütze auszuweichen, und streifte dabei mit der Schulter seinen Arm. Er fühlte sich fest und muskulös an. Lucy wich wieder zurück und wünschte sich eine weitere Pfütze, aber es kam keine mehr.

»Nein, ich habe nicht die Angewohnheit, Frauen im Dunkeln unter einem Vorwand in den Wald zu locken, das verspreche ich dir.«

Schade, dachte Lucy, und staunte selbst über diesen Gedanken. Sie musste sich zusammenreißen. Schließlich waren sie hergekommen, um Fledermäuse zu beobachten. Das war etwas völlig Unverfängliches.

»Guck mal!« Sam deutete in die Luft.

Lucy blickte in den Himmel. »Nach was soll ich gucken?«

»Da sind Zwergfledermäuse. Ziemlich klein. Fast ein bisschen wie Schwalben, da –«

Lucy kniff die Augen zusammen. »Nee, ich sehe nichts.«

Sam lachte. »Weil sie schon wieder weg sind.«

»Ach so.« Lucy schirmte die Augen mit der Hand ab, obwohl es nun rasch dunkel wurde. Die Sonne hatte sich hinter den Horizont verabschiedet und der Himmel war blassblau mit leuchtend orangen Streifen.

»Das ist, als würde man nach Sternschnuppen suchen. Man muss gleichzeitig überall und nirgends hingucken.«

Lucy sah Sam an. Er hörte auf, in den Himmel zu schauen, und erwiderte ihren Blick.

»Wie soll das denn funktionieren? Dir ist klar, dass das physisch unmöglich ist?«

»Ja. Deswegen macht es solchen Spaß.« Er neckte sie. »Komm, ich zeige sie dir.«

Er nahm Lucy an den Schultern und drehte sie sacht, bis sie auf eine Lücke in den Bäumen am Waldrand blickte. Seine Hände blieben wie kleine Gewichte auf ihren Schultern liegen.

»Wenn du so stehen bleibst ...« Lucy spürte seinen Körper hinter sich, als flösse ein elektrischer Strom zwischen ihnen. Ihr Herz klopfte heftig, während sie reglos stehen blieb. Sie hoffte nur, dass Sam nicht merkte, wie ihre Beine zitterten, obwohl der Abend für die Jahreszeit ungewöhnlich warm war. »Jetzt gucken wir beide in die gleiche Richtung. Auf diese Weise siehst du das, was ich sehe.«

Ihr Herz hämmerte jetzt so wild, dass sie sicher war, Sam müsste es hören. Langsam stieß sie die Luft aus.

»Da«, sagte er dicht an ihrem Ohr.

»Ich sehe sie!«

»Wunderschön, oder?« Er hielt Lucy weiter an den Schultern.

Drei Fledermäuse zeigten am dunkelnden Himmel ihre Flugkünste. Ein weiteres Paar gesellte sich zu ihnen, und dann waren alle auf einen Schlag wieder verschwunden.

»Komm, wir gehen ein Stück in den Wald hinein – da sind bestimmt noch mehr. Allerdings sind sie im Dunkeln schwerer zu sehen.«

Die Bäume hoben sich tintenschwarz gegen den Himmel ab, und ringsherum war es ganz still. Lucy hoffte insgeheim, Sam würde ihr noch einmal zeigen, wo sie hinschauen sollte. Als er sie dann wieder an den Schultern nahm, schmolz sie innerlich, und ein Teil von ihr wollte sich nur noch zurücklehnen und die Augen schließen. Die Fledermäuse konnten ihr gestohlen bleiben.

Über ihnen rief eine Eule. Lucy schob sich eine Haarsträhne hinters Ohr und verscheuchte eine Mücke, die dicht vor ihrem Kopf summte. Und dann strich etwas über ihr Gesicht. Sie machte einen Schritt rückwärts, stieß gegen Sam und drehte sich blitzschnell um.

»Tut mir leid«, japste sie. »Ich glaube, da war ein Falter oder ein anderes Insekt.«

»Keine Ursache.«

In der tiefen Dämmerung konnte sie sein Gesicht kaum noch erkennen. Beide rührten sich nicht. Wenn sie ihn jemals küssen wollte, dann war jetzt der Moment gekommen. Lucy hob eine Hand, zögerlich zuerst, und berührte dann seine stoppelige Wange.

Sie spürte, wie er heftig einatmete. Er nahm ihre Hand und verflocht seine Finger mit ihren. Einen Moment lang blieben sie schweigend stehen, nur die Eule rief irgendwo über ihnen in den Bäumen. Und dann sagte er, während er mit dem Mund fast schon ihre Lippen berührte:

»Darf ich –?«

Lucy deutete ein kurzes Nicken an, und während sie sich zum ersten Mal küssten, spürte sie, wie er eine Hand um ihre Finger schloss und die andere Hand um ihre Taille legte. Lucy umfasste seinen Nacken und zog dann einen Moment lang den Kopf fort und sah ihn an. Ihr Atem ging unregelmäßig. Sam schaute ihr in die Augen, ließ ihre Hand los und strich ihr mit dem Finger über die Wange. Lucy stockte der Atem, als er sich wieder vorbeugte und erst ihre Wange küsste und dann ihren Mundwinkel, so sanft, dass die Härchen in ihrem Nacken sich aufrichteten. Sie hatte die Hände in seinem Haar vergraben und zog ihn zu sich heran.

»Ich glaube, wenn wir noch länger hier stehen bleiben, erschrecken wir die Tiere«, sagte Sam nach einer ganzen Weile. »Wollen wir zurückgehen?«

Während sie durch die Finsternis zurückwanderten, rieb er ihr sanft mit dem Daumen die Handfläche. Seine Hand war warm. Er drückte ihr kurz die Finger. Lucy hatte das Gefühl, unter Strom zu stehen.

Kurz bevor sie die Straße erreichten, blieb Sam stehen und zog sie wieder in die Arme.

»Ich hab mir das schon so lange vorgestellt.«

Lucy sah zu ihm hoch. Seine Augen waren dunkel.

»Ich auch.«

Unendlich behutsam, als hätten sie alle Zeit der Welt, beugte er sich zu ihr, gab ihr erst einen Kuss auf die Schläfe, dann auf die Wange und dann, endlich, auf den Mund. Lucy bog sich ihm entgegen. Sie spürte, wie er den Atem anhielt.

»Komm.«

Sie gingen zu ihm. Die Hunde lagen schläfrig in der Küche. Sam nahm eine Flasche Rotwein von der Küchentheke und reichte Lucy zwei Gläser. Lucy folgte ihm ins Wohnzimmer, wo er den Ofen anzündete. Als das Feuer brannte, legte er einige Scheite auf, und gemeinsam beobachteten sie, wie die Flammen aufloderten. So wie ich, dachte Lucy. Sam schenkte Wein ein und gab ihr ein Glas.

Er setzte sich neben sie aufs Sofa, trank und sah sie dann über sein Glas hinweg an. Lucy stellte ihren Wein auf dem Couchtisch ab und beugte sich zu ihm.

»Bitte denk nicht, dass ich einfach die Gelegenheit nutze, dich zu vernaschen, weil Freya nicht da ist«, sagte Lucy neckend.

»Ach so.« Sam stellte sein Weinglas ab und nahm ihr Gesicht in die Hände. Staunend sah er sie einen Moment lang an, bevor er sie küsste. Als sie sich schließlich voneinander lösten, um Luft zu holen, sagte er lachend: »Eigentlich hatte ich das gehofft.«

Dreiundzwanzigstes Kapitel

»Ich muss los.«

Sam drehte sich auf die andere Seite. Nein, es war keine Einbildung. In seinem Bett, unter seiner Decke, lag Lucy. Sie berührte seinen Arm, als könne sie es selbst auch nicht ganz glauben.

»Wo musst du denn hin?« Sam sah über ihre Schulter nach dem Wecker. Halb sechs.

»Hamish. Wahrscheinlich hat er die Hälfte des Mobiliars aufgefressen und den Rest vollgepinkelt.«

»Soll ich mitkommen?«

Lucy schüttelte den Kopf. »Brauchst du nicht. Wenn ich jetzt gleich gehe, können wir vielleicht auch vermeiden, die Klatschmäuler im Dorf zu aktivieren. Aber nachher sehen wir uns?«

Sam schaute zu, wie Lucy sich anzog. Ihr Haar war ganz zerzaust und sie sah wunderschön aus.

»Okay. Wann?« Er versuchte, gelassen zu bleiben, aber es gelang ihm nicht. Er hatte sich so lange zurückgehalten, und nachdem er die Nacht mit Lucy in den Armen verbracht hatte, konnte er sich nur mit Mühe beherrschen. Am liebsten hätte er sie zurück ins Bett gezogen, und als sie sich auf den Bettrand setzte und sich zu einem Abschiedskuss über ihn beugte, legte er ihr einen Arm um die Taille und murmelte ganz dicht an ihren Lippen: »Bleib hier. Wir können doch neue Möbel kaufen.«

»Führe mich nicht in Versuchung.« Sie entwand sich seinem Griff und lächelte ihn schelmisch an. »Ich bin ja nicht weit weg.«

Sam stöhnte. »Ich weiß. Das macht es umso schwerer.«

Lucy hob eine Augenbraue. »Wirklich?«

Er schüttelte lachend den Kopf. »Verschwinde. Sofort.«

In ihrem Häuschen stellte Lucy mit Erleichterung fest, dass Hamish weder die Einrichtung demoliert noch überall hingepisst hatte. Im Gegenteil, er hatte sich vorbildlich benommen und lag eingerollt und fest schlafend auf dem Sessel. Lucy öffnete die Hintertür, um ihn nach draußen zu lassen, und hielt vor Überraschung die Luft an. Auch Hamish blieb stocksteif stehen. Ihm fielen fast die Augen aus dem Kopf. Ein Igel wanderte gemächlich den Kiesweg entlang auf das kleine Holzhaus zu, das Sam gebaut hatte.

»Warte«, sagte Lucy zu Hamish, der beim Anblick dieser laufenden Stachelkugel die Welt nicht mehr verstand. Der Pompon verschwand in dem Holzhäuschen, und Hamish flitzte in den Garten, um sein Geschäft zu verrichten.

Lucy lehnte sich gegen die kühle Hauswand und lauschte der Stille des frühen Morgens. Ihr Kinn brannte nach dem intensiven Kontakt mit Sams Stoppeln und sie fühlte sich – ach, es war ja so lange her gewesen. Ihr tat alles weh, aber auf sehr angenehme Weise. Sie rief Hamish ins Haus, ging unter die heiße Dusche, legte sich ins Bett und schlief bis mittags.

Als sie aufwachte, fühlte sie sich satt und zufrieden. Sie drehte sich auf den Rücken und reckte und streckte sich. Vielleicht würde sie nachher mal bei Sam vorbeigehen und ihn fragen, ob er Lust auf einen Hundespaziergang hatte. Einen Spaziergang mit vielen Gelegenheiten, Pausen zum Küssen einzulegen. Und wenn vielleicht zufällig die Möglichkeit bestand, den Abend gemeinsam zu verbringen ... Lucy seufzte vor Glück.

Sie ging nach nebenan zu Bunty, die sich über einen unerwarteten Besuch von Gordon und Margaret beklagte.

»Ehrlich, ich wünschte, sie würden mir vorher Bescheid

sagen. Ich hab hier in aller Seelenruhe meine Sachen gemacht, und da standen sie plötzlich vor der Tür.«

»Vielleicht wollten sie nur kurz hallo sagen.« Lucy hatte heute für alle Menschen Verständnis.

»Hm.« Bunty schnitt eine Grimasse. »Wahrscheinlicher ist, dass Margaret nachsehen wollte, ob ich abgekratzt bin.«

Lucy stieß ein erschrockenes Lachen aus.

»Du bist heute so gut gelaunt, Lucy. Was hat dich denn so erfreut? Oder –« Bunty sah sie mit schmalen Augen an, »sollte ich vielleicht fragen, *wer*?«

»Was meinst du denn?« Lucy trat einen Schritt zurück. Doch da sah sie Stanley zusammengerollt neben sich auf dem Küchenschrank liegen und machte eilig noch einen Schritt zur Seite.

»Für wie blöd hältst du mich eigentlich? Ich sehe es dir doch an.«

Lucy räusperte sich. »Ich wollte nur eben hören, ob ich etwas für dich tun kann. Soll ich eine Maschine Wäsche waschen? Oder ... sonst irgendwas?«, versuchte sie abzulenken.

»Ich hoffe so sehr, dass ihr beide, du und Sam, nicht mehr wie die Katzen um den heißen Brei rumschleicht, sondern erkennt, dass ihr füreinander bestimmt seid.«

Lucy spürte, wie sie rot wurde. Das ärgerte sie. Nie konnte sie etwas verbergen, denn ihr Gesicht verriet alles.

»Ha.« Bunty schlug triumphierend auf den Tisch. »Das wurde aber auch Zeit!«

»Was willst du damit sagen?«

»Herrgott noch mal! Das sah doch ein Blinder mit Krückstock!«

»Aber ich bin nur noch bis –«, begann Lucy.

»Quatsch. Du meine Güte, als ich dir mein Tagebuch gegeben habe, habe ich gehofft, du würdest beim Lesen erkennen, dass das Leben gelebt werden will. Ich hätte die Chance, mit Harry zu gehen, vertun können, weil er Kanadier war oder weil es zu riskant war oder weil – ach, aus tausend Gründen. Aber ich werde diese Momente des Glücks niemals bereuen.«

»Obwohl du dann doch Len geheiratet hast?«

»Ja, trotzdem. Len war ein netter Mann und er hat mich gut behandelt. Ich habe ihn lieb gehabt und er mich auch auf seine Weise. Aber ich hatte erlebt, wie es ist, wenn ein Mann dich über alles liebt und verehrt.«

»Du liebst ihn immer noch – Harry, meine ich?«

Bunty nickte. »Nach all diesen Jahren. Ja.« Sie lächelte sehnsüchtig. »Und genau deswegen finde ich, dass ihr beide endlich in die Hufe kommen solltet. Mel und ich haben schon gewettet, wie lange es noch dauert, bis ihr kapiert, was ihr direkt vor der Nase habt.«

Lucy war baff. »Wirklich?«

»Ja.« Bunty schmunzelte. »Und jetzt lauf rüber zu ihm und verschwende deine kostbare Zeit nicht mit Sorgen um mich.«

Lucy fuhr sich mit der Hand übers Haar und schluckte einmal kräftig, bevor sie an Sams Haustür klopfte.

»Ich mach auf!«, rief Freya von drinnen.

»Hi.« Lucy lächelte. »Schon zurück? Wie war's?«

»War super.« Freya sah fast aus, als hätte sie Fieber, ihre sonst eher blassen Wangen waren gerötet und ihre Augen leuchteten. Vielleicht hatte sie gar nicht geschlafen.

»Ich dachte, ich schaue mal vorbei und –« Lucy verstummte, als Freya die Tür weiter öffnete.

»Komm rein. Meine Mutter ist da.« Freya führte sie ins Wohnzimmer. »Lucy, das ist Stella.« Ihre Wangen wurden noch röter.

»Hi«, sagte eine schlanke Frau mit langem, dunklem Haar.

»Lucy.« Sam kam aus der Küche. Er hatte sich nicht rasiert, und seine Bartstoppeln waren so dunkel wie die Schatten unter seinen Augen.

»Vielleicht passt es gerade nicht?« Lucy trat einen Schritt zurück und stieß gegen das Sofa.

Stella sagte nichts weiter, sondern betrachtete sie nur mit ruhigem Blick. Ihre Miene drückte aus, dass sie sich ihrer Rolle als Freyas Mutter sehr wohl bewusst war und dass sie Lucys Anwesenheit überflüssig fand. Lucy trat zur Seite, umging diesmal das Sofa, entschuldigte sich, dass sie so unangemeldet hereingeplatzt war und verließ in Windeseile das Haus.

»Ach du Schreck«, sagte Mel, als sie die Tür öffnete. Ein ganzes Rudel Hunde wuselte um ihre Beine herum. Sie scheuchte die Tiere zurück und ließ Lucy herein. »Du siehst aus, als hättest du ein Gespenst gesehen.«

»Das war kein Gespenst.«

Sie standen in der Küche, und Mels Hand schwebte kurz zwischen der Sherryflasche und dem Wasserkessel in der Luft. Der Sherry siegte.

»Hab ich bei einer Verlosung gewonnen. Ich glaube, den brauchst du jetzt nötiger als Tee.«

»Danke.« Lucy trank einen großen Schluck. Das Zeug schmeckte eklig, aber es half ein wenig.

»Also, was ist passiert?«

»Ach, Mel ... Also gut.«

Und dann brach es aus Lucy heraus. Ihre gemeinsame Nacht – »Ich hab's gewusst«, sagte Mel triumphierend – und wie sie auf Wolke sieben nach Hause geschwebt war, aber dann gerade eben bei Sam geklopft hatte und entdecken musste –

»Das gibt's doch nicht. Bei ihm zu Hause? Ganz schön dreist, oder?«

»Sie wirkte ganz normal.«

»Was hattest du erwartet? Hörner?« Mel schenkte ihnen Sherry nach. »Was zum Teufel hat sie denn vor? Die heckt irgendwas aus. Nach der langen Zeit kann sie doch nicht einfach aus heiterem Himmel wieder auftauchen.«

»Das tut sie auch nicht.« Jetzt war es bestimmt in Ordnung, dass sie Mel von Freyas Nachforschungen erzählte. »Freya hatte mir schon gesagt, dass sie ihre Mutter gefunden hat. Sie hat im Internet nach ihr gesucht und dann anscheinend Kontakt zu ihr aufgenommen. Ich glaube, sie hofft, dass ihre Eltern wieder zusammenkommen.«

Mel brach in schallendes Gelächter aus. »Keine Chance.«

»Auch nicht wegen Freya?«

Mel schüttelte den Kopf. Lucy jedoch dachte an Bunty, die so viele Jahre eine Ehe mit einem Mann geführt hatte, den sie nicht geliebt hatte, einfach um Gordon ein stabiles Zuhause zu geben. Sam liebte seine Tochter über alles. Vielleicht war seine Liebe zu ihr so groß, dass er Stella verzeihen und sie wieder aufnehmen würde?

»Ich glaube, da könntest du falschliegen«, entgegnete Lucy.

Mels Gesicht verfinsterte sich. »Und ich glaube, das ist äußerst unwahrscheinlich.«

Sam kämpfte mit seinem Gewissen. Sie saßen bei einem späten Lunch im Restaurant. Freya hatte zugegeben, dass sie den Kontakt zu Stella gesucht hatte, und Stella hatte gestanden, dass sie Freya bei ihrer Verabredung im Einkaufszentrum aus lauter Feigheit versetzt hatte. »Ich dachte, da hättest du es vielleicht erraten«, sagte Freya zu Sam und nahm sich noch ein Stück Pizza. »Aber du hast überhaupt nichts mitgekriegt.«

Als Freya zur Toilette ging, nutzte Sam die Gelegenheit. »Warum gerade jetzt?«

Er betrachtete Stellas scharf geschnittenes, schlaues Gesicht und überlegte kurz, wie anders doch Lucy aussah. »Ich habe in den letzten Jahren eine Therapie gemacht.

Als Freya sich dann gemeldet hat, erschien mir das wie ein Zeichen.«

Sam sah sie an, als hätte er sich verhört. »Therapie?«

»Eine teure Therapie.« Stella hob ihre lange, schmale Hand. Es dauerte einen Moment, bis ihm klar wurde, was sie ihm da zeigte: einen offenbar wertvollen Diamantring und einen Ehering. »Ich komme nicht zurück, weil ich Anspruch auf das erheben möchte, was mir gehört, falls du das wissen willst.« Sie lächelte katzenhaft. »Oder falls du das hoffst.«

Sam lachte trocken. »Schon okay, danke.«

»Und die Frau, die vorhin vorbeigekommen ist?« Stella sah ihn an.

»Lucy. Sie heißt Lucy.«

»Scheint nett zu sein. Sehr ... natürlich.«

»Hör auf.« Das war eine Warnung.

»Ich hab nichts gesagt.« Stella schmunzelte. »Bloß, früher warst du – oder sagen wir mal so: Du bist viel etablierter, als ich das je von dir erwartet hätte.«

»Ich hatte ja keine große Wahl«, sagte Sam ruhig und faltete seine Serviette zusammen. »Ich stand plötzlich da und hatte die ganze Verantwortung.«

»Du hast einen guten Job gemacht.« Stella nickte in Richtung der Toiletten. Dort stand Freya mit gesenktem Kopf und studierte ihr Smartphone.

»Sie ist ein gutes Mädchen.«

»Du bist ein guter Vater.«

Sam spürte etwas wie Übelkeit in sich aufsteigen. »Du hast also nicht vor, das Sorgerecht zu verlangen oder so was?«

Stella schüttelte den Kopf. »Nein. Ich glaube, da hätte Gavin auch ein Wörtchen mitzureden.«

»Dein Mann?«

Sie blickte Sam in die Augen und sagte mit ruhiger Stimme: »Ich verspreche dir, ich will hier keinen Coup landen.«

Das war eine neue Stella, erkannte er, während er ihr dabei zusah, wie sie in ihrer Handtasche nach einem Lippenstift kramte. Stella klappte einen Handspiegel auf, und während sie sich die Lippen nachzog, blickte sie ihn noch einmal kurz an. »Keine Sorge, du und deine niedliche Lucy, ihr seid auf der sicheren Seite.«

So ganz neu war diese Stella also auch wieder nicht. Die scharfe Zunge, die Sam einst witzig gefunden hatte, hinterließ jetzt einen sauren Geschmack.

»Lucy?« Freya war am Tisch erschienen, ohne dass Sam oder Stella sie bemerkt hätten. Sie rutschte auf ihren Stuhl und ließ den Blick zwischen den Eltern hin und her wandern. »Was hat Lucy damit zu tun?«

»Nichts«, sagten Sam und Stella wie aus einem Mund.

Darüber wenigstens waren sie sich einig. Stella trank einen Schluck und schaute aus dem Fenster. Sam fand, dass sie gut aussah. Ihre Frisur war tadellos, die dezenten Accessoires wirkten teuer, und dann war da der Ring. Ein Diamant in der Größe war nicht billig. Er spürte etwas wie – war es Erleichterung? Er hatte sich häufig gefragt, was er tun würde, falls sie wieder auftauchte und wieder an ihrem Leben teilhaben wollte.

»Ich fände es irgendwie komisch, dich Mum zu nennen«, sagte Freya. Sie kaute an einer Haarsträhne und sah Stella nachdenklich an.

»Das musst du ja auch nicht«, sagte Stella. »Mit Stella kann ich gut leben.«

»Vielleicht.« Freya zuckte mit den Schultern. »Kann sein, dass ich bloß Zeit brauche, um mich daran zu gewöhnen.«

»Was auch immer für dich stimmt.« Stella berührte sanft Freyas Arm. Sam beobachtete, wie das Gesicht seiner Tochter kurz aufleuchtete, und Stellas Gesichtsausdruck konnte er nicht deuten. War es Bedauern? Bestimmt war es auch für sie nicht leicht gewesen. Bei diesem Gedanken hörte er Mel verächtlich schnauben, er sei zu gut für diese Welt. Aber Stella war nun einmal Freyas Mutter und sie mussten einen Weg finden, als Familie miteinander umzugehen, egal, was in der Vergangenheit geschehen war.

Er fuhr sich mit gespreizten Fingern durchs Haar, während er überlegte, wie es weitergehen konnte. Freya schaute ihn durch einen Vorhang aus Haaren hindurch an – sie ließ sich immer die Haare vors Gesicht fallen, wenn ihr unbehaglich zumute war. Stella saß wie auf dem Sprung, mit sehr geradem Rücken und großen Augen. Einen Moment lang war es, als würden die Spannung und das Schweigen zwischen ihnen sich ausbreiten und das ganze Restaurant erfüllen. Doch da ließ ein Kellner mit lautem Klirren ein Messer auf den Boden fallen. Er entschuldigte sich bei ihnen, und damit war der Bann gebrochen. Sam hörte wieder Geplauder, Lachen und Tellerklappern. Freya sah von ihm zu Stella, sagte aber immer noch nichts. Stella hob eine Augenbraue.

Jetzt musste er die Sache in die Hand nehmen.

»Ich finde, wir sollten uns zusammensetzen und besprechen, wie das alles praktisch laufen kann, was meint ihr?«

»Das klingt sehr vernünftig«, sagte Stella. »Vielleicht sollten wir damit jetzt gleich bei Nachtisch und Kaffee anfangen?«

»Das klingt sogar noch besser«, sagte Freya mit einem etwas unsicheren Lächeln.

Sam nahm die kleine Hand seiner Tochter und drückte sie sacht. »Wir brauchen nichts zu überstürzen. Du bestimmst, wie es gemacht wird, mein Schatz.«

Stella nickte zustimmend, und Sam gestattete sich ein ganz klein wenig Hoffnung, dass es doch irgendwie funktionieren könnte.

»Wenn das so ist –« Freya warf ihm einen übermütigen

Blick zu, »wollen wir dann die Schokocremetorte nehmen?«

»Ich glaube, das wäre ein ausgezeichneter Anfang.«

Vierundzwanzigstes Kapitel

Es wäre einfacher gewesen, wenn Stella nicht aufgetaucht wäre, überlegte Lucy, während sie vom Fenster zurücktrat.

Inzwischen wusste sie, dass es Stellas Wagen war, der wieder vor Sams Haus parkte, genauso wie am Vortag, als Lucy sich ein Herz gefasst und bei Sam geklopft hatte. Sie hatte ihm sagen wollen: »Sieh mal, es war richtig schön, dass wir zusammen geschlafen haben, aber das führt doch zu nichts«, oder etwas in der Art. Also würde es auch heute nichts werden, dachte sie mit einem Seufzer. Sie zog die Tagesdecke über ihr Bett und verließ das Schlafzimmer. Hamish hoppelte hinter ihr die Treppe hinunter.

In ihrem kleinen Wohnzimmer lagen überall Papierstapel und Notizhefte herum, Zeichen ihrer Arbeit für die Jubiläumsschrift des *Women's Institute*. Das wenigstens waren Dinge, die sie sortieren und erledigen konnte.

Sie hatte eine Stunde lang konzentriert gearbeitet, als es an der Tür klopfte. Hamish sprang über ihre Beine, wirbelte ihre Papiere durcheinander und kläffte aufgeregt. Lucy bekam Herzklopfen, weil es vielleicht Sam sein konnte, und zog den Riegel zurück. Doch es war Susan, die mit einer großen Ledertasche über der Schulter und einer Pappschachtel aus dem Dorfladen in den Händen vor der Haustür stand.

»Ich hoffe, Sie haben nichts gegen eine kleine Störung – aber ich dachte, weil wir mit dem Büchlein ja fast fertig sind, komme ich mal vorbei. Vielleicht können wir es zusammen durchgehen?«

Lucy ließ den Blick durch das kleine Wohnzimmer wandern, das in Büchern und Papier versank. »Ja, das ist schön.«

Es klang überzeugter, als Lucy sich fühlte. »Augenblick, ich räume eben einen Platz für Sie frei.«

»Prima.« Susan schwang die Schachtel. »Ich hatte gehofft, dass es Ihnen recht ist. Hab ein paar Brownies aus dem Laden mitgebracht, als Gehirnnahrung.« Strahlend stellte sie die Schachtel auf das Tischchen neben dem Sessel.

Lucy griff sofort zu. »Ich nehme den Kuchen mal lieber weg, sonst klaut Hamish ihn, bevor wir uns auch nur hingesetzt haben. In Brighton musste er einmal sogar zum Tierarzt, weil er eine Tafel Schokolade zu fassen gekriegt und alles auf einmal runtergeschlungen hat. Also, soll ich uns Tee machen?«

»Sehr gern.«

»Das sieht wirklich ganz wunderbar aus«, sagte Susan mehrere Stunden später.

Lucy hatte einen billigen Drucker gekauft, sodass sie jetzt einen ersten Entwurf des Büchleins vor sich hatten.

»Achtzig Jahre gibt es das *Women's Institute* jetzt schon hier in Little Maudley. Stellen Sie sich das einmal vor.« Susan beugte sich vor und betrachtete eins der Fotos, die sie von den Dorfbewohnern bekommen hatten. »Ich glaube, das da ist mein großer Bruder Joseph.« Stirnrunzelnd nahm sie das Foto in die Hand. »Doch, tatsächlich. Ist ja witzig.«

»Ich hab gedacht, wir könnten dazu noch eine Fotoausstellung machen«, sagte Lucy mit einem Blick auf die Bildersammlung.

»Das ist eine großartige Idee. Ja. Ich erinnere mich natürlich nicht mehr an den Krieg – ich war ja noch ganz klein. Aber ich weiß noch, dass wir das Kriegsende mit einem kleinen Fest gefeiert haben, hier auf der Dorfwiese. Das Telefonhäuschen und auch die Bäume waren mit Girlanden geschmückt, und es gab für alle Kuchen und Süßigkeiten.«

»Das Telefonhäuschen scheint wirklich ein Mittelpunkt hier im Dorf gewesen zu sein.«

»Ja, das stimmt. Ich persönlich bin sehr froh, dass Helen mit ihrem Plan, es abreißen zu lassen, nicht durchgekommen ist.«

»Das ist längst Schnee von gestern. Jetzt ist die kleine Bücherei ihr Baby.«

Die beiden Frauen lachten.

»Es dauert nicht mehr lange. Sam hat die Inneneinrichtung fast fertig, glaube ich, und dann können wir die Bücher einstellen und ein großes Eröffnungsfest veranstalten.«

»Ich hab gedacht, vielleicht könnte Bunty das Band durchschneiden.«

Susan nickte. »Ja, warum nicht, sie ist ja die Älteste hier im Dorf, das wäre schön.«

Lucy sammelte die Papiere zusammen. »Ich glaube, jetzt haben wir alles geklärt.«

»Es ist so schade, dass wir Bunty nicht überreden konnten, über ihre Kriegsjahre zu sprechen, finden Sie nicht?«

»Mhm.« Mit dem Wissen, das Lucy jetzt besaß, konnte sie gut nachvollziehen, warum Bunty die Geschichten aus jener Zeit für sich behalten wollte. »Ich habe viel über die Menschen gelesen, die die Kriegsjahre miterlebt haben – für jeden, der seine Erinnerungen gern mitteilen möchte, gibt es jemanden, der sie lieber vergessen oder nur im Herzen bewahren möchte.«

»Ich finde, das müssen wir respektieren, was meinen Sie?« Susan war nachdenklich geworden.

»Unbedingt.«

»Also, wenn Sie die fertigen Seiten meinem Neffen Matthew mailen, lässt er sie drucken, und dann können wir am einunddreißigsten unsere kleine Feier veranstalten.«

»Meinen Sie nicht den dreißigsten?«

Im ganzen Dorf hingen schon seit einigen Wochen Plakate, die alle daran erinnerten, dass Halloween nahte.

»Ach je, natürlich. Wie konnte ich das vergessen?« Susan nahm ihre große Ledertasche und hängte sie sich über die Schulter. »Sind Sie auch dabei? Hier im Dorf legen sie sich für Halloween ordentlich ins Zeug. Und dann auch noch mal am fünften November zur *Bonfire Night.*«

Lucy schüttelte den Kopf. »Am einunddreißigsten Oktober treffe ich mich in Brighton mit meinem Bruder, aber zur *Bonfire Night* bin ich auf jeden Fall hier. Ich liebe Feuerwerk.«

»Also, da haben Sie etwas Schönes vor. Der Cricket Club macht jedes Jahr eine wunderbare Veranstaltung, das ist deren Fundraising Event.«

»Ich freue mich darauf.«

Als Lucy Susan verabschiedete, öffnete Sam gegenüber gerade seine Haustür. Einen Moment wirkte er verwirrt, so als habe es ihm die Sprache verschlagen. Er rieb sich das Kinn, drehte sich kurz um und trat dann zögernd nach draußen. »Lucy.«

»Ich lasse euch junge Leute mal allein«, sagte Susan fröhlich. »Wir sehen uns dann im Dorfhaus zum Jubiläumsfest.«

»Haben Sie die Fotos?« Lucy drehte sich um und kontrollierte noch einmal das Wohnzimmer.

»Alle hier drin.« Susan klopfte auf ihre Tasche. »Demnächst werden Sie die Fotografien dann im Dorfhaus an der Wand sehen, da können alle sie bestaunen.«

Und damit rauschte Susan ab. Sam, der immer noch wie angewurzelt vor seiner Haustür gestanden hatte, kam jetzt über die Straße. Er schob die Ärmel seines Flannellhemdes hoch und rieb sich nervös den Arm.

»Wegen neulich. Tut mir echt leid – ich wollte dir nicht einfach eine SMS schreiben, aber –«

»Ist schon okay. Es ist ja so viel passiert, da hattest du vermutlich genug zu bedenken.«

»Das ist es nicht – ich meine, zwischen Stella und mir läuft nichts, falls du das denken solltest.«

Eine Welle der Erleichterung erfasste Lucy. Sie hatte zwar nicht glauben können, dass Sam und seine Ex sich entschieden hatten, heile Familie zu spielen, nachdem Stella so plötzlich wieder aufgetaucht war, aber nachts, wenn sie im Bett lag und nicht schlafen konnte und sich fragte ... doch, dann war ihr der Gedanke ein- oder zweimal gekommen. Oder sogar noch öfter.

»Nein, das hatte ich nicht angenommen.«

»Aber du hast – Lucy, du hast andere Sachen – und ich muss für Freya sorgen.«

Lucy nickte. In Wahrheit hatte sie sich, was Sam aber nicht wissen konnte, mehr oder weniger entschieden, dass diese *anderen Sachen*, also das Leben und die Arbeit in Brighton, nicht das waren, was sie wirklich wollte. Doch das hatte nichts mit Sam zu tun. Es ging dabei ausschließlich um ihre eigene Zukunft; sie hatte diese Entscheidung für sich selbst getroffen.

»Wie geht's Freya denn jetzt?« Lucy spielte an einem Blusenknopf herum und wickelte sich den Stoff um den Finger.

»Gut. Überraschend gut. Im Moment sind die beiden ja auch noch in den Flitterwochen, oder? Stella hat sie heute zum Lunch eingeladen, und anschließend gehen sie ins Kino.« Sam schwieg einen Augenblick und biss sich auf die Lippe. »Ich fühle mich ein bisschen, als wäre ich der Mann für's Grobe – ich sorge dafür, dass sie ihre Hausaufgaben nicht vergisst und ihr Zimmer aufräumt. Stella dagegen fliegt ein und unternimmt die ganzen schönen Sachen mit ihr, die Mütter so mit Töchtern machen.«

»So sind Teenager eben. Im Moment konzentriert Freya sich auf das, was sie vor der Nase hat. Jugendliche können unglaublich einfühlsam und rücksichtsvoll sein, und schon im nächsten Augenblick sind sie wieder total mit sich selbst beschäftigt und so rücksichtslos wie Kleinkinder. Aber das bleibt nicht so.« Lucy überlegte einen Moment. »Freya wird immer wissen, dass du es warst, der sie aufgezogen und ihr Geborgenheit gegeben hat.« Sie berührte ganz leicht Sams Arm. »Und das ist es, was zählt.«

Er nickte. »Vermutlich hast du recht.«

»Ich habe meistens recht«, sagte Lucy mit amüsiertem Unterton.

Er schüttelte lächelnd den Kopf. »Also was habt ihr ausgeheckt, Susan und du? Was habt ihr gemacht?«

»Ach, weißt du, wir haben Party gemacht, was mit den Stars unternommen und solche Dinge.«

»Jaja. Ganz bestimmt.«

»Wir haben das Büchlein für das Jubiläum fertiggestellt. Am dreißigsten Oktober veranstaltet das *Women's Institute* eine kleine Feier, vielleicht hast du Lust?«

»Weiß nicht – klingt für mich ein bisschen nach Rock and Roll«, sagte er scherzend.

Lucy lachte. »Ja, verstehe. Ich gebe ja zu, dass es nicht gerade eine glamouröse Buchvorstellung werden wird.«

»Ich finde das so schön«, sagte Sam jetzt ernst. »Du brauchtest dich mit diesem ganzen Dorfkram gar nicht abzugeben, aber du hast dich total eingebracht. Ich hab gehört, wie Beth neulich zu jemandem sagte, sie fände, dass du jetzt ganz hier angekommen bist. Zu schade, dass du wieder weg –« Sam verstummte.

Lucys Magen zog sich zusammen. »Ich hatte gar nicht vor, mich so auf das alles einzulassen. Es ist einfach irgendwie – passiert.«

Ihre Blicke begegneten sich, und sie schwiegen einen Moment.

»Na gut.« Lucy räusperte sich.

»Ja.« Sam zog sein Handy aus der Gesäßtasche. »Ich fahr dann mal lieber. Hab was zu erledigen ...«

»Baumhäuser bauen.«

»Und solche Sachen, genau.«

Lucy schaute ihm nach, als er zum Land Rover ging, einstieg und die Fahrertür zuzog. Als er losfuhr, winkte er. Lucys Magen verkrampfte sich noch ein wenig mehr.

Das Jubiläumsfest des *Women's Institute* war ein großes Ereignis im Veranstaltungskalender von Little Maudley. Das Dorfhaus war mit Blumengirlanden geschmückt, und als Lucy eintraf, schlenderten Helen und die anderen Honoratiorinnen des Ortes elegant gekleidet durch den Saal. Aus den Lautsprechern ertönte Musik der vierziger Jahre, und die Fotos waren in zeitlicher Reihenfolge, von 1939 bis in die Gegenwart, auf einer farbigen Schautafel angeordnet worden. Dazwischen hingen Erklärungen und verschiedene kleine Erinnerungsstücke wie Eintrittskarten oder Einladungen. Außerdem gab es eine Ausstellung mit Kunsthandwerk und Handarbeiten von den Frauen aus dem Dorf.

»Da ist sie ja«, sagte Susan. Ihr schickes grünes Kostüm mit der dazu passenden Bluse schien eher auf ein Gartenfest im Buckingham Palace zu gehören als an einem feuchten Oktoberabend in ein Dorfhaus. »Unser Ehrengast!«

Lucy drehte sich um, weil sie sehen wollte, wen Susan meinte.

»Das sind Sie, meine Liebe.« Susan nahm sie am Arm und führte sie nach vorn, wo auf einem Tisch ein Bücherstapel lag. Die Jubiläumsschrift war sehr schön geworden, offenbar hatte Susan in den Verhandlungen mit ihrem Neffen ihren ganzen Charme spielen lassen. Statt der Broschüren, die Lucy erwartet hatte, lagen dort gebundene grüne Bücher, auf die vorn eine Zeichnung des Dorfes gedruckt war. Darüber stand der Titel: »Little Maudley WI, 1939-2019«. Lucy schlug ein Buch auf. Alle Dorfbewohner, mit denen Susan und sie Gespräche geführt hatten, waren als Beitragende aufgeführt, und darunter stand schwarz auf weiß ihr eigener Name: Herausgegeben von Lucy Evans. Lucy bekam Herzklopfen vor Freude.

»Die Bücher sind wunderschön geworden!«, sagte sie zu Susan.

Susan strahlte. »Ja, nicht wahr? Ich finde, wir haben uns selbst übertroffen.«

»Guten Abend, Lucy«, sagte Henry, der alte Herr, mit dem sie ein Interview über seine Zeit als Luftschutzwart an der Seite von Buntys Ehemann Len geführt hatte. »Darf ich Sie kurz stören und Sie bitten, mir ein Buch zu signieren?«

Lucy sah Susan fragend an.

»Nur zu, meine Liebe. Aber warten Sie mal – ich habe einen schönen Füllhalter mitgebracht, einfach für alle Fälle.«

Susan kramte in ihrer grünen Handtasche und brachte einen schicken Füller zum Vorschein. Lucy schraubte die Kappe ab und setzte ihre Unterschrift auf das Vorsatzblatt. Dann blickte sie zu Henry hoch. Seine Augen funkelten.

»Das haben Sie wirklich hervorragend gemacht, Lucy. Es ist zu schade, dass unser Dorf Sie verlieren wird.«

Lucy unterdrückte die Traurigkeit, die sie plötzlich überkam. Doch als sie sprach, zitterte ihre Stimme ein wenig. »Danke schön.« Sie richtete sich auf und war überrascht, als Susan, die ihre Gefühle normalerweise nicht zur Schau stellte, ihr einen Arm um die Schultern legte und sie so umdrehte, dass sie in den Saal schaute.

»Meine Damen, meine Herren!« Susans Stimme war laut und klar. »Darf ich einen Moment um Gehör bitten.«

An der langen Seite des Saales war Helen gerade dabei, das Tee- und Kuchenbüfett aufzubauen. Jetzt hob sie den Kopf. Lucy hatte den Verdacht, dass Susan mit ihrer Ansprache vorgeprescht war, um Helen auszustechen. Es war amüsant, die Machtkämpfe im *Women's Institute* mitzuerleben. Helen bewegte die Lippen, doch Susan fuhr fort, ohne sie zu beachten.

»Sie sehen hier neben mir eine junge Frau stehen, die unglaublich hart und ohne jede Gegenleistung daran gearbeitet hat, dass unsere kleine Jubiläumsschrift, dieses wunderschöne Buch, zustande kam. Und bevor wir uns alle dem Tee und dem Kuchen zuwenden, möchte ich die Gelegenheit nutzen, um zu sagen, wie dankbar ich für Lucys Unterstützung bin.«

Henry drehte sich zu Lucy um und schenkte ihr ein breites Lächeln.

»Lucy ist nur für kurze Zeit in unser Dorf gekommen, und sie war so freundlich, einen Großteil dieser Zeit darauf zu verwenden, uns zu helfen. Ich möchte gern, dass wir alle auf sie anstoßen.«

Als Lucy den Blick durch den Saal schweifen ließ, entdeckte sie Bunty. Normalerweise mied ihre betagte Freundin alles, was mit dem *Women's Institute* zu tun hatte, wie die Pest. »Ich mag weder selbstgekochte Marmelade noch ›Die Reise nach Jerusalem‹, und ich hasse es, Teil einer Organisation zu sein«, hatte sie gesagt. Jetzt hob Bunty lässig grüßend die Hand und lächelte. Strahlend winkte Lucy zurück.

»Auf Lucy, mit einem ganz großen Dankeschön!«

»Auf Lucy!« Im ganzen Saal wurde ihr Name gerufen. Lucy spürte, wie ihr Herz diesem ulkigen Dörfchen und allen seinen Bewohnern zuflog, sogar – oder vielleicht auch nicht – Helen.

»*Susan!* Es ist doch nicht zu fassen, dass du meiner Rede zuvorgekommen bist! Ich hatte alles auf meinem iPad aufgeschrieben, siehst du, hier!« Helen war durch den Saal geschossen und stand jetzt vernehmlich flüsternd und mit bösem Blick vor Susan.

»Wir brauchen keine zehnminütige Rede, Helen«, konterte Susan und reckte kampfbereit die Schultern. »Ich wollte nur, dass alle sich bei Lucy für ihre tolle Arbeit bedanken. Und jetzt können wir uns ein schönes Gläschen Schampus und ein Stück Kuchen zu Gemüte führen.«

»Also –« Helen schloss den Mund. Susan hatte sie zum Schweigen gebracht. Sie öffnete und schloss den Mund noch einige Male, wie ein wütender Guppy, dann marschierte sie los, um ihren Mann zu suchen.

»Der kriegt jetzt eins aufs Dach«, sagte Henry in weiser Vorausschau.

»Sieh mal hier«, sagte Bunty später, als sie gemeinsam die Festschrift durchblätterten, und zeigte auf ein Foto. »Das ist Milly, die Lehrerin, mit der ich befreundet war. Was für eine schöne Überraschung.«

»Das Foto hat eine Frau aus dem Dorf mitgebracht. Sie erzählte, es hätte im Haus ihrer Tante an der Wand gehangen.«

Bunty beugte den Kopf vor. »Ich erinnere mich noch an den Tag, als das Foto gemacht wurde. Milly hatte sich das Kleid von mir ausgeborgt.«

Sie blätterten ein paar Seiten weiter.

»Ach, das weckt so viele Erinnerungen. Aber ich muss zugeben«, Bunty wandte sich an Susan, »dass diese kleine Reise in die Vergangenheit richtig schön ist.«

»Sie können jederzeit zu uns stoßen«, sagte Susan hoffnungsvoll.

»Ich glaube, der Zug ist abgefahren.« Bunty lachte schnaufend. »Aber Sie haben das ganz großartig gemacht. Und du auch, Lucy.«

»Hallo!«

Wie aus dem Nichts stand Freya plötzlich zwischen ihnen.

»Na, willst du auch eintreten?« Bunty lachte.

»Ich glaube, das ist nicht so mein Ding.« Freya schüttelte den Kopf. »Aber ich wollte mir die Fotos ansehen und natürlich Lucys Buch. Können wir eins kaufen?«

»Ich hab schon eins.« Beim Klang von Sams Stimme spürte Lucy ein Prickeln im Nacken. Sie drehte sich um. Er hielt ein Büchlein in der Hand. »Sieht toll aus.«

»Danke.«

»Lass mal sehen.« Freya nahm es ihm weg, und im nächsten Moment verschwand sie mit Bunty und ließ Sam und Lucy vor der Wand mit den Fotos stehen. Lucy nestelte an ihren Haaren herum und drehte eine Strähne zwischen den Fingern.

»Ich dachte, das hier wäre nichts für dich. Darfst du überhaupt hier sein? Kratzt das nicht an deinem männlichen Ego?«

»Stimmt, das ist wirklich nichts für mich.« Sam deutete auf die Gruppe älterer Damen links von ihnen. »Aber ich wollte einfach das druckfrische Buch sehen und dir zujubeln.«

»Das ist wirklich lieb von dir.«

»Ich bin eben ein lieber Kerl.« Seine Augen blitzten vor Vergnügen.

»Ah, hallo, Sam«, sagte Helen, die nicht das geringste Gespür für Atmosphäre hatte. Sie trug ihr iPad vor sich her, auf dem jetzt eine To-do-Liste geöffnet war. »Genau der Mann, den ich gesucht habe. Also, es geht um das Feuerwerk.«

Der Blick, den Sam Lucy zuwarf, sprach Bände.

»Und Sie, Lucy – ich wollte nur nachfragen, ob Sie nach wie vor bereit sind, uns bei der Auswahl der Werke für die Bücherei zu unterstützen.«

»Ich auch!« Freya war wieder dazugekommen. »Ich will auch helfen.«

»Ausgezeichnet.« Helen tippte *Bücher: Lucy und Freya* in ihr iPad. »Geben Sie mir einfach Bescheid, wann es passt.

Ich habe schon erstaunlich viele Kartons bei mir stehen, alles Spenden aus dem Dorf.«

»Hoffentlich ist das nicht alles langweiliges Zeug«, sagte Freya. »Ich verlasse mich darauf, dass unsere neue Bücherei mich mit Lesestoff versorgt.«

»Ich glaube, das, was wir bisher bekommen haben, wird dir gefallen«, sagte Helen schroff. »Also, Sam, zurück zu unserem Thema –«

»Lucy.« Susan klopfte Lucy auf den Arm. »Hier ist ein Mann von unserem Wochenblättchen, der gern ein Foto von Ihnen machen möchte.«

Als die Fotos im Kasten waren – eins mit Susan hinter dem Tisch mit dem Stapel grüner Bücher und eins mit Henry vor der Fotoausstellung –, kam Freya zu Lucy herüber, um ihr zu sagen, sie würden jetzt nach Hause gehen. Mel, die kurz hereingeschneit war, drückte ihr ein Küsschen auf die Wange, kaufte ebenfalls eine Jubiläumsschrift und machte sich schnell wieder davon.

»Sorry, das liegt nicht an dir, sondern an mir. Ich bin gegen solche Veranstaltungen allergisch. Außerdem sind die Hunde zu Hause.«

»Die Hunde sind immer zu Hause.«

»Dann hab ich eben den Herd angelassen.« Mel streckte Lucy lachend die Zunge heraus. »Irgend so was. Komm morgen vorbei, ja?«

»Geht nicht. Ich fahre nach Brighton. Muss mit meiner Schule reden und überlegen, wie es weitergeht.«

Mel sah sie an. »Sprich nicht davon. Ich will nicht, dass du mich auf Gnade und Ungnade an Helen auslieferst.«

»Du hast doch noch Sam.«

»Ja, und Stella ist auch wieder da.« Mel verzog das Gesicht. »Alles verändert sich, und das passt mir nicht.«

»Ich komm zu dir rüber, sobald ich aus Brighton zurück bin«, sagte Lucy.

»Wollen wir zur *Bonfire Night* gehen? Da können wir Glühwein trinken und Marshmallows grillen.« Mel schlang sich ihr Tuch um den Hals und knöpfte den Mantel zu. Mit dem Wetter war in diesem Herbst nicht zu spaßen. Die Luft war kühl, und in den Wettervorhersagen wurde sogar von weißen Weihnachten gesprochen.

»Das klingt schon besser. Gute Idee.«

Mel warf ihr theatralisch eine Kusshand zu. »Bis dann also.«

Lucy begleitete Bunty nach Hause und wartete an der Pforte, bis sie sicher in ihrem Cottage war. Dann drehte sie sich um. Etwas in ihr zwang sie, zu Sams Haus hinüber zu sehen. Aus dem Fenster oben fiel Licht. Sie schüttelte den Kopf, schalt sich für ihre Albernheit und wandte sich ab. Zu Hause empfing Hamish sie missbilligend, weil er fand, dass sie viel zu lange weggeblieben war.

Am nächsten Tag fuhr sie, nachdem sie Hamish in Buntys fürsorgliche Obhut gebracht hatte, gleich morgens nach Brighton. Tom war in der Wohnung, als sie hereinkam. Er hatte sich aufs Sofa gefläzt und arbeitete.

»Hallo, Schwesterlein«, sagte er, während er aus einem Berg von Kissen und Papier herauskletterte. »Ich hatte dich erst später erwartet.«

»Ich weiß. Aber ich hab mich entschlossen, früh aufzustehen und gleich herzukommen.«

»Klingt sehr effizient. Erwacht da der alte Workaholic in dir zu neuem Leben? Willst du gleich los, um deine Aufgaben wieder zu übernehmen?«

Lucy schüttelte den Kopf. »Nicht ganz.« Die Wohnung sah irgendwie verändert aus. Aufgeräumter. »Wo kommen denn die vielen Kissen her?«

»Kate hat sie gekauft. Sie hat gesagt, ich soll dafür sorgen, dass es hier nicht mehr wie beim Arzt im Wartezimmer aussieht.«

Lucy lachte. Sie hatte ihren bunten Überwurf mit nach Little Maudley genommen, und ohne ihn sah der Raum tatsächlich ein wenig kahl und trist aus. Aber sie war immer so mit ihrer Arbeit beschäftigt gewesen, dass sie nicht die Zeit gehabt hatte, darauf zu achten, geschweige denn etwas dagegen zu tun.

»Da hat sie nicht unrecht. Aber dass ihr gemeinsam Sofakissen für dich besorgt – bist du dir der Tragweite einer derartigen Aktion bewusst, Tom?«

Er lachte und warf Lucy ein Kissen an den Kopf. »Selbst dein großer Bruder muss irgendwann mal erwachsen werden.«

»Als Nächstes zieht sie hier ein.« Lucy legte den Kopf schräg und wartete auf seine Antwort.

»Ja, eigentlich«, begann er, »was das angeht ...«

Eine Stunde später, nach einem intensiven Gespräch, suchte Lucy in ihrem Zimmer einige Dinge zusammen. Während sie sich umsah, staunte sie darüber, dass sie derartig viel zurückgelassen hatte, als sie nach Little Maudley gegangen war – so als hätte sie sich unbewusst schon zu dem Zeitpunkt entschieden, ihr altes Leben zu verlassen und ein neues zu beginnen. Es war, als hätte ein Teil von ihr bereits gewusst, dass sie nicht die Absicht hatte, nach Brighton zurückzukehren.

Im Zimmer des Schulleiters hatte sich wenig verändert. Jemand hatte ein buntes Poster aufgehängt, auf dem stand: »Lächle einfach – und erinnere dich, warum du unterrichten wolltest.« Nick sah es an und warf Lucy dann einen vielsagenden Blick zu.

»Unsere neue Sekretärin. Sie findet so ein motivierendes Poster wichtig.«

»Ich wette, das ist eine große Hilfe, wenn dir die Schulaufsicht im Nacken sitzt.«

»Oh ja, damit geht's einem gleich viel besser.« Nick schüttelte den Kopf, ließ sich hinter seinem Schreibtisch nieder und bedeutete Lucy, sich ebenfalls zu setzen. »Also, du bist hier, um mit mir über deinen Wiedereinstieg im Januar zu sprechen?«

»Nicht ganz.« Lucy schaute aus dem Fenster auf die Kinder, die nach der Mittagspause zurück in ihre Klassenräume strömten. Sie konnte nicht anders, sie versuchte zu erkennen, wen sie im vergangenen Schuljahr unterrichtet hatte. Da war Jack, der mindestens fünfzehn Zentimeter gewachsen war und die schwarzen Locken zu einem Pferdeschwanz zusammengebunden hatte. Und Naima, die sich lebhaft mit einem blonden Mädchen unterhielt, das ihr etwas auf dem – während der Unterrichtsstunden verbotenen – Handy zeigte.

»Und ich kann nichts tun, um dich zum Bleiben zu bewegen?« Nick sah ihr in die Augen. Als sie stressbedingt krankgeschrieben worden war und mit Nick besprochen hatte, dass sie eine Auszeit nehmen würde, hatte er sehr klargemacht, dass ihr die Türen jederzeit offenstanden.

»Nein.« Lucy hatte sich entschieden.

»Was hast du jetzt vor?«

Sie zuckte die Achseln. »Mein Bruder übernimmt meine Hälfte des Hauses und zahlt mich aus, ich werde also ein ordentliches finanzielles Polster haben. Und ich gebe das Unterrichten nicht auf – es liegt mir im Blut. Aber ich will nichts überstürzen. Vielleicht mache ich erst mal Vertretungen und arbeite dann mit reduzierter Stundenzahl. An einer kleineren Schule und mit weniger Druck.«

Nick senkte den Blick als Zeichen, dass er sie verstanden hatte. Das ganze Kollegium war seit Jahren hohem Druck ausgesetzt, und das würde sich auch in Zukunft wohl kaum ändern.

»Du bist eine verdammt gute Lehrerin, Lucy. Das ist ein

Verlust für uns.« Er legte ihr die Hand auf den Arm. »Und ich kann dich gar nicht umstimmen?«

Sie schüttelte den Kopf. Unter keinen Umständen würde sie in diese Tretmühle zurückkehren, wieder unzählige Überstunden machen, nachts vor Sorgen wegen der Personalpolitik kein Auge zutun und ihre Gesundheit ruinieren – nein, das wollte sie nicht mehr.

Nick sah sie prüfend an.

»Du siehst anders aus. Glücklicher.«

»Das bin ich auch.« Lucy nickte.

Er kniff die Augen zusammen. »Und diese strahlende Gesundheit ist nur eine Nebenwirkung davon, dass du nicht mehr vor der Tafel stehst?«

»Mm-hmm.«

Nick hob skeptisch die Augenbrauen. »Komm, Lucy, seit ich dich kenne, bist du mit dem Job verheiratet. Da steckt doch noch mehr dahinter. Hast du –« Nick runzelte die Stirn. »Hast du etwa jemanden kennengelernt?«

»Eigentlich nicht.« In ihrer ganzen Zeit an der Schule war sie notorischer Single gewesen. Sie hatte immer behauptet, sie habe zu viel zu tun, um sich Gedanken um Beziehungen zu machen.

»Eigentlich nicht?« Nick musste lachen. »Das klingt wie ein Code für etwas Interessantes.«

Lucy zuckte die Achseln und musste auch lachen. Was in Zukunft auch geschehen mochte, diese Entscheidung traf sie für sich allein, für ihr eigenes, persönliches Glück. Das war das Wichtigste – und wieder hierherzukommen, an den Ort, wo sie geschuftet hatte, bis sie zusammengebrochen war, bestärkte sie in ihrem Entschluss.

»Dann fährst du also heute noch zurück in dein Dorf?«

Lucy nickte. Auf dem Rücksitz ihres Autos türmten sich Kartons mit Dingen, die sie behalten wollte. Was immer sie machen und wo immer sie hingehen würde, sie würde das alles im Bluebell Cottage durchsehen. So konnten Tom und Kate sich in Ruhe weiter einrichten.

»Und was ist in deinem Dorf so los in dieser Woche? Ich stelle mir vor, dass es da zugeht wie bei *Inspector Barnaby.*«

Lucy lachte. »Das ist ziemlich nah dran, bloß ohne die Morde, bisher jedenfalls. Ich muss zurück, weil wir einen ganzen Berg gespendeter Bücher für die Bücherei im Telefonhäuschen sortieren müssen, und außerdem macht der Cricket Club dieses Wochenende sein Feuerwerk.«

»Ich sehe schon, da kann Brighton kaum mithalten. Klingt, als wäre bei euch in der Pampa wirklich der Bär los.«

»Das ist eine von den Veranstaltungen, wo man einfach hinmuss.«

»Eindeutig.«

Nick erhob sich, und Lucy stand ebenfalls auf. Zu ihrer Überraschung schüttelte er ihr nicht die Hand, sondern nahm sie in die Arme. »Pass auf dich auf, Lucy. Und vergiss nicht, dass du eine tolle Lehrerin bist.«

»Danke, Nick.«

Lucy brannten Tränen in den Augen, als sie sich zum Gehen wandte. Nicks Telefon klingelte. Er hob zum Abschied stumm die Hand und nahm den Anruf an, während sie sein Büro verließ.

Als Lucy zum letzten Mal durch das Schultor fuhr, kamen ihr Buntys Worte in den Sinn. Ihre Freundin hatte recht. Wenn man nur einmal lebte, sollte man sich entscheiden, glücklich zu sein.

Fünfundzwanzigstes Kapitel

Freya war wieder mit Stella unterwegs. Sam fühlte sich ein wenig überflüssig, bemühte sich aber sehr, das nicht zu zeigen. Abgesehen von der kurzen Unterhaltung neulich vor ihrer Haustür hatte er noch keinen Moment mit Lucy allein sprechen können, und das quälte ihn. Alles war im Umbruch. Vorhin war Lucys Auto wieder erschienen, mit lauter Kartons auf dem Rücksitz. Er war richtig erschrocken gewesen, als er das gesehen hatte. Es hatte ihm den Atem verschlagen, warum, das wollte er sich selbst nicht recht eingestehen. Jetzt war das Auto wieder verschwunden, und ihm war hundeelend zumute.

Er beschloss, zu Mel rüberzugehen, und sie hielt ihm eine Standpauke.

»Du musst ihr sagen, was du empfindest.«

»Das kann ich nicht.«

»Sei doch nicht so bescheuert.«

»Der Zeitpunkt stimmt nicht. Ich hab diese ganzen Sachen mit Freya und Stella am Hals. Und Lucy fährt bald –«

»Wie kommst du darauf?« Mel sah ihn scharf an.

»Ein Auto voller Kartons ist verräterisch, findest du nicht?«

Mel blickte aus dem Fenster zu Lucys Häuschen hinüber. Beide beobachteten schweigend, wie Lucys ramponierter kleiner Corsa vor dem Haus hielt und Lucy ausstieg. Sie trug ein schickes, grün gemustertes Kleid und kniehohe Stiefel.

»Sieht aus, als hätte sie was Schönes gemacht.« Mel sah Sam vielsagend an.

»Und?«

»Ich vermute, sie glaubt, dass du ihr aus dem Weg gehst.«

»Aber ich glaube, dass sie mir aus dem Weg geht.«

»Ihr seid zwei erwachsene Menschen, die sich eher wie Freya und Camille benehmen. Man sollte euch mit den Köpfen zusammenschlagen. Warum gehst du nicht einfach rüber und machst reinen Tisch?«

»Vielleicht glaubt sie, das zwischen uns war ein Fehler?«

Mel schüttelte den Kopf. »Ich glaube, sie glaubt, dass *du* das glaubst. Und das bedeutet, wenn du nicht etwas wegwerfen willst, das zu den besten Dingen gehört, die dir jemals passiert sind, dann musst du dich jetzt zusammenreißen und wie ein erwachsener Mann handeln.«

»Danke, du weise Seele.«

»Gerne.« Mel gab ihm einen Schubs. »Was du heute kannst besorgen ...«

Sam schüttelte den Kopf. Er würde eine Stunde brauchen, denn er musste duschen, sich vernünftig anziehen und sich überlegen, was er sagen sollte. Er durfte das auf keinen Fall vermasseln.

Am Abend nahm er all seinen Mut zusammen, ging über die Straße und klopfte an Lucys Haustür. Hamish sprang an der Fensterscheibe hoch und begrüßte ihn mit Gebell, aber Lucy war nicht zu sehen.

»Falls du Lucy suchst«, sagte Bunty, die hinter ihrem Rosenbusch mit zwei Milchflaschen in den Händen auftauchte, »sie ist bei Helen und sortiert mit Freya Bücher. Hat sie dir das nicht gesagt?«

»Ach so, ja«, erwiderte Sam. »Das hatte ich vergessen.«

Zu Helen zu gehen brachte er nicht über sich. Er hatte in den letzten Tagen die Inneneinrichtung für das Telefonhäuschen fertiggestellt, und sie hatte ihn ständig wegen kleinster Kleinigkeiten genervt.

»Hm«, sagte Bunty missbilligend. »Wenn du nicht aufpasst, vertust du deine Chance, Sam. Und du hast nur dieses eine

Leben. Da solltest du doch dein Glück beim Schopf packen, oder?«

Sam nickte nur. Er ging nicht gleich nach Hause, sondern machte einen Umweg, um sich die Regale im Telefonhäuschen noch einmal anzusehen. Als er die Tür aufschob, schlug ihm der Geruch des Duftbäumchens entgegen, das Helen unbedingt hatte aufhängen wollen. Er vermischte sich mit dem Duft des frisch bearbeiteten Holzes. Sam ließ die Hand darüber gleiten und genoss es, das glatt geschliffene, lackierte Holz zu spüren. Er war recht zufrieden mit seiner Arbeit.

Inzwischen gingen Lucy und Freya bei Helen einen Stapel Bücher durch.

»Ich verstehe nicht, wieso wir sechs Exemplare von diesem *Riders* bekommen haben.« Freya nahm eins in die Hand und betrachtete skeptisch das Cover.

»Das ist in den achtziger und neunziger Jahren sehr bekannt gewesen, spielt in den Cotswolds und wurde sogar verfilmt«, sagte Helen geringschätzig. »Aber ich finde, so etwas Triviales wollen wir in unserer Bücherei nicht haben.«

»Und ich finde, genau die wollen wir haben.« Lucy kicherte. »Eins kommt auf den Ja-Stapel. Susan wird sich bestimmt darüber freuen.«

Freya schlug das Buch irgendwo auf und prustete vor Überraschung. »Das glaub ich jetzt nicht.« Mit großen Augen legte sie es wieder weg.

»Jilly Cooper ist einfach ein Genie«, sagte Lucy. »Das Buch ist ein Klassiker. Mir gefiel der nächste Band am besten, das war der zweite Band der *Rutshire Chronicles. Rivals* heißt er, den musst du lesen.«

Als sie Schluss machten, hatten sie eine Auswahl getroffen und die Bücher in Kartons gepackt. Helens Mann David sollte sie ins Telefonhäuschen bringen. Die kleine Bücherei würde schon den ganzen November zugänglich sein, die offizielle Eröffnungsfeier aber sollte erst im Dezember stattfinden.

»Warum müssen wir denn so lange warten?«, grummelte Freya, als sie durch das abendliche Dorf nach Hause gingen.

»Weil Helen zwei Wochen Urlaub auf den Malediven macht, und sie hat im Gemeinderat beschlossen –«

»Du meinst, sie hat sich über alle anderen hinweggesetzt?«

»Na ja, in Helens Welt gilt das als gemeinsamer Beschluss. Es wurde also beschlossen, dass das erste Wochenende im Dezember der perfekte Zeitpunkt für die Eröffnung ist.«

»Diese Frau – unglaublich.«

»Aber sie schafft ordentlich was. Jedes Dorf braucht jemanden wie sie.« Ohne nachzudenken wiederholte Lucy Sams Bemerkung.

»Das sind ja erschreckende Aussichten.«

Sie gingen die Dorfstraße entlang. An der Veranda eines Hauses hing noch Halloween-Deko. Die Straßenlampen glimmten blassorange, und wo die Vorhänge noch nicht zugezogen waren, sah man Leute in ihren Häusern herumwerkeln. Ein kleines Mädchen guckte mit dem Daumen im Mund aus einem Fenster. Freya schaute zu ihr hoch und winkte.

Das Heulen eines Feuerwerkskörpers ließ sie zusammenfahren. Beide schauten hoch, konnten aber nichts sehen; der Himmel war dunkel und wolkenverhangen.

»Ich hoffe bloß, dass es morgen zur *Bonfire Night* nicht regnet.«

»Das hoffe ich auch.«

Lucy verabschiedete sich und überquerte die Straße. Sie sah sich nicht um, als Freya ins Haus ging.

Sechsundzwanzigstes Kapitel

Dass die *Bonfire Night* in Little Maudley ein großes Ereignis war, war kein Scherz gewesen. Mit knirschenden Schritten ging Lucy über den Parkplatz des Cricket Clubs, vorbei an einem mit Lichterketten geschmückten Pavillon, wo es verlockend nach Glühwein duftete. Hinter dem Cricket-Pitch lag ein großer Holzhaufen zum Anzünden bereit. Es wimmelte von Besuchern. Sie aßen kandierte Äpfel und hatten sich mit langen Schals gegen die frühe Winterkälte gewappnet. Einige Lampen schufen Inseln aus Licht in der Dunkelheit.

»Warte du hier.«

Mel flitzte los, um ihnen Glühwein zu besorgen, und Lucy konnte sich in Ruhe umschauen, sah allerdings gerade kein bekanntes Gesicht. Alle Besucher waren warm eingepackt und wirkten in ihren Mützen und Mänteln wie verkleidet. So blieb sie einfach an dem hölzernen Geländer stehen, das den Cricketplatz umgab, und wartete.

Bunty war glücklich und zufrieden gewesen, dass sie mit Hamish zu Hause bleiben konnte. *Guy Fawkes Night* sei früher viel schöner gewesen, hatte sie gesagt, damals, als sie jung gewesen waren und es das laute Krachen und Donnern noch nicht gegeben hatte, das die Tiere so erschreckte. Hamish war ganz ihrer Meinung gewesen und hatte es sich neben dem Feuer in Buntys Wohnzimmer auf dem Teppich gemütlich gemacht. Mr Darcy, der Kater, hatte ihn vom Sessel aus durch ein halb geöffnetes Auge scharf angesehen, dann aber weitergedöst.

»Schön, Sie zu sehen, Lucy«, sagte eine Frau vom *Women's Institute* und berührte sie leicht an der Schulter. Lucy fuhr herum, um sie zu begrüßen, aber da war die Frau schon in der Menge verschwunden. Ein kleines Mädchen blickte zu Lucy hoch und lächelte sie mit seiner Zahnlücke an.

»Ich mag Feuerwerk. Du auch?«

»Ja, sehr sogar.«

»Was ist dein Lieblingsfeuerwerk?«

»Ich mag die Raketen, die erst *huiiii* machen und dann WUMM und dann in ganz vielen Farben explodieren.«

Das kleine Mädchen nickte ernsthaft. »Ich auch. Und die, die sich immer so in die Runde drehen.«

»Mattie, Daddy hat gesagt, wir sollen alle zusammenbleiben.« Ein älteres Mädchen, offenbar ihre Schwester, denn sie sah der Kleinen zum Verwechseln ähnlich, nahm sie an der Hand und zog sie zu einer Gruppe von Kindern und Erwachsenen, die unter einer Lampe standen. Es dauerte einen Moment, bis Lucy zwischen ihnen auch Sam erkannte. Seine dunklen Locken lugten unter einer Wollmütze hervor, und er redete mit dem Vater der Mädchen. Die Kleine zupfte ihn am Bein. Lucy beobachtete ihn unbemerkt. Der andere Mann musste Harvey sein, von dem Sam erzählt hatte, sein Schulfreund mit den vielen Kindern.

»Harvey! Wenn ich gewusst hätte, dass ihr zwei hier seid, hätte ich euch auch was zu trinken mitgebracht.«

Mel begrüßte die beiden Männer. Sam gab ihr ein Küsschen auf die Wange.

»Ist der für mich?« Sam griff nach dem zweiten Becher Glühwein, aber Mel hielt ihn fest.

»Nein.« Sie zog die Hand mit dem Becher weg. »Für Lucy. Sie ist …« Mel schaute sich suchend um. Die Lampe schien ihr ins Gesicht und sie kniff die Augen zusammen, konnte Lucy aber in der Dunkelheit nicht erkennen.

»Ich bin hier.« Lucy trat ins Licht.

»Lucy, hi.« Wie magnetisch angezogen ging Sam auf Lucy zu. Einen Moment lang dachte sie, er würde ihr ebenfalls einen Kuss geben, aber er schien sich zu bremsen und blieb verlegen stehen. »Harvey, das ist Lucy, von der ich erzählt habe. Sie wohnt in Buntys kleinem Häuschen.«

»Schön, dich kennenzulernen.« Harvey schüttelte ihr die Hand.

Die kleine Mattie sah wieder zu Lucy hoch. »Ist Onkel Sam dein Freund?«, fragte sie.

»Ja.« Lucy warf Sam einen kurzen Blick zu.

»Ja, sie ist meine Freundin.« Sam bückte sich und nahm die Kleine auf den Arm. »Soll ich dich tragen, kleine Maus? Dann kannst du das Feuerwerk besser sehen.«

»Ja, bitte tragen!«

Sam hob sich das Kind auf die Schultern. Mattie strahlte von ihrem Ausguck herunter.

»Jetzt siehst du die Raketen als Allererste«, sagte Lucy.

Mattie nickte heftig. »Alle. Und besonders meine und deine Lieblingsraketen.«

Sam sah Lucy an. »Ist sie nicht süß?«, raunte er ihr zu.

Lucy nickte.

Als die ersten Raketen abgeschossen wurden, drängten die Zuschauer weiter nach vorn. Lucy wurde gegen den Holzzaun gedrückt. Sam stand direkt neben ihr. Sie hatte Herzklopfen.

»Früher hast du mich auch so getragen.«

Beim Klang von Freyas Stimme wandte Sam den Kopf. Sie war mit Cammie und einigen anderen Mädchen aus dem Dorf zusammen, und irgendwie hatte das Trüppchen es geschafft, Sam im Gedränge zu finden. Freya lächelte zu Mattie hoch, die ganz aus dem Häuschen war. Sie hatte Sam die Mütze abgezogen und schwenkte sie durch die Luft. Wahrscheinlich standen seine Haare jetzt nach allen Seiten ab, was ihm vor Lucy etwas peinlich war, aber er konnte Matties Beine nicht loslassen, um seinen Kopf zu betasten. Er hoffte einfach, dass seine Frisur in der Dunkelheit nicht auffallen würde.

Das Feuerwerk näherte sich dem Ende, aber Sam wünschte, es würde ewig weitergehen. Er stand neben Lucy und spürte mit allen Sinnen, wie sie von der Menge gegen ihn gedrängt wurde. Gleich jedoch würden sich alle wieder zerstreuen, Atem holen, sich noch einen Glühwein besorgen und sich auf das Anzünden des Feuers und die Verbrennung der Guy-Fawkes-Puppe vorbereiten. Verstohlen sah er Lucy an. Unter ihrer roten Wollmütze ringelten sich dunkle Haarsträhnen hervor, ihre Lippen waren leicht geöffnet. Sam seufzte unhörbar, als er sich an ihre Küsse erinnerte. Wie gern hätte er sie auch jetzt wieder geküsst. Lucy spürte offenbar, dass er sie ansah. Sie lächelte und wandte sich ihm zu.

»Das ist ja wie bei einem Schultreffen.«

Die letzte Rakete schoss pfeifend in die Luft und löste sich in einem Funkenregen auf. Alle setzten sich in Bewegung. Doch als Sam mit Lucy losschlendern wollte, stand Stella plötzlich vor ihnen. Ihm rutschte das Herz in die Hose.

»Mum!« Freyas Freude war ebenso groß wie seine Bestürzung.

»Hi, Stella.« Sam war bemüht, sich seine Gefühle nicht anmerken zu lassen. Es war ja völlig in Ordnung, dass Stella wieder an Freyas Leben teilnahm, aber dass sie auf einmal überall auftauchte, fand er unpassend.

»Das ist ja nett«, sagte Mel. Irgendwie gelang es ihr, Stella zur Begrüßung zuzulächeln und ihm gleichzeitig einen Blick zuzuwerfen, der Bände sprach. »Harvey, weißt du schon, dass Stella wieder da ist?«

Harvey drehte sich um. »Verdammt.«

»Daddy! Nicht fluchen«, rief Mattie von irgendwo über Sams Kopf. Er hatte das kleine Mädchen fast vergessen.

»Darf ich dich jetzt runterlassen, kleine Maus?«

»Komm, ich helfe dir.« Mel reckte die Arme hoch und

half Mattie auf den Boden hinunter. Sam rollte die Schultern und reckte den Nacken, bis es beängstigend knackte.

»Mum hatte schon angekündigt, dass sie vielleicht kommt und hallo sagt«, erklärte Freya fröhlich.

»Um der alten Zeiten willen«, sagte Stella und schenkte Lucy ein etwas dünnes Lächeln. Mel hatte Mattie wieder an Harvey übergeben, und er hielt sein Töchterchen an der Hand, während seine Frau ein schläfriges Kleinkind in den Buggy setzte. Sam bückte sich und reichte ihr einen gefütterten Fäustling, der ins Gras gefallen war.

Mel und Lucy zogen los, um noch etwas zu trinken zu besorgen, und ließen Sam mit Stella zurück. Freya und ihre Freundinnen verschwanden ebenfalls, weil sie sich die Jungs aus dem Nachbardorf ansehen wollten, die sich in einem Grüppchen im Dunkeln herumdrückten. Sam hoffte nur, dass sie nichts anstellen würden.

Stella wirkte in ihrem langen, teuren Mantel mit dem eleganten Schal und den hochhackigen Stiefeln, mit denen sie immer wieder einsackte, fehl am Platz. Sie schaute sich um. Dieses Dorfleben war einmal auch ihre Welt gewesen. Sam war nicht recht wohl dabei. Er musste sich zwar damit abfinden, dass Stella wieder für Freya da sein wollte, aber das hieß nicht, dass sie stets dabei sein musste, wenn er irgendwo hinging.

»Und was läuft so bei dir, Stella?« Harvey umarmte sie zur Begrüßung kurz mit seinem freien Arm. Sam blieb schweigend bei ihnen stehen.

»Ach, weißt du«, sagte sie unbestimmt, »das Übliche.«

Harvey sah sie fragend an. »Du tauchst nach zehn Jahren wieder auf und hast weiter nichts zu berichten?«

Mit einem Lächeln schüttelte Stella den Kopf. »Es ist eine lange Geschichte.«

Sam beschloss, den Stier bei den Hörnern zu packen. Mit einer Kopfbewegung deutete er Stella an, dass er mit ihr sprechen wolle. Sie entfernten sich ein wenig von den anderen. Lucy, die mit Mel in der Schlange vor der Glühweinbude stand, warf ihm kurz einen Blick zu und lächelte wie zur Ermutigung.

»Hör mal«, Sam fuhr sich durchs Haar, »wir müssen reden. Ohne Freya.«

»Ja, klar.« Stella sah ihn an. »Was gibt's denn?«

»Ich unterstütze Freya bei allem, was sie möchte, und sie möchte, dass du an ihrem Leben teilhast.« Nach wie vor fühlte er sich unwohl, wenn er das sagte. Wieder gemeinsam Eltern zu sein, nachdem er so lange als Vater allein zuständig gewesen war, fiel ihm nicht leicht. »Aber das heißt nicht, dass du deswegen eine Eintrittskarte zu allen Bereichen unseres Lebens hast. Wir müssen auch eigene Pläne machen und Einladungen annehmen können und so. Da muss ein Kompromiss möglich sein.«

Stella sah ihn mit offenem Mund an. Sie brachte kein Wort heraus. Doch dann schien sie sich zu besinnen. Sie nickte. »Du hast recht. Tut mir leid.«

Jetzt war Sam sprachlos. Diese ruhige, wohlüberlegte Antwort hatte er nicht erwartet. Fast hätte er ihre Hand genommen und sie kräftig gedrückt.

»Hey.« Lucy kam mit einem Becher Glühwein für ihn zurück. Stella lächelte kurz und entfernte sich dann mit einem Blick auf ihr Handy. Mel kam hinter Lucy her. Sie trug einen Korb mit Brownies, den sie bei der Tombola gewonnen hatte. Sogleich wurde sie von Harveys ganzer Kinderschar umringt. Mit Nasen wie Spürhunde hatten seine Sprösslinge die Süßigkeiten gewittert.

»Oh, lecker!«, rief Mattie. »Sind die für uns?«

Sie beobachteten das Feuer. Lucy stand immer noch dicht neben Sam, Stella in der Nähe. Sam war heiß von der Hitze, und er öffnete seinen Mantel und wickelte sich den Schal vom Hals.

Dann verabschiedeten Lucy und Mel sich, während Stella mit ihm verabredete, wann sie Freya zu ihrem nächsten Einkaufstrip nach Oxford abholen würde. Sam sah den beiden Frauen nach und winkte zum Abschied, aber am liebsten hätte er vor Enttäuschung laut geschrien. Er hatte versucht, ein Gespräch mit Lucy zu beginnen, aber Stella hatte zwischen ihnen gestanden, und dann war die Chance vorbei gewesen. Die Zeit wurde knapp. Die Bücherei im Telefonhäuschen war fast fertig, Lucys Buch war gedruckt, und ihr Aufenthalt in Buntys Bluebell Cottage näherte sich dem Ende. Würde er jemals eine Möglichkeit finden, Lucy seine Gefühle zu offenbaren?

Siebenundzwanzigstes Kapitel

In der nächsten Woche wurde es nicht einfacher. Bunty brach ein wenig widerstrebend mit Gordon und Margaret zu einer Woche in Wales auf, und Lucy nahm die Gelegenheit wahr, eine Woche lang eine Studienfreundin in Paris zu besuchen. Sam hatte sie angesprochen, als sie mit der Reisetasche in der Hand aus der Haustür trat. Sie strahlte vor Freude und erklärte, ihre Freundin habe ihr diesen Trip vorgeschlagen, und da sie neuerdings beschlossen habe, im Moment zu leben, habe sie zugesagt.

»Ich glaube, ich muss mir von Lucys neuer Einstellung, dass das Leben gelebt werden will, eine Scheibe abschneiden«, sagte Sam niedergeschlagen, als er mit einem Bier bei Mel in der Küche saß.

Mel schüttelte belustigt den Kopf. »Du musst endlich den Arsch hochkriegen, Mann. Wer zu spät kommt, den bestraft das Leben.«

»So einfach ist das nicht. Und sie verlässt uns ja sowieso demnächst wieder.«

»Oder auch nicht.« Mel hob die Augenbrauen, was offenbar geheimnisvoll wirken sollte. Sie verteilte die Hundekuchen zu Ende, stellte alle fünf Schüsseln auf den Fußboden und rief ihre Schützlinge nacheinander zum Fressen, auch Hamish, den sie für diese Woche übernommen hatte. Sam staunte, wie gehorsam die älteren Hunde warteten und erst zu ihren Näpfen liefen, wenn sie aufgerufen wurden.

Hamish jedoch kam aus dem Wohnzimmer geflitzt und schnappte sich aus jedem der anderen Näpfe ein Maulvoll, bevor er dann vor seinem eigenen stehen blieb. Er schien sich in Mels chaotischer, aber gemütlicher Küche ganz zu

Hause zu fühlen. Die Spaniels machten ihm Platz. So, wie sie Lucy Platz gemacht hatten, dachte Sam.

»Was meinst du mit *oder auch nicht?*«, fragte er.

»Keine Ahnung.« Mel zuckte die Achseln. »Ich glaube, sie hat sich in unser Dorf verliebt und«, fügte sie vielsagend hinzu, »auch in einige seiner Bewohner.«

Sam schwieg.

Auf dem Shopping-Trip in Oxford hatte Freya offenbar ihre erste Auseinandersetzung mit Stella. Sie kam schlecht gelaunt nach Hause, schmiss sich ärgerlich aufs Sofa und sagte, jetzt verstehe sie, warum Sam ihre Mutter verlassen habe. Sam unterließ es wohlweislich, seine Tochter daran zu erinnern, dass Stella *ihn* verlassen hatte. Als Freya schimpfte, sie begreife nicht, warum ihre Mutter so eine blöde alte Kuh sei, ertappte Sam sich dabei, dass er für Stella Partei ergriff. Eigentlich war sie nämlich recht vernünftig gewesen und hatte sich quergestellt, als Freya in einem Vintage-Laden ein Paar Schuhe kaufen wollte, die nicht bloß vollkommen unpraktisch, sondern auch noch zu klein waren.

Als Lucy aus Paris wiederkam und kurz im Bell Cottage hallo sagen wollte, traf sie als Erstes auf eine aufgeregte Freya, die bis über beide Ohren und ein wenig verfrüht in die Weihnachtsdekoration vertieft war. Lucy zog eine sehr schöne Schachtel mit Schokoladentrüffeln aus ihrer Tasche und reichte sie Freya.

»Wie war's in Paris?«

Freya wickelte das Band ab, öffnete die Schachtel und bot allen eine Trüffelpraline an. Sam nahm sich eine und beobachtete, wie Lucy mit einem Kopfschütteln ablehnte. Dann lächelte sie, weil Freya genießerisch seufzte, als sie sich eine Trüffel in den Mund steckte.

»Sind die köstlich!« Freya verdrehte die Augen. »Hallo?« Sie gab Sam einen Klaps auf die Hand, als er nach einer weiteren griff. »Das sind meine.«

»Dir hab ich auch welche mitgebracht.« Lucy reichte Sam eine graue Tüte, die mit einem eleganten weinroten Band zugebunden war. »In Paris werden sogar die Geschenke schick verpackt. Warst du schon mal da?«

Sam schüttelte den Kopf. »Nein, aber ich würde sehr gerne mal hinfahren«, sagte er und fügte im Stillen hinzu »mit dir«. Oh Mann, er musste sich wirklich zusammennehmen. »Möchtest du was trinken?«

»Nein, ich wollte nur kurz vorbeischauen.« Lucy blickte zu Freya hinüber, die im Flur in einer riesigen Plastikkiste herumkramte. »Was macht sie da eigentlich?«

»Frag mich nicht.«

Ein Triumphschrei ertönte: »Gefunden!« Im nächsten Moment erschien Freya wieder, mit beiden Armen voller Lametta.

Lucy runzelte verwirrt die Stirn. »Ist das nicht noch ein bisschen früh für Weihnachtsschmuck? Wir haben doch noch nicht mal Dezember.«

Freya schlang Lametta um die Balken im Wohnzimmer und summte dabei ein Weihnachtslied. Einen flüchtigen Moment lang wünschte Sam, er könnte die Zeit anhalten und diese kleine Szene zu seiner neuen Normalität machen.

»Es ist einfach nicht lange genug Dezember«, sagte Freya ungehalten. »Ich will das maximale Weihnachten.«

»Und du kannst wirklich nicht bleiben?«, wandte Sam sich hoffnungsvoll an Lucy.

»Also gut.« Sie schmunzelte. »Was hast du denn im Angebot?«

»Ich hab noch einen Rotwein im Schrank, aber ich kann nicht garantieren, dass er mit den französischen Spitzenweinen mithält.«

Die beiden Cockerspaniels wuselten Lucy um die Beine, weil sie auf Leckerlis hofften, und sie beugte sich zu ihnen hinunter und zauste ihnen die Ohren. Dann blickte sie zu Sam hoch. »Das macht nichts.«

Eine halbe Stunde später klopfte es an der Haustür. Laut über ihren verdammten Drucker schimpfend, kam Mel hereingestürzt, gefolgt von Cammie, die die Haare zu einem Knoten aufgesteckt hatte und einen Pullover und karierte Schlafanzughosen trug.

»Kannst du mir eben was ausdrucken?« Mel entdeckte die angebrochene Weinflasche. »Oha, und wenn es was zu feiern gibt, trinke ich gern ein Gläschen mit. Was feiern wir denn?«

»Weihnachten«, juchzte Freya und kam mit einem Heiligenschein aus Lametta im Haar ins Wohnzimmer getanzt. Sie hakte Cammie unter, und die beiden verschwanden. Kurz darauf wummerte Musik durchs Haus.

»Sie scheint ja ganz fröhlich zu sein«, sagte Mel.

»Ja.« Sam schenkte Lucy und sich selbst Wein nach. »Wir haben vor ein paar Tagen ein gutes Gespräch gehabt – über die ganze Situation mit Stella. Ich glaube, Freya ist bei dem Gedanken, dass Stella noch einmal aus ihrem Leben verschwinden könnte, etwas mulmig geworden.«

Lucy zog die Beine auf den Sessel hoch und rückte ein bisschen, um Bee Platz zu machen, die sich neben sie kuschelte. »Das habe ich mich auch gefragt, ich habe im Zug nach Paris darüber nachgedacht.«

»Stella ist nicht gerade für ihre Zuverlässigkeit bekannt, oder?« Mel schnitt eine Grimasse.

»Keine Ahnung.« Sam schaute in sein Glas, als suche er darin nach einer Antwort. »Aber ich glaube, sie hat sich verändert.«

»Stella?«, fragte Mel ungläubig.

Sam nickte. »Die beiden haben sich gestritten, und sie ist ziemlich gut damit umgegangen. Sie macht Therapie, und ich habe den Eindruck, das hilft.«

Lucy sah ihn aufmerksam an. »Ich finde, das klingt recht positiv.«

»Hoffentlich schätze ich das richtig ein.«

Die Flasche war leer, und Lucy und Mel standen vor Sams Haus auf dem Bürgersteig. Cammie war schon vorgelaufen, weil sie Wasser für Wärmflaschen aufsetzen wollte. Lucy fand es erstaunlich kalt, viel kälter, als es in Brighton jemals gewesen war. Zitternd schlang sie sich die Arme um den Leib, um warm zu werden.

»Bist du bereit für die große Eröffnung der Bücherei?«, fragte Mel.

»Ja. Es ist ein bisschen komisch, weil die Ausleihe jetzt ja schon seit zwei Wochen läuft.«

»Ja, aber unsere gute Helen ... Wir müssen das eben genau so machen und nicht anders.« Mel ahmte ganz passabel Helens überdeutliche Sprechweise nach.

Helen war erschüttert gewesen, dass noch niemand das eindeutig ungelesene Exemplar von *Krieg und Frieden* ausgeliehen hatte, das sie gespendet hatte, eins von ihren absoluten Lieblingsbüchern. Lucy hatte mehr als einmal gesehen, wie Helen um das Telefonhäuschen herumgeschlichen war und darauf gewartet hatte, die Bücherei in Betrieb zu sehen.

»Ich will mich nur vergewissern, dass alles nach Plan läuft«, hatte sie erklärt, als sie Lucy einmal vor ihrem Häuschen getroffen hatte.

»Ja, natürlich.« Lucy hatte gelächelt und war wieder im Haus verschwunden.

Vor ihrer Reise nach Paris hatte sie die Gelegenheit genutzt und die Sachen aus Brighton durchsortiert. Das meiste war entweder Altpapier gewesen oder anderes Zeug, das sie nicht mehr haben wollte. Damit hatte sie die leeren Kartons wieder gefüllt, um sie zum Recycling zu bringen. Sam war eines Morgens früh aus dem Haus gekommen, und sie hatten sich zugewinkt. Lucy beschloss, dass sie einfach um eine Erfahrung reicher war. One-Night-Stands waren nie ihr Ding gewesen, aber dann war es auch nie ihr Ding gewesen, einen perfekten Job als Fachbereichsleiterin an einer Schule aufzugeben. Vielleicht gehörte beides irgendwie zusammen?

Sag dir das nur oft genug, hatte Lucy gedacht, dann glaubst du es irgendwann. Sie hatte sich auf die Lippe gebissen und im Rückspiegel ihres Corsas beobachtet, wie Sam im Land Rover losgefahren war.

Auch Bunty war aus Wales zurück, und Lucy fuhr an einem Nachmittag mit ihr nach Bletchingham, weil die alte Dame eine neue Jacke haben wollte.

An der Kreuzung, von der sie im Sommer zu ihrem Umweg abgebogen waren, hielt Lucy an, um einen Traktor mit Anhänger vorbeirumpeln zu lassen.

»Möchtest du vielleicht noch einmal auf den Signal Hill?«, fragte sie ihre Beifahrerin.

Bunty, warm eingemummelt in einen dicken Wollmantel, sah sie erstaunt an.

»Weißt du was? Ich glaube ja.«

Und so holperten sie wieder den Feldweg hinauf und stiegen aus. Die Weidenröschen, die den Fußweg zum Gebäude säumten, waren inzwischen verwelkt und erfroren, und das Feld daneben war umgepflügt worden und für die Aussaat im nächsten Frühjahr bereit.

»Tauchen deine alten Erinnerungen wieder auf?«

Lucy sah Bunty an. Sie schien ganz in Gedanken versunken. Einen Moment lang konnte Lucy sich vorstellen, wie Bunty als junges Mädchen durch Eis und Schnee hier heraufgeradelt war, dick eingepackt gegen die Kälte, und lange Stunden in diesem Betonbau gearbeitet hatte, der nur von einem launischen kleinen Ofen beheizt wurde. Aus diesem unscheinbaren Gebäude war schwarze Propaganda über das besetzte Europa ausgestrahlt worden. Lucy sah Bunty an, voller Bewunderung für das junge Mädchen, das sie einst gewesen und für die alte Dame, die sie jetzt war.

»Ja, alles wird wieder lebendig.« Bunty nickte. »Aber das ist eigentlich ganz schön.«

Sie tätschelte das kleine Haus sanft, wie anerkennend, und machte sich wieder auf den Weg zum Auto.

Als sie weiterfuhren, traute Lucy sich, eine Frage zu stellen, die ihr schon lange auf den Nägeln brannte. In Buntys Tagebuch hatte sie keine eindeutige Auskunft dazu finden können, und sie war sehr gespannt auf die Antwort.

»Also«, begann sie vorsichtig, »danach – ich meine, nachdem Harry ums Leben gekommen war …«

Bunty schaute geradeaus auf die Straße. »Du meinst, wie es kam, dass ich Len geheiratet habe?«

Lucy nickte. »Du hast Harry doch so geliebt.«

»Len habe ich auch geliebt, aber anders. Er war ein guter, lieber, sanfter Mann. Harry war meine große Liebe, ja. Aber Len hat mich nach seinem Tod an der Hand genommen, hat mich an meinen freien Tagen ins Kino und zum Tee eingeladen. Und als mir klar wurde, dass ich schwanger war, gestand er mir seine Liebe und sagte, er sei sicher, dass ich ihn mit der Zeit auch lieben würde.«

»Und das war auch so?« Lucy fand, dass diese Eheschließung für Bunty ein riesiger Schritt gewesen war – und für Len ein großes Opfer.

»Doch, ja.« Bunty schwieg einen Moment. »Und ich musste ja auch praktisch denken. Allein hätte ich kein Kind großziehen können, und Len hat uns damals beide ernährt. Und der Skandal –« Sie schüttelte den Kopf. »Zum Glück ist dann ja alles gut geworden.«

Lucy blinkte und bog auf den Parkplatz hinter dem alten

Bibliotheksgebäude ab. Lucy schaltete den Motor aus und zog den Schlüssel aus dem Zündschloss.

»Len ist nicht zweite Wahl gewesen, verstehst du. Auch das ist ein Grund, weshalb Gordon niemals erfahren soll, dass er nicht sein Vater – also nicht sein leiblicher Vater – war. Und ich will auch nicht, dass es sonst jemand erfährt. Damals gab es wohl eine Menge Gerüchte, aber das ist alles längst vergessen.«

Lucy fiel Henrys Bemerkung wieder ein, dass Buntys Kriegsjahre interessant gewesen seien. Weiter hatte er sich dazu nicht geäußert.

»Ich bin dir sehr dankbar dafür, dass du es mir erzählt hast. Und ich verspreche dir, dass mir kein Sterbenswörtchen davon über die Lippen kommen wird.«

»Das freut mich zu hören.« Bunty lächelte zaghaft. »Aber da gibt es noch was … ich möchte dich bitten, es dir zu überlegen, nicht als Gegenleistung, sondern einfach, weil ich dich liebgewonnen habe.«

»Ja, natürlich.«

Achtundzwanzigstes Kapitel

»Bist du fertig?«

Lucy stand zitternd in Buntys Haustür und wartete darauf, dass sie herauskam. Sie hatte keine Handschuhe finden können, und ihre Hände waren eiskalt. In der Nacht hatte es stark gefroren, und seit einer Stunde tanzten winzige helle Flöckchen vom blassen Himmel herunter. Die Gartenmauer war wie mit Puderzucker bestreut. Die trockenen braunen Blütenstände der Hortensie wurden allmählich weiß, und auch im Gras blieb der Schnee schon liegen.

»Da bin ich.« Bunty erschien aus der guten Stube, die sie nie benutzte. Sie hatte eine Spur Lippenstift aufgelegt und trug einen schicken braunen Filzhut, ihren dicken Wollmantel und einen Schal.

Beth war direkt aus dem Laden gekommen und stand in einer gefütterten Jacke über ihrer blauweißen Schürze auf der Dorfwiese.

»Hallo, ihr beiden.« Sie hob lächelnd den Kopf. »Hab dich eine ganze Weile nicht gesehen, Lucy. Was hast du denn gemacht?«

»Ach, so dies und das«, antwortete Lucy. Beth brauchte ja nicht alles zu wissen. Bunty an Lucys Seite schmunzelte.

Eine kleine Menschenmenge versammelte sich um das Telefonhäuschen. Ein Fotograf von der Lokalzeitung scheuchte mit der Kamera in der Hand die Leute aus dem Weg, damit er Fotos schießen konnte. Das rote Häuschen war mit einer Girlande aus bunten Häkelblumen geschmückt. Freya kam angerannt. Sie grinste.

»Sieht das nicht toll aus?«

Bunty nahm sie am Arm. »Prachtvoll. Dein Vater hat eine sehr schöne Einrichtung geschreinert.«

»Da drüben steht er.« Freya war ganz aufgeregt.

»Hi.« Sam blickte auf, die Hand noch an der Tür zum Telefonhäuschen.

Lucy spürte, wie ihr Herz ganz ungehorsam höher schlug.

»Hallo, Fremde.« Er ließ die Tür los und küsste sie auf die Wange. Vor Überraschung und Freude klopfte ihr Herz noch schneller.

»Herrgott«, brummelte Bunty, »ich wünschte, sie würden sich mit diesem ganzen Vorgeplänkel beeilen, sonst erfrieren mir noch die Zehen.«

»Meine Damen und Herren«, begann Helen mit lauter Stimme. Nachdem Susan ihr beim Jubiläumsfest des *Women's Institute* die Schau gestohlen hatte, war sie fest entschlossen, dass ihr so etwas nicht noch einmal passieren würde. Susan sah zu Lucy hinüber und zwinkerte ihr komplizenhaft zu. Niemand ließ sich in seiner Unterhaltung stören.

»Ich hab gehört, anschließend gibt es Glühwein«, verkündete Henry laut. Susan legte ihm die Hand auf den Arm. »Pscht«, sagte sie mit breitem Lächeln.

Helen räusperte sich, und eine der Frauen vom *WI* nahm aus einem Karton ein Mikrofon und reichte es ihr. Doch sie schüttelte den Kopf.

»Nicht nötig. Aber jetzt müssen alle mit dem Geplapper aufhören.« Helen klatschte kräftig in die Hände. Das funktionierte.

»Die braucht kein Mikrofon«, flüsterte Freya, »sie hat ja eine Stimme wie ein Nebelhorn.« Alle Umstehenden kicherten. Helen holte tief Luft.

»Meine Damen und Herren«, begann sie erneut, und jetzt hörten alle zu, »als Vorsitzende des *Women's Institute* in

Little Maudley ist es mir ein großes Vergnügen, die Eröffnung unserer eigenen Bücherei in diesem Telefonhäuschen zu feiern. Als wir feststellten, dass wir aufgrund der geplanten Abschaltung der Telefonzelle die Möglichkeit bekamen, sie zu übernehmen, diskutierten wir lange über die verschiedenen Alternativen, die uns offenstanden.«

»Sie wollten doch, dass das Telefonhäuschen abgerissen wird«, unterbrach Henry sie mit lauter Stimme.

Helen warf ihm einen tadelnden Blick zu.

»Was trinken?« Mel reichte Lucy einen silbernen Flachmann. »So, wie ich Helen kenne, kann das hier noch eine ganze Weile weitergehen.« Lucy nahm einen Schluck und reichte den Flachmann an Sam weiter. Er stand wieder dicht neben ihr, genauso wie bei der *Bonfire Night*. Heute trug er ein dickes Thermo-Flanellhemd, dessen Kragen er aufgestellt hatte, und seine schwarze Wollmütze hatte er tief in die Stirn gezogen. Lucy hatte sich eher im Hinblick auf die Veranstaltung als auf das Wetter angezogen und fror in ihrem dünnen Mantel, unter dem sie ihr dunkelblaues Wickelkleid, Strumpfhose und Stiefel trug.

»Willst du mein Thermohemd haben?«, fragte Sam leise.

»Lieber nicht«, wisperte Lucy. »Ich fürchte, ich mache mich unbeliebt, wenn ich Bunty gleich im Holzfällerhemd helfe, das Band durchzuschneiden. Es wäre mir unangenehm, die Festgäste zu enttäuschen«, setzte sie in Helens gepflegter Ausdrucksweise hinzu.

Sam prustete los, was ihm einen bösen Blick seitens einer von Helens Handlangerinnen eintrug.

Lucy wurde klar, dass sie besser neben Bunty stehen sollte, falls diese gleich Unterstützung brauchte, daher drängte sie sich durch die kleine Menge der Dorfbewohner. Bunty blickte ihr lächelnd entgegen.

»... und daher, weil sie die älteste Bewohnerin unseres Dorfes ist ...«

Bunty sah so entsetzt aus, dass Lucy sich die Hand vor den Mund halten musste, um nicht laut loszuplatzen.

»... hielten wir es für angemessen, dass Bunty, die das Telefonhäuschen Tag für Tag aus dem Fenster ihres Cottages sieht und die, wie wir alle, selbst Erinnerungen daran hat, wie sie dort Freunde getroffen und Telefonanrufe getätigt hat ...«

Bunty warf Lucy einen Blick zu, über den sie lächeln musste. Nur sie beide kannten das Geheimnis und wussten, welche Erinnerungen das Telefonhäuschen für Bunty barg.

»Mach bitte weiter, ich friere mir den Arsch ab«, rief eine Stimme aus der Menge, und alle lachten.

Es schneite jetzt stärker. Die Flocken wirbelten durch die Luft und bedeckten die Bank, die Sam geschreinert hatte, damit man sich direkt vor dem Telefonhäuschen hinsetzen konnte.

Bunty nahm die Schere, und Lucy hielt das Band straff. Ein Schnitt, und es war durchtrennt.

»Hiermit ist unsere Bücherei im Telefonhäuschen offiziell eröffnet«, sagte Bunty laut. »Und statt mich hier lange auszulassen, möchte ich nur ein paar Worte des Dankes sagen. Zuallererst möchte ich Lucy danken. Sie war und ist ein echter Schatz, und wir sind uns sicher alle einig, dass sie eine wunderbare Bereicherung für unser Dorf ist. Daher darf ich mit großer Freude sagen, dass sie sich entschlossen hat, bei uns zu bleiben.«

Lucy blickte auf ihre Füße, denn sie fürchtete sich ein wenig vor den Reaktionen der Menschen, die ihr lieb waren. Es dauerte einen Augenblick, bis Buntys Worte richtig angekommen waren, aber dann juchzten Mel und Freya vor Freude. Lucy sah zu ihnen hinüber. Mel boxte kräftig mit der Faust in die Luft, und Freya strahlte über das ganze Gesicht. Lucy reckte diskret den Hals, um Sam zu suchen, konnte ihn aber nirgends entdecken.

»Es hat mir sehr viel bedeutet, zu sehen, wie alle an einem Strang zogen, um das Telefonhäuschen von einem Schandfleck in einen Raum zu verwandeln, wo die Dorfgemeinschaft zusammenkommen und etwas miteinander teilen kann, das so wichtig ist – die Liebe zu Büchern«, fuhr Bunty fort. »Und sie ist in einer Zeit, in der wir im ganzen Land Bibliotheken verlieren, umso wichtiger«, stellte sie fest.

Helen warf Lucy einen erschrockenen Blick zu. Der Lokalreporter spitzte die Ohren. Er witterte einen Aufhänger für seine Geschichte.

»Während solche kostenlose Leihbüchereien ein Segen für kleine Dörfer wie unseres sind«, sprach Bunty weiter, »ist es eine Schande, dass Bibliotheken in Städten wie Bletchingham eingespart werden. Es sind ja nicht nur Orte, an denen man Bücher ausleihen kann, sondern sie sind ein Zentrum für die Gemeinschaft, ein Raum, in dem Menschen sich treffen und einander kennenlernen können.«

»Hört, hört«, sagte ein Mann mit Schiebermütze und in einem langen Mantel.

»Ich möchte diese kleine Rede beenden, indem ich mich bei Freya hier bedanke …«

Mel schubste Freya nach vorn, sodass alle sie sehen konnten. Das junge Mädchen war vor Verlegenheit knallrot geworden. Als Bunty die Hand ausstreckte, ergriff Freya sie und stellte sich mit einem schüchternen Lächeln neben ihre alte Freundin.

»Sie war diejenige, die die Idee zu unserer kleinen Bücherei hatte, und ich glaube, wir können alle zustimmen, dass es eine sehr gute Idee war.«

Aus der Menge ertönten Beifallsrufe, und der Reporter bestand darauf, Lucy und Freya ebenfalls zu fotografieren. Er machte mehrere Aufnahmen von ihnen zusammen mit Bunty und den Honoratiorinnen des Ortes.

»Was Bunty da eben gesagt hat – du bleibst wirklich hier?«, fragte Freya Lucy.

»Ja, sie bleibt hier!« Bunty strahlte. »Und nicht nur, dass wir Lucy hier bei uns behalten, sondern damit drehe ich auch Margaret eine lange Nase. Sie wollte Lucys Bluebell Cottage unbedingt an Feriengäste vermieten.«

»Dad wird sich freuen.« Freya warf Lucy einen schelmischen Blick zu, den Lucy aber ignorierte.

»Aber du vielleicht nicht. Im nächsten Schuljahr hast du mich nämlich in Geschichte.«

»Wie bitte?«

Lucy nickte.

Beim Lunch in der Stadt hatte Bunty sie eingeladen, so lange im Bluebell Cottage zu wohnen, wie sie wollte, und Lucy hatte erzählt, was sie sich erhoffte. Als würde das Universum zu ihren Gunsten arbeiten, hatte eine schnelle Suche im Internet ergeben, dass Lucys Schule eine Mutterschaftsvertretung für das Fach Geschichte suchte, und zwar für ein ganzes Jahr.

»Heißt das, dass ich dann Miss Evans zu dir sagen muss?«

»In der Schule ja, aber ansonsten bleibe ich Lucy.«

»Wenn du mir dann bei meinen Geschichts-Hausaufgaben hilfst, kriege ich das hin.« Freya grinste.

»Und du? Wir hatten lange keine Gelegenheit mehr, richtig miteinander zu sprechen. Freust du dich, dass du deine Mutter wiederhast?« Lucy sah Freya an. Auf ihren langen Wimpern glitzerten Schneeflocken. Sie nickte.

»Ja. Also, ich glaube, sie wird nie dieser mütterliche Typ Mutter sein, aber jedenfalls ist sie jetzt nicht mehr die geheimnisvolle Unbekannte.«

»Werdet ihr euch von nun an regelmäßig treffen?«

»Ja, aber ohne Stress. Ich will nicht das Gefühl haben, dass ich in so was wie eine neue Familie rein muss. Anscheinend versteht Stella das. Im Moment machen wir einfach

Tagesausflüge. Irgendwann übernachte ich vielleicht auch mal bei ihr, aber erst, wenn ich das wirklich möchte. Stella und Dad und haben das mit mir besprochen.«

»Das freut mich für dich.« Lucy legte Freya einen Arm um die Schultern und drückte sie. »Und für deinen Vater.«

»Ach, ich glaube, er ist nicht ganz so glücklich damit, wie ich das bin«, sagte Freya leichthin. »Guck doch mal.«

Sam stand allein auf der Wiese, anscheinend tief in Gedanken versunken.

»Ich geh mal zu ihm rüber.«

»Und ich erkunde mal, ob ich im Café ein bisschen Glühwein abstauben kann«, sagte Freya und verschwand, bevor Lucy sich dazu äußern konnte.

Sie holte tief Luft und ging zu Sam hinüber. »Na?«

»Ist das wahr? Du bleibst hier?«, fragte er leise. Schnee überpuderte seine Schultern und lag auf seiner schwarzen Mütze. Er sah Lucy in die Augen, und sie nickte.

»Ja. Es ist komisch – ich hab mich so viele Jahre ganz auf die Arbeit konzentriert und mir nicht die Zeit genommen, mich mal umzusehen und zu überlegen, was ich wirklich will. Und ich bin einfach sehr gern hier.«

Ihre Atemwolken in der kalten Luft vermischten sich. »Ist merkwürdig, oder? Du wolltest das, und ich wollte –« Er brach mitten im Satz ab und sah zu Freya hinüber.

»Du wolltest wieder mit Stella zusammen sein?«

»Nein!« Sam schüttelte energisch den Kopf. »Aber ich glaube, unbewusst war ich in Warteposition und hab irgendwie gehofft, dass sie vielleicht doch wieder zurückkommt und ich alles wieder in Ordnung bringen kann.«

»So funktioniert es im Leben nicht«, sagte Lucy sanft.

»Darüber bin ich froh! Sonst –« Sam nahm ihre Hand. »Deine Hände sind ja eiskalt.«

»Ich bin ein einziger Eiszapfen.«

Lucy hörte ein Geräusch hinter sich, und als sie sich umdrehte, ertappte sie Freya dabei, wie sie Schnee von der Wiese zu einem ersten Schneeball zusammenkratzte. Sie sah die beiden mit spitzbübischem Grinsen an und pfefferte Sam den weißen Ball gegen die Schulter.

Bunty, die von Helen belagert worden war, erschien nun auch. Sie hatte sich bei Mel untergehakt und warf schmunzelnd einen Blick auf die kleine Gruppe. Dann hakte sie sich mit dem anderen Arm bei Freya unter.

»Würdet ihr beiden euch jetzt bitte ein bisschen beeilen? Ich bin bis auf die Knochen durchgefroren, und gleich ist kein Glühwein mehr da.«

»Ja, jetzt macht mal ein bisschen vorwärts, ihr zwei.« Mel grinste.

»Was redet ihr denn da?« Lachend sah Sam Lucy an.

»Du liebst sie doch«, sagte Freya, als wäre das die einfachste Sache der Welt. »Würdest du sie jetzt bitte endlich küssen, damit wir reingehen können?«

»Ich glaube, wir sollten die drei hier lieber nicht verärgern«, sagte Sam.

»Ich glaube, da hast du recht.« Lucy schob ihre steifgefrorenen Hände unter sein warmes Holzfällerhemd. Sie spürte seine Wärme, seine kräftigen Rückenmuskeln. Er nahm ihr Gesicht in die Hände, und es machte ihr überhaupt nichts aus, dass seine Finger kalt waren. Als Sam seine Lippen auf ihren Mund senkte, wusste Lucy, dass sie hier in diesem Dorf ihr Zuhause gefunden hatte.

Als sie wieder aufsahen, war die Dorfwiese menschenleer.

Dank

Zuerst möchte ich dem *Royal Literary Fund* und der *Society of Authors* für ihre freundliche und großzügige Unterstützung danken. Ihre Stipendien haben mir Zeit zum Schreiben verschafft, und dafür bin ich zutiefst dankbar.

Dieses Buch spielt in einem fiktiven Dorf. Ich habe mir die Freiheit erlaubt, Gawcott, das Dorf in Buckinghamshire, in dem ich viele Jahre mit meinen Kindern gelebt habe, so zu verschieben, dass es am Rand der Cotswolds liegt. Doch falls Sie Gawcott kennen sollten, werden Sie vielleicht die Bücherei im Telefonhäuschen wiedererkennen, das auf dem Grünstreifen neben der alten Wasserpumpe steht, gegenüber von einem schönen weißen Cottage mit Strohdach. Vielleicht haben Sie auch Geschichten über die Gebäude auf dem Signal Hill gehört, die im Zweiten Weltkrieg als Sendestation genutzt wurden. Als ich anfing, für dieses Buch zu recherchieren, das ursprünglich um Bletchley Park herum spielen sollte, war mir nicht klar, welche Ereignisse sich in einem verschlafenen kleinen Nest in der Nähe von Buckingham abgespielt haben.

Ich möchte mich bei Judith Harper dafür bedanken, dass sie mich zu Janet inspiriert hat, und bei Ellie, die das Vorbild für Fiona war. Als ich nach Gawcott zog, hat Judith – die über hundert Pflegekinder betreut hat – mich und die Kinder im Dorf willkommen geheißen. Sie ist einfach großartig, und ich freue mich sehr, dass ihr kürzlich für ihre Verdienste als Pflegemutter der wohlverdiente Orden *Member of the Order of the British Empire* verliehen wurde.

Ein Buch ist eine große Teamleistung, deswegen ist meine Liste der Danksagungen immer so lang. Mein Name mag zwar auf dem Cover stehen (das für die englische Ausgabe von der brillanten Sarah McMenemy gestaltet wurde), aber jedes Buch erfordert auch viel Arbeit hinter den Kulissen.

Ich möchte meiner Agentin Amanda Preston danken, die mich angespornt hat und immer an mich glaubt, selbst wenn ich das nicht tue – ich bin dir so dankbar. Du bist wirklich wunderbar.

Mein Dank geht auch an Alison und alle anderen bei der LBA Literary Agency. Danke für alles, was ihr tut, und dafür, dass ihr mich mit witzigen Tweets zum Lachen bringt.

Ich danke Louise, Caroline, Jayne und all den hervorragenden Leute bei Pan Macmillan, die so viel Arbeit damit haben, hinter den Autoren her zu sein (sorry), und die hinter den Kulissen alles zusammenfügen – herzlichen Dank. Ihr seid alle absolut toll!

Danke an alle Mitarbeiter von Bletchley Park für die Arbeit, die sie leisten, um diese wichtigen Geschichten für zukünftige Generationen lebendig zu halten. Danke auch an die Gladstone's Library, nicht nur für den Platz zum Schreiben, sondern auch für das unglaublich wertvolle Forschungsmaterial aus den Archiven.

Danke schön an die Blogger, die so hart arbeiten, um ihre Begeisterung für Bücher und das Lesen mit der Welt zu teilen, und an alle, die mich online ermutigen und mir kleine Nachrichten schicken, wenn ich schreibe, das schätze ich wirklich sehr!

Vielen Dank an die *Prime Writers* und die Leute von *Book Camp*. Danke, dass ihr mich anfeuert, mich zum Lachen bringt und so verdammt tolle Freunde seid und außerdem die begabten Autoren von Büchern, die ich liebe.

Ein riesengroßes Dankeschön an meinen schreibenden Zwilling Miranda – deine liebevolle Zuneigung und Unterstützung in diesem Jahr bedeuten mir unsagbar viel. Und an Alice, Keris und Hayley, danke, dass ihr mir eine Stütze seid. An Elise, Jax und Rhiannon, danke, dass ihr da seid, immer.

In diesem Jahr bin ich neben dem Schreiben viel in Bücherdingen unterwegs gewesen und gereist. Das war wunderbar, aber es wäre nicht möglich gewesen, wenn nicht zu Hause jemand alles zusammenhalten würde. Dafür und für vieles andere danke ich meinem lieben Mann Ross, und den Kindern danke ich dafür, dass sie ganz allgemein wunderbar sind. (Aber bitte werft eure sauberen Sachen nicht wieder in den Korb mit der Schmutzwäsche, bloß weil ihr keine Lust habt, sie wegzuräumen, vielen Dank, alles Liebe, Mummy xoxo, usw.)

Zum Schluss danke ich Ihnen dafür, dass Sie dieses Buch lesen – es gibt eine Menge Bücher auf der Welt, und es bedeutet mir sehr viel, dass Sie sich gerade dieses eine ausgesucht haben.

»Ein Roman, der wie eine riesige Portion Seelenfutter wirkt. Lassen Sie sich verwöhnen!« ***Real Simple***

Wer rechnet schon damit, dass aus einem Flammeninferno das große Glück erwächst? Am wenigsten die Patissière Olivia, als sie mit ihrem flambierten Dessert einen Bostoner Luxusclub in Brand setzt. Hals über Kopf flüchtet sie sich zu ihrer besten Freundin ins ländliche Vermont, wo sie kurzerhand eine Anstellung in einem kleinen Landgasthof findet. Doch schneller, als ihr lieb ist, sieht sie sich dort mit Familien-, Herzens- und anderen Angelegenheiten konfrontiert, für die sie so gar kein Rezept auf Lager hat …

Ein unterhaltsamer und herzergreifender Roman über die oft holprige Suche nach dem Glück und die Sehnsucht nach einem Ort, den man Zuhause nennt.

Louise Miller, Die Zutaten zum Glück. Roman.
insel taschenbuch 4564. 408 Seiten.

NF 377/1/3.17

»Wenn ich mir fünf Bücher für die einsame Insel aussuchen müsste, *Die Buchhandlung* wäre unbedingt dabei.«
Michael Ondaatje, Druckfrisch

Florence Green erwirbt in Hardborough, einem verschlafenen Dorf an der Küste Ostenglands, das Old House als zukünftiges Domizil für ihre Buchhandlung. Dass das Gebäude anscheinend von einem Poltergeist besessen und bis auf die Grundmauern feucht ist, bringt sie von ihrem Vorhaben ebenso wenig ab wie die Tatsache, dass sie von finanziellen Dingen keine Ahnung hat. Voller Schwung stürzt sie sich in die Vorbereitungen und stattet ihre Buchhandlung liebevoll aus. Die Einwohner des kleinen Städtchens begegnen dem Unternehmen zunächst mit Skepsis, bald stellen sich jedoch erste Stammkunden ein. Als Florence Green aber dann ein gerade erschienenes Buch eines bis dahin unbekannten Autors, Vladimir Nabokov, verkauft, ist die Aufregung groß und weitet sich zu einem Skandal aus ...

Penelope Fitzgerald, Die Buchhandlung. Roman. Aus dem Englischen von Christa Krüger. Mit einem Vorwort von David Nicholls. insel taschenbuch 4346. 164 Seiten

NF 379/1/6.17

London, Liebe und ein Haus voller Bücher

Charlotte lebt in Schweden und ist eigentlich zu jung, um Witwe zu sein, zu jung, um ihren geliebten Mann verloren zu haben. Sie vergräbt sich in ihrer Arbeit, bis eine unerwartete Nachricht ihr Leben auf den Kopf stellt: Sie hat von einer entfernten Tante eine Buchhandlung in London geerbt.
Kurz entschlossen fliegt Charlotte nach England, um das Haus zu verkaufen. Doch schnell fühlt sie sich mit dem Laden eng verbunden – genauso wie mit den beiden warmherzigen Mitarbeiterinnen, dem Kater Tennyson und dem Schriftsteller William. Sie versucht, das fast bankrotte Geschäft zu retten. Dabei stößt sie auf Widersprüche und Rätsel: Warum hat sie ihre Tante Sara nie getroffen, warum hat ihre Mutter nie von ihrer Vergangenheit erzählt, und was ist das dunkle Geheimnis der beiden Schwestern?
Die kleine Buchhandlung am Ufer der Themse erzählt, wie ein Haus voller Bücher, gute Freunde und ein kratzbürstiger Kater einer Frau helfen, einen Neuanfang zu wagen – ein charmanter und hoffnungsvoller Roman zum Wohlfühlen.

Frida Skybäck, Die kleine Buchhandlung am Ufer der Themse. Roman. Aus dem Schwedischen von Hanna Granz. insel taschenbuch 4740. 550 Seiten.

NF 493/1/7.20